詞學

第五十一輯

華東師範大學出版社 · 上海

圖書在版編目(CIP)數據

詞學. 第五十一輯/馬興榮等主編. —上海:華東師範大學出版社,2024

ISBN 978-7-5760-5001-1

Ⅰ. ①詞…　Ⅱ. ①馬…　Ⅲ. ①詞(文學)—詩詞研究—中國　Ⅳ. ①I207.23

中國國家版本館 CIP 數據核字(2024)第 097620 號

詞學 第五十一輯

主　　編　馬興榮　方智範　高建中　朱惠國
責任編輯　時潤民
審讀編輯　劉效禮
特約編輯　王　静
責任校對　時東明
裝幀設計　劉怡霖
出版發行　華東師範大學出版社
社　　址　上海市中山北路 3663 號　郵編 200062
網　　址　www.ecnupress.com.cn
電　　話　021-60821666　行政傳真　021-62572105
客服電話　021-62865537　門市(郵購)電話　021-62869887
地　　址　上海市中山北路 3663 號華東師範大學校内先鋒路口
網　　店　http://hdsdcbs.tmall.com
印 刷 者　上海新華印刷有限公司
開　　本　890 毫米×1240 毫米　1/32
印　　張　11.75
字　　數　465 千字
插　　頁　4
版　　次　2024 年 6 月第 1 版
印　　次　2024 年 6 月第 1 次
書　　號　ISBN 978-7-5760-5001-1
定　　價　98.00 元

出 版 人　王　焰

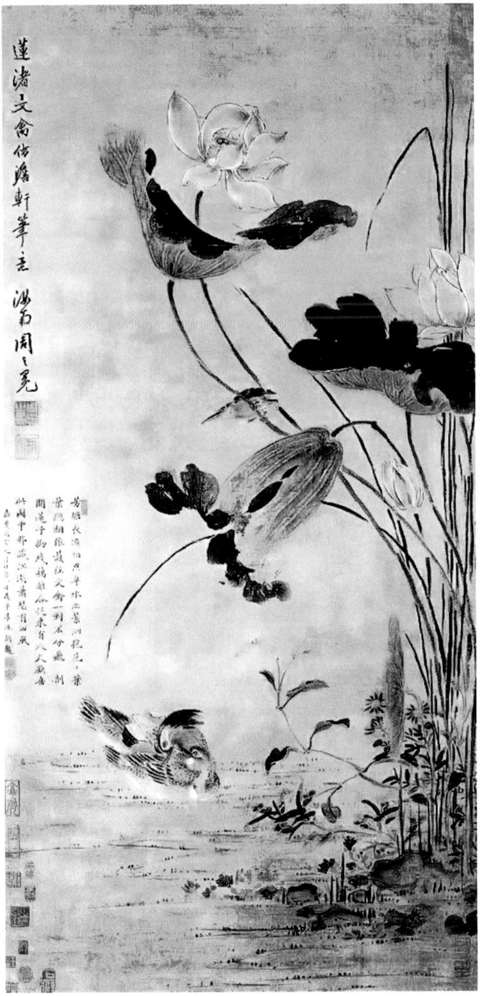

南京博物院藏周服卿《蓮渚文禽圖》

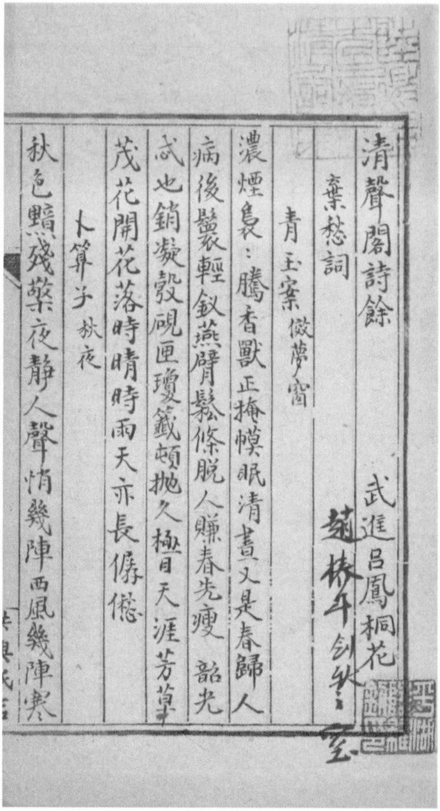
清聲閣詩餘　　武進呂鳳桐花

棄愁詞　　薙林午鈔秋

青玉案　倣夢窗

濃煙裊裊騰香獸正掩幙眠清晝又是春歸人病後鬢影輕釵燕臂鬆條脫人賺春先瘦　韶光忒也銷凝彀硯匣瓊籤頓拋久極目天涯芳草茂花開花落時晴時雨天亦長僝僽

卜算子　秋夜

秋色黯殘藥夜靜人聲悄幾陣西風幾陣寒

呂鳳《清聲閣詩餘》鈔本書影

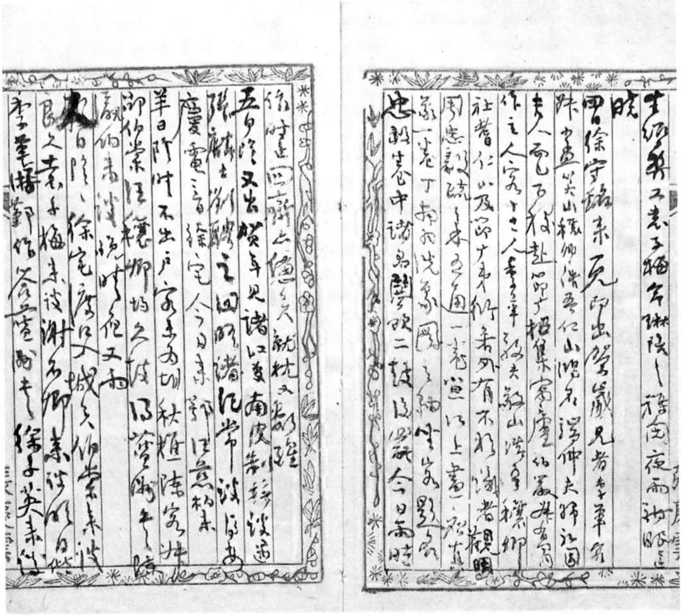

譚獻稿本《復堂日記》書影

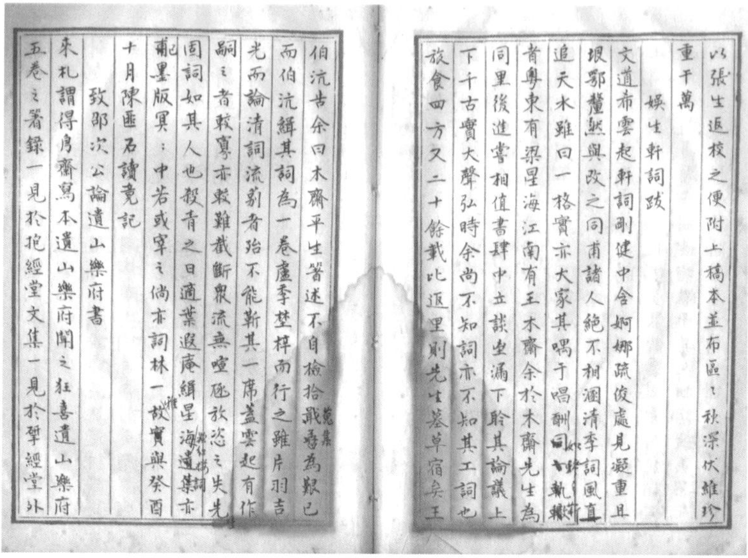
以張生返校之便附上稿本並布區區秋深伏維珍
重千萬
娛生軒詞跋
文道希雲起軒詞剛健中含婀娜疏俊處見凝重且
垠鄂釐然與改之同甫諸人絕不相涸清季詞風直
追天水雖曰一格實亦大家其嗎于唱酬同[illegible]
者粵東有梁星海江南有王木齋余於木齋先生為
同里後進嘗相值書肆中立談坐漏下聆其論議上
下千古實大聲弘時余尚不知詞亦不知其工詞也
旅食四方又二十餘載比返里則先生墓草宿矣王
伯流告余曰木齋平生著述不自檢拾[illegible]為[illegible]已
而伯流緝其詞為一卷盧季埜梓而行之雖片羽吉
光而論清詞流别者殆不能靳其一席蓋雲起有作
嗣之者較寡亦較難截斷衆流無喧豗放恣之失先
固詞如其人也殺青之日適葉遐庵緝星海遺集亦
[illegible]墨版冥冥中若或牽之倘亦詞林一故實與癸酉
十月陳匪石讀竟記
致邵次公論遺山樂府書
來札謂得息齋寫本遺山樂府聞之狂喜遺山樂府
五卷之著錄一見於抱經堂文集一見於掔經堂外

上海圖書館藏稿本《陳匪石文稿》書影

圭璋先生：
暌违久疏于问候，但经常从友人处询问起居健胜情况，不胜快慰。近日又从《社会科学战线》上拜读大作《读词札记》，并且得睹近照，知道先生已是年逾八旬老翁，而犹精神矍铄，勤奋著述，愈感钦佩。目前，我正在改编稼轩词的系年，取《全宋词》中作些小的修改，竟发现我旧日对辛词系年颇多不当之处。今且以两事求教：
一、辛词有《用赵文鼎提举送李正之韵送郑元英》之《蝶恋花》一首（词笺P.125），又有"寿赵文鼎"之《虞美人》一首（P.233），对赵文鼎的生平事历，我只在前一首笺注中零星凑集了几条，并不能说其梗概，而后一首则因与"送赵达夫"一首用同韵，使编入绍熙二年。今查《全宋词》（P.1978）赵善扛名下小笺，谓赵"淳熙年间卒"，是则拙著对《虞美人》一首之系年大有问题。赵的卒年，我曾遍查未获，不知"淳熙年间卒"之说所据何书。
二、辛词有涉徐衡仲（安国）者数首，我在"徐衡仲惠琴不受"之《鹧鸪天》笺注中引用《上饶志》及时拟《一子事记》简介其生平，但两文均只述及徐氏早年事。《上饶志》谓徐为绍兴壬子（即二年）进士，亦显然大误。今检《全
(1458) 20×20=400

鄧廣銘致唐圭璋書札

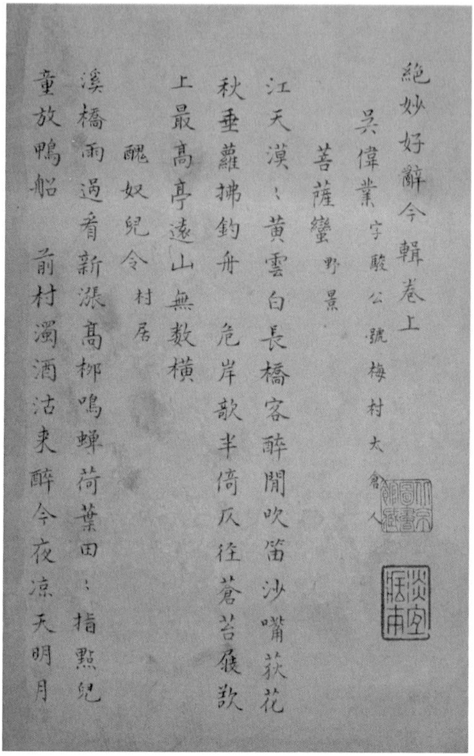
絶妙好辭今輯卷上
吴偉業 字駿公號梅村太倉人
菩薩蠻 野景
江天漠〻黄雲白長橋客醉聞吹笛沙嘴荻花
秋垂蘿拂釣舟 危岸欹半倚仄往蒼苔簇欹
上最高亭遠山無數横
醜奴兒令 村居
溪橋雨過看新漲高柳鳴蟬荷葉田〻指點兒
童放鴨船 前村濁酒沽來醉今夜涼天明月

《絶妙好辭今輯》書影

《詞學》編輯委員會

顧　問

王水照

主　編

馬興榮　方智範　高建中　朱惠國

編輯部

朱惠國　徐燕婷　倪春軍　韓立平

編　委（以姓氏筆畫爲序）

王兆鵬　方智範　朱惠國　吴　蓓
沈松勤　林玫儀　周聖偉　施議對
馬興榮　徐燕婷　高建中　孫克强
黄坤堯　張宏生　彭玉平　彭國忠
楊海明　劉　石　劉永翔　劉尊明
鍾振振　龐　堅

詞學 第五十一輯篇目

論述

考辨

書志

圖　版

南京博物院藏周服卿《蓮渚文禽圖》
吕鳳《清聲閣詩餘》鈔本書影
譚獻稿本《復堂日記》書影
上海圖書館藏稿本《陳匪石文稿》書影
鄧廣銘致唐圭璋書札
《絶妙好辭今輯》書影

蘇辛詞比較論

魏耕原

内容提要 在對宋詞的發展研究方面，學界習慣把由蘇軾發展而來的辛棄疾，都看作「豪放派」。進而論其有何區别與不同，却人言言殊。我們認爲蘇詞曠達而辛詞豪邁，蘇舒緩自在而辛則繃得很緊，蘇自然流走而辛頓挫跌宕，兩家具有顯明區别，屬於時代變换使然也。

關鍵詞 蘇辛 曠達 豪邁 緩緊 自然與頓挫

蘇軾與辛棄疾詞，猶如雙峰雄峙，二水分流，向來並稱。自南宋末以降，或統歸豪放，或予以分别，辨别異同，統而言之者多，辨析差異者少，區分秋毫者，並不盡如人意，尚有待於進一步研究。

一 蘇曠而辛豪

以「豪放」統攝蘇辛，由來已久，已爲不刊之論，爲世所公認。對於兩大家風格的多樣性，以「豪放」囊括實際上是無可奈何的定位，不得已而爲之。他們所處時代雖然同屬南北兩宋的中期，然一屬於升平的「隆宋」，一屬多事之秋的「弱宋」；一是出身早年進士的衣冠偉人，領袖文壇群倫的宗領；一是行伍衝突過來的英雄豪傑，志切恢復的人中之龍。終其一生，蘇軾在黨派激爭的漩渦中沉浮，蹲過天牢，戴罪安置，貶放嶺南，甚至海南；直至臨終之前，方才放回，在文官中可算是不幸者。稼軒雖屬「歸正人」，兩次排擯讒阻退居長達二十年，而且一半是最有作爲的壯年時代；晚年起上終生唯有的一次北伐而起用，然不到兩年，又被罷職；開禧北伐敗績後，連連委以重任，力請辭免，退居不到兩年即齎志以殁。

蘇辛爲文武兩巨才，然而又都是最具悲劇性的人物。蘇以儒家爲根柢，融合老莊佛教思想，似乎很斑駁，實是不得已的調節，能入也能出；辛似乎有點縱横家色彩，實是兵家思想所致。終其一生體現了「知其不可爲而爲之」的精神與追求，立足還在儒家，入世進取全都體現在他所追求北伐的「弓刀事業」上。蘇辛思想同中有異，異大於同，即都是秉持孔子儒家思想，蘇憑「筆頭千字，胸中萬卷，致君堯舜」，未免迂遠，而且有保守的一面，所以反對過王安石的變法；辛則服膺孟子信念，欲收復故土，恢復中原，「捨我其誰也」，始終抱著這一終極目標，而不懈氣鬆弛。

由於以上種種不同，蘇辛詞有同也有不同。蘇詞在他所處的時代，與流行的婉約詞主流詞風相比，不能説不「豪放」，但這並非他的主體風格。他的主體風格應當是「清曠」，屬於清雄曠達。他的「清雄」出自於文士的擁書自雄，「曠達」是儒道互濟互補所形成的人格個性。蘇軾對豪放是有節制的〔一〕，這固然是政治進取理念促成的，但其中也不排除要與享有大名的柳永詞決一高下競爭之意。他實質性的「豪放詞」《江城子》，開口即言「老夫聊發少年狂」，年未四十而稱「老夫」，還要發一發「少年狂」，這當然很「豪放」了，而且「牽黄擎蒼」、「錦帽貂裘」——「千騎卷平崗」，確實豪邁得發狂。「豪放」的「放」，原本即指放狂，「發狂」非謂「放狂」。而且「酒酣胸膽尚開張」，還能「會挽雕弓如滿月，西北望，射天狼」，這當然再「豪放」了。李白早年學過擊劍，自己説過白日殺人，蘇軾没見過類似的記載，這對詞之豪放倒無關緊要。此詞紀實，他也覺得很「壯觀」〔二〕，也就是很豪放。可惜這種「頗壯觀」的豪放詞僅此一首，以後再也没有出現「發狂」過。蘇軾出生於眉州，按當時的觀念，應屬於「南人」。二十歲出蜀應舉，次年及第；二十五歲出任簽書風翔府判官。到了關中，可惜他作詞較晚，否則關中平原的廣闊一定會引發豪放的詞興。以後他做了幾任地方官，都在南方奔波。直至到了密州，北方的崗嶺平原再次激發了他的豪興，這才有了這首唯一的豪放詞。以後他又轉任南方，而且越來越南，就很少有這種「得江山之助」的機會，再也「聊發」不起「少年狂」了。像范仲淹只有在陝北駐防，這才有《漁家傲》那樣悲凉的豪放詞。一到南方，只能書寫「碧雲天，黄葉地。秋色連波，波上寒煙翠」了，這道理是一樣的。

那麼聲震千古的「大江東去」，就不是「豪放詞」了嗎？應當是，也不一定是，反正是要打折扣的。此詞發端風起浪湧，莽莽滔滔，「覺天風海雨逼人」（陸游語），特别是「亂石穿空，驚濤拍岸，卷起千堆雪」，尤爲奇偉，確實够豪放的。然而中間夾進了「故壘西邊，人道是、三國周郎赤壁」的指示，意在説明看作「赤壁」是以假作真，繃緊的「豪放」勁兒也就舒緩了。下片的「雄姿英發」，「談笑間、檣櫓灰飛煙滅」，也還能「豪放」，不過疏朗多了。但却要特意加上「小喬初嫁了」與「羽扇綸巾」，前者與赤壁之戰無關，而且年代錯位，後者則屬於張冠李戴〔三〕。所顯示的雙重錯位，不過是爲其所稱美的周瑜錦上添花，這和「人道是三國周郎赤壁」，出於同樣的取向。而這篇「懷古」的主題是由「故國神遊，多情應笑我，早生華髮」引發，由周郎過渡到自己的深深喟歎：「人間如夢，一樽還酹江月」。

「夢」在蘇軾詞是個關鍵字，諸如「世事一場大夢，人生幾度秋凉」（《西江月》發端），「休言萬事轉頭空，未轉頭時皆夢」（同上，「三過平山堂下」），「十五年間真夢裏，何事，長庚對月獨淒凉」（《定風波》「月滿苕溪照夜堂」），「萬事到頭都是夢，休休。明日黄花蝶也愁」（《南鄉子》「霜降水痕收」），「身外儻來都是夢，醉裏無何即是鄉」（《十拍子》「白酒新開醖」），「笑勞生一夢，羈旅三年，又還三年」（《醉蓬萊》發端），「歎隙中駒，石中火，夢中身」（《行香子》「清夜無塵」），「古今如夢，何曾夢覺」（《永遇樂》「明月如霜」），這並不是所用「夢」的全部〔四〕。這種對人生、人事、世間、歲月的虚幻感與流逝感，不能説是昂揚的，積極的，更不能看作是「豪放」的，如果説「早生華髮」是悲凉無奈，那麼「人間如夢」只能是痛定思痛，是對官場殘酷政治鬥爭所引發的牢獄之災的痛苦的迷惘。

作此詞時他是從天牢出來，仍是戴罪身份，雖然元豐三年初到黄州的「驚起却回頭，有恨無人省」的驚懼逐漸減少，而作於元豐五年的此詞的「人間如夢」，也可看作痛定思痛，只能把一場意料不到的囹圄之災看作是「夢」，才能淡化那擺脱不盡的心悸。絶大的一次不幸，對他來説就像一場失魂落魄的夢魘，他在湖州知守的任上，一忽間就像老鷹抓小雞，把這位天下最出名的太守送到國家最高監獄，日夜可聽到捶楚拷問的慘聲，爲此他向親密的弟弟蘇轍寫了訣别詩，表示來生再爲兄弟。爲時一百三十天監禁審問，這位北宋最具天才文官受盡恐嚇與屈辱。這在當時是全國最顯赫的政治事件，蘇軾心裏遭受到比煉獄還厲害的折磨。即便釋放貶置黄州，仍然受到監視，並没有多少自由，處處提防，小心不盡。

雖然在作「大江東去」的當年春天，還説過「莫聽穿林打葉聲」，還有「一蓑煙雨任平生」、「也無風雨也無晴」(《定風波》)，用「過來人」的語氣安慰自己，然而其中的「誰怕」，分明籠罩着政治風雨的陰影，與其説是一種「抵抗」，還不如説是撫慰；同時還説過「誰道人生無再少？門前流水尚能西，休將白髮唱黄雞」(《浣溪沙》)，似乎對未來還持有一定的希望，給人有「不可救藥的樂天派」(林語堂語)的印象。然而此詞的「人間如夢」，宋人看到版本則是「人生如夢」(俞文豹《吹劍録》)，「人生」是説自己，「人間」則是説世間别人，這改動又是多麼小心翼翼，總是擔心好事者加以「粉飾」。自古迄今不少論者都認爲這是東坡最具盛名的「豪放詞」，然而也有人認爲「語語高妙閑冷，初不以英氣凌人」(沈際飛《草堂詩餘正集》卷四)。把詞分爲婉約與豪放的張綖亦謂：「『人生如夢，一樽還酹江月』，其曠達之懷，直吞赤壁於胸中，不知區區周、曹爲何物，不如是，何以爲雄觀千古乎。」(《草堂詩餘後集别録》)清人黄蘇説：「題是懷古，意謂自己消磨壯心殆盡也。……題是赤壁，心實爲己而發。周郎是賓，自己是主。借賓定主，寓主於賓。是主是賓，離奇變幻，細思方得其主意處。不可但誦其詞，而不知其命意所在也。」〔五〕確實此詞容易被視爲「豪放」，比如王世貞《藝苑卮言》就對開頭三句説是「壯語也」，又説：「學士此詞，亦自雄壯，感慨千古。果令銅將軍於大江奏之，必能使江波鼎沸。」這種顧頭不顧尾的説法，似乎没有「細思」，没有「得其主意」，被主賓變换弄昏了頭腦。對此作頗有異議的吴世昌先哲，雖然曾把此詞與「老夫聊發少年狂」「明月幾時有」都視爲「豪放」〔六〕，但他又説：「『大江東去』即是摹仿柳詞《八聲甘州》『唯有長江水，無語東流』之句。又：『多情』是誰？是十七八女兒，還是關西大漢？吊古，還想到人家小老婆，是豪放，還是婉約？況全詞情緒感傷頽廢。」〔七〕如此的修正反思，雖然不無擡槓意味，有些「偏激」，但諤諤之言，還能引人深思。

劉熙載曾謂蘇詞「豪放之致，則時與太白爲近」，又指出其詞有「懸崖撒手處」的特點〔八〕，洵爲的論。「大江東去」的寫景與叙説的確是駿邁豪放，但到了由懷古轉向「爲己而發」的命意，而「懸崖撒手」，「英氣淩人」的豪放却不翼而飛，「人間如夢，一樽還酹江月」，却跌入「曠達」，甚至「閑冷」，糾結着消沉和困惑，向往有所作爲的無奈與曠達，充斥入世與出世的複雜多變的思想與情懷，所以，充其量此詞只能是清雄曠達，而非一味地豪邁。看作後者，就簡單化了，它那消極低沉的「主題曲」，無論是東州壯士還是關西大漢，無論所持銅琵琶還是鐵綽板，唱到關鍵的尾曲，又不知何以爲情！何況戴罪黄州之時的蘇軾無論如何，都不可能一味地「豪放」起來。

「懸崖撒手」確實是蘇詞言志抒懷的一條規律，除了那首獵詞《江城子》以外，莫不如是。《水調歌頭》「明月幾時有」，或謂上片「空靈蘊藉」（劉熙載語），或謂「奇逸」，而從詠月過渡到下片懷人，「人有悲歡離合，月有陰晴圓缺，此事古難全」，從天上「撒手」到人間，這只能是清曠，而非「豪放」，而且視爲後者並無幾人。此詞最能代表蘇詞的人生觀與審美觀，清曠應當是蘇詞的主體風格。

蘇軾到底有多少豪放詞，學界説法不一。從三五首到二三十首都有，以其中較多提及的幾首看，亦非豪放。作於赴密州的《沁園春》因了下片前半：「當時共客長安，似二陸，初來俱少年。有筆頭千字，胸中萬卷，致君堯舜，此事何難」，而被視爲豪放。這種定位亦屬斷章取義，硬是對緊接其下「懸崖撒手處」：「用舍由時，行藏在我，袖手何妨閑處看。身長健，但優遊卒歲，且鬥尊前」，熟視無睹。而且上邊屬於對過去「少年」的回憶，而下邊才是對當下的出世與入世的思考，這種「消極言論」，分明是一種牢騷話。當時筆記小說言：「神宗聞此詞，不能平，乃貶坡黄州。且言：『教蘇某閑處袖手，看朕與王安石治天下。』」〔九〕這或許不一定可靠，元好問引了此節文字後説：「其鄙俚淺近，叫呼衒鬻，殆市駔之雄，醉飽而後發之，雖魯直婢僕且羞道，而謂東坡作者，誤矣。」元氏批判與判斷不見得正確，他同視爲豪放詞論者一樣，只就下片前節這幾句發論，同樣屬於斷章取義。但杜撰神宗話語者可以看出「用舍由時」六句的用意，屬於牢騷，而並非豪放。這正是蘇詞常用的「懸崖撒手」法，只能是屬於「消極」式的曠達。而且上片後半還有：「世路無窮，勞生有限，似此區區長鮮歡」，亦是不滿奔波地方任上的牢騷語，更談不上豪放。還有上片前節寫景：「孤館青燈，野店雞號，旅枕夢殘。漸月華收練，晨霜耿耿，雲山摛錦，朝露漙漙」，景象清疏寂冷，亦非「大江東去」詞那樣奇偉。早年抱負的自豪於此變成無可無不可的曠達，而且他的「懸崖撒手處」的袖手閑看一節，正是此詞的主題，而「有筆頭千字」數句以早年的豪氣陪襯今日的曠達，落脚如此，還要説是豪放詞，未免本末倒置。總體上還屬於清曠風格。

東坡詞善於發端，寫景往往從大處落筆，氣象宏偉，也往往很豪放，但下片往往「懸崖撒手」，歸入曠達，也就不那麽豪放了。「大江東去」如此，其他不少詞亦復這樣，這和他以老莊思想作爲自撫自慰有關。如《滿江紅》開端：「江漢西來，高樓下，蒲萄深碧。猶自帶、岷峨雪浪，錦江春色」，氣勢宏遠壯闊，該是豪放寫法，這是在黄州寫給在做鄂州（今湖北武昌）知州的朋友，他要「對此間，風物豈無情，殷勤説」，下片純是「懸崖撒手」的話：「江表傳，君休讀，狂處士，真堪惜。空洲對鸚鵡，葦花蕭瑟。不獨笑書生爭底事，曹公黄祖俱飄忽。」這又是「浪淘盡千古風流人物」的歷史英雄不值得效仿，書生無謂的抗爭只能讓人惋惜，曹操、黃祖妒才殺名士，也都成爲「飄忽」的歷史過客，因而「願使君，還賦謫仙詩，追黃鶴」。這裏故然蘊涵遭受打擊的鬱憤，但基調還是曠達的。還有爲黃州快哉亭所作的《水調歌頭》寫景散見於詞中，發端曰「落日繡簾卷，亭下水連空」，上片後半曰「長記平山堂上，欹枕江南煙雨，杳杳没孤鴻」，過片曰「一千頃，都鏡淨，倒碧峰。忽然浪起，掀舞一葉白頭翁」，這些寫景疏朗曠遠，也很有氣象；加上末尾的議論：「堪笑蘭臺公子，未解莊生天籟，剛道有雌雄。一點浩然氣，千里快哉風。」楊慎謂「結句雄奇，無人敢道」（批點《草堂詩餘》），今人便以此爲豪放詞。末兩句只是顯示出曠懷逸飛，雄爽闊達，説是「雄奇」，未免有些過情。東坡行文流走如水，不煩推敲，歐詞的「平山欄檻倚晴空，山色有無中」，原本用王維句，却視爲乃師名句，不假略思，登高遠望，壯懷逸氣遂生，此句「前闋從『快』字之意入，次闋三語承上闋寫景，『忽然』二句一跌，以頓出末二句來，結出一振，『快』字之意方足」〔一〇〕。這裏只有逸氣而没有壯懷，看不出任何豪放意味。《漁家傲》本爲登賞心亭的送別詞，開端即言「千古龍蟠並虎踞，從公一吊興亡處」，似乎是豪放詞的發調，然以下純從離別言説，而與發端不稱。如與稼軒同題材相較，差距就更大了。

論者還謂《陽關曲》（受降城下紫髯郎），送武將出征的《浣溪沙》（怪見眉見一點黄）爲「壯詞」，前者形同七絶，後者爲七言六句，壯則壯矣，然均非蘇詞之上駟，向來未入選本，其影響亦爲可知。

由上可見，王國維所言「東坡之詞曠，稼軒之詞豪」（《人間詞話》），洵爲卓識。陳廷焯説得更爲明切：「蘇辛並稱，然兩人絶不相似。魄力之大，蘇不如辛；氣體之高，辛不逮蘇遠矣。」〔一一〕魄力大是豪放詞最顯著的特徵，氣體屬於格調，東坡「氣體之高」是説高逸曠達，則與豪放詞無涉。如果辛走高逸一路，就不會有那麼多的豪放詞了。若單就豪放詞看，陳廷焯説：「東坡詞極名士之雅，稼軒詞極英雄之氣。千古並稱，而稼軒更勝。」〔一二〕又言：「蘇辛千古並稱，然東坡豪宕則有之，但多不合拍處。稼軒則於縱横馳騁中而部伍極其整嚴，尤出東坡之上。」〔一三〕蘇辛並稱，前人並没有純從豪放詞着眼，這只是今人的看法，所謂蘇辛豪放派也是今人之眼光。蘇之所謂豪放詞就是那麼幾首，而且良莠並存，在當時影響並不大。引起「轟動反響」的只有「大江東去」，而它並不是够格的豪放詞，而且對它的反響多是負面的，包括蘇門六君子和四學士在内。他們的詞作没有一個走他的路子。蘇詞的功績在於大力拓展詞之題材，别開生面。前所説的蘇軾以詩爲詞，並非謂以詩之詞句入詞，而是指把詩的題材引進詞中，打破了自五代至北宋一味在男歡女愛上以爲詞的局面，開闢出更廣闊的世界。這也是李清照所不滿的「以句逗不葺之詩」爲詞，這當然是保守的偏見。而劉熙載以爲：「東坡詞頗似老杜詩，以其無意不可入，無事不可言也。若其豪放之致，則與太白爲近。」[一四]前三句正是就此而言，而非就豪放詞發論。至於後兩句是僅就豪放的一面而言，而這一點如前所言並非蘇詞主體風格。如果説蘇之氣體高妙與風格曠逸，則與李白更爲接近，那就更爲妥帖。

到了南宋，婉約詞並不能表達對時代憂慮的愛國情懷，所以有了胡寅那樣被今人看中的名論：「及眉山蘇氏，一洗綺羅香澤之態，擺脱綢繆宛轉之度，使人登高望遠，舉首高歌，而逸懷浩氣，超然乎塵垢之外。於是《花間》爲皂隸，而柳氏爲輿臺矣。」[一五]往往被看作稱美蘇軾的豪放詞，其實這是莫大的誤解，實際主要是就風格的高曠而言，當然也包括題材的多樣。

總而言之，蘇詞曠達高逸，辛詞豪壯激宕。這是就主體風格而言，蘇軾説到豪縱處，往往「懸崖撒手」，就如行雲流水，融入到曠達之中，這和他提得起而又能放得下的處世觀念有關；辛詞提得起也提，提不起也提，從來不會放下，所以他的詞是豪放到底的，而和蘇詞由高邁常常滑向放曠的中心，絶然不同。

二　蘇緩而辛緊

説蘇曠而辛豪，是就整體風格而言，未免籠統而大而化之，還得進一步析分理清。

蘇詞的疏朗明爽，句與句之間似乎特意留下一定的空間，有了這些空間，節奏就顯得緩慢。有了緩慢，也就優遊不迫，格調才能曠逸。他不滿秦觀「小樓連苑橫空，下窺繡轂雕鞍驟」，譏笑是「十三個字僅説得一個人騎馬樓下過」，正是出於疏朗的審美取向。他寫燕子樓「燕子樓空，佳人何在，空鎖樓中燕」（《永遇樂》明月如霜），當時有人以秦觀「小樓連苑」十三字以示東坡，他即笑曰：「又連苑，又橫空，又繡轂，又雕鞍，又驟，也勞攘。」又以己之「燕子樓空」三句以較疏密。與東坡風格爲近的晁无咎則謂東坡只三句，便説盡張封建事。〔一六〕説法雖互有出入，但蘇疏而秦密而傳説廣泛。然有不同意者，以蘇軾詩「試問别來愁幾許，春江萬斛若爲情」十四字（《和沈立之留别》其二），「只是少游『愁如海』三字耳」〔一七〕。則屬蘇詩與秦詞的錯位比較，且秦觀詞本是「日邊清夢斷，鏡裏朱顔改。春去也，飛紅萬點愁如海」（《千秋歲》），還是比蘇詞密得多。

蘇軾名詞「大江東去」發端三句緊湊，以下如果緊接「亂石穿空」三句，就迅疾如辛詞。然却在中間楔入「故壘西邊，人道是、三國周郎赤壁」，氣勢就舒緩多了。過片「遥想公瑾當年」一句領起，本該就是大戰的叙寫，偏不偏却先出一句「小喬初嫁了」，不僅與「檣櫓灰飛煙滅」無關，且與周瑜婚齡不符，這是雅士名人作派，只求筆頭盡性摇曳，氣勢也自然舒緩了。辛詞同題材《霜天曉角·赤壁》：「望中磯岸赤，直下江濤白。半夜一聲長嘯，悲天地，爲予窄」，二者相較，緩舒與緊促立見，這還是辛詞下駟與蘇之上乘的比較。蘇詞唯其舒緩裕徐，才能「極名士之雅」。辛詞駿邁，方能「極英雄之氣」。

蘇詞樂於用典，辛則甚之，更爲酷愛。如果就使事用典上分析比較，也可見出緊緩之分曉。三國英雄事常見於兩家詞中，蘇軾《滿庭芳》説過「一任劉玄德，相對卧高樓」，用許汜見陳登，陳登使卧下床而不與他言，以此告别劉備，劉備則言：君不憂國忘家，只是「求田問舍」，陳登不與君言，我則「欲卧百尺樓上，卧君於地，何但上下床之間邪？」蘇詞反用其意，自比許汜無心世事，欲求早日退隱。又有：「老去才都盡，歸來計未成。求田問舍笑豪英。」（《南歌子》）仍以許汜自喻，不怕英豪嘲笑。還有《踏莎行》：「解佩投簪，求田問舍。黄雞白酒漁樵社。」元龍非復少時豪，耳根洗盡功名話。」三詞一意，均屬隱退語，再看辛詞所用典，早年所作名詞《水龍吟》：「休説鱸魚堪膾，盡西風，季鷹歸未？求田問舍，怕應羞見，劉郎才氣。」前三句是説拒絶退隱，後三句同樣反用此典，却正面取意，英雄鬱勃之氣，毅然昂立紙上。蘇辛兩家用典相同，取意則反，言退者語氣舒緩，言進者語意急促，快慢緩急之别驟然可見。一説後詞爲賀鑄之作〔一八〕，倘如是，也看出賀鑄取法蘇詞用典。《賀新郎》（老大那堪説）的「似而今，元龍臭味，孟公瓜葛」，即以元龍喻人喻己，相互期許。《念奴嬌》（爲沽美酒）「更覺元龍樓百尺，湖海平生豪氣」，用法亦同上詞，蘇軾反復用元龍故實，屬於文士做派，稼軒以元龍不斷期許，正是英雄豪氣，兩家曠達豪放，於此也可窺見一斑。

再看同題材之作。同樣是觀潮，蘇軾用意運筆如此舒緩：「碧山影裏小紅旗。儂是江南踏浪兒。拍手欲嘲山簡醉，齊聲爭唱浪婆詞。西興渡口帆初落，漁浦山頭日未欹。儂欲送潮歌底曲？樽前還唱使君詩。」（《瑞鷓鴣・觀潮》）如果把蜻蜓點水似的「踏浪」、「送潮」，忽略一過，很難看出寫的是驚心動魄的「觀潮」；他還有一首《南歌子・八月十八日觀潮》舒緩平靜有過於此篇。辛詞《摸魚兒》上下兩片都寫得天摇地動，只看上片：「望飛來、半空鷗鷺。須臾動地鼙鼓。截江組練驅山去，鏖戰未收貔虎。朝又暮。誚慣得、吴兒不怕蛟龍怒。風波平步。看紅旆驚飛，跳魚直上，蹙踏浪花舞。」排山倒海之勢使人驚心駭目，想像窮形極態，一個接一個，目不暇觀，中間只用「朝又暮」短句略頓，幾乎在海摇山動般的飛動中讓人喘不過氣來。所以，陳廷焯説：「稼軒詞如龍蛇飛舞，信手拈來都成絶唱。詞至稼軒，縱横博大，痛快淋漓，風雨紛飛，魚龍百變，真詞壇飛將軍也。」〔一九〕對於蘇詞，張炎謂「清麗舒徐，高出人表」（《詞源》卷下）。蔡嵩雲説：「東坡詞，胸有萬卷，筆無點塵。其闊大處，不在能作豪放語，而在其襟懷有涵蓋一切氣象。……東坡小令，清麗紆徐，雅人深致，另辟一境。」〔二〇〕其實東坡慢詞每在闊大處，常常「懸崖撒手」，由豪放而入於高曠，由「涵蓋一切」而融入「紆徐」，由快而進入慢，而這慢的部分也正是詞的核心部分，已見於上文所論。

再拿同一題材之慢詞比較，兩家之快慢也可見分曉。東坡登臨詞慢詞特少，與辛詞相較，相差懸殊極大。他們都有登金陵賞心亭詞，蘇之《漁家傲》是登亭送别，一起手「千古龍蟠並虎踞，從公一吊興亡」，該是一篇快節奏的壯詞了，然而接下却言：「渺渺斜風吹細雨。芳草渡。江南父老留公住」，氣象與發端殊爲不稱，扔下「吊興亡」掉頭不顧，却聲息不動地轉到送别。下片則純寫送别，亦無引首高歌的浩然之氣。在他的慢詞裏找不到登臨詞，只好拿中調《采桑子》來看：「多情多感仍多病，多景樓中。尊酒相逢。樂事回頭一笑空。停杯且聽琵琶語，細撚輕攏。醉臉春融。斜照江天一抹紅。」發端兩句反復三個「多」字還顯得節奏較快，以下則寫歌女奏樂，措意鬆散，節奏也就鬆弛多了。末兩句似乎不相連接，而在舒緩中却有情景，正顯得出語斷句緩而能融合的長處。再只好拿他的題作「中秋」《念奴嬌》來看。上片説：「憑高眺遠，見長空萬里，雲無留迹。桂魄飛來光射處，冷浸一天秋碧。玉宇瓊樓，乘鸞來去，人在清凉國。江山如畫，望中煙樹歷歷。」既是登高眺遠，又是「桂魄飛來」，何以見得月下的「長空萬里」、「煙樹歷歷」？總覺得有些矛盾。中間夾雜「玉宇」兩句，固是「中秋」所想，但「乘鸞來去」，又覺得不那麽自然。發端三句清曠疏朗，可算是「快節奏」，而以下天上地下的寫法，就顯得舒緩多了。下片純出想像：「我醉拍手狂歌，舉杯邀月，對影成三客。起舞徘徊風露下，今夕不知何夕。便欲乘風，翻然歸去，何用騎鵬翼。水晶宫裏，一聲吹斷横笛。」似乎又是他的《水調歌頭》上片的再次書寫，運意續續不斷，但却仍談不上「快節奏」。

辛詞就不同了，登臨詞多而且都是長調，名作佳制多在其中。登賞心亭多首，慢詞《念奴嬌》上片説：「我來吊古，上危樓贏得，閑愁千斛。虎踞龍蟠何處是？只有興亡滿目。柳外斜陽，水邊歸鳥，隴上吹喬木。片帆西去，一聲誰噴霜竹？」每一韻句之間，上下句不能隔斷，或用問答把兩句凝結得緊密無間；韻句之間又緊緊相連，而没有間息。總體上一句趕着一句，像擰緊繩子，絲毫不會放鬆，好像一氣呵成。他也有登多景樓的《水調歌頭》，上片説：「落日塞塵起，胡騎獵清秋。漢家組練十萬，列艦聳高樓。誰道投鞭飛渡，憶昔鳴髇血污，風雨佛狸愁。季子正年少，匹馬黑貂裘。」前三個韻句展現了十七年前採石磯大戰的敵我軍勢，與金軍的慘敗。末兩句説就在此年自己揭竿而起反金，一個「正」字把兩件事連在一起，不可分割，而且間不容髮，氣勢如急風驟雨。按照金—宋—金—我的次第，不停轉换，勢促語急，刻不容緩。緊急的節奏猶如「交戰曲」，動人心魄。他同樣寫中秋登高的《滿江紅》，亦是快節奏，也和蘇詞别是一種風格：「快上西樓，怕天放、浮雲遮月。但唤取、玉纖横管，一聲吹裂。誰做冰壺凉世界，最憐玉斧修時節。問嫦娥、孤令有愁無？應華髮。」四個韻句用了「快」、「怕」、「但」、「誰」、「最」、「問」、「應」這些急促字，把前後連成一個不可斷裂的整體，加上發端「快上西樓」兩句快速節奏的定調，似乎成了一種特殊的「進行曲」。他最著名的登臨詞是《永遇樂·京口北固亭懷古》與《南鄉子·登京口北固亭有懷》，一長一短，皆爲傑作。前者韻句打鍛得沉重、堅實，擲地有聲；韻句轉動迅急，而前後意義緊密「焊接」，無瑕可擊。後者則是快中有快，三個問句，句句奔騰，一浪湧起一浪。駿邁急馳，英氣逼人。陳廷焯説：「稼軒負奇鬱之氣，而值國運顛沛之時，發而爲詞，正如驚雷怒濤，駭人耳目，其實是一片血淚。……總由才大如海，只信手揮灑，電掣風馳，飛沙走石，真詞壇第一開闢手。」又言：「稼軒詞，直似一座鐵甕城，堅而鋭，鋭而厚，縱饒千軍萬馬，亦衝突不入。」〔二二〕觀岳珂謂辛詞「微覺用事多耳」，辛乃改易「日數十易，累月猶未竟」（岳珂《桯史》「稼軒論詞」條），可知辛作詞並非「信手揮灑」，而是「刻意」而爲之。加上以氣爲詞，重視組織結構，故有飛動感，而且整體渾然。

唯其飛動，故能以豪邁爲主體風格；蘇詞舒緩，故能曠達而氣體高妙。舒緩容易鬆散，而精品完整者不及辛之多；辛詞魄力雄强，以氣勢飛動見長。論其稱心而作，天趣自然，則辛不如蘇，蘇運筆舒緩而如汪洋平静之大海，辛語意緊促則似洶湧之江潮。故前人稱蘇爲衣冠偉人，屬於王道；辛則如弓刀大俠，屬於霸道。行文之快慢，風格之差異亦由此而分。蘇詞緩慢，與行文每到高處緊處便「懸崖撒手」有關，這是老莊處世的態度體現；辛詞緊促，這和他的軍人作風休戚相關，亦與始終持之入世精神而不移而大有關係。

三　流走與頓挫

蘇詞舒緩却流動自然，運語暢達無阻，没有絲毫阻澀感。他又是古文巨手，行文如行雲流水，不擇地而出，行所當行，止所當止，稱心如意而層次分明。他的書法亦是如此，隨意寫來，不做作矜持，不描頭畫足，一片爛漫。他的詩「推倒扶起，無施不可，得訣只在看透一層，及善用翻案法」，「又能滔滔汩汩説去，一轉便見主意，《南華》、《華嚴》最常見於此。東坡古詩貫用其法」。〔一二〕其中最重要的一點，對於文學藝術不耐刻意爲之，隨意自然，如風行水上自然成紋。

行文措句自然流走，看似不用力氣，實際上是絶頂天才，超人的藝術悟性。就是曲折深刻的用意，他也能説得自然、輕鬆、隨意流走，而不會有難以爲之的感覺，却是舉重若輕，好像隨口而出。比如他的送别詞《滿江紅》發端：「天豈無情，天也解、多情留客。春向暖、朝來底事，尚飄輕雪。」天本無情爲一層，我想留客是一層，天不會隨我意願轉移爲一層，然今連天也算有情爲一層，知道我殷勤留客又是一層。所以已經近於春暖，晨來不知何因，却飄起雪花——幫我留客，把用許多話才能説清的，只用了兩句，輕而易舉地説出。下片的「人縱健，頭應白。何辭更一醉，此歡難覓」，把「勸君更盡一杯酒」説得曲曲折折，却又自然曉暢。

被人看熟了的《水調歌頭》，「明月幾時有，把酒問青天」，先出問句，叙述之次句，即自然帶出。要問什麽，以下「不知天上宫闕，今夕是何年」，也同樣次遞帶出。猶如水行渠中，按意願流走不停。問今夕何年做甚，因是中秋天上是否也有節日的熱鬧，因而有了「我欲乘風歸去」的奢想，但「又恐瓊樓玉宇，高處不勝寒」，又心回地上，而節日又怎麽個過法，那就是詞序所説的「歡飲」，而且「起舞弄清影」，本該語意結束，却又順便帶出「何似在人間」，而與「高寒」的月宫作出對比，把「又恐」的心意交代得更爲清楚。「我欲」以下兩個韻句，各自一波三折，摇曳生姿，而且借節令暗示政治上進退出處。據説宋神宗讀至「瓊樓玉宇」兩句，説「蘇軾終是愛君」（宋人陳元靚《歲時廣記》引《復雅歌詞》）。這幾句則有語盡而意不盡，意盡而韻不盡的藝術效果。看似自然的節日話語，却耐人尋味。歇片從天上落到「人間」，下片則從「人間」寫起：「轉朱閣，低綺户，照無眠。」如同上片，此三句同屬想像，點明詞序的「兼懷子由」。復從「無眠」體貼出「不應有恨，何事長向别時圓」，推想子由節日因分别而會感到不快。而「人有悲歡離合，月有陰晴圓缺，此事古難全」，這種人生哲理的議論，高曠超脱，對於「中秋詞」仍能舒緩扣住，而又是何其自然！然「纏綿婉惻之思，愈轉愈曲，愈曲愈深」（黄蘇《蓼園詞選》），而其懷抱俯仰，浩浩淡宕，開合運轉，妥帖而又自在。

蘇詞的自在隨意還體現在對韻句的安排上，看似精潔雅致，又自然至極。悼亡詞《江城子》的「十年生死兩茫茫，不思量，自難忘」，真樸至極，情真至極，自然至極！説是整天整日思念，那倒不一定是真，忙的有時「不思量」，反倒是實話；然而「自難忘」，就更是真話中的真話。一旦「思量」起來，却有「千里孤墳，無處話淒凉」的遺憾與傷心。墳在千里，無法在墳在前話語，與你言説我的淒凉。以下有翻轉一層：「縱使相逢應不識，塵滿面，鬢如霜」——我活得够累，辛苦得蒼老，就是見了面也不會認出我來。這些話不藻飾，不經營不雕琢，每個韻句都具有感人的力量，正因爲至情真性出於自然。而韻句連接亦如泉水自然湧動，續續相連，而成一片哀痛文字。尤其是結片：「料得年年腸斷處，明月夜，短松岡」，説的是亡妻，也應該藴涵自己，感人深刻。這種一點兩染的韻句，實則來自柳永「今宵酒醒何處，楊柳岸，曉風殘月」，東坡學得更爲自然，原因就在於情動於衷，哀從心湧。看來東坡詞也並非那麽不經心，但像這樣真情流動的文字，在他詞中畢竟是少數。如此者，還有「老夫聊發少年狂，左牽黄，右擎蒼。錦帽貂裘，千騎卷平岡」，前三句亦爲一點兩染，出獵氣氛頓出。如果像東漢崔駰與人書信説漢陽太守「率吏卒數十人，皆臂鷹牽狗」出獵（《與竇憲箋》）〔一三〕，蘇詞若作「左牽狗，右擎鷹」，必頓然失色，淪入滑稽。而「錦帽貂裘，千騎卷平岡」，前句是宋詞最樂於爲經營的四言詞組，靜態的，帶有彩塑性的裝飾，後句大變，每個字眼都飛動起來。實際上出自《離騷》「駕八龍之婉婉兮，齊千軑而並馳」，然較屈辭更爲出彩，就在於「卷」字生色，用於句中，加上「平岡」陪襯，馳奔景象撲人眉宇。前句靜而緩，後句動而急，這是把動態融入舒緩之中，也是蘇詞的本色語。

蘇詞善於發端，氣勢浩蕩却能出之悠悠不迫。或者輕輕推出，却耐人尋味。楊花（柳絮）詞「似花還似非花，也無人惜從教墜」（《水龍吟》），以心口相商的惋惜語發端，輕輕而又確切不移地引出柳絮，亦「可做全詞評語，蓋不離不即也」（劉熙載《藝概》）。其它如：

江漢西來，高樓下、蒲萄深碧。猶自帶、岷峨雪浪，錦江春色。（《滿江紅》）

我夢扁舟浮震澤，雪浪橫江千頃白。覺來滿眼是廬山，倚天無數開青壁。（《歸朝歡》）

鳳凰山下雨初晴，水風清，晚霞明。（《江神子》）

花褪殘紅青杏小，燕子飛時，綠水人家繞。（《蝶戀花》）

明月如霜，好風如水，清景無限。（《永遇樂》）

娟娟殘月西南落，相思撥斷琵琶索。（《菩薩蠻》）

分攜如昨，人生到處萍飄泊。偶然相聚還離索。（《醉落魄》）

昨夜秋風來萬里。月上屏幃，冷透人衣袂。（《蝶戀花》）

蝸角虛名，蠅頭微利，算來著甚乾忙。（《滿庭芳》）

無論寫景、叙述、言情、議論，都能做到清麗、流暢、疏朗、明爽，即是闊大遼遠景象，都寫得優裕不迫，自然流走，不慌不忙，徐徐道來，猶如春風徐徐，煦煦宜人。這就是東坡的雅致，其中蘊涵人生通透的徹悟，徹悟中又帶有對大自然體察的灑脫逸氣。

稼軒詞就絶然不一樣了，感情的心弦總是繃得緊緊的，絲毫不會放鬆，如前已言。而且他如疾風驟雨，却非一瀉無餘，往往是一波三折，總是在阻力中運行，如岩漿在地下奔突，或如在披荊斬棘中前進，或如「幽咽泉流冰下難」。他的詞不僅快如「鐵騎突出刀槍鳴」，而且能「留」，能轉折抑揚，在頓挫中以發奇鬱噴薄之情。他不像東坡詞那樣輕鬆自然，隨性流走，而是迎着鐵壁障衝突呼嘯前進。他的中秋詞《太常引》：「乘風好去，長空萬里，直下看山河。」他要上天，這是快人快語，而接下一轉：「斫去桂婆娑，人道清光更多」，還要開劈出一個清明世界，這是理想與力量的表現。他寫大江的《菩薩蠻》説：「鬱孤台下清江水，中間多少行人淚？西北望長安，可憐無數山。　青山遮不住，畢竟東流去。江晚正愁余，山深聞鷓鴣。」真是一句一留，處處有障礙需得突破。不僅韻句之間有障礙，韻句之間阻礙也同時存在，猶如登山，每登上一步都需用力。

著名的《摸魚兒》(更能消幾番風雨)，上半片叙寫惜春、留春、怨春，婉轉曲折，層層不盡。姿態飛動，極沉鬱頓挫之致，起處「更能消」三字，是從千回萬轉後倒折出來，真是有力如虎。」[二四]被陳廷焯稱爲壓卷之作的：「別茂嘉十二弟」《賀新郎》，中間鋪叙五個離別典故，互不沾連，處處能留；發端的「緑樹聽鵜鴂。更那堪、鷓鴣聲住，杜鵑聲切」，句句留句句轉；末尾的「啼鳥還知如許恨，料不啼清淚長啼血。誰共我，醉明月」，亦復旋留旋轉，又與開頭呼應。《滿江紅》上片：「倦客新豐，貂裘敝、征塵滿目。彈短鋏青蛇三尺，浩歌誰續？不念英雄江左老，用之可以尊中國。歎詩書萬卷致君人，翻沉陸。」四個韻句，前三個的次句都是出人意外，不相承接，從相反着筆，此爲頓挫，亦即是留住。首一韻句順説則是：「新豐倦客，滿目征塵，敝貂裘」，但這樣太順溜，缺少阻澀感，一經倒置，增加了阻力，就能「留」得住，而滋生出頓挫反彈的張力。其中的反問句，也有同樣的作用。後兩韻句各自之間的對比，亦是如此。

辛詞喜用典，《水龍吟・登建康賞心》下片用張翰、許汜、桓温三典，因了反用，似反若正，不説完的用法不同，一典一留，一留一頓挫，在「留」的間隙，能體會其中的層層苦悶。同調上片：「渡江天馬南來，幾人真是經綸手。長安父老，新亭風景，可憐依舊。夷甫諸人，神州沉陸，幾曾回首！」三個韻句用了四典，每個韻句之末句，都是那麼地遺憾；三層之間不停轉换，每轉一次就得留一次，每留一次就得加重一次，猶如杜甫七律偶句的層層疊加，所形成的「高、大、深不可及」（劉熙載語），辛詞崇法杜詩，又加上了一層「重」，就是因了能留而形成「藝術的重力」。《賀新郎》上片説：「甚矣吾衰矣。悵平生、交遊零落，只今餘幾！白髮空垂三千丈，一笑人間萬事。問何物、能令公喜？我見青山多嫵媚，料青山見我應如是。情與貌，略相似。」起首單句領起全詞，用《論語・述而》孔子語，一頓而留住。「交游零落」句爲一層，又留住。「白髮」用李白詩，以下忽接「一笑人間萬事」，爲一大頓挫，亦是一留。「問何物能令公喜」用《晋書・郗超傳》，其人與王珣爲桓温參軍、主簿，很爲看重，府中説他倆「能令公喜，能令公怒」，這裏只用字面而另起一層。「青山嫵媚」句，用《新唐書・魏徵傳》：唐太宗曰：「人言征舉動疏慢，我但見其嫵媚耳。」借人事典用於家山，次句又頓住一留。末兩句作一回應。情緒前悲而後喜，而喜中又含悲，隱伏退居難有作爲。處處轉處處留，跌宕生姿。哀樂悲喜不停轉换，時喜時悲，時抑時揚，用筆能「留」起了關鍵作用。

稼軒詞還在結構上利用「一次性」大起大伏，以大頓挫大轉折構成「一次性」的大停留，跌宕出無限的感慨，這主要見於篇幅不長的短制小詞。《清平樂・獨宿博山王氏庵》上片言宿屋的荒冷破陋，下片言夢醒回顧平生的奔波，末了突出一句「眼前萬里江山」，婉約詞常以大房子裏的小女人寫綿纏情思，這裏却以壯士於破屋的大理想大境界爲刻畫，這末句力重千鈞，由大停頓中轉换出一個大世界，身居破屋者如何胸懷天下，鐵血男兒的悲憤，讓人感慨，讓人肅然起敬！《破陣子·爲陳同甫賦壯詞以寄》從開頭直到結尾，鋪寫夢中熱火朝天的練兵大場面。叙寫後又有：「了却君王天下事，贏得生前身後名」，又議論得英氣勃發，然而夢醒却仰天長歎一聲：「可憐白髮生！」夢中一切全化爲烏有。這裏由熱和冷組成的大停留大頓挫，與上詞以哀景寫壯志不同，以結構上的大停留使冷熱與描寫的多少發生碰撞，末了一句壓倒上文一切，爆發了無盡的悲感與憤慨。這種由停留組成前後對比的結構，在稼軒詞裏爲一大法門，充分發揮了「頓挫」的特殊作用。「追念少年時事」的《鷓鴣天》，上片回憶早年浴血奮戰投歸南宋，下片言今憂白已老。末了一頓留住，然後却轉入「却將萬字平戎策，換得東家種樹書」，在欲吐還吞的萬般遺憾中，藴涵説不盡的悲慟、失望、憤懣！早年所作的《青玉案·元夕》主要寫節日的熱鬧與歡樂。臨到末了説「衆裏尋他千百度」，翻身一轉，頓筆留住，却又接以「驀然回首，那人却在，燈火闌珊處」，在意想不到的驚喜中，却又有不少悲凉，黯淡中却藴含一定的欣慰，雖仍屬一次性的停留，情感却耐人尋味。所謂「自憐幽獨，傷心人别有懷抱」（梁啓超語），可見出能留住的藝術魅力！長調《滿江紅·題冷泉亭》以山水描寫爲主，末了則言「恨此中、風物本吾家，今爲客」，在大停留中，則把思鄉與不忘故國作爲亮眼的主題，發人長想。

打鍛精悍的韻句，直中有曲，快中能留，也是稼軒詞常以頓挫以見起色的特徵。諸如《賀新郎》（細把君詩説）「起望衣冠神州路，白日銷殘戰骨。歎夷甫、諸人清絶。夜半狂歌悲風起，聽錚錚、陣馬簷間鐵。南共北，正分裂。」四韻句，不斷停留却又不停轉折，抑塞悲凉，愈留愈按耐不住，擲地可作金石聲。言情則有《祝英臺近·晚春》：「是他春帶愁來，春歸何處？却不解，帶將愁去」，雍陶《送春》的「今日已從愁裏去，明年更莫共愁來」，雖用其語而更爲曲折。癡語中有獃語，獃語中有衷情語，曲曲折折，停停頓頓，處處能留，留中蕩漾出一片連環續生的不盡情思。「滿眼不堪三月暮，舉頭已覺千山緑」（《滿江紅》敲碎離愁），看似直言，然跌入一層，直中有曲，惜春之意憾然。「欲上高樓去避愁，愁還隨我上高樓」（《鷓鴣天》發端），看似快人快語，不僅「愁」能逐人不棄不離，以反復修辭蕩漾出許多愁來。下片的「浮雲出處元無定，得似浮雲也自由」，以浮雲喻宦蹤不定，下句翻進一層，謂真似浮雲即能够歸隱，豈不逍遥自在。「敲碎離愁，紗窗外風摇翠竹」（《減字木蘭花》開篇），秦觀《滿庭芳》「風摇翠竹，疑是故人來」，是順着説，此則倒置過來，先果後因，奇峭拗勁。同調（風卷庭梧）「天遠難窮休久望，樓高欲下還重依」，先用否定，再用肯定，轉折深進一層。其下片「極目煙横山數點，孤舟月淡人千里」，先是望中遠景，後是心中推想，見出一往深情。「從今日日倚高樓，傷心煙樹如薺」（《西河》西江水），先點後染，同樣寫得一往情深。「楊柳見人離别後，腰肢近日和他瘦」（《蝶戀花》點檢笙歌多釀酒），取秦觀《如夢令》「人與緑楊並瘦」，此不説人瘦却説柳瘦，瘦得和離别人一樣，又是翻進一層説。「此會明年誰健，後日猶今視昔，歌舞只空臺」（《水調歌頭》千古老蟾口），兩點一染，由今説到將來，又由將來説到現在，包含有説不盡的感慨。「當日念君歸去好，而今却恨中年别」（《滿江紅》瘴雨蠻煙），話從彼此兩頭説，從對比頓挫中剔出别情之惋惜。「細看斜日隙中塵，始覺人間何處不紛紛」（《南歌子》玄入《參同契》），用劉禹錫《有僧言羅浮事》「下視生物息，霏如隙中塵」，却更參透一層，真是看穿了人世的擾攘。「十分筋力誇强健，只比年時病起時」（《鷓鴣天》有甚閑愁可皺眉）、「不知筋力衰多少，但覺新來懶上樓」（《鷓鴣天》枕簟溪堂冷欲秋），都是過來人語，都是日間瑣語，却有冷暖自知英雄老矣的慨然。

由上可見，稼軒不僅在豪壯語中能留，有頓挫與轉折，而且在情語中直中有曲，快中有留，言情言意，都能透過一層予以頓挫，發抒纏綿深切的情意。陳洵説：「詞筆莫妙於留。蓋能留則不盡而有餘味，離合順逆，皆可隨意指揮，而深沉渾厚，皆由此得。雖以稼軒之縱横，而不流於悍疾，則能留故也。」〔二五〕相對而言，蘇詞少留，與自然順意流走，不苦思經營有關。

蘇辛除了曠達與豪放，舒緩與緊促，流走與頓挫的區别外，蘇尚格調氣體，故其曠而逸，辛尚氣，故其豪放而緊促；蘇詞自然，不耐刻意，辛詞經營，結構多變；蘇爲「詞詩」，擴大了詞的題材，辛爲「詞論」，故其沉鬱深刻；蘇雅中有俗，故回文詞多首，甚至寫女性之足，搓澡之類。辛雅中有俗，好用俗語俚詞，且多白話詩詞，風格多樣，有些詞則是元曲的先聲。蘇雖以擴大詞的題材而著稱，但畢竟篳路藍縷，局面乍開。辛詞則八面出鋒，題材更爲廣泛。蘇詞還在雅詞範圍，文士氣過重，風格比較單純。辛詞不拘一格，有詞的對話和對話的詞，還有以醜爲美的傾向；蘇詞趨於靜，唯靜才能曠逸。辛詞好動，且追求龍咆虎嘯之動，山可看作馬，長松可看作士兵，花草可看作「粉陣」，連做夢也在「沙場秋點兵」，夢醒則是「眼前萬里江山」。蘇詞冷，由好靜而生。辛詞熱，因好動而起。蘇詞如褚遂良書法，寬徐韶美，辛詞如歐陽詢書字結體，森整鋒芒外露。鄭騫説：「蘇詞是清風明月，辛詞則是强力電風扇與高燭光的電燈泡」；「蘇詞是海，辛詞是『韓潮』；蘇是一道清溪、半畝方塘，辛則是懸崖九折的飛瀑。以雨水來説，蘇是『隨風潛入夜，潤物細無聲』，辛是『九天之雲下垂，四海之水皆立』（杜甫《朝獻太清宫賦》）；用他們自己的話來欣賞，蘇是『清風徐來，水波不興』，辛是『峽束蒼江對起，過危樓，欲飛還斂』（《水龍吟・過南澗雙溪樓》）；蘇詞空靈超妙，辛詞沉着結實」。〔三六〕總而言之，「豪放」並不能包括兩家風格，猶如李杜並稱而實際有飄逸與沉鬱之别。蘇辛相同處，對蘇來説並非其主體風格。他們同中有異，而且異大於同，因爲他們的時代、經歷、思想、終極目標、審美愛好差異極大。辛詞雖對蘇詞有繼承，就像他們都愛敬陶淵明，各人取法則異。因而只看到其中一點相近，就歸入「豪放派」，實在是絶大的誤解。

〔一〕蘇軾《與陳季常書》：「又惠新詞，句句警拔，詩人之雄，非小詞也。但豪放太過，恐造物不容人如此快活。」孔凡禮點校《蘇軾文集》，中華書局二〇〇四年版，第四册，第一五六九頁。

〔二〕蘇軾《與鮮于子駿（侁）書》：「近却頗作小詞，雖無柳七郎（永）風味，亦自稱是一家，呵呵。數日前獵於郊外，所獲頗多，作得一闋，令東州(指密州)壯士抵掌頓足而歌之,吹笛擊鼓以爲節,頗壯觀也。」《蘇軾文集》,第四册,第一五五九—一五六〇頁。

〔三〕小喬原本是周瑜從孫策攻克皖城的「戰利品」,時在建安三年或四年。而赤壁之戰却在建安十三年,周瑜已三十四歲,婚齡已有十年,事見《三國志·吴書》本傳。「羽扇綸巾」原本是諸葛亮的特異的便裝,周瑜的便服没有記載。以無爲有,蘇軾作爲智慧使用,在禮部應試的《刑賞忠厚之至論》中,在這嚴肅試卷中也出現過類似的情況。

〔四〕據唐圭璋《全宋詞》統計,蘇詞用「夢」字七十七個,比喻人世間、人生十六個,兩個數字均爲可觀,見保苅佳昭《新興與傳統——蘇軾詞論述》,上海古籍出版社二〇〇五年版,第七七頁。

〔五〕黄蘇《蓼園詞選》,唐圭璋編《詞話叢編》,中華書局一九八六年版,第四册,第三〇七七頁。

〔六〕吴世昌《詞林新話》,北京出版社二〇〇〇年版,第一六一—一六七頁。

〔七〕吴世昌《詞林新話》,第一四九—一五〇頁。

〔八〕劉熙載《藝概·詞曲概》,上海古籍出版社一九七八年版,第一〇八、一〇九頁。

〔九〕見元好問《遺山先生文集》卷三六《東坡樂府集引》所引。

〔一〇〕黄蘇《蓼園詞選》,唐圭璋編《詞話叢編》,第四册,第三〇七〇頁。

〔一一〕陳廷焯《白雨齋詞話》,孫克强編《白雨齋詞話全編》,中華書局二〇一三年版,下册,第一一六九頁。

〔一二〕陳廷焯《雲韶集輯評》,孫克强編《白雨齋詞話全編》,中華書局二〇一三年版,下册,第一三三三頁。

〔一三〕陳廷焯《雲韶集輯評》,下册,第一頁。

〔一四〕劉熙載《藝概·詞曲概》,第一〇八頁。

〔一五〕胡寅《斐然集·題酒邊詞》,《景印文淵閣四庫全書》第一四八七册,上海古籍出版社一九九〇年版,第五二四頁。

〔一六〕兩事分見楊萬里《誠齋詞話》與曾慥《高齋詩話》,並見鄒同慶、王宗堂校注《蘇軾詞編年校注》,中華書局二〇〇二年版,第二五一頁。

〔一七〕俞文豹《吹劍三録》,鄒同慶、王宗堂校注《蘇軾詞編年校注》,中華書局二〇〇二年版,第二五一頁。

〔一八〕説見鄒同慶、王宗堂校注《蘇軾詞編年校注》,下册,第九七六—九七七頁。

〔一九〕陳廷焯《雲韶集輯評》,下册,第一二七頁。

〔二〇〕蔡嵩雲《柯亭詞論》,唐圭璋編《詞話叢編》,第五册,第四九一〇—四九一一頁。

〔二一〕以上兩評，分見：陳廷焯《雲韶集輯評》，下册，第一二七頁；《詞壇叢話》，孫克强編《唐宋人詞話》，南開大學出版社二〇一二年版，下册，第八〇三頁。

〔二二〕劉熙載《藝概・詞曲概》，上海古籍出版社一九七八年版，第六六、六七頁。

〔二三〕還有《梁書・張充傳》記其出獵「左手臂鷹，右手牽狗」。

〔二四〕陳廷焯《白雨齋詞話》，下册，第一一六頁。

〔二五〕陳洵《海綃説詞》，唐圭璋編《詞話叢編》，第四册，第四八四〇頁。

〔二六〕鄭騫《漫談蘇辛詞異同》，《從詞到曲》，商務印書館二〇一五年版，第二〇一頁。

（作者單位：西安培華學院人文與國際教育學院）

周邦彦《六醜》詞調句拍正誤

田玉琪　彭　哲

内容提要　周邦彦《六醜》詞調，以《詞律》《詞譜》爲代表的詞譜著作，或將下片第三韻斷作上五下三式八字折腰一句，或斷作五字一句、三字一句，實皆錯誤。斷句是理解詞作的一個基本前提。我們要把唐宋詞作斷句斷好，最主要還是要遵循詞調依聲填詞的基本規則，就是按韻拍、句拍斷句，而不是人爲地從文意點斷。認真總結唐宋詞人的創作，詳察前人詞譜的優劣，實在尚有很多的工作可做。

關鍵詞　周邦彦　《六醜》　詞調　句拍

《六醜》爲周邦彦創調，一題「落花」，一題「薔薇謝後作」[一]。它是周邦彦代表作之一，也是宋詞名篇。今天研讀周詞包括宋詞，此首通常也爲必讀之一。爲方便起見，現將全詞贅引如下：

正單衣試酒，恨客裏、光陰虛擲。願春暫留，春歸如過翼。一去無迹。爲問花何在，夜來風雨，葬楚宫傾國。釵鈿墮處遺香澤。亂點桃蹊，輕翻柳陌。多情爲誰追惜。但蜂媒蝶使，時叩窗隔。東園岑寂。漸蒙籠暗碧。静繞珍叢，底成歎息。長條故惹行客。似牽衣待話，别情無極。殘英小、强簪巾幘。終不似、一朵釵頭顫裊，向人欹側。漂流處、莫趁潮汐。恐斷紅、尚有相思字，何由見得。[二]

本文爲國家社科基金重大招標項目「詞體聲律研究與詞譜重修」（項目編號：15ZDB072）成果。

然而對於此首下片第三韻的斷句，歷代詞譜包括其他詞籍整理著作，或如《詞律》等書斷作上五下三式八字折腰句，或如《填詞圖譜》、《欽定詞譜》[三]斷成「靜繞珍叢，底成歎息」，作五字一句，三字一句。這實皆是錯誤的斷法。正確的斷法應爲兩個四字句，即「靜繞珍叢，底成歎息」。這兩種不同的斷法於文意的理解也大不相同。而此調體式也並非如《詞譜》等書所云有三種或幾種體式，實即於宋代僅周邦彦詞一種體式。《詞律》、《詞譜》諸書的斷句對後人創作包括詞譜及詞籍的整理既作了相當規範，也産生了很大的誤導，其誤導主要就是下片第三韻的斷句。

一　歷代詞譜對周詞下片第三韻的斷句皆誤

詞譜著作載周詞《六醜》者，以《嘯餘譜》爲最早，於下片第三韻作「靜繞珍叢底成歎息」，又於句後標有「八字句」字樣。[四]繼《嘯餘譜》之後，《填詞圖譜》最早將該韻拍斷爲兩個句拍，作「靜繞珍叢底，成歎息」[五]，作五字一句，三字一句，這是最早將周詞此韻斷句的詞譜。此後，萬樹《詞律》載該調，不以周邦彦詞爲譜，而以方千里和周邦彦之「看流鶯度柳」一詞爲譜，於下片第三韻作「遠水沈雙鯉、無信息」[六]，作八字折腰一句，這還是將此韻看作八字一句。而《詞譜》、《詞繫》及現當代詞譜及詞籍整理著作，也多於周詞下片第三韻斷作「靜繞珍叢底，成歎息」。

在詞譜著作中，對周詞斷句影響最大的是清人萬樹的《詞律》和王奕清等人編撰的《詞譜》，後人詞譜及詞籍整理著作即多沿二書。

我們先看《詞律》，《詞律》用方千里詞作譜，將下片第三句斷作上五下三式八字折腰一句，並云與周邦彦詞、吴文英詞字聲相同，自然也視方詞與周邦彦、吴文英詞句法相同。下面又舉楊慎和周詞《箇儂》之例：

恨箇儂無賴，嬌賣眼、春心偷擲。蒼苔花落，一雙先印下。月樣春迹。聞氣不知名，似仙樹御香，水邊韓國。羅襦襟解聞香澤。雌蝶雄蜂，東城南陌。何人輕憐痛惜。窺宋玉鄰牆，巫山寧隔。尋尋覓覓。又暮雲凝碧。良夜千金，繁華一息。楚宮盼睞留客。愛長袖風流，鍾情何極。唱道是、鳳幃深處附素足。顫裊周旋惡。憐伊盡傾側。叫檀郎、莫枉春夕。恐佳期、别後青天樣，何由再得。〔七〕

應該説，楊氏詞雖然是和周詞韻，但句法、字聲多不正，明顯創作有些草率。由於萬樹是以方千里詞爲譜，爲便於將楊氏詞與周、方詞比較，仍將方詞贅引如下：

看流鶯度柳，似急響、金梭飛擲。護巢占泥，翩翩飛燕翼。昨夢前迹。暗數歡娱處，豔花幽草，縱冶遊南國。芳心蕩漾如波澤。系馬青門，停車紫陌。年華轉頭堪惜。奈離襟别袂，容易疏隔。人間春寂。謾雲容暮碧。遠水沈雙鯉、無信息。天涯漸老羈客。歎良宵漏斷，獨眠愁極。吴霜皎、半侵華幘。誰復省、十載匀香暈粉，髻傾鬟側。相思意、不離潮汐。想舊家、接酒巡歌計，今難再得。〔八〕

對楊氏詞句法，《詞律》批評道：

本和周韻……句法誤者，「遠水」句上五下三，楊因周作「静繞珍叢底，成歎息」誤讀「底成」相連，因爲四字兩句矣；「豔花」二句，周云「夜來風雨，葬楚宫傾國」。楊誤讀「葬」字屬上句，因作上五下四矣；「十載」句，周云「一朵釵頭顫裊，向人欹側」，本上六下四，楊誤讀「一朵釵頭」爲四字句，因作「顫裊周旋」矣。〔九〕

萬樹指出楊氏詞三處句法與周詞不同，三處當中後兩處應無異議，但以周詞當作「静繞珍叢底、成歎息」，楊慎「誤讀『底成』相連，因爲四字兩句矣」，這個説法並不正確。方千里詞所云「遠水沈雙鯉、無信息」中「雙鯉」是專有名詞，不宜拆開，實爲宋詞中特例，以特例爲譜，並不合適（見後文分析）。

我們不妨再看《詞譜》，《詞譜》列此調共三體，以周邦彦詞爲正體，於周詞下片第三韻即斷作五字一句、三字一句，這實際上與萬樹斷作上五下三式折腰句並無本質不同。《詞譜》另列吴文英、詹正（《全宋詞》考作彭元遜詞）二人詞體。於吴文英詞體，《詞譜》云：

此與周詞同，惟後段第三、四句，作四字兩句，第九句作七字，第十句作六字異。按陳允平和詞，後段第九、十句「驚回處、斷雨殘雲，倦倚畫闌干側」，正與此同。〔一〇〕

於詹正詞體，《詞譜》云：

此與吴詞同，惟後段第十二句、第十三句，作四字三句異。〔一一〕

爲了更加方便地比較，我們還是依《詞譜》所説的周、吴、詹詞不同的句子具體列出作一對比〔一二〕，先看周詞和吴詞的對比：

周詞：靜繞珍叢底，成歎息；終不似、一朵釵頭顫裊，向人敧側。

吴詞：過眼年光，舊情盡别；却因甚、不把歡期，付與少年華月。

再看吴詞和詹詞的對比：

吴詞：向夜永、更説長安夢，燈花正結。

詹詞：點點摶作，雪綿松潤，爲君裛淚。

應該説，《詞譜》對此調句拍從文意上人爲的點斷，同樣出現了嚴重的失誤。《六醜》實則只有一個體式，以上三體實皆爲一體。正確斷法，周詞與吴詞應爲：

周詞：靜繞珍叢，底成歎息；終不似、一朵釵頭顫裊，向人敧側。

吴詞：過眼年光，舊情盡别；却因甚、不把歡期付與，少年華月。

詹詞和吴詞應爲：

吴詞：向夜永、更説長安夢，燈花正結。

詹詞：點點搏、作雪綿松潤，爲君裛淚。

應該説，在該調的斷句上，最重要的還是下片第三韻八個字的斷法。無論是《詞律》點作八字折腰一句，還是《詞譜》點作五字一句，三字一句，都是錯誤的。

二　周詞下片第三韻應作「静繞珍叢，底成歎息」原因解析

《六醜》一調在兩宋除周邦彦詞外，方千里、吴文英、楊澤民、陳允平、劉辰翁、彭元遜亦各存一首，共七首詞，且多爲和周詞。下片第三韻全是八字，這裏我們先如《嘯餘譜》將八字並列一起來看，中間刪掉所有標點〔一三〕：

周邦彦：静繞珍叢底成歎息。
方千里：遠水沈雙鯉無信息。
吴文英：過眼年光舊情盡別。
楊澤民：翠竹名花底同燕息。
陳允平：夢裏驚春去如瞬息。
劉辰翁：憔悴江南秋風舊客。
彭元遜：日下長秋城烏夜起。

《嘯餘譜》視爲八字一句，顯然不當，它是從韻拍角度考慮的。而《詞律》僅列方千里一詞，作上五下三式八字折腰一句，雖然稍有變化，但同樣是從韻拍角度考慮，如果上面這七首詞都如萬樹一樣點斷，不少是荒唐可笑的，通過萬樹對楊慎《箇儂》詞的批評，萬樹是的確都將此調宋詞都看作上五下三式折腰句的。

然而我們仔細閱讀不難發現，這個詞調此韻並不是八字句拍。最直接的感覺是吴文英、陳允平、劉辰翁、彭元遜的詞都應該是兩個四字句拍：

吴文英：過眼年光，舊情盡別。
陳允平：夢裏驚春，去如瞬息。
劉辰翁：憔悴江南，秋風舊客。
彭元遜：日下長秋，城烏夜起。

上面四人詞的斷句應該没有爭議。餘下的是周邦彦、方千里、楊澤民三人詞，他們的詞依然可以分作兩個四字句拍：

周邦彦：靜繞珍叢，底成歎息。
方千里：遠水沈雙，鯉無信息。
楊澤民：翠竹名花，底同燕息。

這裏，首先就特别涉及到了「底」字的用法含義問題。《詞律》、《詞譜》等書在將周詞「底」字屬上句時，首先是因爲没有對「底」字含義進行仔細的分析，再就是没有對宋人詞作全面總結，缺少清晰的句拍觀念。從語意的角度來看，「底成歎息」才是完整的句子，也符合此調的基本句拍特徵。〔一四〕

《説文》云：「底，山居也。一曰下也。」〔一五〕這是該字的原始含義，「下」也是「底」最常用之義。郭預衡《中國古代作品選》對「珍叢底」的注釋即「指凋零的薔薇花叢下」〔一六〕。另外，「底」還有「裏面」、「旁邊」的意思〔一七〕。無論取義如何，以「底」字屬上，則其爲方位名詞。然而「靜繞珍叢」四字已足以表意，接一名詞「底」字，於文意則嫌累贅，如《唐宋詞鑒賞辭典》在解釋「靜繞珍叢底」時寫道：「詞人只能靜靜地繞着無花的薔薇。」〔一八〕便没有涉及「底」字。我們也查閲了五十多種關於朱祖謀《宋詞三百首》的箋注、評注本，絶大部分没有解釋或翻譯「底」字，本身也説明「底」字若屬上句，則是可有可無之字。另外，「底」字還可以作爲副詞作「都」、「盡」、「確實」、「極」、「竟」等意義〔一九〕。將周詞斷爲「底成歎息」，完全可以理解爲「盡（都）成歎息」之意。

在兩宋詞中，「底事」、「底死」、「底是」三詞常用，其中「底是」一詞中「底」往往也是「都」、「盡」之意，如〔二〇〕：

底是長生箓，八郡詠歌聲。

竹籬茆舍，底是藏春處。

底是無波去處，空弄一竿桅。

而在宋人七詞中，如果將方千里詞斷作四字兩句：「遠水沈雙，鯉無信息。」便是一個特例，於文意稍有不順，若從文意上斷作上五下三，似更爲合理：「遠水沈雙鯉，無信息。」即使可以這樣，因爲「雙鯉」作爲一個專有名詞，不宜拆開，但它也只是偶然的在「文意」上的斷法，在此調創作中也不具有代表性。而在詞調體式的整理歸納中，這樣的特例，也不宜考量，因爲從音樂的節拍或者説歌唱的處理上，它仍然應是四四句法。萬樹之所以選擇方千里詞作譜，恐怕就是想徹底坐實此韻應爲上五下三的句法特點。

兩個四字句拍，就是《六醜》詞調下片第三韻的句拍特點。「一調有一調之律，即『調有定句，句有定字，字有定聲』。」〔二一〕「詞調的長短、分段、韻位、句法以及字聲，主要取決於曲調。」〔二二〕這是詞調斷句的基本原則，《六醜》詞調此韻的斷句也非常具有典型性。即從「一調有一調之律」來看，這個詞調以上一下四式五字一句，如周詞「正單衣試酒」、「葬楚宫傾國」、「但蜂媒蝶使」、「漸蒙籠暗碧」、「似牽衣待話」，配以多個四字句和上三下四、上三下五、上三下六折腰句法，句法特點十分鮮明，下片第三韻若突然出現一個上五下三的折腰句，或五字一句，三字一句，也十分突兀，與此調總體句拍特點明顯不合。

三　《詞律》、《詞譜》對《六醜》斷句於後人創作的規範及誤導

《詞律》刊行於康熙二十六年（一六八七），《詞譜》編撰完成於康熙五十四年（一七一五）。明清及民國《六醜》詞作，據《全明詞》、《全清詞（順康卷）》、《全清詞（雍乾卷）》、《清名家詞》及民國多家詞集，有六十首左右，從詞律聲律角度來看，明顯可分爲前後兩期。

在《詞律》、《詞譜》刊行之前，主要有楊慎、王翃、張戬、傅占衡、金堡、鄒祗謨、陳維崧、沈豐垣、彭桂、查容、錢芳標等人所作[二三]，這是《六醜》詞調創作的混亂時期，各家創作多有不同，尚無統一體式。其中混亂多受楊慎易名《箇儂》的影響，如王翃、張戬、彭桂等人，亦有既受楊慎詞又受周邦彦詞影響者，如傅占衡、陳維崧等，字聲、句法、用韻多有缺陷，也有純受周邦彦、吴文英詞影響者，如金堡「次周美成落花韻」、鄒祗謨「偶拈周美成韻寄感」、查容「偶憶」、錢芳標「秋夜感懷用夢窗詞」詞，字句韻都很完美，以上各詞，除傅占衡下片第三韻偶作上五下三句法之外，其他均作兩個四字句拍。這一點需要特別留意。

《詞律》、《詞譜》刊行後，《六醜》詞作之較早者爲張惠言「便風風雨雨」詞[二四]，該詞題「薔薇謝後作」，就其用韻及遣詞造意來看，也可明顯看出受周詞影響，然而不同於《詞律》、《詞譜》未出現前的詞人創作，張詞對下片第三韻的處理已變爲五字一句，三字一句，作「試問春何在，難重憶」。此後，周之琦「喚幽禽夢醒」詞於此處作「待向朱欄底、尋步屧」[二五]，爲上五下三式折腰句。後之作者雖然偶有作兩個四字句拍者，如沈雙承、梁啓超等人詞（亦或受《詞譜》中夢窗詞體影響）[二六]，絶大部分，縱如孫鼎烜雖和周邦彦，亦作「走近欄干下、猶屏息」[二七]；陸烜「借用周美成韻」亦「無語低頭驚，龐顫息」[二八]……很少有不作上五下三折腰句，或上五下三兩句者。

顯然《詞律》、《詞譜》對《六醜》詞調的規範，使這個詞調絶大部分的字句韻與宋人創作一致了，這是它

的功績，但在下片第三韻的處理上出現了嚴重的誤導。其誤導影響最大者莫過於朱祖謀的創作及其所編之《宋詞三百首》。朱祖謀創作《六醜》三首，其下片第三韻分別作「舊侶瓊簫冷，誰話得」（「得」字應注韻，《清名家詞》以「讀」點之而與下句合作上三下六式折腰句，誤）；「記起傳柑事，情味別」；「海燕移家慣、無駐泊」〔二九〕，其中，第二首詞雖然次韻吴文英韻，但也當是參考了《詞譜》所列的周詞體式，或者認爲吴文英詞當斷作「過眼年光舊、情盡别」。而《宋詞三百首》更是影響甚大，其箋注、注譯等各種版本，據我們不完全統計，至少有五六十種，所收周詞即作「靜繞珍叢底，成歎息」。這對民國至今的詞人創作及詞籍整理都産生了極其嚴重的不良影響。

結語

我們今天見到的宋詞刻本除了分片外，都没有句讀韻的標識。不能不説，對唐宋詞進行點斷是一個相當繁雜巨大的工程。雖然明清至今的詞譜著作都在努力進行這一方面的工作，但很多詞調的斷句並没有完成好，沿襲前人者多，新發現者少，即使如周邦彦這樣的大詞人作品的斷句依然存在問題。我們要把唐宋詞斷句斷好，最主要還是要遵循詞調依聲填詞的基本規則，就是按韻拍、句拍斷句，而不是人爲地從文意點斷。而關於韻拍和句拍，明清詞譜之理念多混亂淆雜，有的是多考慮韻拍，如《嘯餘譜》、《詞律》，《詞律》列詞調體式是不標每個體式的「句」數多少的，它缺少「句拍」的觀念。相較《詞律》，《詞譜》明顯進步了一些，除了韻拍之外，每一個詞調體式都標了多少「句」，不過，《詞譜》這個「句」，却又並不是嚴格的唐宋詞音樂的「句拍」觀念，而是《詞譜》編撰者根據詞作文意來點斷之「句」，從而使《詞譜》所列的詞調體式過於繁多雜亂。由於音樂文獻的缺失，我們今天點斷唐宋詞，一個主要途徑就是對唐宋詞人同調的全部作品進行全面比對分析，確定該調韻拍、句拍特徵，總結各個詞調的基本規律，然後對該調韻拍、句拍作出基本判斷。不僅《六醜》這個詞調，其他詞調的斷句也都是這樣。不然，一字之差，謬以千里。後之作者學人，若只管拿前人詞譜成果照搬，類似《六醜》這樣的斷句錯誤，不知還會沿襲多久。認真總結唐宋詞人的創作，詳察前人詞譜的優劣，實在尚有很多的工作可做。

〔一〕羅忼烈《清真集箋注》，上海古籍出版社二〇〇八年版，第二四九頁。

〔二〕詞見唐圭璋編《全宋詞》，中華書局一九六五年版，第六一〇頁。下片第三韻、第七韻《全宋詞》分别作「靜繞珍叢底，成歎息」、「終不似一朵，釵頭顫嫋，向人欹側」，筆者俱斷句如上，理由皆見下文。

〔三〕王奕清等《欽定詞譜》，中國書店二〇一二年版。後文皆簡稱《詞譜》。

〔四〕程明善輯《嘯餘譜》卷三，明萬曆流雲館刻本。

〔五〕賴以邠《填詞圖譜》卷五，見查繼超輯、吴熊和點校《詞學全書》，書目文獻出版社一九八六年版，第六一一頁。

〔六〕〔八〕〔九〕萬樹《詞律》卷二十，上海古籍出版社一九八四年版，第四四九頁，第四四八—四四九頁，第四四九頁。

〔七〕詞見萬樹《詞律》卷二十，第四四九頁。斷句亦參饒宗頤編《全明詞》，中華書局二〇〇四年版，第八〇一頁。

〔一〇〕〔一一〕王奕清等《詞譜》，第七〇三頁，第七〇四頁。

〔一二〕所引三家詞句俱見王奕清等《詞譜》，第七〇三頁。

〔一三〕分别見唐圭璋編《全宋詞》第六一〇頁，第二五〇三頁，第二九三五頁，第三〇一四頁，第三一一七頁，第三二三〇頁，第三三一五頁。

〔一四〕羊基廣《詞牌格律》亦斷作兩個四字句，但認爲如果置於前，「底」是「底下」之意，於文意講不通，置於下是「爲什麼會……」或「因何以致這樣」的意思。並且依然如《詞譜》所列譜式，將方千里、吴文英、彭元遜詞列出，以示别體，句拍觀念依然不清晰。羊基廣《詞牌格律》，巴蜀書社二〇〇八年版，第一四五四—一四五六頁。

〔一五〕許慎《説文解字》，上海古籍出版社二〇〇七年版，第四五九頁。

〔一六〕郭預衡主編《中國古代文學作品選·宋遼金部分》，湖南出版社一九九五年版，第二六七頁。

〔一七〕羅竹風主編《漢語大詞典》，漢語大詞典出版社一九八六年版，第九四二頁。

〔一八〕唐圭璋、鍾振振主編《唐宋詞鑒賞辭典》，安徽文藝出版社二〇〇〇年版，第五三〇頁。

〔一九〕羅竹風主編《漢語大詞典》第九四二頁即云「底」字有「盡、極」之義。

〔二〇〕分別見唐圭璋編《全宋詞》第二五一五頁包恢《水調歌頭》（羽觴隨曲水）詞、第三六〇八頁無名氏《驀山溪》（竹籬茆舍）詞、第二五一二頁吴泳《八聲甘州・和季永弟思歸》詞。

〔二一〕馬興榮等主編《中國詞學大辭典》，浙江教育出版社一九九六年版，第八頁。

〔二二〕吴熊和《唐宋詞通論》，上海古籍出版社二〇一〇年版，第五二頁。

〔二三〕各家詞分別見南京大學中國語言文學系《全清詞》編纂研究室編《全清詞・順康卷》，中華書局二〇〇二年版，第一一六頁，第三五六頁，第三六五頁，第一〇〇二頁，第三〇二三—三〇二四頁，第四二七八—四二七九頁，第四五二一頁，第六〇八八—六〇八九頁，第六七二七頁，第七六二一頁。按其中陳維崧三詞、彭桂詞、查容詞皆名《箇儂》，然實即《六醜》。

〔二四〕〔二七〕〔二八〕張宏生主編《全清詞・雍乾卷》，南京大學出版社二〇一二年版，第八〇五二頁，第二九四〇頁，第三七六一頁。

〔二五〕周之琦《心日齋詞》第五一頁，陳乃乾輯《清名家詞》第七册，上海書店一九八二年版。

〔二六〕詞分別見：張宏生主編《全清詞・雍乾卷》，第三三七二頁；梁啓超《飲冰室合集》第五册，中華書局一九八九年版，第八四頁。

〔二九〕分別見：朱祖謀《彊村語業》，第二六頁，第四六頁，第八〇頁；陳乃乾輯《清名家詞》第十册。

（作者單位：河北大學文學院）

《豐樂樓》調體之辨平議

鄒佳茹

内容提要　《豐樂樓》爲吴文英最早的《鶯啼序》詞，關於其是否可以稱調、又如何辨體的問題，清代各主要大型詞譜意見不一。通過還原《豐樂樓》詞的傳播歷史，可以發現，「豐樂樓」本爲夢窗「瓜吴駕雲閬海」一詞的題名，其經過宋代題壁、明代詞集，以及清代几部大型詞譜的傳播，逐漸由詞題變爲詞調。《欽定詞譜》將其視爲《鶯啼序》别名，從同調異名的角度看，比較合理。但《豐樂樓》有其自身突出的創作背景與體式特點，《詞鵠》將其視作《鶯啼序》調中之一體則更加合適。

關鍵詞　鶯啼序　豐樂樓　吴文英　詞調

唐宋詞調常有一調多名，這已成爲清代詞譜定調辨體的重要關切點。萬樹《詞律·發凡》即説：「詞有調同名異者，如《木蘭花》與《玉樓春》之類，唐人即有此異名。至宋人則多取詞中字……然其題下自注，寓本調之名也。後人厭常喜新，更换轉多，至龐雜朦混，不可體認。所貴作譜者合而酌之，標其正名，削其巧飾，乃可遵守。」〔一〕

《鶯啼序》爲詞中最長之調，《欽定詞譜》（以下稱《詞譜》）以《豐樂樓》爲其别名，注云：「一名《豐樂

本文爲國家社科基金重大項目「明清詞譜研究與《詞律》《欽定詞譜》修訂」（18ZDA253）階段性成果。

樓》，見《夢窗乙稿》。」[一]但清末秦巘的《詞繫》則提出完全相反的意見，認爲《豐樂樓》只是夢窗某詞的詞題，不可稱調：「此是原題，並非調名，故削之。」[二]可見在「豐樂樓」稱調、辨體的問題上，清代主要大型詞譜的意見存在明顯的差異。

一 《豐樂樓》調體論爭及原因

《鶯啼序》調始南宋，宋人存詞十五首。此調因吴文英而興，吴文英有三首詞，創作時間以《豐樂樓》（「天吴駕雲閬海」詞）一首爲最早。這也是明代一卷鈔本《夢窗詞》將此首調名題作「豐樂樓」的主要原因。但此調並非夢窗所創，宋代趙聞禮《陽春白雪》所載的高似孫、徐寶之二詞，均早於夢窗。由於夢窗詞名頗盛，又擅製曲，加之《陽春白雪》流傳不廣，故而清人多將其誤認作《鶯啼序》一調的創製者，如康熙年間的田同之即説「《鶯啼序》創自夢窗」。[四]及至秦巘編訂《詞繫》，方將高詞輯録入譜，其採調録詞以時代先後爲序，注曰：「此調舊説始於吴文英，然高似孫爲淳熙間人，在吴數十年前，可見不始於吴也。或云始於黄在軒，在軒名公紹，宋末人，更非。」[五]朱祖謀訂稽《夢窗詞》時，則將「豐樂樓」詞的調名改作《鶯啼序》。因此，夢窗的《豐樂樓》詞調名本來應作《鶯啼序》，這一點是毋庸置疑的。

《鶯啼序》以曲式爲調名，一曲四疊，屬於序子。《詞源・拍眼》云：「引、近則用六均拍，外有序子，與法曲散序、中序不同。法曲之序一片，正合均拍。俗傳序子四片，其拍頗碎，故纏令多用之。」[六]蔡嵩雲《柯亭詞論》言「鶯啼序爲序子之一體」[七]。萬樹《詞律》則稱：「詞調最長者，惟此序。而最難訂者，亦惟此序。」[八]萬樹所言「此序」，正是指序子。《鶯啼序》四段詞句參差宛轉，句長而韻短，句中多讀，頗不易合拍，符合張炎所説「其拍頗碎」的特點。今所見序子，除了《鶯啼序》一調外，還有無名氏之詞《傾杯序》，見於《歲時廣記》卷三十五，其詞通篇二百七字，凡四疊，便是《詞源》所説的纏令體，以叙事为主，講述王勃創作

《滕王閣序》的故事，可惜明清各主要詞譜皆未有載。在今存各譜中，《鶯啼序》是僅有可見的序子。

《詞譜》認爲《豐樂樓》與《鶯啼序》一樣可以稱調，是因爲夢窗「天吴駕雲閬海」一詞，此詞是爲祝賀杭州新建豐樂樓所賦，曾風靡一時。唐宋詞調中，同調異名是較爲普遍的現象，這既是詞調發展演變的結果，也是其不斷豐滿的體現，在此過程中，名家名篇詞句往往是影響因素之一。《詞譜》中，同調異名最多者如《念奴嬌》，有多達二十個名稱，其中，僅因蘇軾「赤壁懷古」詞有「大江東去，一樽還酹江月」之句，便生出《大江東去》、《酹江月》、《赤壁詞》、《酹月》四個别名，後人亦有延用。《詞繫》認爲「豐樂樓」不可稱調，或是因爲宋人十五首《鶯啼序》詞中，唯有吴文英一首名爲《豐樂樓》，作爲調名來看，當時的使用度和流行度不高，但若不採宋以後的追和之作，完全否定「豐樂樓」稱調的可能，則是稍顯拘泥了。

《鶯啼序》調長體繁,萬樹在編著《詞律》時亦歎其難訂,在句法、用韻等方面上多需詳辨。《詞譜》錄五體,分別爲吳文英一體、黃公紹、趙文各一體,皆二百四十字,汪元量一體,二百三十六字。《詞繫》在《詞譜》的基礎上新增二體,補進高似孫詞爲首見詞,另列吳文英「天吳駕雲閬海」詞爲又一體,列體標準更爲細緻。

相較《詞譜》與《詞繫》，在《鶯啼序》分調列體的意見上，成書更早的《詞鵠》却更爲合理，其將《豐樂樓》列爲《鶯啼序》調中一體，既承認《豐樂樓》可以稱調，又爲其完成了辨體。《詞鵠》卷三十五列該調三體，第一體爲汪元量「金陵故都最好」詞，詞題爲《重過金陵》；第二體爲吴文英「殘寒正欺病酒」詞，詞調正名下注「一名《豐樂樓》」[九]；第三體爲夢窗别首「横塘棹穿豔錦」詞。按照《詞鵠》的列體觀念，詞家唯有在填「殘寒正欺病酒」這一體（也即其别名所列的第二體）時，方可使用《豐樂樓》爲調名，在填其第一、第三體時只能稱作《鶯啼序》。

儘管《詞譜》也將夢窗「殘寒正欺病酒」詞和「天吴駕雲閬海」詞視作一體，但並未以詞調别名《豐樂樓》

作爲體律的規約。《詞譜》調列五體，詞家無論填其中哪一體，都可以稱爲《豐樂樓》。這種不同是因爲二譜的編纂邏輯與主張存在一定區別。《詞鵠》採取的是分體互見的機制，一方面不必再糾纏於同調異名、同名異調問題的辨析，同時也具體約定了「别名」所領轄的體式範疇。《詞譜》採取的原則是分調而列體，别名與正名只是一調的不同稱呼而已，與詞之體式没有關係，這樣的好處在於譜式體系更爲簡潔了，但也於調、體之辨上稍顯籠統。

二　從「豐樂樓」題壁到《豐樂樓》詞調别名

各詞譜於《豐樂樓》稱調、辨體的問題存在爭議，實際上也與唐宋詞非連續、多媒介的傳播方式有關。對校《詞譜》與《詞繫》可見，二者對於夢窗此詞的文獻溯源路徑是有區别的。《詞譜》溯至夢窗詞集，而《詞繫》則更向前推進一步，溯至其在創作之初的題壁形態，二者分屬詞在傳播過程中的兩個階段。

夢窗詞主要有四卷本和一卷本兩個系統，前者本於明毛晉《宋六十名家詞》中的《夢窗甲乙丙丁稿》，是現存最早的夢窗詞刻本；後者本於明一卷鈔本，成書時間早於毛本，其中部分詞作標注宫調信息，在體例上較毛本更優，應是現存最早的夢窗詞集。朱祖謀在編訂《夢窗詞》時即選擇明鈔本爲底本，其「豐樂樓」詞校語云：「原鈔以『豐樂樓』爲調，題作『節齋新建此樓，夢窗淳祐十一年二月作，是時樓新建，大書於壁，望幸焉。』」[一〇]朱祖謀於《夢窗詞集小箋》中又説：「汲古閣本注云『節齋新建此樓，夢窗淳祐十一年二月甲子作是詞，大書於壁，望幸焉』。」[一一]由此可見，兩個版本的文字雖有細微的差别，但皆以「豐樂樓」爲調名，同時也都清晰地闡明了此詞的創作時間、地點和機緣。

《詞繫》録詞，每將詞題、詞序一應録入，在保留原集面貌的同時，也充實了關於調名、題旨等方面更多的文獻線索。如夢窗「豐樂樓」一詞，《詞繫》即録有汲古閣本詞題。《詞譜》則一律不取詞題、詞序，從譜式的角度來説，更爲簡潔，也無可厚非，因爲編定詞譜的主要發旨在於爲詞格體式、聲律等建立一定的標準，方便人們依譜填詞。那麽，《詞繫》又是何以判定兩版夢窗詞是誤以詞題爲調名的呢？具體看夢窗此詞：

天吴駕雲閬海，凝香空燦綺。倒銀海、蘸影西城，四碧天鏡無際。綵翼曳、扶摇宛轉，雩龍降尾交新霽。近玉虚高處，天風笑語吹墜。　清濯緇塵，快展曠眼，傍危闌醉倚。面屏障、一一鶯花，薜蘿浮動金翠。慣朝昏、晴光雨色，燕泥動、紅香流水。步新梯，藐視年華，頓非塵世。　麟翁衮舄，領客登臨，座有誦魚美。翁笑起、離席而語，敢詫京兆，以役爲功，落成奇事。明良慶會，賡歌熙載，隆都觀國多閒暇，遺丹青、雅飾繁華地。平瞻太極，天街潤納璇題，露牀夜沈秋緯。　清風觀闕，麗日罘罳，正午長漏遲。爲洗盡、脂痕茸唾，淨捲麴塵，永晝低垂，繡簾十二。高軒駟馬，峨冠鳴佩。班回花底修禊飲，禦爐香、分惹朝衣袂。碧桃數點飛花，湧出宫溝，泝春萬里。〔一一〕

四段詞由豐樂樓的地理、景觀叙至宴會盛況，最後發時局之深慨，揭示題旨。夢窗詞風超逸沉博，三首《鶯啼序》皆非纏令體。此篇洋洋灑灑，結構精妙，高華密麗，是當世的名篇，廣爲流傳。

周密《武林舊事》就不僅記載了夢窗此詞的創作環境，還記載了其傳播效果：「豐樂樓舊爲衆樂亭，又改聳翠樓，政和中改今名，淳祐間趙京尹與籌重建。宏麗爲湖山冠。又甃月池，立秋千、梭門，植花木，構數亭，春時遊人繁盛。舊爲酒肆，後以學館致爭，但爲朝紳同年會拜鄉會之地……吴夢窗嘗大書所賦《鶯啼序》於壁，一時爲人傳誦。」〔一二〕

可見，豐樂樓題壁是此詞流傳的重要起點，且傳播效果非常顯著。題壁傳播是唐宋詞大衆傳播的重要方式之一，尤其在詞傳播的初始階段，具有範圍廣、影響大等特點。酒肆名樓人流如織，往來不絶，因而其墻壁往往成爲文人士子「首刊」作品的理想媒介，以便於播揚才名，這在唐時已經成爲一種風俗。

在兩宋詩詞傳播中，豐樂樓詩詞具有特別的歷史意義。北宋時期，豐樂樓即是開封最爲著名的酒樓，又稱樊樓，是東京富庶繁華的象徵，後於靖康之亂中毀於兵火。南宋初年，杭州西湖之濱新建豐樂樓，與東京豐樂樓重名，一度寄托着南渡民衆對舊日樊樓的懷念，以及對恢復故土的期盼。不過，它最終令南宋人失望了：「聊以粉飾太平耳，往往皆學舍士夫所據，外人未易登也。」〔一四〕劉克莊有詩諷刺道：「吾生分裂後，不到舊京遊。空作樊樓夢，安知在越樓。」〔一五〕除夢窗外，南宋另一位詞人陳人傑也曾題壁豐樂樓，留下千古名篇。陳人傑登樓時，但見江山滿目瘡痍，想到友人「東南嫵媚，雌了男兒」之句，憤懣不已，便於酒酣之際寫下《沁園春》一詞，題於東壁。他在詞中直斥「諸君傅粉塗脂。問南北戰爭都不知」〔一六〕，抨擊南宋君臣文恬武嬉的苟安心態。

題壁詩詞與名樓酒肆是相互成就的，兩版夢窗詞皆説他題壁的目的是「望幸焉」，意即在此。夢窗初登此樓即留名篇，自是佳話。他在《醉桃源・會飲豐樂樓》一詞中再次描繪了觥籌盛筵之後的場景：「風絮晚，醉魂迷。隔城聞馬嘶。落紅微沁繡鴛泥。鞦韆教放低。」〔一七〕而其作於晚年的《高陽臺・豐樂樓分韻得如字》則更多流露出身世感慨和哀時之音：「莫重來，吹盡香綿，淚滿平蕪。」〔一八〕可以説，豐樂樓的興衰也是夢窗人生際遇的寫照。

在夢窗三首《鶯啼序》中，其「豐樂樓」詞的創作時間是最早的。試想，倘若其題壁之時未書調名，而《鶯啼序》一調又因調長拍碎、不宜演唱而難於傳播，高、徐二人之詞鮮爲人知，那麽時人將夢窗詞作爲新調來看也就有可能了。夢窗在理宗朝已頗有詞名，尹焕序其詞即説：「求詞於吾宋者，前有清真，後有夢窗。此非焕之言也，四海之公言也。」〔一九〕在這首題壁名篇的「傳誦」過程中，鼎鼎大名的「豐樂樓」較之鮮爲人知的「鶯啼序」，不僅更合詞意，也更便於記憶。

夢窗集的編纂是其詞傳播的第二階段，從口頭傳播走向了文字傳播，讓「豐樂樓」這一詞調别名得到了更爲確切的固化。最早的夢窗詞鈔本爲明萬曆二十六年（一五九八）太原張廷璋所藏，但究竟爲何人所集,具體成書時間又究竟在宋、元還是明,學界尚未有定論。自夢窗「豐樂樓」題壁詞的創作與傳播起始,至其詞集藏本確有記載,跨越這兩個傳播階段,已經過去了三百四十七年。其間,夢窗詞的流傳難以確定出一條清晰的線索。

這一巨大的空白現或能稍作填筆。上文可見,周密在《武林舊事》中已經將夢窗「豐樂樓」題壁詞稱爲《鶯啼序》了,取其詞調正名,可爲《夢窗詞》的成書年代提供一點新的思考。周密亦是南宋詞壇名家,詞風深受夢窗影響,對識調辨體自是熟稔。《武林舊事》是繼《東京夢華録》之後又一部重要的都城筆記,爲元忻厚德藏於家塾,根據其跋語所記載的時間,應成書於元至元戊寅年(一二七八)之前,距離夢窗題壁的淳祐十一年(一二五一)至多晚二十七年。周密與夢窗二人过从甚密,《武林舊事》所載調名應是可信的。此書在元代就有刻本和手抄本,且周密是邊寫邊流傳,應不難閱見,倘若《夢窗詞》鈔本的作者能够閱得此書,理應採納周密所定的調名,那麽集内調名與題名很可能就區分開了。若未能閱得此書,那麽《夢窗詞》鈔本的成書年代或要早於元至元戊寅年(一二七八),直取題壁文本,或非精於倚聲者所集,疏於辨訂調名。

以上可見,「豐樂樓」本爲夢窗「天吴駕雲閬海」一詞的題名,其經過宋題壁、明詞集,至清兩部大型詞譜的傳播,逐漸由詞題走向了稱調、稱體。

三　調體不分與《豐樂樓》後世和詞

對於《豐樂樓》調體之辨的問題,不唯清人在製詞譜時未能釐清與統一意見,及至《鶯啼序》創作熱潮的掀起,晚清民國人的和詞依然因爲調體不分而表现出一定的混亂。

儘管有高、徐二人之詞在前,但《鶯啼序》一調的真正流行,應屬夢窗詞出現以後。而其因調長拍碎、寫作難度大,宋以後歷代詞家亦皆不敢輕易填寫。李佳《左庵詞話》論其:「非層折多,波瀾闊,未易相稱。

豈纖小家所敢弄筆。」〔二〇〕蔡嵩雲《柯亭詞論》剖析其章法特點稱：「填此調，意須層出不窮，否則滿紙敷辭，細按終鮮是處。又全章多至四遍，若不講脈絡貫串，必病散漫，則結構尚矣。此外更須致力於用筆行氣，非然者，不失之拖遝，即失之板重。此調自夢窗後，佳構絕鮮。」〔二一〕在晚清民國「夢窗熱」的推動之前，此調的追和者有四十餘首，不可稱多。而隨着「夢窗熱」的影響，挑戰這一長調、難調者漸繁，以便彰顯詞才。杜文瀾《憩園詞話》曾説：「凡倚聲稍多，必作《鶯啼序》，以光全集。」〔二二〕杜氏爲晚清詞家，其實在他的時代，《鶯啼序》數量畢竟有限，只有到了民國時期，《鶯啼序》的數量才隨着「夢窗熱」而多了起來，不僅名家多作，更一寫再寫，如周岸登便填了十首之多。這爲夢窗詞的接受研究和詞譜的傳播應用研究均提供了較爲豐富的材料。

關於《鶯啼序》的聲律特點，明清詞譜皆以夢窗爲範式。夢窗三首詞體式不一，《詞鵠》、《詞譜》均以「豐樂樓」詞與其「殘寒正欺病酒」詞爲一體，以後詞作爲例詞，爲四段二百四十字，第一段八句四仄韻，第二段十句四仄韻，第三段十四句四仄韻，第四段十四句五仄韻。《詞譜》、《詞繫》皆以「殘寒正欺病酒」詞爲正體(以下稱爲「夢窗正體」)，秦巘以爲：「吴共三首，此首最有法度，故以爲式。」〔二三〕下列《詞譜》所載的夢窗正體〔二四〕：

殘寒正欺病酒(句)　掩沈香繡户(韻)　燕來晚(讀)　飛入西城(句)　似説春事遲暮(韻)
○○●●●　●○○◎▲　◎⊙●　⊙●○○　●◎⊙●○▲
畫船載(讀)　清明過却(句)　晴煙冉冉吴宫樹(韻)　念羈情遊蕩(句)　隨風化爲輕絮(韻)
◎⊙●　○○●●　○○●●○○▲　●⊙○⊙●　⊙○◎⊙○▲
十載西湖(句)　傍柳繫馬(句)　趁嬌塵軟霧(韻)　溯紅漸(讀)　招入仙溪(句)　錦兒偷寄
◎●○○　◎◎◎●　●⊙○◎▲　◎⊙●　⊙●○○　◎○○◎

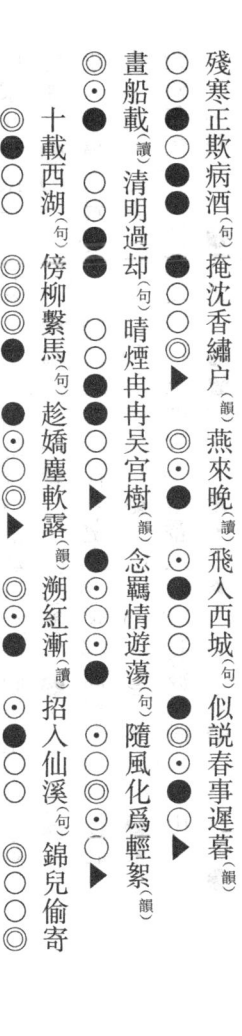

幽素(韻)倚銀屏(讀)春寬夢窄(句)斷紅濕(讀)歌紈金縷(韻)暝堤空(句)輕把斜

⊙▲●○○⊙○●●◎⊙●⊙○○▲●⊙○⊙●⊙

陽(句)總還鷗鷺(韻)幽蘭旋老(句)杜若還生(句)水鄉尚寄旅(韻)別後訪(讀)

○◎○○▲⊙○◎●◎●⊙○◎⊙◎◎▲◎●●

六橋無信(句)事往花萎(句)瘞玉埋香(句)幾番風雨(韻)長波妒盼(句)遙山羞黛(句)

◎⊙⊙●◎●⊙⊙●●○○●⊙⊙▲⊙○◎●○○⊙●

漁燈分影春江宿(句)記當時(讀)短楫桃根渡(韻)青樓仿佛(句)臨分敗壁題詩(句)

⊙○⊙●○○●●⊙○◎●⊙○▲○○●●⊙⊙◎●○○

淚墨慘澹塵土(韻)危亭望極(句)草色天涯(句)歎鬢侵半苧(韻)暗點檢(讀)

◎◎◎◎○▲⊙○◎●◎●○○●●○◎▲●◎●

離痕歡唾(韻)尚染鮫綃(句)嚲鳳迷歸(句)破鸞慵舞(韻)殷勤待寫(句)書中長恨(句)

⊙○⊙▲●●○○◎●○⊙◎⊙⊙▲○○●●○○○●

藍霞遼海沈過雁(句)漫相思(讀)彈入哀箏柱(韻)傷心千里江南(句)怨曲重招(句)

⊙○⊙●⊙◎●●○○⊙●○○▲⊙○⊙●○○◎●○○

斷魂在否(韻)

●○◎▲

不過，夢窗「豐樂樓」詞實際與其正體存在着微小的差别，「豐樂樓」詞的第四段第四句不押韻，第九句轉而押韻，餘則相同。基於這兩個韻位的變化，《詞繫》將其另外列作一體，列體標準更爲嚴苛。

那麽，宋以後詞人在填此調時，以「豐樂樓」爲調的有多少呢？它們又是否遵從「豐樂樓」詞體呢？首先看以《豐樂樓》稱調的詞作。明人王翃《槐堂詞存》載「生綃誰點毫末」詞，詞題爲《褚文彦出長江萬里圖披玩感賦》，用夢窗正體。至有清一代，陳維崧《迦陵詞全集》載「上元許多往事」詞，詞題爲《辛酉元夜》，用夢窗「豐樂樓」詞體。李符《耒邊詞》載「霜天正排字雁」詞，在夢窗正體與「豐樂樓」詞體之間，其第四段第四句不押韻，第九句亦不押韻。王策《香雪词钞》載「四十年來舊事」詞，乃次韻陳維崧之作，亦用夢窗「豐樂樓」詞體。黄景仁《兩當軒集》載「故人巨卿頓首」詞，通篇二百三十九字，與各體皆不同。因而，在以《豐樂樓》稱調的詞作中，惟陳維崧、王策是既依其調，又從其體的。不過，無論是依夢窗正體，還是「豐樂樓」詞體，均與《詞鵠》的調體觀念是相契合的。惟黄景仁一詞與宋人各詞體皆不同，但依然取調名《豐樂樓》，這便與《詞譜》的調體觀念相吻合。

晚清民國人又有多首次韻夢窗「豐樂樓」詞之作，調名皆作《鶯啼序》，可見詞家已多能辨調。不過，各家的和詞在用韻上又有不同，並不都是典型的次韻詞作，可見尚未能辨體。鄭文焯《樵風樂府》載其《鶯啼序・秋感和夢窗豐樂樓韻》詞，韻脚依次爲「綺」、「際」、「霽」、「墜」、「倚」、「翠」、「水」、「世」、「美」、「世」、「地」、「緯」、「遲」、「二」、「珮」、「袂」、「里」，與夢窗一字不差，純爲「豐樂樓」詞體。朱祖謀《彊村語業》載其《鶯啼序・龍樹寺餞别高理臣府丞、張次珊參議，用夢窗豐樂樓韻》詞，第四段第四句押韻，以「外」字爲韻脚，而第九句「馬」字不押韻，則其實依從的是夢窗正體。周岸登《蜀雅》載其《鶯啼序・重建思莊樓，用夢窗豐樂樓韻》詞，第四段第四句「粲」與第九句「岸」互押，而與其餘韻字皆不可通叶，作了換韻處理，與夢窗各體皆不同。張爾田《鶯啼序・琴台秋感，用夢窗豐樂樓韻》詞，第四段第四句、第九句皆不押韻，與夢窗各體亦都不同，與李符詞相同。王昜《鶯啼序・江亭覽勝用夢窗豐樂樓韻》詞，第四段第四句以「市」字爲韻脚，第九句「没」字不叶，是依從夢窗正體。

通過梳理明清至民國各家詞作可知，《豐樂樓》辨體的關鍵在於其第四段第四句、第九句的用韻規則。

但歷代詞家調體未辨，使得此調面貌參差，如陳維崧、鄭文焯既辨其調，又謹守其體者鮮少。民國大多數詞家雖能辨調，但疏於辨體，即便作次韻「豐樂樓」詞，也以夢窗正體爲式。及至如周岸登、張爾田等，在韻法上或增或減，甚至換韻，就更顯隨意了。

結論

詞的同調異名問題關乎具體的社會風習、社交文化，吴文英於淳祐十一年所作的「天吴駕雲閬海」詞歷經了題壁、詞集與詞譜三種媒介，在傳播過程中，詞題「豐樂樓」逐漸流傳爲調名。

詞家學人在填詞、製譜之時，首先需要定調辨體，正本清源。應當承認，《豐樂樓》可以稱調，而與此同時，此詞有其自身突出的創作背景與體式特點，將其視作《鶯啼序》調中一體則更宜，就如《詞鵠》之所爲。

〔一〕萬樹編著《詞律》卷一，上海古籍出版社影印光緒二年（一八七六）本，一九八四年版，第一二—一三頁。
〔二〕〔二四〕王奕清等《詞譜》卷三十九，北京大學藏康熙内府刻本。
〔三〕秦巘《詞繫》卷二十一，北京大學圖書館藏稿本，第四三頁。
〔四〕田同之《西圃詞説》，唐圭璋編《詞話叢編》，中華書局一九八六年版，第一四七四頁。
〔五〕秦巘《詞繫》卷三十九，第四〇頁。
〔六〕張炎《詞源》卷下，唐圭璋編《詞話叢編》，第二五七頁。
〔七〕蔡嵩雲《柯亭詞論》，唐圭璋編《詞話叢編》，第四九一六頁。
〔八〕萬樹編著《詞律》卷二十，第四六二頁。
〔九〕孫致彌、樓儼《詞鵠初編》卷十五，國家圖書館藏清康熙四十四年（一七〇五）刻本，第一五頁。
〔一〇〕吴文英《夢窗詞》，民國十一年（一九二二）歸安朱氏三次補校刻《彊村叢書》本，第五八頁。
〔一一〕朱祖謀《夢窗詞集小箋》，民國十一年（一九二二）歸安朱氏三次補校刻《彊村叢書》本，第一五頁。

〔一二〕秦巘《詞繫》卷二十一，第四二—四三頁。

〔一三〕周密《武林舊事》卷五，清乾隆三十七年（一七七二）至道光三年（一八二三）長塘鮑氏刻《知不足齋叢書》本。

〔一四〕周密《武林舊事》卷六。

〔一五〕劉克莊《後村先生大全集》，商務印書館一九三六年版，第八頁。

〔一六〕陳人傑《沁園春》，唐圭璋編《全宋詞》，中華書局一九八六年版，第三〇七九頁。

〔一七〕吴文英《夢窗詞》，第四〇頁。

〔一八〕吴文英《夢窗詞》，第八三頁。

〔一九〕朱祖謀《夢窗詞集小箋》，第一頁。

〔二〇〕李佳《左庵詞話》卷下，唐圭璋編《詞話叢編》，第二九九八頁。

〔二一〕蔡嵩雲《柯亭詞論》，唐圭璋編《詞話叢編》，第四九一六頁。

〔二二〕杜文瀾《憩園詞話》卷六，唐圭璋編《詞話叢編》，第二九九八頁。

〔二三〕秦巘《詞繫》卷二十一，第四一頁。

（作者單位：華東師範大學中文系）

選本批評與常州詞派唐宋詞統序的建構及嬗變

高明祥

内容提要　從選本來看常州詞派唐宋詞統序的建構發展，可以窺得流派宗尚的傳承與變化。張惠言《詞選》確立了温庭筠的經典地位，而董士錫、董毅父子又對姜、張詞風重新審視，這體現流派建立之初的根基並不牢固。周濟確立了宋四家的經典地位，但仍對姜、張有所抑制，這體現常州詞派需要繼續發展光大的意圖。譚獻延續了周濟以周邦彦爲經典的統序，但以歷時的排列來建構詞選，顯示了包容的態度。陳廷焯以王沂孫爲典範，顯示了較大主觀性，但他對姜、張的重視，可以窺得浙派仍然在發展的事實。朱祖謀確立了吴文英的經典統序，掀起了「夢窗熱」，晚年他作了反思，兼學蘇軾，以求「以蘇疏吴」，顯現了他對自然天工的回歸。

關鍵詞　選本　常州詞派　唐宋詞　統序

清人填詞面臨一個同宋人寫詩大致相同的窘迫境遇，即「學誰」。宋詩前面有唐詩這座高山，宋人不得不考慮在學唐的基礎上以求新變。而清詞前面的這座高山便是宋詞，清詞發展雖流派紛呈，然無不以唐宋詞統序的建構爲基礎來樹立自己宗派的大旗，雲間尚花間，陽羡學蘇、辛，浙西崇姜、張，常州尊温庭筠。然而，同一詞派發展中雖大旨趨同，但個中流變並非某一個節點所能概括。常州詞派自張惠言開宗，至清季四大家而漸息，其所宗尚不斷變化，所建構的唐宋詞統序亦隨之而變。常州詞人尤善用選本來推衍其宗旨，因此，透過選本批評，我們可以窺見詞派借助唐宋詞所建構的統序及嬗變。前人對此有某些相關論述，但仍有較大開拓空間〔一〕。

一　創派伊始的統序之確立與猶疑

常州詞派由張惠言開宗，實際學界對張氏是有意還是無意開派尚有爭論〔二〕；但從張惠言《詞選》來看，他是有意打壓浙西詞派所尚的姜、張而自成一派的。不過創派之初，浙西派仍有强大影響力，以至於在後來董士錫、董毅父子的統序建構中，又給予姜、張足够重視。這顯示創派伊始，常州詞派關於統序建構的探索與猶疑。

張惠言《詞選》成了常州詞派開宗的宣言書，他所建構的唐宋詞統序一直統攝常州詞派，後世詞家審美趣味與經典確立受其很大影響。《詞選》的宣言代表，一是所選詞人詞數，這是張氏最直觀的褒貶；二是《詞選序》，這是其詞學理論的動機與彰顯；三是詞之評點，這是其詞學理念的實踐。《詞選》共選四十四位詞家計一百一十六首。温庭筠的詞數在《詞選》中高居榜首，第二名與之相差甚遠。張惠言通過這種直觀的操作，既摒棄了陽羨派宗蘇、辛，浙西派宗姜、張的審美趣味，又將以往遭受訾議的花間詞人温庭筠架上神壇，建立了以温氏爲首的唐宋詞統序，開創了一種獨立、獨特的學詞範式。然而，如何纔能把傳統觀念中綺靡的花間詞風賦予一種更高雅、更受士林認同的意義，這是問題的關鍵所在。

傳統上，我們解釋《詞選序》是站在一種「我注六經」的立場上，來看待張惠言評點的發揮，去看待他對温庭筠詞作的解讀。但是，如果逆向思考，站在一種「六經注我」的立場上，會發現温庭筠經典的確立是一種理論先行的必然。張氏把本來評價文詞之詞的「意内言外」轉嫁到詞之文體。段玉裁對「意内言外」的解釋是「意主於内而言發於外」〔三〕，意思是詞就是作者的想法外化出來。張惠言則把「意内言外」解釋成：

作者的意藴可能隱含在詞體文本的背後。他説詞是因情而創，用精微的語言來起興，「微言」決定了詞的語言是精微細巧的，而非縱横捭闔的；詞歌詠的里巷中男女哀樂之事只是表面現象，其實背後託喻的是士大夫「幽約怨悱不能自言之情」，作者不能够直接表達，而要借助「低徊要眇」的比喻委婉表現出來。這就像《詩經》裏的比、興、變風，《離騷》中的「香草美人」筆法一樣。如果選擇一位詞家，他的詞作有着「香草美人」式的豐富闡釋空間，那麽温庭筠是最合適不過的。葉嘉瑩説：「良以温詞多寫精美之物象，而精美之物象則極易引人生託喻之聯想。」〔四〕温庭筠的詞，本身帶有豐富的「語碼」，像李商隱的無題詩一樣，意義指向並不明確，這就給讀者留下了很多闡釋的餘地。换言之，如果詞寫得太豪放，則無餘意可闡；如果太清空，則意藴便虚無縹緲：擯棄豪放、清空兩派的束縛，只得尋求另一種審美途徑，於是綺麗精美的花間詞風便走入了張惠言的視野。所以他説：「温庭筠最高，其言深美閎約。」〔五〕

張惠言在評點中具體而微地踐行了自己的詞學理念。他説温庭筠《菩薩蠻》：「此感士不遇也。篇法仿佛《長門賦》，而用節節逆叙。此章從夢曉後，領起『懶起』二字，含後文情事，『照花』四句，《離騷》初服之意。」〔六〕這裏的「感士不遇」並非指《菩薩蠻》（小山重疊金明滅）這一首詞，而是指《菩薩蠻》十四首。張惠言將十四首《菩薩蠻》視爲聯章體詞，從一組龐大的意象群中塑造人物形象，將詞中一幅幅仕女圖比作士大夫不得其志的展現。又評價第一首詞「照花」四句是「《離騷》初服之意」，「初服」有着儒家「窮則獨善其身」的意味，表達作者對自身美好品質的堅守。「照花」句表面寫一個女子在照鏡整理自己的新衣，但張惠言將其比爲不受重用的屈原，賦予其厚重的意藴底色。這完成了對内容的一種重新解讀與建構，實現了「意内言外」的理論宗旨。

張惠言當然並不滿足於這個理念只適用於温庭筠詞，而是以此考量整個唐宋詞史。在他所建構的統序中，秦觀、李煜、辛棄疾、馮延巳、朱敦儒、韋莊、蘇軾、周邦彦、王沂孫是列爲後續的，雖然入選詞的數目

但以文辭相高，以成一格，此其異也。六子者，兩宋諸家皆不能過焉。」〔一〇〕董氏推崇兩宋詞家的秦觀、周邦彥、辛棄疾、姜夔、王沂孫、張炎淵淵乎文有其質焉。其蕩而不反，傲而不理，枝而不物。柳長，清以和，周之長，清以折，而同趨於麗；蘇、辛之長，清以雄；姜、張之長，清以逸。而蘇、辛不自調律，的常州詞派的代表人物」〔九〕。董士錫建構的詞之統序，大致延續了張惠言的路數，他說：「蓋嘗論之，秦之的女婿。董士錫上承張惠言，下開周濟，對常州詞派的傳承起着重要作用，「是繼張惠言之後與周濟並稱

實際上，董士錫、董毅父子對張惠言所建立的統序都有所修正。董士錫既是張惠言的外甥，又是張氏

一開始並没有十分大的影響力，要到《續詞選》的修正時，纔使其能够撥雲見月。

常州後學很多選本雖然調整了這個統序，但依然可以在張氏這裏尋到根源。值得注意的是，這個統序在且他所確定的秦觀、李煜、辛棄疾、馮延巳、朱敦儒、韋莊、蘇軾、周邦彥、王沂孫的統序，對後世影響巨大。而

張惠言所建立的唐宋詞統序，確立了温庭筠經典地位，奠定了常州詞派「意内言外」的論詞方法。而

特質。

立意的角度來尋求新的觀照，對抗前人的本色論、格律論、風格論等，以保持一個宗派開山時的明顯他將蘇軾《卜算子》解釋成了一首政治隱喻詞，又將辛棄疾《祝英臺近》視爲君子不得志的象徵。張氏從詞作，同樣以「意内言外」的方式來解釋，這樣既建立了一個新的統序，又標榜了一種觀照詞的新方式。也是頗爲嚴苛的，他說：「前數子者，又不免有一時放浪通脱之言出於其間。」〔八〕他選擇「文有其質」的柳永、黄庭堅、劉過、吴文英等，摒棄在自己建構的詞統序列之外，而且即使符合要求的詞人，入選詞作作中能闡釋言外的意思，纔能稱作「有質」。他對此要求是十分苛刻的，不僅將不符合這一特點的詞人永、黄庭堅、劉過、吴文英之倫，亦各引一端，以取重於當世」〔七〕。張惠言欣賞「文有其質」的詞作，即從詞軾、秦觀、周邦彥、辛棄疾、姜夔、王沂孫、張炎淵淵乎文有其質焉。其蕩而不反，傲而不理，枝而不物。柳不能與温詞相提並論，但爲實踐他「意内言外」的理念，不得不苛刻爲之。他將宋詞分爲兩類，即「張先、蘇

彦、蘇軾、辛棄疾、姜夔、張炎「六子」，只比張氏認可的八家少了張先和王沂孫。不過，董氏更加重視姜、張的地位：「姜白石、張玉田出，力矯其弊，爲清雅之製，而詞品以尊。」〔一一〕這一點對其子董毅的影響比較大。在董毅建構的《續詞選》統序中，可以明顯看出對姜、張的推崇。

張惠言《詞選》刊刻于嘉慶二年（一七九七），董毅的《續詞選》刊刻于道光十年（一八三〇）。董毅選編《續詞選》的主要原因，是因爲「《詞選》之刻，多有病其太嚴者」〔一二〕。對於《續詞選》的處理，不能只看董毅所建構的唐宋詞統序，而要同《詞選》合在一起考察，方能窺見董毅的真實意圖。在新的統序中，温庭筠、秦觀、周邦彦選詞數仍是處於前列，這顯示了流派主旨在董氏這裏的延續。但是董毅確立了一個以張炎爲首的新統序，並且大力提高了姜夔的地位，可以看出董氏對浙西詞風的重新審視。這反映出道光時期浙西詞派依舊有强大的影響力。並且，常州詞派在創派伊始，與浙西詞派的關係比較曖昧。張惠言力主温庭筠，而打壓姜、張，但在董毅這裏又出現了反復與猶疑。張琦在《續詞選序》中説刊刻《續詞選》「亦先兄之志也」〔一三〕，恐怕只是場面話語。

從張惠言確立温庭筠的經典地位而打壓姜、張的詞風，到董士錫、董毅父子對姜、張的重新審視，反映着這一時期常州詞派所建構的唐宋詞統序並不穩固。這一階段「常州詞派的先驅者們的詞學觀點與詞評觀念，還處在一個過渡、實驗與徘徊的時期」〔一四〕。由此可見，一個流派的形成並非一錘定音，而要經過後學不斷的闡釋與完善，纔能蔚然成風。而吊詭的是，《詞選》因爲《續詞選》的合刻，纔逐漸爲人所重視，然而當《詞選》價值顯現的時候，人們却讚譽《詞選》的卓識，而批評《續詞選》的蕪雜。這表明《詞選》的苛刻固然是一個流派立命時所不可或缺的，然而這樣也會遭受巨大的壓力。因此《續詞選》的合刻，顯示了一種包容的態度，纔使得流派的命脈得以流傳。但是，當流派已站住脚跟的時候，純正而嚴苛的法門又會得到追認。

二　經典的重估：四家統序的確認

周濟用經典重估的態度，以「門徑」作爲示法，建構了周邦彦、辛棄疾、吴文英、王沂孫四大家的統序。由是，確立了周濟在常州詞派中承上啓下的重要地位。陳匪石言：「自周氏書出而張氏之學益顯，百餘年來詞徑之開闢，可謂周氏導之。」〔一五〕周濟的詞學觀點是一個不斷發展變化的過程，他説：「余少嗜此，中更三變。年逾五十，始識康莊。」〔一六〕經過對早年詞學的反思與修正，他最終提出了「四家門徑」的理論。

周濟早年編過《詞辨》（一八一二）一書，今存殘本「正」、「變」兩卷。不過從周濟補録的後記中，我們可以得知殘存的兩卷反而是最有價值的，其中選録的都是周氏所肯定的詞人詞作，體現了其審美宗尚。且《詞辨》前載有《介存齋論詞雜著》，是探析周濟早期詞學思想的重要文獻。從《詞辨》中可見周濟在一些方面繼承了張惠言的思想。首先，對温庭筠經典地位的捍衛。周濟所選温庭筠的詞數依然是最多的，他説：「皋文曰：『飛卿之詞，深美閎約。』信然。飛卿醖釀最深，故其言不怒不懾，備剛柔之氣。針縷之密，南宋人始露痕迹。花間極有渾厚氣象，如飛卿則神理超越，不復可以迹象求矣。然細繹之，正字字有脈絡。」〔一七〕這體現了周氏對張氏宗法的認同，不過周濟重視的並不是温詞中的經國大業，而是文學藝術層面的美感，這體現他對詞體本質的體悟，應該較張氏更爲合理。其次，李煜在張氏《詞選》中居於前列，周氏也保留了此等設置。周濟評李煜詞：「李後主詞，如生馬駒，不受控捉。毛嬙、西施，天下美婦人也，嚴妝佳，淡妝亦佳，粗服亂頭，不掩國色。飛卿，嚴妝也。端己，淡妝也。後主，則粗服亂頭矣。」〔一八〕這顯現了周濟對自然天工的崇尚，然而他對嚴妝、淡妝、粗服亂頭三者並没有褒此貶彼的意味，這顯示他較爲寬容的審美風尚。再次，周氏對姜、張都有詞作入選，但是數量較少。這顯示他和張惠言同樣抑制姜、張的用意，既承認當時浙西詞派的地位，然又標舉新的典範與之對抗。周濟説：「近人頗知北宋之妙，然終不免有姜、張二字橫亘胸中。豈知姜、張在南宋，亦非巨擘乎。」〔一九〕從源頭上立論來批駁浙西詞派的宗尚本身就有問題，何況是後來的學之者。「周濟的批評意圖非常鮮明，即爲顛覆浙西推崇姜、張的傳統，重塑詞學典範」〔二〇〕，這便達到一種價值重估的意義。

從《詞辨》中亦可看出周濟詞學思想的一些新變。首先，退蘇進辛。他對辛棄疾的才情思力由衷讚賞，而對蘇軾提出了批評，他説：「世以蘇、辛並稱，蘇之自在處，辛偶能到。辛之當行處，蘇必不能到。二公之詞，不可同日語也。」〔二一〕這裏的批評其實有失公允，辛棄疾本色當行之處，蘇軾不能達到，這一點可以理解；但是説蘇軾自在之處，辛也偶能到，這就有些牽强。蘇軾的空靈蘊藉也是难以學到的。因此，龍榆生批評「周氏知稼軒之沉着痛快，而不理會東坡之蘊藉空靈，此常州詞派之所以終不能臻於極詣也」〔二二〕。其實，周濟的做法實在是一種權宜之策。因爲浙派宗姜、張而主「清空」，而蘇詞的空靈與浙派所尚的「清空」有相近之處，爲了排斥浙派而不得已將蘇詞也列在打壓對象之内。其次，四家學詞門徑的雛形建立。《詞辨》中周邦彦、辛棄疾、吴文英、王沂孫四家已經佔據了重要的地位。雖然這時還没有一個明確路徑的形成，但是四家的標杆地位已經確立。他讚賞周邦彦的勾勒渾厚、辛棄疾的才大情深、吴文英的意境深遠、王沂孫的故國之思。由此可見，這時的周濟已經對此宋四家抱有十分讚賞的態度，在此基礎上，纔形成後來「四家門徑」的學詞之説。

周濟在《詞辨》中初步提出了「寄託説」。他説：「初學詞求空，空則靈氣往來。既成格調求實，實則精力彌滿。初學詞求有寄託，有寄託則表裏相宣，斐然成章。既成格調，求無寄託，無寄託，則指事類情，仁者見仁，知者見知。」〔二三〕他在這裏闡釋了「有寄託」與「無寄託」的關係。他的原意是要讓詞的寄託寫成没有寄託的樣子，讓讀者能够多方面的解讀。但是，這裏周濟的前後觀點恐有矛盾之處。前言「初學詞求空」，後言「初學詞求有寄託」；前言「既成格調求實」，後言「既成格調，求無寄託」。「有寄託」應該指的是

「實」，「無寄託」應該指的是「空」，但這裏前後不一，相互矛盾，顯現了他的詞論還不够完善。以至於他在後來的《宋四家詞選目録序論》中進一步提出了「出入寄託説」。這些觀點在周濟的《宋四家詞選》中最終得以强化與確立，王兆鵬認爲《詞辨》「實爲《宋四家詞選》之前身」〔二四〕，這是不無道理的。

道光十二年，周濟編選《宋四家詞選》一書。此時的他已然主盟詞壇，所以編選此書也有着弘揚常州詞派宗旨、樹立審美範式的意圖，「意在度人金針，示人津筏，而並非隨意進退古人」〔二五〕。在《宋四家詞選》中，周濟打破一般詞選編纂之歷時順序，而將周邦彦、辛棄疾、吴文英、王沂孫四家視爲學詞之門徑，將其他詞家作爲四者附從而存在。周濟建構之門徑順序爲「問塗碧山，歷夢窗、稼軒，以還清真之渾化」〔二六〕，即「王沂孫—吴文英—辛棄疾—周邦彦」。在四家選詞數目中，從少到多，亦是如此序列。所以，這不僅是一個學詞的順序，也是一個四家地位高低的標識。

周濟所建構的四家學詞統序，不僅是對張惠言詞學的繼承，更是一種反思與揚棄。張惠言建構的統序實際是以五代與北宋爲主，而周濟建構的是由南宋而入北宋的法門。四家之中，只有位列《詞選》第四位的辛棄疾在張惠言統序中處於比較重要的位置；周邦彦與王沂孫在《詞選》中也屬於一般重要詞人，纔入選四首詞作；吴文英更是遭受張惠言的排斥而未選一首。周濟將此四人一步提升爲唐宋詞統序之關鍵，在常州詞派發展中可謂巨大之轉折。

爲何有如此變化？這與周濟的詞學思想密不可分。周濟在張惠言比興之説的基礎上，提出了「出入寄託説」的詞學觀點。他説：「夫詞非寄託不入，專寄託不出。」〔二七〕這要求詞人在創作之時要有託喻，如果没有寄託，那麽詞就會淺薄；但是寄託要用暗喻、形象表達出來，而不能直露。最後寫成的詞是以有寄託的格調創作出的像是没有寄託的作品，讀者可以根據自己的理解予以多重解釋。劉熙載説：「詞之妙莫妙於以不言言之，非不言也，寄言也。」〔二八〕大致如是。在周氏看來，學詞是一個從「有寄託人」到「無寄託出」的升華之路，四家統序的確立與此密切相關。碧山詞有意尋求寄託，有技法可循，適合初窺門徑；夢窗詞「由南追北」，其密麗繁複的特點可以補浙西派空疏之弊；稼軒詞「由北開南」，其縱橫捭闔可濟夢窗詞晦澀碎片之病；這三者實際還停留在「有寄託入」的階段。清真爲集大成者，其詞渾化圓融，是「無寄託出」的最高審美典範。

宋四家統序的確立實際適應了當時詞壇的需要。張惠言以温庭筠爲首的統序在詞之小令的學習方面較有成效，而在長調的取法上就顯得頗爲捉襟見肘了，但是小令的承載容量畢竟有限，如果常州詞派要獲得更大的影響力，就必須在長調上確立範式。周濟生活的嘉慶時期，政治腐敗，經濟凋敝，民怨鼎沸，清王朝開始逐步走向衰落。這對詞的紀實性提出了新的要求，周濟早期便提出了「詞史」的概念：「詩有史，詞亦有史，庶乎自樹一幟矣。」〔二九〕對於「詞史」的研究，學者大多聚焦於對詞與現實的關係云云，但反過來思考，現實的書寫實際上對詞體的擴容量提出了要求。張惠言的温庭筠範式全是小令，其所承載的信息量有限，而在長調的取法上没有一個處於絶對領袖地位的經典詞人。這時候以長調創作爲主的詞人走進了周濟的視野，無論是作爲學詞歷程的王沂孫、吴文英、辛棄疾，還是作爲學詞歸宿的周邦彦，其創作的主要成就也是集中在長調方面。周濟在常州詞派中的影響巨大，常州詞學至周濟成繼往開來之勢。前輩之詞學于此成海而集之大成，後輩之詞學於此分流而源遠流長。

三　四家統序的分流延展與浙、常兩派的糾纏

自周濟四家統序確立之後，後世常州派詞人雖亦有創新，然無不受其沾溉。後期常州詞派的重要代表是譚獻、陳廷焯，他們各從四家中舉出一家，而締造帶有自我色彩的唐宋詞統序。他們既延續了常州詞派的家法，又作出了新的貢獻。

（一）周邦彦經典的延續與譚獻綜合前人統序的《復堂詞録》

譚獻力尊詞體，推重常州，時人重之，成爲清季四大家之前的詞壇盟主。葉恭綽認爲譚獻「承常州派之緒，力尊詞體，上溯風、騷，詞之門庭，緣是益廓，遂開近三十年之風尚，論清詞者，當在不祧之列」[三〇]。譚獻所做的唐至明代詞選的《復堂詞録》，綜合前人，不廢己見，集之大成。

在《復堂詞録》中，譚獻建立了以周邦彦爲首、次則辛棄疾、吴文英、王沂孫的統序，這明顯改造了周濟的四家門徑統序。譚獻所選四家詞數量的排列順序和周濟是一致的，由少到多即「王沂孫—吴文英—辛棄疾—周邦彦」，這顯示了他對周氏建構「問塗碧山，歷夢窗、稼軒，以還清真之渾化」門徑的認同。但周濟所要展現的是一個學詞方法，一個由簡單而趨向複雜的過程，而譚獻所要展現的是詞體的發展歷史。所以，譚獻要打破周濟四家門徑的排列方法，而歸之以歷時的發展順序。

實際上，譚獻也綜合了張惠言唐宋詞的統序。周濟建立的統序弊端是只有宋詞而無唐五代詞，譚獻在彌補唐五代詞的缺憾時，很大程度上參照了張惠言的《詞選》，尤其對温庭筠地位肯定僅次於周邦彦。但是，譚獻不再遵從張惠言以經解詞的方法，而是將温詞的解讀拉到文學的藝術性的層面，這和周濟有一脈相承之處。更爲重要的是，譚獻提出了「作者之用心未必然，而讀者之用心何必不然」[三一]的闡釋論，圓通了張惠言的解詞之法。

在譚獻建構的唐宋詞統序中，更能看到他的一些創見。首先，對馮延巳的推重。馮延巳選詞數在張惠言與周濟的唐五代詞選中都次於温庭筠與李煜，而《復堂詞録》所選馮延巳詞的篇數大大提升，遠遠超過李煜。這説明譚獻選詞的獨特理念。他認爲馮延巳詞是「金碧山水，一片空濛」[三二]是對周濟「寄託出入説」的最好實踐。「金碧山水」是實，象徵着有寄託入，「一片空濛」是虚，象徵着無寄託出，譚獻從内容與藝術雙方面辯證看待寄託，比張惠言、周濟對詞體的把握更加確切。其次，對張炎地位的肯定。張惠言對張炎詞一首不選，董氏父子又重新審視，在周濟《宋四家詞選》中數量居於第十位，而在譚獻詞選中居於第六位，這顯示出譚獻對張炎地位的重新審視。更爲重要的是，這反映了詞派之間一種糾纏與共生的狀況。最後，對李清照的合理評價。張惠言和周濟都對李清照的詞置之不理，這顯示出他們保守的一面。譚獻不僅選入了李清照的詞，而且還選了十二首，多於李煜和柳永等。從今天對李清照的詞史評價中來看，譚獻給其的定位應該頗爲中肯。

值得思考的是，張惠言與周濟選詞的嚴苛，體現了常州詞派還處於一個開宗立派的階段，因爲這個階段的限制，只能以苛刻而立宗旨。到了譚獻的階段，顯然常州詞派已經站穩脚跟，聲勢浩大，這時不再需要那種苛刻的法則虛張聲勢，取而代之的應該是一種包容與寬大的眼光，來顯現一個詞家的卓識，以獲得更多的服膺。譚獻所提倡的「柔厚説」，即作詞既要尊重詞體的「柔」的特質，又要在内容上寫得「厚」，不能流於輕薄，要温柔敦厚。這個界定其實頗爲寬泛，顯現了譚獻的包容心態。

譚獻所建立的唐宋詞統序基於其詞史觀。譚獻認爲詞不僅是詩之餘，更是樂府之餘，詞體接續了古樂中斷的傳統：「詞爲詩餘，非徒詩之餘，而樂府之餘也。」[三三] 所以，「生今日而求樂之似，不得不有取於詞矣」[三四]，如果要追尋「樂」的傳統，不得不求於詞體。因此，譚獻對於詞體的認識，是一個歷史發展過程。他已經不滿足像張惠言那樣通過選詞來樹立某種風格，也不滿足像周濟那樣通過選詞來展示學詞的法門，他要展現的是一個詞體發展的整體歷史，一個接續于「樂」的傳統，所以他説：「年逾四十，益明于古樂之似在樂府，樂府之餘在詞。昔云：『禮失而求之野。』其諸樂失，而求之詞乎。」[三五] 這不僅僅達到了推尊詞體的目的，更展現了詞之于古樂接續的重大意義。

（二）王沂孫經典的形成與陳廷焯另闢蹊徑的《詞則》統序

陳廷焯論詞講求「沉鬱」，以《白雨齋詞話》名世。他早年崇尚浙派，後來在莊棫的影響下，轉而學習常州詞派。而莊棫又是譚獻的生死之交，但是譚、陳二人却未曾謀面。陳氏前期編過詞選《雲韶集》，而《詞則》屬於他後期的作品，代表他較爲成熟的思想。

《詞則》是一部由唐至清的通代詞選，體例比較特殊，分爲《大雅集》、《放歌集》、《别調集》、《閒情集》四集，每一集按照歷時順序排列，詞人不避重復。這裏顯現出陳氏既想仿效周濟樹立學詞門徑的做法，又想囊括詞之發展歷史的意圖。《大雅集》是陳氏最爲欣賞的詞作，集中了他的審美理想。所以，對《詞則》的處理，不僅要觀其所選詞人詞作總數，也要重視其在《大雅集》中的分布情況。

在《詞則》唐宋詞選詞總數上，辛棄疾居第一位，王沂孫居第二位。但在《大雅集》中，王沂孫居第一位，辛棄疾却居於第十二位。這表明陳廷焯對辛棄疾的詞史地位有着清醒的認知，他也並非貶低辛氏的詞風，只不過是將辛詞大部分列入《放歌集》這一近似豪放詞風的集中，但是這種詞風與陳氏提倡的「沉鬱頓挫」還有一定差距。而最符合陳氏審美宗尚的詞人是王沂孫。張惠言《詞選》選了王沂孫四首詞，居第六位，已露出王沂孫詞地位上升的苗頭。周濟將王沂孫作爲《宋四家詞選》中的一家，對其推崇亦頗明顯。陳氏可能吸收了他們的觀點，但對此説影響最大的人是莊棫。莊曾對陳説：「子知清真、白石矣，未知碧山也。悟得碧山，而後可以窮極高妙。」〔三六〕陳氏一開始並不理解，後來纔悟到此理：「余初不知其言之懇至也。十餘年來，潛心於碧山，較曩時所作，境地迥别，識力亦開。乃悟先生之言，嘉惠不淺。」〔三七〕這也顯示了莊棫對陳氏推崇王沂孫的啓發引導之功。從陳廷焯的詞學體系來看，他之所以將王沂孫視爲詞學的最高典範，是因爲王沂孫詞低徊不露、纏綿悱惻的風格，與陳氏「沉鬱説」的要求不謀而合。

在《大雅集》中張炎與姜夔的詞作數高居第二位，這不禁讓人大跌眼鏡。陳廷焯一向被視爲常州詞派的後勁，然而在選詞中却大量標舉浙派宗尚的姜、張，这又不禁讓人心生疑竇。这可以從内因與外因兩方面來分析。

從陳廷焯個人審美趣味來看，這很可能與其早年學詞經歷有關。陳廷焯早年崇尚浙派詞，後遇莊棫，受到啓發，纔由浙入常。陳氏對姜、張二人的詞評價很高。他欣賞姜夔詞的清空騷雅，稱其「格調最高」〔三八〕，「氣體之超妙」〔三九〕。他稱讚張炎詞「如並剪哀梨，爽豁心目，故誦之者多」〔四〇〕，「玉田工於造句，每令人拍案叫絶」〔四一〕。這些認識都出於陳氏晚年所定《白雨齋詞話》。可見，陳氏對浙派的宗旨有所不滿，而轉向常州派，但他對浙派宗尚的姜、張詞風的欣賞是一以貫之的。

從外部環境來看，浙派在此時仍在發展。在傳統文學史的寫作中，對清詞的敘述是「雲間—陽羨—浙西—常州」的交替模式。但實際情況並不是一個流派興起，另外一個流派就馬上消亡了。在常州派興起之時，浙派仍有强盛的發展勁頭。浙派中期盟主郭麐在道光十一年去世，由此浙派進入後期階段，這時的浙派雖然已逐步退出主流詞壇，但仍然有着不可小覷的影響力。「道光十一年之後，常派更多的只是一種詞學理論的宣導，詞人在詞作上仍然崇尚浙派。」〔四二〕如果再考察譚獻所做的清詞選本《篋中詞》，也會發現大量選入了浙派詞人詞作。這是一個流派共生的情況〔四三〕。然而不得不承認的是，即使浙派後期仍有頑强的生命力，但和前中期朱彝尊與厲鶚主盟時已不能同日而語，更不可能與如日中天的常州詞派相抗衡。

綜合來看，譚獻的詞選更能代表常州詞派的流變，陳廷焯的詞選夾雜個人情感因素太多，在客觀與公允方面不及譚獻。不過，這也給我們提供了一個另類的角度，去看待常州詞派唐宋詞統序建構中的波瀾。同時，應該注意文學史敘述中信息遮蔽的情況，流派發展並非一個「你方唱罷我登場」的簡單更替，更多的時候是一種交叉融合、不可分割的整體。

四　造神運動及天然的回歸與統序的終極走向

朱祖謀作爲清季四大家之一，久執詞壇牛耳，其《宋詞三百首》影響深遠。《宋詞三百首》奉吴文英爲詞壇圭臬，掀起一場轟轟烈烈的「夢窗熱」造神運動。晚年的朱祖謀對此反思，兼學蘇軾，「以蘇疏吴」，尋求天然的回歸。如果將此放在整個常州詞派唐宋詞統序的建構中，我們會發現這其實是一個必然的結果。

《宋詞三百首》至少歷經朱祖謀三編纔成今日流傳的版本[四四]，但三編中吴文英詞數都居於榜首，這使得吴文英經典統序地位的絶對確立。片面來看，「夢窗熱」是因爲朱祖謀的推尊，但如果從常州詞派的唐宋詞統序的建構來看，這其實是一種必然的走向。吴文英地位的上升與周濟的推尊密不可分。張惠言未選吴文英一首詞作，周濟却將吴氏一躍列爲四大家之一。無論是王鵬運還是朱祖謀，都受周濟詞學思想影響頗深。張爾田指出「蓋彊翁早年從半塘遊，漸染于周止庵緒論也深」[四五]。如果再細緻考察會發現，無論是張惠言，還是周濟，乃至清季四大詞人，他們都是學識淵博的學者，對填詞中學問根底的訴求一以貫之，故而逐步將唐宋詞統序建構在學力之上。因此，必須選擇一個學詞門徑清晰的詞人，能够讓後學者通過學力的增長而達到惟妙惟肖的境地。在周濟所樹立的四大家中，辛棄疾詞襟抱闊達，無天分者不能學之；周邦彦詞渾融一體，極煉如不煉的境地，亦是很難達到；王沂孫詞，又不入朱氏法眼；只剩下吴文英詞能够滿足要求。吴文英詞意象大多類聚，結構也有章法，最適合示人以門徑，而且夢窗詞的典故、化用等也需要豐富的學養。其實，這和江西詩派的興起有着相似的因素。宋代詩歌成就最高的蘇軾没有形成「蘇詩派」，反而次一等的黄庭堅聚集起了江西詩派，因爲蘇詩天馬行空，不可學之，而學黄庭堅詩可以明技巧、入法門。世人崇拜天才，然也知天才不可學，只好搬出來二流作家來充當至尊，等到自己學到二流作家的境地，似乎自己也成了至尊。這未免有些英雄大言欺人的意味。

在《宋詞三百首》裏，周邦彦詞數居於第二位。自周濟樹立四大家後，詞家雖有不以清真爲最高宗尚者，但清真詞之地位已得到共同標舉。不過，朱祖謀雖將周邦彦置於僅次於吴文英之重要地位，但實際對其有所弱化。周邦彦在常州詞派的唐宋詞統序中乃是「大歸宿」所在，清真詞的「渾化」代表着學詞的最高境地。但朱祖謀以吴文英爲最高典範，而且並没有像周濟那樣設置「王沂孫—吴文英—辛棄疾—周邦彦」這樣一個臻入妙境的過程，這實際上對周邦彦的地位進行了擱置，有一種「存而不論」的意思。「在朱祖謀那裏，他是以夢窗爲極軌的，其後期的以蘇濟吴，吸納東坡詩詞到詞作中也只是作爲師法夢窗的補救措施，並非是一定要實現疏密均衡，也没有表現出向清真靠攏的意願，實際上把清真按下不表了。」〔四六〕朱祖謀有着推尊吴文英詞的動機，但又無法否認傳統中具有崇高地位的周邦彦詞。這實際上也有些不置可否的意味。

在《宋詞三百首》裏，姜夔地位則有所升高，且在重編本與三編本中的位次都高於初編本。姜夔地位的升降其實代表着浙常兩派關係的糾纏。張惠言《詞選》只入選姜夔詞三首，明顯具有打壓浙西詞風來樹立新風尚的動機，董毅《續詞選》補姜夔詞七首，更將張炎詞列爲第一，明顯體現出浙派詞風依然强勁。周濟標舉四大家，雖選姜夔詞數亦不少，但將其從屬於辛棄疾，可看出此時常州詞派已站穩脚跟，而浙派已在式微。譚獻將姜夔與蘇軾並列爲第十二名，大致恢復了姜夔應有的詞家地位，可看出常州派已在樹立宏大的詞史觀念，而無懼浙派的聲勢。但是陳廷焯將張炎、姜夔列爲第二位、第三位，雖然其中很大程度上夾雜着個人情感因素，但也可見浙派並没有消亡，依然有着一定的生命力。而至朱祖謀將姜夔列爲第三，則顯現了浙常兩派合流的結果。張暉説：「《宋詞三百首》中對姜夔、晏幾道、柳永等人給予除夢窗、清真以外最高的重視，反映的正是當時浙常合流的情況。」〔四七〕

朱祖謀重新審視了蘇軾的地位，對周濟「退蘇進辛」的做法有所不滿。「彊村先生雖篤好夢窗，而對東坡則尤傾服。深以周選退蘇而進辛，又取碧山儕于領袖之列爲不當。以是晚歲乃兼學蘇，門庭遂益廣大。」〔四八〕朱氏這樣做是要「以蘇疏吴」，「兩宋詞人，約可分爲疏、密兩派，清真介在疏密之間，與東坡、夢窗，分鼎三足」〔四九〕。他認爲蘇軾是「疏」的代表，吴文英是「密」的代表，以東坡之「疏」可以濟夢窗之「密」。這樣做也是頗見成效的，朱氏晚年之詞遂面目一變，蔡嵩雲《柯亭詞論》云：「彊村慢詞，融合東坡、夢窗之長，而運以精思果力。學東坡，取其雄而去其放。學夢窗，取其密而去其晦。遂面目一變，自成一種風格，真善學古人者。」〔五〇〕實際上，《宋詞三百首》的編定，代表着學人之詞的極致。雖然常州詞派重視經國大業的傳統一直在延續，但在學夢窗詞幾近瘋狂的狀態下，詞作也成爲玩弄辭藻的把戲，與其大旨相去甚遠了。而這也是常州詞派甚至整個清詞難以逃脱的命運，因爲如果只是示人門徑以供學詞，已經是落於次等。但這也是可以原諒的，畢竟「清水出芙蓉，天然去雕飾」的詩家千百年來只有寥寥幾人而已。朱祖謀晚年「以蘇疏吴」，實際上就包含着這種去機巧、回天然的趨向。

造神運動的啓示是，經典的樹立並不是一帆風順的，並不是説隨意抬出某個詞人就可以造就浩浩蕩蕩的潮流。從吴文英地位的變化來看，周濟到朱祖謀之間的陳廷焯對他評價並不是很高，而這並不妨害其最終封神的道路，因爲這已經是流派發展的大勢所趨。不過，詞人本身究竟能否與其詞史地位相匹配，時間終會做出判決。從現在的風尚來看，吴文英貌似已經滑下神壇，我們能給予其一個更公允的評價。而更重要的是，時代風尚的不可阻擋，下一個封神之人又會是誰，又會生發什麽樣的問題，這是我們無法回避的課題。而天然的回歸也必將是事物發展的必然，因爲示人以法門，必先輔之以機巧，一旦落於模仿的窠臼，便與天然隔了兩層。詩是從現實中來，並非從書卷中來，源頭一旦背反，結局也勢必會走向死胡同。

結語

從選本來看常州詞派唐宋詞統序的建構發展，我們可以窺得流派宗尚的傳承與變化。張惠言《詞選》

統序的苛刻與董毅《續詞選》統序的寬容，顯現了一個流派開宗之時所面臨的境遇。周濟確立了宋四家的經典統序地位，完成了對前人的價值重估與清算。譚獻與陳廷焯所建立的統序，顯現了流派統序的分流以及所展現的流派之間共生的情況。朱祖謀建立的統序，顯現了從重機巧到尚天然的回歸。在這種綿延中，經典的確立與失落，無名之輩的崛起與造神以及流派之間的傾軋、糾纏與融合，這些都是值得思考的命題。這可以提供給我們多樣的視角來看待被文學史所固化的單一流派印象，從而去建立一種整體的系統的思維模式來看待我們原本熟悉的文獻，这或許可以得到更多的新發現。

〔一〕對此問題的論述作出突出貢獻的是沙先一，他有《統序的建構與清代詞壇的經典化進程》（與曹明升合作，《文藝理論研究》二〇一六年第五期）、《選本批評與清代詞壇統序的建構》（《文學評論》二〇一七年第五期）等文，但這些都是高屋建瓴的論文，並沒有專注於常州一派。比較專注的研究是黄志浩《論常州派詞統的形成》（《南京師大學報（社會科學版）》二〇〇三年第五期）與陳文新《論常州詞派的詞統建構》（《社會科學研究》二〇〇四年第二期），但是兩文都比較簡略，只論述了張惠言與周濟二家，且並没有從選本的角度切入。莫崇毅有《統序與軌式——張炎詞史地位升降與常州詞學師法門徑的建構》（《文學遺産》二〇〇九年第二期），從張炎詞史地位來看常州詞派統序的變化，但集中論述張炎，並没從整體展開。此外還有一些論述清代詞選的博士論文，如李睿《清代詞選研究》（華東師範大學二〇〇六年博士學位論文）、趙曉輝《清人選唐宋詞研究》（北京師範大學二〇〇七年博士學位論文）、高春華《清代唐宋詞選研究》（蘇州大學二〇一六年博士學位論文）等，但是這些只是涉及到了某一些常州詞派的詞選，對常州詞派的統序問題並没有系統論述。

〔二〕孫克强《張惠言詞學新論》，《文學與文化》二〇一〇年第一期。

〔三〕許慎撰，段玉裁注《説文解字注》，上海古籍出版社一九八一年版，第四三〇頁。

〔四〕繆鉞、葉嘉瑩《靈谿詞説正續編》，北京大學出版社二〇一四年版，第五〇頁。

〔五〕〔七〕〔八〕張惠言《詞選序》，唐圭璋編《詞話叢編》，中華書局二〇一二年版，第一六一七頁，第一六一七頁，第一六一七頁。

〔六〕張惠言《張惠言論詞》，唐圭璋編《詞話叢編》，中華書局二〇一二年版，第一六〇九頁。

〔九〕孫克强《清代詞學》，中國社會科學出版社二〇〇四年版，第二五六頁。

〔一〇〕〔一一〕 董士錫《餐花吟館詞叙》，馮乾編校《清詞序跋彙編》，鳳凰出版社二〇一三年版，第七〇六頁。

〔一二〕〔一三〕 張琦《續詞選序》，張惠言編選，王紗紗整理《詞選附〈續詞選〉》，南京大學出版社二〇一一年版，第六九頁。

〔一四〕 王奎光《論清代常州詞派形成時期的姜夔詞評》，《名作欣賞》二〇一四年第二八期。

〔一五〕 陳匪石《宋詞舉》，金陵書畫社二〇〇二年版，第一六二頁。

〔一六〕〔二六〕〔二七〕 周濟《宋四家詞選目録序論》，唐圭璋編《詞話叢編》，中華書局二〇一二年版，第一六四六頁，第一六四三頁，第一六四三頁。

〔一七〕〔一八〕〔一九〕〔二一〕〔二二〕〔二三〕〔二九〕 周濟《介存齋論詞雜著》，唐圭璋編《詞話叢編》，中華書局二〇一二年版，第一六三一頁，第一六三三頁，第一六二九頁，第一六三三頁，第一六三〇頁，第一六三〇頁。

〔二〇〕 沙先一《逆溯之法與開示門徑——從〈宋四家詞選〉到〈宋詞舉〉》，《文學遺産》二〇一一年第五期。

〔二二〕〔四八〕 龍榆生《龍榆生詞學論文集》，上海古籍出版社二〇〇九年版，第二八七頁，第五三五頁。

〔二四〕 王兆鵬《詞學史料學》，中華書局二〇〇四年版，第三六四頁。

〔二五〕 方智範等《中國古典詞學理論史》，華東師範大學出版社二〇〇五年版，第二八九頁。

〔二八〕 劉熙載《藝概》，上海古籍出版社一九七八年版，第一一二頁。

〔三〇〕 葉恭綽《廣篋中詞》，龍榆生《近三百年名家詞選》，中華書局一九六二年版，第一四六頁。

〔三一〕〔三二〕〔三三〕〔三四〕〔三五〕 譚獻《復堂詞話》，唐圭璋編《詞話叢編》，中華書局二〇一二年版，第三九八七頁，第三九九〇頁，第三九八七頁，第三九八七頁，第三九八七頁。

〔三六〕〔三七〕〔三八〕〔三九〕〔四〇〕〔四一〕 陳廷焯著，屈興國校注《白雨齋詞話足本校注》，齊魯書社一九八三年版，第四八二頁，第四八二頁，第一二八頁，第一二九頁，第一九七頁，第二〇一頁。

〔四二〕 劉深《清代後期的浙西詞派》，《古典文學知識》二〇〇七年第六期。

〔四三〕 朱惠國《論晚清詞壇「常」「浙」兩派的共存與交融》，《華東師範大學學報(哲學社會科學版)》二〇〇七年第五期。

〔四四〕 王兆鵬《〈宋詞三百首〉版本源流考》，《湖北師範學院學報(哲學社會科學版)》二〇〇六年第一期。

〔四五〕 張爾田《復夏承燾》，尤振中等編《清詞紀事會評》，黄山書社一九九五年版，第九七七頁。

〔四六〕 李明德、沙先一《朱祖謀「以蘇疏吴」新論》，《南京師範大學文學院學報》二〇一七年第三期。

〔四七〕張暉《選家手眼和創作風會——從〈宋詞三百首〉論朱祖謀的詞學思想》，沙先一、張暉《清詞的傳承與開拓》，上海古籍出版社二〇〇八年版，第二三二頁。

〔四九〕朱祖謀《朱評〈清真詞〉》，上彊村民重編，唐圭璋箋注《宋詞三百首箋注》，上海古籍出版社一九九六年版，第一〇七頁。

〔五〇〕蔡嵩雲《柯亭詞論》，唐圭璋編《詞話叢編》，中華書局二〇一二年版，第四九一四頁。

（作者單位：中國藝術研究院《文藝研究》雜志社）

清代女性題畫詞的演進歷程與創作特徵

張　兵　王　維

内容提要　詞至清代乃稱「中興」，女性題畫詞的勃然興起，亦是詞體復興的重要表徵。清代女性題畫詞發軔於明清之際，鼎盛於乾嘉之時，式微於道咸之後，幾乎與整個清王朝相始終，在中國文學史乃至繪畫史上引人注目。作爲抒情文體之一種，清代女性題畫詞具有濃郁的抒情色彩，詞作或表達林泉之樂，或體現身世之悲，或抒發易代之痛。作爲繪畫的組成部分，清代女性題畫詞與繪畫在語圖關係上變得比較緊密：一是畫面空間決定了題畫詞的形式、位置；二是繪畫風格引導了題畫詞的題材選擇；三是應酬、唱和機制淡化了題畫詞的批評深度。深入考察有清一代的女性題畫詞，不僅有助於梳理清代詞學與繪畫生態的譜系，而且對於認識古代題畫詞的興衰史也有一定的積極意義。

關鍵詞　清代女詞人　題畫詞　發展流變　情感内涵　藝術特徵　語圖合體

作爲抒情文體之一種，題畫詞濫觴於中唐，肇始於五代，成熟於兩宋，發展於元明，特別是到了清代，題畫詞尤爲繁盛風行。女性作家在人文思潮的啓迪與家族文化的熏沐下，也開始題詞作畫，揚風播雅，形成了一支陣容可觀、詞畫並擅的倚聲家紅妝隊伍。據統計，清代題畫詞多達兩千餘首〔一〕，而女性題畫詞約

本文爲國家社會科學基金項目「清初詩人雅集與詩風演進研究」（19BZW075）階段性成果。

占其五分之一。可見，女性題畫詞亦是清代題畫詞創作的重要力量，在某種程度上推動了清詞的發展與繁榮。但學界對清代女性題畫詞的關注度還遠遠不够，或着重探討個别女性的題畫詞，或停留在某個時段的女性題畫詞研究，一些著作中甚至將女性題畫詞納入「題畫詩」的研究範疇，進而模糊了其作爲「詞」的獨特價值。本文不囿於就詞説詞，就人説人，力圖通過對清代女性題畫詞的發展流變、情感内涵及創作特徵等多個維度的考察，以期對清代女性題畫詞的本質與規律進行整體性的把握。

一　清代女性題畫詞的發展流變

據現有文獻可知，女性題畫詞創作始於南宋，歷經元、明的發展而大盛於清代。清代女性題畫詞的發展幾乎與整個清王朝相始終，其輝煌時期亦達百年之久，這不僅在清代即使在整個中國女性題畫文學史上也絶無僅有。

晚明以前的女性題畫詞，據清人厲鶚考證，僅存南宋楊皇后《訴衷情·題馬遠〈松院鳴琴圖〉》一首而已[二]。晚明以還，心學日熾，女學漸濃，才女名媛喜於吟詠，遊於繪事，題畫詞悄然興起。發展至清初，女性詞人在「詩文書畫得一可覇」等觀念的驅使下，開始走出閨閣，涉足風雅，創建起了跨性别、跨地域乃至跨民族的雅集社團，諸多才女相與雁行，酬唱賡續，或十日一會，或月一尋盟，創作了大量題畫詞。如「蕉園五子」中的柴静儀、柴貞儀姊妹，不僅善於題詞，而且精於繪事。堵霞、李因、黄媛介等女性詞人甚至課徒授藝、題詞鬻畫，實現了經濟上的獨立，這種獨特的現象反映到當時詞壇上便是題畫詞的大量湧現。但是，這一時期的女性題畫詞僅限於詠物、題像等題材，且大都爲模仿男性的應和酬答之作，往往只是詞人偶爾填之，在詞人詞集中所占比重極小，還没有形成一定的規模。

女性題畫詞發展至清代中期，迎來了萬花爲春的新局面，尤其是嘉道年間，不少女性題畫詞占到其詞集總量的四分之一到一半，仿佛一時間詞集中不涉題畫題材，倒成了異類。僅吴藻與顧太清兩人的題畫詞，就超過《全宋詞》所有題畫詞之總量。據筆者統計，顧太清詞集《東海漁歌》中存題畫詞七十八首，占其詞總量的四分之一，吴藻詞集《花簾詞》和《香南雪北詞》中存題畫詞六十七首，占其詞總量的五分之一，兩人題畫詞合計一百四十五首。又據《全宋詞》載録，北宋有十七位題畫詞人，且都集中於北宋後期（一〇六八——一一二七），共創作題畫詞二十四首，南宋有四十六位題畫詞人，共創作題畫詞一百十五首，兩宋題畫詞共計一百三十九首，總量上比顧、吴二人的題畫詞還要少六首。另外，熊璉、賀雙卿、沈善寶以及聚集在袁枚、郭麐、陳文述身邊的一大批女弟子，也有大量的題畫詞存世，就連胡蓮、薛素、吴小荷、馬如玉等風塵女子爲了抬高身價，同樣有數量可觀的題畫詞刊播海内。值得一提的是，這一時期的女性題畫詞，不僅在數量上遥遥領先於歷代女性題畫詞，而且還出現了詞史上從未有過的變體——題填詞圖，這在中國文學史上是一個頗爲值得關注的現象。

道、咸以來，社會動亂，民生凋敝，使得女性題畫詞開始逐漸褪色。雖然還有陸恒、吕采芝、陸蓉佩、左錫嘉這樣的題畫名家，但終究難有平居時的閒暇之心與風雅之情，題畫詞逐漸失去了它對詞境、畫境以及心境的探索與深化，已經顯露出整個清代女性題畫詞開始走下坡路的趨勢。其後，從光緒時代直至清亡，曾一度出現了鄧瑜、羅莊、吕碧城等女性題畫詞人，表面上似有「中興」之勢，但實際上終難形成氣候，只能説是一種回光返照式的現象。無論就其特定的文化背景，還是詞史自身發展的「馬鞍形」歷程來看，它正以一種盤桓的姿態，走向了「花史」的尾聲，其衰敗乃至消亡已必不可免。但值得一提的是，題材的新穎拓展，却成为这一时期女性題畫詞的重要特點。清代女性局限於自己的識見和經驗，所作大抵不出傳統題材。但是隨著社會的變革和眼界的開闊，她們的題畫詞也有所突破，引入了前人未曾寫過的新鮮内容，如孫蓀意《念奴嬌·題〈東洋美人圖〉》對異國女性的描寫，在以往女性題畫詞乃至整個詞史中都不曾出現過。

可見，晚明以前，女性題畫詞的創作還未形成風氣，入清以後，隨著詞體地位的提升、繪畫藝術的發展以及大批男性文人對女性創作的支持，女性作家也由單純的詩文閨訓逐漸擴展到書畫等領域，她們涉足風雅，拜師求藝，不僅希望在同性中爭得一席之地，更期望與男性文人一爭高下，由此導致了她們對才名的强烈追求和題畫詞的大量創作。這使得清代女性題畫詞呈現出一派繁花簇錦、萬木爭春的勃勃生機，不僅在數量上遠邁前代，更以其情感内涵的豐富和藝術表現的成熟，成爲中國古代女性題畫詞的完美總結。當然，清代女性題畫詞雖然形成了一定的創作規模，但也僅限於個别的才女名媛，不可與男性題畫詞的創作熱潮同日而語。然而兩者的共同點在於，他們的題畫詞創作皆與清詞史的流變軌迹相連接，與時代發展的大背景相契合，政治、文化、戰爭等因素都影響著他們的藝術修養與題畫詞創作。

二　清代女性題畫詞的情感内涵

對於生活空間狹窄、具有趨同思維的大多數清代女性詞人而言，她們題畫作詞的目的説到底在於彰顯才華，酬唱贈答，在思想深度上難以超越男性題畫詞，但她們在創作中以閨閣女子特有的情愫，吐露出了比一般男子更爲細膩、真實的情感，主要體現在以下三個方面。

（一）寄情山水，表達林泉之樂

古代女性大都被牢籠於閨閣之内，極少涉足山水，故而描寫山川美景，抒發閒適情調者可謂寥寥無幾。事實上，明清之際的江南閨閣女子雖然在名義上遵從着「三從四德」等觀念，但她們對自己的生活空間也有所經營，並没有完全被幽禁於家庭之中、閨閣之内，而是有着陪同父親、丈夫甚至是兒子赴任或出遊的機會。[三] 這使得一部分女性從「内言不出」的思想桎梏中解放出來，從而增長了見聞，闊寬了胸襟。相應地，投射到題畫詞創作中，就構成了一幅較以往更爲鮮活的山水世界，如清初才女查士英的《沙頭雨・

題畫雪景》云：

水墨江天，彤雲一帶濛濛樹。正堪題處。籬畔溪橋路。　石徑人行，策杖沖寒去。吟詩句。打頭風絮。風雪歸來暮。〔四〕

淡遠的江天，層疊的彤雲，濛濛的煙樹，漫天風雪的黄昏等一幀幀畫面交相輝映，忽遠忽近，似淡非濃，彼此間氤氲着一種相得益彰的「默契」，構成了一幅極佳的山水畫。而畫中策杖吟詩的行者，其意態飄逸、風神灑落的身姿，更爲畫作增添了不少靈氣，頗有幾分「人在景中走，景入畫中游」的動態美感。另一位女詞人徐映玉的《采桑子・題畫》則更具空靈飄逸之致：

仙山樓閣空中住，不作雲車。便上靈槎。又跨青鸞弄彩霞。　蒼苔白石岩扉静，煙水生涯。風月年華。愛伴雙成掃落花。〔五〕

詞人筆墨蕩開，想落天外，將典故、神話與幻想結合爲一體，將有限的畫境轉化爲恬然蕭散、寧静清美的仙境，傳達出了詞人悠閒脱俗的情趣，令人豔羨不已。郭麐在論及題畫詞時所言：「題畫之作，别是一種筆墨。或超然高寄，霞想雲思；或托物興懷，山心水思。」〔六〕清初女詞人的「霞想雲思」和「山心水思」正是借助題畫、遊仙、夢境等多種方式含蓄委婉地表現了出來。

如果説清初女詞人在抒發山水之樂時，表現得還比較含蓄委婉的話，那麼清中期以來，大得「江山之助」的女性詞人，則是信筆拈來，直抒胸臆。如滿族詞人顧太清，早年同丈夫「步上最高峰」，「登臨渺下界」〔七〕，晚年又和兒子「貪看秋色歸來晚，竟作南山十日留」〔八〕。這種不同於漢族女性的生活方式與豪爽開朗、奔放不羈的性格高度契合，使她的山水題畫詞不再是簡單地描寫山川景物，單純地抒發閒適情調，而是展現出一種曠逸開闊、雄渾豪宕的境界，如《青山相迎送・藩王杏莊婿以〈塞上景〉團扇囑題》云：

角聲悲，雁行歸，苜蓿西風戰馬肥。氈廬傍水支。　塞雲飛，暮煙炊，野馬平沙細柳垂。秋山積

翠微。〔九〕

詞人以直陳式手法，將塞外大漠，野馬馳騁，飛雲暮煙的壯闊畫面展示給讀者。同時，豪氣中又夾雜了幾分垂柳細柔、秋山翠微的秀氣，在閨秀文人的細膩中體現出她作爲北方遊牧民族後代的豪爽氣質。又如《迷神引・題徐廷昆畫》寫道：

疊疊銀濤翻雪浪。黯黯冷雲飛漲。垂藤古木，石壁高無量。望蓬萊，三山遠，長風蕩。日月雙丸小，來復往。天地渺無涯，窈空曠。〔一〇〕

銀濤翻浪，冷雲飛漲，懸掛在岩壁上的古木藤條不知道有多少丈，這不是詞人的想像，而是詞人親眼所見的山川之美。詞境、畫境及詞人的心境是何其遼闊，就連日月在她看來如雙丸一樣小，清代的「閨詞雄音」在其題畫詞中展現得淋漓盡致，體現出了與古代士大夫近乎相同的山水情懷與精神追求。此外，陸珊《題大漠行旅圖》、陸惠《題美人漁莊圖》、沈蕊《題楊柳岸曉風殘月圖》、陳蘊蓮《題周溫甫煙波泛棹圖》等山水類題畫詞，都是清代女詞人寫閒適之情，抒林泉之志，發高蹈之思的題畫之作，展現出一種超越現實羈絆、追求自由生活的美好理想，實屬難能可貴。

（二）對影自憐，感歎身世之悲

女性性別角色在男權社會中的「先天不足」，使其在社會生活中長期缺失話語權，總是扮演着隱忍與順從的角色，這使有才華的女性文人長期處於精神壓抑、不得舒展的狀態，此時，筆墨成爲她們施展才華，流露真情的陣地，而題畫詞無疑是個很好的契機。將自我的身世情愁融入題畫詞中，尤其是對自己「紅顏薄命」的無限感慨，深深貫穿於清代女性題自我畫像的詞作當中。如清初女詞人吴綃《河滿子・自題〈彈琴小像〉》云「彈到孤鴦別鶴，凄凄還自沾襟……若話無弦妙處，何須更問知音」〔一一〕，就暗含著伉儷不諧之痛。清中期以後，女性的自我覺醒意識進一步增强，詞壇上也湧現出一大批女性感慨自己艱難處境的詞作。如吕采芝《高陽臺·自題〈停琴佇月圖小影〉》云：

鶴友琴交，雲盟月契，也曾自許清幽。桐葉風翻，泠然已是新秋。輕綃漫試羅襦薄，恨年光、總付悠悠。問長空、一樣清輝，爲恁遲留。 從今憶昔都如夢，自賞音人去，未譜清謳。雲暗銀屏，憑闌觸目牽牛。今生命薄原如紙，又何消、寫出新愁。最堪憐、石上三生，緣在情休。〔一二〕

《停琴佇月圖》本是詞人傳寫自己精神「清幽」的自我畫像，曾得到丈夫和許多女詞人的喜愛和吟唱。但在亡夫逝去的某一個秋天，吕氏睹物思人，傷感不已，從而借助題像詞抒發了自己「今生命薄原如紙」的身世之感。詞一開頭便道出自己「也曾」與丈夫山誓海盟、琴瑟和鳴，但接着又以經典的悼亡意象——秋風梧桐曲傳出悲秋懷人之感。秋意漸濃，愁從中來，詞人欲將心事付瑶琴，怎奈「賞音人」去，新譜誰聽，獨留自己憑欄望星，詞人撫今思昔，悼亡傷感之情仿佛從畫面中汩汩流出。以下繼續抒情，尤以「緣在情休」一語下得最爲痛徹！情已盡、緣已散，三生石畔，腸斷人間。在古代社會，丈夫本是女性所依靠的「天」，如今「天」墜之後的生活也就變得空洞無意義，詞人由此而産生了「薄命意識」，充分體現了男權社會中女性的依附感。相比於男性詞人的悼亡之作，女性以丈夫爲絶對核心的悼亡作品顯然更具感染力。如談印梅《沁園春·自題小像》云：

來自何方，去自何年，孑然一身。向花間小立，瘦真露骨，燈前密坐，交已忘形。卿本工愁，我獨落魄，同作天涯薄幸人。披圖處，獨卿能知我，我也憐卿。 何妨遁入空門。早拋却、紅塵换白雲。奈乾啼濕哭，不能免俗，風磨雨折，不若無生。萱草長枯，春暉久老，無復爺娘唤女聲。君因怎，也心如棋局，抱恨難平。〔一三〕

此詞首句便發出了聲可裂帛之問，字裏行間散溢着詞人早年失怙，中年喪夫，晚年「孑然一身」的絶對孤獨。這種孤獨迫使她有了遁入空門的念頭，甚至痛感「不若無生」。然而可悲的是，詞人依舊割捨不了千瘡百孔的人間情愛，人間的「風磨雨折」使得詞人的身體與精神開始變異，「瘦」、「愁」兩字形象地點明了自己作爲「天涯薄幸人」的「落魄」之態。而落魄的人生痛苦又難以排遣，精神的現實期許亦得不到滿足，於是詞人發出了「心如棋局，抱恨難平」的痛切之語，讀後令人鼻酸。身雖未亡，心却已死的女詞人在那個時代仿佛司空見慣，而有關紅顏薄命、身世悲凉的書寫更是屢見於衆多女性的題像之作中。有時，她們還從仙境中尋求解脱，如陸倩的《早春怨·自題拈花小影》云：

楊柳煙斜。海棠風細，春去些些。帕冷鮫綃，塵封鸞鏡，人在天涯。可憐錦瑟年華。盡一例、飄零落花。十二重樓，三千弱水，隔著儂家。〔一四〕

這首詞本意是表明詞人離塵棄世、嚮往蓬萊仙境的懷仙之情，但是其中却透出她對於現實困境的感傷：「帕冷鮫綃」是哭泣以後的冷淡，「塵封鸞鏡」是無心修飾的傷感，「人在天涯」是精神遠隔的寂寞。本是擅清風於林下，抒柔思於花前的「錦瑟年華」，怎奈丈夫被殺、全家遭焚，詞人如同一朵凋落的花朵，漸漸地失去了往日的光鮮。無助、無奈且無處傾訴的女詞人於是想借助遊仙來掩飾人間苦痛，然而可惜的是，人間與仙界却還有十二重樓、三千弱水相隔。曾經伉儷情深，不離不棄，如今形單影隻，自歎自憐，一代才女「無處話淒凉」的悲哀則是愈掩愈出，愈隱愈秀……

概言之，衆多女性題像之作中所表現出的薄命意識與凉意體驗，已然褪去了才子佳人無病呻吟式的陋習，它濃縮進的是無數血淚和鵑魂。如果注意到「那一代」男女題畫詞人的同調悲憤：所求甚高，所得甚微；所懷甚誠，所遇甚冷。我們就會發現，「紅顏薄命」的深深感歎，早已不是個别女性詞人覺醒後的「對影自憐」，而是那個時代文化階層共同的心理創傷。

（三）眷懷故國，抒發易代之痛

中國古代的女性雖與政治較少關涉，但朝代更替之際，女子的身家性命、禍福榮辱難免受政治環境及周圍男性的影響。明清易代之際女詞人的題畫詞中，同樣蘊含着家國之思，如堵霞《金縷曲·題〈西子思歸圖〉》云：

爭奈秋將暮。遍深宫、秋容慘澹，秋聲悽楚。堤畔芙蓉嬌欲語，月淺煙深爭妒。那似我、隨風飄舉。遥望若耶何日返，怎蒼天、獨待紅顔苦。無限恨，憑誰訴。　溪沙一縷成虚度。没來由、嬌絲翠竹，清歌豔舞。盡道吞吴無上策，武將謀臣如許。偏用着、温柔鄉女。他日香凋粉瘦也，瘞荒郊、莫把標題誤。夫差室，夷光墓。〔一五〕

在清初文網高張、大案迭出的歷史背景下，隱喻寄託成爲時人慣常使用的寫作手法，他們甚至有了一套約定俗成的話語體系。而女詞人既多爲「名父之女」、「才子之妻」。因此，其題畫詞創作受男性影響而出以隱語，多有寄託。女詞人堵霞正是通過畫中「西施」這一亡國形象，寄託了自己眷懷故國的情緒。詞一開始，便連用三個「秋」字，爲整首詞奠定了蕭瑟悲凉的基調。接着描寫西施當年，若耶溪畔，浣沙采蓮，奈何如今，身不由己，被迫入吴。一今一昔，對比鮮明，畫中人「隨風飄舉」的身世浮萍之感、家國淪喪之痛，溢於言表，惹人惜憐。下句「怎蒼天、獨待紅顔苦」的呼告與怨懟，則直接流露出故國被滅後，西施「無限恨，憑誰訴」的憤懣與悲哀。相同的女性身份，相似的歷史境遇，女詞人堵霞家滅國亡後的心態何嘗不是如此？下闋開片，詞人借西施之口痛罵了那些庸碌無能的「武將謀臣」，這與崇禎皇帝在國將覆滅時所發出「諸臣誤我」、「群臣可殺」的錐心之語又是何其相似！出人意表的是，結拍處詞人却一反常態，特别强調了西施的身份——「夫差室」，作者這樣煞費苦心爲其「正名」，究竟是强調所謂的名節，抑或是出於譏刺的目的呢？如果聯繫明清之際特殊的歷史情境，作者詞鋒所指便是那些大節有虧的「貳臣」。這群「身事二主」的「兩截人」，與「身侍兩夫」的西施一樣，其不忠不義、不貞不烈的行徑顯爲女詞人堵霞所不齒。

朝代更替，女子看似與政治無直接關涉，其實她們也是「眼中流淚，心底流血」〔一六〕。除堵霞之外，題畫詞人王端淑以「吟紅」名集，始終「不忘一十七載黍離之墨蹟」〔一七〕；李因皈依佛門，亦「抱故國黍離之感，悽楚蘊結」〔一八〕；喬可聘夫人潘氏甚至「流涕累日，作絶命詩四章，置衣帶間，闔户自縊。爲家人所覺，故得免」〔一九〕。這是連同堵霞在内的衆多清初女性題畫詞人在明朝滅亡後的情緒表達和心態呈現。那麽，清朝滅亡後的女性詞人，又是怎樣的一種遺民心態呢？我們不妨將「遺老」羅振玉侄女羅莊的題畫詞《金縷曲·題劉翰怡少府〈崇陵補樹圖〉》摘録於此，以見其概：

鴻爪留縑素。憶當年、風埃澒洞，衣冠塵土。獨有孤臣懷勁節，痛念故宫禾黍。歎陵寢、松楸誰補。梁格莊前披夕照，把鋤犂植滿冬青樹。葱郁氣，散還聚。　果然麗日光重吐。啓中興、舊京豐鎬，金甌初固。收復神州宜指顧，未卜天心可許。奈幾輩、城狐社鼠。爭似先生成大隱，這丹忱赤膽超今古。圖畫裏，自容與。〔二〇〕

清朝滅亡後，光緒崇陵成爲了衆多遺民的精神支柱，不少遺老曾前去拜謁，以此來消解長期鬱結於心的亡國之恨。遺民劉翰怡也曾前去謁陵，見陵木劌減，故作《崇陵補樹圖》，楊度、夏敬觀、夏壽田等前朝遺老先後題畫抒懷，羅莊亦爲父執慨然賦詞：「孤臣勁節」、「故宫禾黍」，已相當刺眼；「收復神州」、「城狐社鼠」云云尤爲誅心，整首詞毋如直接目爲一篇遺民的陳情狀，或激蕩、或憤懣、或迷茫，字裏行間透露著詞人「今日猶自不能忘」的故國情懷〔二一〕。從字面來看，其守志之堅篤、發語之激厲，大有平視鬚眉之氣概，絶不遜於任何一位清遺民，實則是强以慷慨自勵而抑其悲傷，正所謂「口中句句是硬語，眼中點點是血淚」。

事實上，對於生在遺老之家，處在亂世之中，未接受一日之新式教育的衆多舊才女而言，與其説在眷懷故國，倒不如説在感念國故。正如傅道彬先生所言，同以往「易代」不同，清王朝的崩潰對文人而言已不再只具有政治含義，而更富於文化含義〔二二〕。從衆多民初女性詞人眷懷故國、抒發易代之痛的題畫詞中就能看出，那個時代的才女被亡國的角聲摇破閨帷清夢後，所表現出的「奇情大哀」則是有别於清初女性詞人的,更多的表現出一種「文化失落的痛苦」,這在裘淩仙、薛紹徽,包括曾留學歸來的吕碧城等人的題畫詞中即能窺見一斑。但舊巢傾覆、新枝難棲的驚悸、幻滅、失落之感,以及伴隨的悲憤、哀傷、苦寒等心緒,無論是清初抑或是民初的女性題畫詞人,却又是靈犀相通,一脈相承。

總之,如此沉重痛切的情感,顯然超出了「題畫」這一薄脆框架所能承載的限度,足見清代女性題畫詞絕不盡然是望月興歎、對花落淚的「閨怨之作」。正如嚴迪昌先生所言:「她們在訴述感情生活以及身世遭際時,『真』的成分要比摇筆即來的男性文人多得多。以此而言,就不能不説是一種進步。」〔二三〕需要説明的是,相較於女性其他詞作,女性題畫詞可以爲觀賞畫作的人提供更豐富的情感和意義的解讀,引導觀者對畫作的理解和感悟。同時,繪畫也可以通過畫作的形象語言和藝術表達,爲詞人帶來更具體、更真實的創作素材,並爲讀者栩栩如生地展現畫面中的景象和情感。清代女性題画词人經常會以自己的視角,通過對畫作的解讀,表達出她們對家庭、子女、愛情等日常生活的感受,反映出她們在古代社會中的社會地位和角色。而男性作家則傾向於選擇一些更具抽象性、歷史性或與壯麗景色相關的主題,展示他們在男權社會中的獨特情感。

三 清代女性題畫詞的創作特徵

如果説清代之前將詞題於畫外之舉,尚屬於詞與畫羞答答的牽手,那麽,到了清代,諸多才女名媛將詞題於畫面之上,則屬於詞與畫的真正聯姻。這時,詞(語象)以「暢情」的方式修飾畫,畫(圖像)以「顯景」的方式修飾詞,詞和畫以其最爲擅長的方式彌補對方之不足。而詞與畫的巧妙結合(語圖合體),又促使清代女性題畫詞在詞體形式、題材選擇及批評深度等方面均改變了書寫策略,呈現出了一種獨特的藝術風貌。

（一）畫面空間制約着清代女性題畫詞的位置、形式

女性題畫詞發展至清代，已由最初的「語圖分離」衍變爲「語圖合體」模式，題寫到畫面上的詞，也就變成了萊辛所説的「空間藝術」〔二四〕。因此，女性詞人在題畫時還要顧及畫面空間，即「不可侵畫位」。正如清人所言：「畫上題款，各有定位，非可冒昧，蓋補畫之空也。如左有高山，右邊宜虚，題款即在右。右邊亦然，不可侵畫位。」〔二五〕女詞人席佩蘭可謂善經營者，爲了「不侵畫位」，其詞《虞美人・周服卿〈蓮渚文禽圖〉》就題於整幅畫卷最左邊的虚空處，與畫面中的花鳥形成了呼應、顧盼的關係，彰顯出空間上下工整、錯落有致的美感，給人一種詩意古雅的視覺享受：

芳塘長遍相思草。水亦縈洄袍（抱）。花花葉葉總相依。護住文禽一對、不分飛。　剖開蓮子拗殘藕。離别從來有。人天歡喜此圖中。那識江湖蕭瑟、有秋風。〔二六〕

這首題畫詞顯然是「題而妙者」，其妙處不僅僅因「題是其處」，畫面上簡短精練的小令也是「題而妙」的關鍵，它大大地節省了畫面空間，又疏通了畫面氣韻，還有助於抒情和營造意境。因此，大多數清代女詞人在題畫時，不但要考慮到題詞的具體位置，而且還要兼顧畫面上的詞體形式，這與女性題畫詞的書寫載體大有關聯。

衆所周知，明清以來的男性題畫詞大多題於山水畫上，而山水畫又因其「大山堂堂」的構圖方式，以及自身所帶有的「天然候款處」，使得其題詞空間相對充足，題寫位置也相對自由，相應地，題畫詞的字數較多、款式也較長。相反，清代女性題畫詞大多題於便面、紈扇、畫像等體型較小的閨閣繡物上，此時，字數較少、形式較短，且便於空間布局和益於扇面美觀的小令，也就成爲清代女性題畫詞最慣用的文體。如歸懋儀《題美人便面》、許存華《題便面丁香花》、吴璁仙《題寥織雲女士畫》、陸蒨《自題拈花小影》等，都是考慮到語圖合體的整體效果而作了字數讓步的題畫詞。試想，她們如果跟男性詞人題山水畫一樣，動輒將

上百字的長詞慢調題於有限的畫面之上，則會使得「語象」僭越「圖像」，真正意義上實現了「文學對圖像的反芻或驅逐」，語圖之間也就難以形成「良性的互動」[二七]。因此，「語圖合體」後的女性題畫詞，在考慮其空間位置的同時，又不得不兼顧詞體形式。但需要指出的是，清代女性題畫詞有時在畫面空間的擠壓下，也很難有佳作出現，如邵瑩的《如梦令・題〈秋海棠遺畫〉》云：

緑萼花飛如霰。姊妹花開不見。只剩斷腸花，那不教人腸斷。腸斷。腸斷。灑作紅冰幾片。[二八]

詞的字數不僅受到了明顯的影響，就連它的詞旨也遠離了詞的蘊藉美和抒情文學的基本風貌，在一定意義上已不是一首成功的詞，而這也是「語圖合體」後帶給題畫詞尤其是女性題畫詞的負面影響。爲此，女性詞人又不得不改變書寫策略——用典。典故的運用，既能縮短詞體形式，還能節省畫面空間，又能避免小令淺白直叙、太過「小家子氣」的缺點，如吴藻《柳梢青・題〈無人院落圖〉》寫道：

不索燒茶。一重簾卷，幾折闌遮。楊柳樓臺，桃花世界，燕子人家。東風幅幅紗窗。望翠袖、非耶是耶。鸚鵡前頭，秋千背面，没處尋它。[二九]

全詞只有四十九個字，却典故頻出：「桃花世界」即陶淵明筆下的「桃花源」；「燕子人家」典出劉禹錫《烏衣巷》之「舊時王謝堂前燕，飛入尋常百姓家」；「鸚鵡前頭」源自朱慶餘《宫詞》之「含情欲説宫中事，鸚鵡前頭不敢言」；「秋千背面」語出李商隱《無題二首》之「十五泣春風，背面秋千下」。四個典故，言簡意賅，緊扣詞境，既凸顯出畫中庭院的清靜之貌，又節約了畫面空間，可謂一舉兩得，反映出清代女性題畫詞爲適應「語圖合體」而在形式上所做出的「戰略性調整」，這在下文所引的諸多女性題畫詞中亦有所體現。

（二）繪畫題材引導着清代女性題畫詞題材的選擇

一般來説，廣義的題畫詞題材正好與繪畫題材呈現出一一對應的線性關係，但當詞作題到畫面上時，這種對等的關係却又發生了較大的變化。我們知道，山水畫在清代畫壇高居主流地位，但從目前可考的清代女性題畫詞來看，題山水畫的數量遠不如花鳥畫和人物畫。究其原因，一是因爲女詞人要考慮到哪種題材的畫最適合與詞搭配，進而一展才華、披露心聲。二是由於大多數女性詞人長期「身在深閨，見聞絶少，既無朋友講習，以瀹其性情；又無山川登覽，以發其才藻」〔三〇〕。另外，在古代社會，男性通常擁有更高的社會地位和權力，他們更容易獲得資源和支持，從事藝術創作並獲得認可。這也導致男性更多地成爲山水畫領域的代表人物，並將山水類題畫詞視爲最主要的創作題材。而傳統觀念又導致女性的社會角色主要局限在家庭和私人領域，這限制了她們在山水畫領域中的參與和發展。因此，大多數女詞人不會强行操觚，附庸風雅，寫出「畫虎不成反類犬」的山水類題畫詞。相較而言，人物類和花鳥類題畫詞既能彰顯才華，還能托物寓意，女詞人也就更樂意選擇這兩種繪畫題材作爲自己的題寫對象。如清初才女黄媛貞用《點絳唇》、《如夢令》、《卜算子》等十八個詞牌，一氣呵成的大型題畫組詞《美人圖十八詠》，文采飛揚，堪稱巨制。而顧瑶華的《卜算子·題畫》更是借梅自喻，以表心迹：

殘雪壓南枝，月上黄昏静。疑是林逋處士家，清淺溪邊影。　寂寂暗香浮，幽意無人省。爲占江南最早春，耐盡風霜冷。〔三一〕

詞人雖未直接點明詞作專爲梅花圖而作，但通過「林逋」、「暗香浮」等爲人熟知的典故以及相關意象的提示，已將梅花無懼風欺雪壓，開百花之先，獨天下而春的精神品質傳達給觀畫者。而且詞人還借用了蘇軾《卜算子》（缺月掛疏桐）一詞的詞牌與原韻，無形中也將詞人自身的品格與氣節展示給讀者。可見，畫梅其實是畫心，詠梅實則是詠己。顧太清在《自題畫紅梅》一詞中對梅花「綺麗丰姿，淡泊精神，允稱百花居首」的誇讚，顯然是在托物喻己。此外，許華存《題便面丁香花》、蔣宛儀《自題畫紫蘿》、許淑慧《畫牡丹贈謝淑眉》以及濮賢娜《畫蝶》、孔印蘭《題百蝶圖》，還有上文所引的吴綃《自題彈琴小像》、談印梅《自題小像》、吕采芝《自題〈停琴佇月圖小影〉》等一系列花鳥類和人物畫像類題畫詞，一定意義上都可視作女詞人的題已畫心之作。相比於山水類題畫詞，這兩種題材的題畫詞更能寄託閨閣女子特有的細膩情愫。

可見，「語圖合體」後，清代女性題畫詞的題材與繪畫題材不再是簡單的線性對應關係，題於畫上的詞作顯然是詞人根據是否「著我之色彩」的標準而被選擇過的。實際上，如果將目光聚焦到清代女性畫壇這個小場域的話，它與女性題畫詞題材之間依舊是一種平行對等的關係。據李湜統計，在明清女性畫家近四百件畫作中，花鳥畫所占比例最大約爲百分之六十五，人物畫占百分之二十一，而山水畫比例最小，僅占百分之十四左右。〔三二〕反觀清代女性題畫詞，其題材數量同樣是「花鳥類」、「人物類」、「山水類」這一排列順序。總之，不管二者是否處於匹配或對等的關係，繪畫題材依舊是引導女性題畫詞題材選擇的重要因素。

（三）應酬、唱和機制淡化了清代女性題畫詞的批評深度

「語圖分離」時期，題畫詩或題畫詞是不題於畫面之上的，題畫作品也因此保留了相對獨立的批評闡釋權。如蘇軾在《王維吴道子畫》一詩中，曾公然挑戰吴道子的畫壇地位，將一代「畫聖」貶爲「畫工」。但到了「語圖合體」至爲繁盛的有清一代，女性結社之風猶如「春潮怒上，應運勃興」〔三三〕。她們吟詠唱酬、題畫作詞，由此而產生了一種應酬語境。當女詞人被同社姐妹邀請題畫時，她們再不能像蘇軾那樣直接批評或借題發揮，很大程度上要考慮到「畫主」的個人感受。因此，絕大多數清代女性題山水畫便是林泉之思，寫花鳥畫即爲淡雅清絕，詠人物畫最好是風姿綽約。題畫詞大都缺乏歷史的深度和表現的力度，即使身處天崩地解、九州陸沉的易代之際，女詞人依然是閨閣唱和，吟風弄月，鮮有借題畫而抒發禾黍之悲、彈鋏之思的詞作，更多的是像張道介《題畫拳石》、陸敏《題趙夫人文椒畫》等應酬唱和、無關痛癢的題畫詞。此外，還有一批靠賣畫爲生的女詞人，她們的畫作被當做商品用來交易時，也形成了一種應酬語境。故而在題畫時又不得不考慮「顧主」的喜好，題畫詞相應地成爲了「畫媵」，其相對獨立的批評權也自然而然地

被淡化了。迨至清代中後期，應酬、題款之風大熾，就連有「清代第一女詞人」之稱的顧太清，其詞集中也不乏無聊應酬之作。鄧紅梅就認爲其應酬之作《鵲橋仙·雲林矚題〈閏七夕聯吟圖〉》「不是一首成功的詞」〔三四〕。

晚清以來，女性題畫詞的文體熱力明顯消退，女性詞人的文思才力也大不如前，但爲了應酬唱和，又不得不想盡各種辦法題詞於畫上，而一些才氣不足的女性詞人，顯然不能應對畫主或顧主的「命題作文」。於是，她們想到了一種既可以彰顯才華，還可以不傷風雅的辦法——剽竊！如趙我佩的題畫詞《暗香·題〈孤山餞歲圖〉》，用白石韻，爲絅士韻梅作》，正是「留骨换胎」的剽竊之作，即便去掉白石詞原韻字，雷同比仍在百分之三十八，且有「四山寒色」、「仙夢羅浮」、「疏竹外」關鍵字句及關鍵意象完全一致，而通篇意脈、情韻的高度近似亦不難感知〔三五〕。另一位才女左又宜的兩首題畫詞《菩薩蠻·自題小影》、《水調歌頭·題〈桃花源圖〉》，亦是剽竊陸蓉佩的《菩薩蠻·鏡影》與吴藻的《水調歌頭·題〈柳暗花明又一村圖〉》，其相似度竟高達百分之九十以上。如果説趙我佩的題畫詞尚是「無意的蹈襲」，那麼，左氏的題畫詞則無疑是「有意的剽竊」。需要説明的是，諸如趙我佩、左又宜的剽竊之作，也屬於詞壇上的個别現象，而非全貌。但剽竊的背後，却體現出的不僅僅是個别女性才力的衰退，更透露出了「語圖合體」後晚清女性題畫詞的批評深度在「羔雁之具」的酬酢背景下而日益減弱的不争事實。

不難看出，語圖地位的改變使得題於畫上的清代女性詞，很大程度上成爲繪畫的附庸，從而在形式、題材乃至批評深度、創作靈感上都發生了一定的變異。但如果因此而一筆抹殺清代女性題畫詞的藝術成就，那也是有失公允的。比如，女性題畫詞發展至清代，出現了詞史上從未有過的變體——題填詞圖。清代「填詞圖」之風，始自清初詞人陳維崧《迦陵填詞圖》。此後，由清初吹向盛清，由漢族吹向滿族，由男性文士吹向閨閣才女。如丁紹儀有《緑梅影樓填詞圖》，題者甚衆；吴藻有《題梁溪顧羽素夫人緑梅影樓填詞圖》，自己也有一幅《花簾書屋填詞圖》，乞人題詠；席佩蘭曾應邀題詠《歸佩珊雨窗填詞圖》；顧太清曾應邀代作《代許湞生六兄題海棠庵填詞圖》[三六]。這種新型的題畫模式，顛倒了題畫詞歷來先畫後詞的順序，將詞的被動地位一下子扭轉了過來，這在中國文學史、文化史乃至藝術史上都是值得關注的現象。誠如夏志穎所説，它的盛行反映出詞體在新時代與以往迥異的命運，它的命名及畫面内容也透露出詞體創作中人、物交感的種種資訊。作爲詞史發展過程中的一種特殊文化現象，它理應獲得更多的關注。如果説清詞的復興是老樹新花，那詞心與畫境相交融的「填詞圖」無疑是這些「新花」中奪目的一朵[三七]，它爲我們觀察「語圖合體」後不同藝術形式的相互影響提供了很好的範例。同時，女性填詞圖相較於她們其他的文獻記録而言，則保存了一個更爲真實、活潑的文學現場。這類複合型的新文本，不僅用以「叙事」，爲畫家與觀畫者提供理解圖像的最基本資源，還以韻律、節奏等形式承載「抒情」因素。文學與圖像相生相和成爲有機整體，共同提升了填詞圖的情感濃度。另外，我們還可以將填詞圖上的主人以及諸多女性題詞與其他文獻相結合，從而重構女性的活動空間或雅集結社時的群體形象，也可利用一些帶有明確時間地點的題畫詞，對其中某一位或某一類女性作家的交遊軌迹進行相應的考察。此外，圖畫上的某些題畫詞，還具有較高的文獻輯佚價值，可補充收集到女性作家各自的詞集當中。

總而言之，清代女性題畫詞作爲詞林中的新景觀，它在前代題畫詞的基礎上推陳出新，以其情感内涵的豐富和藝術表現的成熟，拓展了詞自身的内容與功能，終於爲中國女性題畫史譜就了輝煌豐碩的殿末之卷。同時，作爲一種「副文本」，它又與繪畫作品一起形成了以畫爲主，以詞爲輔，詞畫合體的藝術整體，突破了單一的圖像文本流傳，爲書畫傳播的多元化發展提供了可能。但需要説明的是，清代女性詞集多賴父兄子女刊刻，刊印的數量本不多，加之晚近以來歷經戰亂和水火蟲蠹之災，大量女性題畫詞已散失亡佚。因此，如何準確定位清代女性題畫詞，亟需在文獻鉤稽與文本闡釋兩方面作出更多的努力。

〔一〕馬興榮《論題畫詞》，《撫州師專學報（社會科學版）》一九九七年第四期。

〔二〕厲鶚《玉史臺書·宮閨》，浙江人民美術出版社二〇一二年版，第四〇頁。

〔三〕高彦頤《閨塾師：明末清初江南的才女文化》，江蘇人民出版社二〇〇五年版，第二三三頁。

〔四〕〔五〕〔一一〕〔一五〕《全清詞·順康卷》中華書局二〇〇二年版，第一四册第八四一八頁，第一八册第一〇七二五頁，第一册第四一〇頁，第一九册第一〇八九七—一〇八九八頁。

〔六〕郭麐《靈芬館詩話》卷八，《續修四庫全書》第一七〇五册，上海古籍出版社二〇〇二年版，第三九一頁。

〔一三〕〔一三〕〔一四〕〔二六〕〔二八〕〔三一〕徐乃昌校刻《小檀欒室匯刻閨秀詞》，清光緒二十四年（一八九八）刻本。

〔七〕〔八〕〔九〕〔一〇〕顧太清、奕繪著，張璋編校《顧太清奕繪詩詞合集》，上海古籍出版社一九九八年版，第七〇頁，第二二一頁，第二七五頁，第二三七頁。

〔一六〕張兵《明清易代與清初遺民詩》，《江海學刊》二〇〇〇年第二期。

〔一七〕丁聖肇《吟紅集序》，胡文楷《歷代婦女著作考（增訂本）》，上海古籍出版社二〇〇八年版，第二四九頁。

〔一八〕黄宗羲《李因傳》，錢仲聯主編《廣清碑傳集》，蘇州大學出版社一九九九年版，第一一四頁。

〔一九〕汪琬《鈍翁續稿》卷二七《敕贈喬母潘孺人墓志銘》，《四庫全書存目叢書》集部第二二八册，齊魯書社一九九七年版，第二八九頁。

〔二〇〕羅莊著，徐德明、吴琦幸整理《初日樓稿》，上海辭書出版社二〇一三年版，第八五頁。

〔二一〕〔三五〕趙鬱飛《晚清民國女性詞史稿》，時代文藝出版社二〇一九年版，第二六頁，第四六頁。

〔二二〕傅道彬、王秀臣《鄭孝胥和晚清文人的文化遺民情結》，《北方論叢》二〇〇二年第一期。

〔二三〕嚴迪昌《清詞史》，人民文學出版社二〇一九年版，第五五〇頁。

〔二四〕萊辛著，朱光潛譯《拉奥孔》，商務印書館二〇一三年版，第三七頁。

〔二五〕孔衍栻《石村畫訣》，俞劍華主編《中國古代畫論類編》下册，人民美術出版社二〇〇七年版，第九八三—九八四頁。

〔二七〕趙憲章《詩歌的圖像修辭及其符號表徵》，《中國社會科學》二〇一六年第一期。

〔二九〕吴藻著，段曉華輯校《吴藻詞集輯校》，華東師範大學出版社二〇二〇年版，第九四—九五頁。

〔三〇〕駱綺蘭《聽秋軒閨中同人集》，胡曉明、彭國忠主編《江南女性别集（第二編）》上册，黄山書社二〇一〇年版，第六九五頁。

〔三二〕李湜《明清閨閣繪畫研究》，故宫出版社二〇〇七年版，第四八頁。

〔三三〕謝國楨《明清之際黨社運動考》，中華書局一九八二年版，第八頁。

〔三四〕鄧紅梅《女性詞史》，山東教育出版社二〇〇〇年版，第四八四頁。

〔三六〕毛文芳《行樂・讀畫——明清名流畫像題詠》，復旦大學出版社二〇二〇年版，第一一五—一一六頁。

〔三七〕夏志穎《論「填詞圖」及其詞學史意義》，《文學遺産》二〇〇九年第五期。

（作者單位：西北師範大學文學院）

論吕鳳詞作的「感事」書寫

莫崇毅

内容提要　吕鳳《棄愁詞》鈔本約産生於一九二八年前後，以「感事」作爲揀選詞作的重要標準之一。其中寫法較爲直露的作品未見於一九三六年刊行的刻本《清聲閣詩餘》，但刻本前三卷的編年性質，仍然爲讀者保留了解讀「詞史」作品的綫索。刻本後三卷中的《和小山詞》主要創作於一九二八年至一九三六年間，其中具有「感事」意義的詞作取得了較高藝術成就。

關鍵詞　吕鳳　《清聲閣詩餘》　鈔本　《和小山詞》　「詞史」

吕鳳，字桐花，江蘇武進人，趙椿年之妻。她是晚清民國時期較爲活躍的一位女詞人，長期隨宦在外，與當時文壇中人不乏交流。

其詞集較爲常見的是《清聲閣詩餘》六卷本，刻於一九三六年。集中前三卷爲編年詞作，卷一收詞起光緒十八年（一八九二），訖宣統三年（一九一一）；卷二收詞起一九一二年，訖一九二三年；卷三收詞起一九二四年，訖一九三〇年。後三卷皆和前人詞作，卷四爲《和小山詞》；卷五《和漱玉詞》及《和漱玉詞補遺》；卷六《和淑貞詞》。〔一〕

本文爲國家社會科學基金青年項目「清詞自注研究」（20CZW022）的階段性成果。

其詞集另有鈔本《清聲閣詩餘》一種，又名《棄愁詞》（爲方便讀者區别，下稱《棄愁詞》），不分卷，今藏南京大學圖書館。書内有遐庵藏書票一枚，藏書票上標識「篋中已選」字樣。鈔本收録吕鳳詞作八十首，其中只有四首未見於刻本。八十首中，經與刻本前三卷核對，所收創作時間最早的作品是《青玉案》（濃煙裊裊騰香獸），與刻本卷一第一首一致；所收最晚創作的作品當是《長亭怨》（指城角西風吹亂），創作於一九二八年秋。

根據姜波考訂，葉恭綽於光緒二十四年（一八九八）開始編纂《廣篋中詞》，十年後因從政而擱置。一九二八年葉恭綽退出政壇，重新開始編纂工作，並於一九三三年編完《廣篋中詞》。〔二〕兩者相對比，可推測葉恭綽於一九二八年底獲得了這一鈔本，但鈔本選目由誰完成則難以判斷。《廣篋中詞》與《全清詞鈔》的主要編纂過程大體同時〔三〕，兩種選本所收吕鳳詞也相同，皆爲《鵲踏枝》（春日遲遲人意倦）、《過秦樓》（瑣院留香）、《賀新涼》（霜鎖閑庭院）三首。

從刻本卷首所收序、題詩、題詞的情況來看，有明確紀年的文字中，最早的是董康於一九一六年所作序言，開篇提及「清聲閣詩詞」〔四〕，應該是爲吕鳳較早的一種詩詞别集所作；最晚的是冒廣生《校清聲閣詩餘竟，輒題二首（戊辰閏二月）》，亦即一九二八年。可知一九二八年吕鳳的《清聲閣詩餘》已經基本成型，並請人做過校對，故葉恭綽於此時獲得其詞作鈔本，亦順理成章。雖然難以判斷葉恭綽鈔本與冒廣生校本之間的差别，但鈔本應該是基於一個較爲成熟的稿本或者精校本而來。因此，鈔本中的篇目大多數可見於刻本，且篇目中具體字句區别並不算大。然而，將兩者進行對比，依然能獲得解讀吕鳳詞的一個良好視角。

一　《棄愁詞》的揀選傾向

《棄愁詞》所收八十首詞作的排列順序與刻本區别較大，二十六首見於刻本卷一；二十一首見於刻本卷二；二十六首見於刻本卷三；兩首見於刻本卷五；一首見於刻本卷六；四首不見於刻本。因刻本前三卷嚴格按照創作時間先後排序，經對比，可知鈔本的排列順序没有關注創作時間的問題。

鈔本的文本來源可能是一個類似或稍早於冒廣生校本的版本，八十首詞應當都是吕鳳在一九二八年時較爲滿意的作品。那么，其八十首的規模不太可能支撑一個分卷的别集，更有可能是用於編纂類似於「六家詞」、「七家詞」之類的精選彙刻詞集。當然，這種「精選」不能簡單地視同爲藝術成就上的揀選，更值得探討的是鈔本所選作品的傾向性。

先考察《廣篋中詞》與《全清詞鈔》皆收録的《鵲踏枝》（春日遲遲人意倦）、《過秦樓》（瑣院留香）、《賀新凉》（霜鎖閑庭院）三首作品。這三首詞從《棄愁詞》八十首中揀選而得。根據刻本提供的紀年信息，《過秦樓》作於光緒三十四年（一九〇八），是一首較爲典雅的詠物詞，未作寄託，接近浙西詞派的風格。《鵲踏枝》和《賀新凉》分别創作於一九一三年和一九一八年，經歷了清末民初的混亂時局，作者創作時注重常州詞學意内言外的審美追求。如《鵲踏枝》：「春日遲遲人意倦。慣不加餐偏自勸。盃酒酬花，强把眉痕展。炷罷沈檀，珍重垂銀蒜。不使濃煙空外轉。怕他心字如絲亂。」這首詞上片描寫閨中焚香之景，以「垂銀蒜」、「不使……外轉」强調了與世隔絶的意境。「怕他心字如絲亂」應是化用王沂孫「化作斷魂心字」（《天香·龍涎香》）〔五〕之語，寄托了世事變遷之感。下片寫愁，「加餐」之典將愁思引向「征人」的解讀方向，但考慮到創作時間的特殊性，或許這東風吹起的愁思另有所指，難以坐實。類似的手法也出現在《賀新凉》中，下片第六、七兩韻作：「照到人間棋局變。恐神仙、也覺眉慵展。」〔六〕略微點出詞作與時局的關係，但没有陷入專寄托不出的境地。

其中，《賀新凉》（霜鎖閑庭院）在刻本中前後位置上的連續八首作品，在鈔本中都有收録。這八首作品在刻本中依次是《高陽臺》（旅夢長羈）、《雙雙燕》（崇仁坊裡）、《高陽臺》（夢斷鈞天）、《鵲踏花翻》（木葉翻階）、《高陽臺》（聚處偏多）、《賀新涼》（霜鎖閑庭院）、《高陽臺》（燕市花繁）、《點絳唇》（褉事風流），創作於一九一八至一九一九年之間。

《高陽臺》（旅夢長羈）與《高陽臺》（聚處偏多）感慨塵勞羈旅；《高陽臺》（夢斷鈞天）和《鵲踏花翻》（木葉翻階）都明確點出了當時戰事頻仍的現實，分別有句：「莽莽中原，蛟争鯨鬥難安。」「嶺梅春阻，南望烽煙逼。」與《賀新涼》感慨「人間棋局」一樣，《雙雙燕》也表達了興亡之感，稱：「劫灰重話，不見貞元朝士。」而《高陽臺》（燕市花繁）和《點絳唇》（褉事風流）這兩首作品較爲特别，它們是吕鳳代趙椿年創作的兩首詞作，主題是「瀛臺修褉」。可能出於丈夫社會交際需求的考慮，吕鳳這兩首詞作有意表達了一種昂揚的情緒，如《高陽臺》説：「空悲前代笙歌歇，撫西山翠聳，太液春涵。頻歲風多，今年天氣晴占。」《點絳唇》作：「褉事風流，勝游占得人瀟灑。桑田縱改，舊苑春如海。　溝葉苔花，陳迹評量再。啼鶯在，興亡休慨，兵氣和風解。」〔七〕分明是風波不斷的時節，吕鳳偏要説「太液春涵」、「天氣晴占」；在「鯨鬥難安」的消息恐未中斷時，吕鳳却説「興亡休慨，兵氣和風解」。或許這兩首作品表面積極的心緒下，也藴含了詞人無可奈何的苦中作樂。總體來看，這八首作品或正或反，都與時事相關。

《棄愁詞》所收的最後一首作品是《賀新涼・題夏閏菴先生憶菊圖》，作於一九二八年，云：

> 風雨重陽指。黯詞懷、西清舊夢，東籬秋事。塔樹當年游塵滿，幼奉慈輿過此。証妙相、莊嚴開麗。金殿排雲陪仙仗，壽瑶池、阿母桃同視。佳景占，太平世。　而今古寺登臨廢。易滄桑、叢殘老圃，擔尋花市。緑玉貴逾黄金價，異種評量有幾。曾四印齋頭繁蓺。健會餐英香浮醆，賞蕭疏、晚節明燈底。還細寫，傲霜致。〔八〕

詞作開篇取「滿城風雨近重陽」〔九〕句意，表達了心緒不寧的境況。下接「黯詞懷」，轉到對「西清舊夢，東籬秋事」的追憶。前兩韻皆點「憶菊」的主題，近似於試帖詩的寫法。夏孫桐有《卜算子・憶菊，效白石道人梅花八詠》詞，或爲《憶菊圖》創作之由。姜夔《卜算子》梅花八詠組詞的特點在於除了第一首之外，其他七首都包含自注，且自注中有淡淡的今昔之感。如其二、其三自注：「西泠橋在孤山之西，水沈亭在孤山北，亭廢。」「凉觀在孤山之麓，南北梅最奇。竹閣在凉觀西，今廢。」[一〇]夏孫桐有意效仿，八首自注皆有很强的可讀性，如下：

天寧寺藝菊稱盛已久，同治紀元余七歲，侍先太夫人往游。光緒中始再至，重陽游人最衆，往往輦花而去。庚子後，寺漸頹敗，菊圃久廢。今游人無過之者。（其一自注）

光緒甲午後，慈聖萬壽每於頤和園排雲殿受賀。殿前左右堆菊爲山，丹陛數十級，高更踰之，萬花如錦，宫門外可遥見。（其二自注）

土地廟花市重陽後尤盛。傭販雖鄉人，常年入城，頗與豪家相習，佳品多索重直。尤重緑菊，每株佳者售一金。（其三自注）

舊日伶家花事以熙春堂爲最。己丑、庚寅之閒徵歌蕒酒，排日爲歡。今舊侶僅存二三人耳。（其四自注）

南窪太清觀在陶然亭西，舊設粥廠，游人蹤迹所不至。一日余散步入門，秋花滿院，鐘磬無聲，亦輭紅中清凉境也。（其五自注）

豐臺馮園，星巖中丞家别墅也，藝菊有名。余曾與友期往觀，未果。自中丞殉節後，群從或遷徙，近未聞談此園花事者，恐非復昔狀矣。（其六自注）

四印齋，王半塘、朱彊邨所居。《庚子秋詞》即成於此。余繼彊邨居之數年，甲辰秋購菊多而佳，會有騎省之戚。寒窗獨對，賴慰岑寂，此况至今不忘。（其七自注）

昨歲城南園開菊花會，爭奇鬬異，廿年來競談改革，種花風氣亦刻意求新。然於此花孤高品格，

移易殆盡，不能無慨云。（其八自注）〔二〕

第一則自注對比了同治初年、光緒中期、後期和當下天寧寺菊圃的興廢，從童年記憶中的老幼偕遊，到中年輦花而去的繁華，再到如今園廢無人的衰颯。「天寧寺藝菊稱盛已久」的過往與「今游人無過之者」的現狀形成了鮮明對比。第二則自注中，詞人回憶慈禧太后萬壽節頤和園排雲殿前「堆菊爲山」、「萬花如錦」的場景。第三則記土地廟花市，第四則記熙春堂花事。這兩則自注側面反映出晚清京師士人的消費習慣。第四則自注中，作者還回憶了光緒十五年（一八八九）、十六年（一八九〇）與友人在「堂子」裡揮霍之事，感歎而今人物散去的淒苦。第五則自注記載的是夏氏在太清觀賞菊的個人經驗，鬧中取靜。第六則自注記馮汝騤府上花事，結合第二則自注，可以清晰看出夏氏對晚清的認同感。第七則自注寫王鵬運、朱祖謀於四印齋中作《庚子秋詞》事，兼及個人於光緒三十年（一九〇四）秋居四印齋時遭遇喪妻之痛。最後一則自注諷刺「刻意求新」的風氣。

了解了這八則自注後，再讀呂鳳《賀新凉》詞，其詞意清晰明白。上片「塔樹當年游塵滿，幼奉慈輿過此」與下片「而今古寺登臨廢」寫天寧寺藝菊的今昔之別；「金殿排雲陪仙仗，壽瑶池、阿母桃同視」寫頤和園菊；「易滄桑、叢殘老圃，擔尋花市」分別寫太清觀與土地廟菊事。「曾四印齋頭繁蓺」寫夏氏居四印齋購菊事。「健會餐英香浮醆」就熙春堂舊日歡宴而言；「賞蕭疏、晚節明燈底」就馮汝騤殉節事而言。「還細寫，傲霜致」則是就菊花的「孤高品格」而言，亦是對夏孫桐的稱頌。這首詞的特別之處在於其文字是基於他人詞作的自注而生成。這其中，當然也蘊含了呂鳳本人對於時代變革下人事變遷的態度。

根據前文的分析，大致可以看出《棄愁詞》在揀選詞作時，重視能體現出時事之感的作品。兩相對比，《清聲閣詩餘》六卷本爲讀者提供了一個更爲全面了解呂鳳詞的版本；而《棄愁詞》則爲讀者塑造了一位變革之際感時傷事的女詞人形象。

二 《清聲閣詩餘》删去的「詞史」作品

一九三六年刻本《清聲閣詩餘》刊行，《棄愁詞》中共有七十六首亦見於刻本，缺少的四首分别是《綺羅香》（瀑凍難飛）、《六州歌頭》（歲華欲暮）、《壺中天》（惡烽延聚）（森嚴禁禦）二首。

这四首作品都具有「詞史」寫作的特點，其中《綺羅香》稍顯隱晦，多用「霜氣徘徊」、「宿鳥驚寒」〔一二〕等意象來比喻時局艱難；而《壺中天》二首則秉筆直書，較湖海樓詞風更爲激蕩，如所謂「燕雀倉皇，虎豹爭門，閉户心如搗」、「最是薪缺糧荒，彈飛屍積，劫運天難禱」、「十室九空防浩劫，深恐餘烽迤逗」、「靈藥難求，點金之術，憂患生灾後」〔一三〕。這種語言表達，在清代「詞史」寫作傳統中並不罕見，但也不受以譚獻爲代表的晚清詞學批評家首肯。《六州歌頭·擬東山》是四首中風格相對居間的作品，如下：

歲華欲暮，冰雪做嚴寒。梅韻淺。春訊緩。朔風喧。惡烽傳。甲帳軍書亂。妖星現。灾黎徧。何計挽。天心轉。指遥山。泉玉不流，荒落荆滋蔓。翠失螺鬟。聽悲笳怨笛，一樣夢難安。虎鬥平原。鎮無完。步紅塵軟。黄沙捲。羈客半。整歸鞍。棋局换。鵬飛倦。有詞仙。感時艱。賦别雄才展。（謂洪君澤丞。）新腔按。雅音圓。吟社宴。燕雲眷。意迴旋。病羽年衰，未遂扁舟願。急景當前。觸枌榆鄉思，翹首望吴天。驛路間關。〔一四〕

與《綺羅香》近似，這首《六州歌頭》也創作於歲暮時節，前一首稱「雲停」、「瀑凍」，這一首稱「冰雪做嚴寒」。面對這肅殺的天氣與時局，詞人自然盼望時勢的改變，亦即對「春」的嚮往。前一首稱「急盼春回」，而這一首則更悲觀地道出「春訊緩。朔風喧」。「惡烽傳」以下六韻，直接寫時局不可逆轉，略微表露出同情清王室的態度，或許是這首詞在刊刻時被删去的原因。「夢難安」、「鎮無完」等語句表達詞人對亂局的厭倦。下片詞人借送别洪汝闓（字澤丞）來表達對家鄉的思念之情，於社會劇烈動蕩之下稱其送别的場面「新腔按。雅音圓。吟社宴」，顯得突兀。最後幾韻詞人表達思鄉而不得歸的心情，將上片對社會的憂慮收束爲個人的鄉愁，雖然忠實於自我的情感，但似乎未能結合得十分圓融。同樣的情況還出現在《綺羅香》中，當詞人在上片塑造了時局的肅殺氛圍後，下片詞人稱「滄桑閱殼」之後，竟將個人情感表述爲「歸隱有誰肯買，千巖閑處。急盼春回，遊賞吟筇來往」，仍然是將目光鎖定在小我的安逸之上，以致上下片之間讀來有斷裂之感。

在聲律上，這首詞效法賀鑄詞作，以密集的同韻部平仄換韻表現女詞人焦急的心緒。賀鑄《六州歌頭》：「少年俠氣，交結五都雄。肝膽洞。毛髮聳。立談中。死生同。一諾千金重。推翹勇。矜豪縱。輕蓋擁。聯飛鞚。斗城東。轟飲酒壚，春色浮寒甕。吸海垂虹。間呼鷹嗾犬，白羽摘雕弓。狡穴俄空。樂怱怱。　似黄粱夢。辭丹鳳。明月共。漾孤篷。官冗從。懷倥傯。落塵籠。簿書叢。鶡弁如雲衆。供麤用。忽奇功。笳鼓動。漁陽弄。思悲翁。不請長纓，繫取天驕種。劍吼西風。恨登山臨水，手寄七絃桐。目送歸鴻。」[一五]上片首韻「雄」，平聲；「洞」换仄韻，「聳」押仄韻；「中」、「同」押平韻；「重」、「勇」、「縱」、「擁」、「鞚」再押仄韻；「東」押平韻；「甕」押仄韻；「虹」、「弓」、「空」、「怱」押平韻。下片「夢」、「鳳」、「共」押仄韻；「篷」、「從」押平韻；「傯」押仄韻；「籠」、「叢」押平韻；「衆」、「用」押仄韻；「功」押平韻；「動」、「弄」押仄韻；「翁」押平韻；「種」押仄韻；「風」、「桐」、「鴻」押平韻。吕詞的押韻方式與賀詞完全一致，是晚清詞壇重視聲律的表現之一。這種在韻位上亦步亦趨的模仿的確增加了創作的難度，但作品的藝術價值似乎未隨難度增加而同步提升。

相對來説，《壺中天》二首雖然在語言上有過於直白的問題，但情感上尚具有周濟所謂「己溺己飢」的「詞史」[一六]精神。總體來看，這四首「詞史」作品確實都存在各自的缺陷，在刻本中被删除是可以理解的。冒廣生在題詩中稱：「倚聲千首數烏絲，迭霸紅妝冠一時。」[一七]吕鳳詞作在一九二八年前後應該還不以數量取勝。冒廣生這裡點出陳維崧《烏絲詞》,或許在讚許呂鳳醉心填詞之外,也是感受到了呂鳳詞中近似於迦陵詞的「詞史」意味。考慮到其夫趙椿年乃政壇人物,冒廣生不便明言而已。雖然被刪除了四首「詞史」作品,但因刻本前三卷的編年排序,讀者仍能在其中找到其他「詞史」作品。

其辛亥年的詞作,如《臺城路》(瘴雲慘霧重重結)有句:「烽火横江,瘡痍徧野,又屆一陽時節。花飛不歇。恨無計回春,峭寒徹骨。」《百字令·聞雁,和達如妹倩,用宋太學生原韻》有句:「最是江水瀠洄,荻花蕭瑟,同慨西風苦。」〔一八〕前者用直叙的手法展現了戰火紛飛的時事與内心「峭寒徹骨」的感受。「花飛不歇」化用了張惠言解釋歐陽修詞「亂紅飛過秋千去」的説法「亂紅飛去,斥逐者非一人而已」〔一九〕,應該是指亂世中遠離京師而去的友人。後者用「德祐太學生」《百字令》(半堤花雨)韻。這首《百字令》(半堤花雨)是著名的「詞史」作品,《詞綜》記載:「三、四謂衆宫女行,五謂朝士去,六謂臺官默,七指太學上書,八、九謂只陳宜中在。『東風』,謂賈似道;『飛書傳羽』,北軍至也;『新塘楊柳』,謂賈妾。」〔二〇〕與《百字令》(半堤花雨)用比喻爲主要表現手法相同,呂鳳在《百字令·聞雁》中也以雁喻人,表達自己面對時艱的前路迷茫之感。

此外,「雁唳」的意象在呂鳳詞中應有特殊意味。《清聲閣詩餘》所收夏孫桐題詞《壽樓春》(遲簫聲臺邊)有句:「又清商暗譜,驚換芳年。往事傾茶譬字,對花裁牋。愁思緊,淒繁絃。聽唳霜、飛鴻遥天。」〔二一〕這幾韻圍繞滄海桑田的變化來寫,結以「聽唳」兩句,想必是把握住了呂鳳詞中「雁唳」意象的深意。光緒三十二年(一九〇六)中秋前後,呂鳳連續作詞四首——《桂殿秋·中秋》、《湘月·中秋日登署後鳳山感興,用白石韻》、《拜星月慢·中秋夜》、《剔銀燈·秋宵聞雁》。中秋詞寫月是題中應有之義,引人注目的是其中三首都使用了雁的意象。《桂殿秋》作:「婆娑桂樹天香落,嘹唳聲傳新雁飛。」《湘月》作:「覷哀鴻成陣。」《剔銀燈》作:「忽地飛來鴻影。哀音驟聽。」〔二二〕這一年秋季,清室宣布預備立憲,在當時引起了很大的震動。吕鳳作爲官宦妻室，於此時内心的情緒想必也是複雜的。雖然不能確證其詞作内容的具體所指，但大體判斷與時局相關，應是可靠的。

總體來看，在删掉四首較爲直白的「詞史」作品之後，吕鳳的《清聲閣詩餘》還保留了部分「詞史」之作，但已稍顯含蓄而温和。

三　晚年和晏詞中的現實關照

將《棄愁詞》八十首與《清聲閣詩餘》相對比，還有一個有趣的發現——八十首中只有三首出現在了《清聲閣詩餘》後三卷中。分别是卷五《和漱玉詞》中收録的《蝶戀花》（乍暖猶寒晴意少）；《和漱玉詞補遺》中的《减字木蘭花》（曉窗日上）；卷六《和淑貞詞》中的《浣溪紗》（曉窗破夢鳥聲嬌）。考慮到《棄愁詞》應成於一九二八年前後，則可推測《清聲閣詩餘》後三卷的創作時間主要集中在一九二八年至一九三六年之間。

其中，只有卷四《和小山詞》二百五十五首完全不見於《棄愁詞》。雖然不能簡單地推斷在一九二八年之前吕鳳没有追和晏幾道的作品，但推測這兩百多首詞作大部分創作於一九二八年以後應該是可靠的。不管是追和李清照還是追和朱淑真，都有女性詞人的身份認同感在其中。[二三] 而追和晏幾道二百餘首，則可視作吕鳳晚年於詞學上的個性追求。

首先，這二百五十五首詞作皆追和了晏幾道的不同作品，没有重復追和的情況，可能在創作之初已有全盤考慮。其次，吕鳳嚴格依照晏詞使用韻字，但没有嘗試依照晏詞的平仄或四聲來填詞，對於民國時期一度喧囂的四聲填詞之説保持了警惕。第三，吕鳳和詞表達的思緒情感與詞人當時的心境相關，没有刻意去接近晏幾道。

吕鳳的《鷓鴣天》(一抹山光接翠微)寫黄昏夜色,乍寒時分,於亂鴉啼聲中直接寫出「憂深饑困糧荒候」[二四]的時代悲哀,表現出詞人對現實世界的關注。而晏幾道原詞描寫的則是「十里樓臺」、「百花深處」[二五]的明媚景色。兩首作品的差别十分明顯。又如《生查子》(年荒災疊重),晏幾道原詞頗具民歌風味,如下片作:「多情美少年,屈指芳菲近。誰寄嶺頭梅,來報江南信。」[二六]吕鳳和作則站在農夫立場上表現對旱災的絶望,全篇使用了直陳其事的賦體手法,作:「年荒灾疊重,人事天難問。甘澍降何時,水長枯魚潤。布穀喚聲聲,已是黄梅近。稼穡負勤農,望斷秋收信。」[二七]從詞作内容可知,吕鳳所在地區當年春季缺乏雨水,以致黄梅天氣到來之際仍在祈雨,這對於東部地區來説是反常的。從這兩組作品的對比可知,閲讀吕鳳《和小山詞》,並不需要每一首都關注晏幾道原詞。

吕鳳此時顯然已經超越了當年的自己,在詞作中不再將對人間苦難的關照勉强收束到小我情緒的表達中。此時的吕鳳不僅能明白地用詞作來記録天災的來襲以及人民的飢餓,而且也能很好地將個人在亂世中的情感與對現實的關照融合無間。如下面這首《風入松》:

月移梅影上高牆。歷變陰陽。歲華欲换春回遠,朔風喧、緊送疏香。檐際凍雀饑困,碧空嗽雁成行。　慘聲盈耳助淒凉。惱亂柔腸。惡烽延聚天無厭,擁紅爐、客感難忘。不寐坐消寒夜,守更燭暗虚堂。[二八]

首句「月移梅影」,點出詞人一夜無眠,只能孤寂地望向窗外。「歲華欲换」的嚴寒時節,詞人道出「春回遠」、「朔風喧」,可見時局令人感到失望。「凍雀饑困」、「嗽雁成行」兩句,詞人可能是在描寫亂世中流離失所,寒夜下嗷嗷待哺、瑟瑟發抖的流民。下片首句吕鳳將對他人的同情引入對個人「淒凉」情緒的表達。她痛斥戰爭,「惡烽延聚天無厭」,且悲歎個人的漂泊無定。歇拍詞人綰回首句,點出寒夜不寐的困苦,並塑造出「燭暗虚堂」的意境,進一步表達個人的淒凉情緒。吕鳳《和小山詞》中還有一首《滿庭芳》(華月闌干），上片寫到：「華月闌干，新霜庭院，畏寒門閉重重。羈棲人老，頻歲亂棋逢。最是災黎徧地，又傳烽火動遼東。整戈甲，勁催邊戍，困苦唳征鴻。」〔二九〕根據前文梳理，《和小山詞》很可能作於一九二八年之後，那麽這裡的「最是災黎徧地，又傳烽火動遼東」兩句可能是對一九三一年日軍悍然侵略東北的戰爭罪行作出的反映。詞人一面同情同胞遭遇的苦難，一面也在詞作中鼓舞愛國軍旅整頓戈甲，保衛邊疆。

呂鳳《和小山詞》在創作過程中雖然目睹了諸多苦難，但詞人仍然有積極樂觀的一面，這一點在長久的亂世中顯得更爲可貴。她的一首《玉樓春》作：

亂烽將掃天心好。閏歲剛逢春訊早。一庭殘雪未全消，數點紅珠梅蕊小。　東風鄭重培花草。莫使寒多芳意少。殘粧人立鏡臺旁，瘦影回觀還自笑。〔三〇〕

設身處地的站在呂鳳的立場上，二十世紀三十年代的她，耳聞目睹一年又一年的紛亂、一件又一件的慘劇，要振奮心情並不是一件容易的事情。呂鳳在這首詞中寫到「一庭殘雪未全消，數點紅珠梅蕊小」，雖然並未迎來太平歲月，不過詞人仍然看到了希望，並將這種希望化爲「數點紅珠梅蕊小」的生動意象。歇拍兩句分外動人，呂鳳當時年紀已經不輕了，且久經離亂，讀者却可以在其中看到一個笑對鏡中瘦影的女詞人形象。此時的呂鳳，也就像那殘雪未消時的紅梅，飽經風霜，却依然綻放。

四　結語

以傳統女詞人身份生活在變革年代，呂鳳不免將目光投射到劇變的社會現實之上。她的詞繼承了常州詞學提倡的「詞史」精神，又不局限於意内言外的表現手法。經過了清末時期不太成熟的「詞史」創作階段，至一九二八年《棄愁詞》編成時，可以説「感時傷事」已經成爲了呂鳳詞的重要主題之一。呂鳳於一九二八年至一九三六年間完成的《和小山詞》，則更超脱出晏幾道原詞的綺靡風格，書寫出戰爭年代一位女性詞人的關懷與期盼。

〔一〕徐燕婷對《清聲閣詩餘》及呂鳳詞體現的文學生活日常進行了深入研究（徐燕婷《民國女性詞人與詞集研究》，華東師范大學出版社二〇二一年版，第一四八—一五七頁）。趙鬱飛指出呂鳳「遭遇外部世界」的詞作多歸於自我傷悼和慰藉，總體不離閨怨範疇（趙鬱飛《晚清民國女性詞史稿》，時代文藝出版社二〇一九年版，第三二頁）。本文則主要從鈔本《棄愁詞》、刻本《清聲閣詩餘》卷四《和小山詞》及呂鳳詞作的「感事」特徵進行研究。

〔二〕姜波《〈廣篋中詞〉的編選特色與詞學意義》，《學術研究》二〇一〇年第九期，第一三三—一三四頁。

〔三〕彭玉平《論民國時期的清詞編纂與研究——以葉恭綽爲中心》，《南京大學學報（哲學・人文科學・社會科學）》二〇〇九年第二期，第一一六頁。

〔四〕〔七〕〔一七〕〔一八〕〔二一〕〔二二〕〔二四〕〔二七〕〔二八〕〔二九〕〔三〇〕呂鳳《清聲閣詩餘》，民國二十五年（一九三六）刻本，卷首第一A頁，卷二第一五B—一七B頁，卷首第二A頁，卷一第二九B頁，卷首第二A—二B頁，卷一第一四A—一五A頁，卷四第八A頁，卷四第一一A頁，卷四第四八A頁，卷四第四七B—四八A頁，卷四第一七B頁。

〔五〕〔二〇〕朱彝尊、汪森編，孟斐標校《詞綜》，上海古籍出版社一九九九年版，卷二一第三四三頁，卷二四第三九七頁。

〔六〕葉恭綽選輯，傅宇斌標校《廣篋中詞》卷四，人民文學出版社二〇一一年版，第五一九—五二〇頁。

〔八〕〔一二〕〔一三〕〔一四〕呂鳳《棄愁詞》不分卷，南京大學圖書館藏民國間鈔本，第二八A—二八B頁，第一九A頁，第二三B—二四A頁，第二〇B—二一A頁。

〔九〕胡仔纂集，廖德明校點《苕溪漁隱叢話》卷五十二，人民文學出版社一九六二年版，第三五三頁。

〔一〇〕唐圭璋編《全宋詞》，中華書局一九六五年版，第二一八五頁。

〔一一〕夏孫桐《悔龕詞》不分卷，民國間刻本，第一八A—一九B頁。

〔一五〕賀鑄著，鍾振振校注《東山詞》卷四，上海古籍出版社一九八九年版，第四二一頁。說明：詞文録入後，筆者重新進行了標點。另外，萬樹不知賀鑄《六州歌頭》的換韻方式，誤稱韓元吉《六州歌頭》（東風着意）「凡五換韻，此則他家俱無」，且在斷句上有所疏忽（萬樹《詞律》卷二十，上海古籍出版社一九八四年版，第四五〇—四五一頁）。

〔一六〕周濟輯撰,石任之整理《宋四家詞選　詞辨》,中華書局二〇二二年版,第一六五—一六六頁。

〔一九〕張惠言輯《詞選(附續詞選)》卷一,中華書局一九五七年版,第三三頁。

〔二三〕徐燕婷指出吕鳳在追和李清照詞作時注重對前代女詞人的情感予以回應,表達出一定的景仰之情(徐燕婷《易安範式的生成和女性詞的創作與批評》,《文學遺産》二〇二三年第三期,第一五六頁)。

〔二五〕〔二六〕晏殊、晏幾道著,張草紉箋注《二晏詞箋注》,上海古籍出版社二〇〇八年版,第三二六頁,第三五一頁。

(作者單位:中山大學中國語言文學系)

飛掠穗港詞壇的彗星：張叔儔詞初探

（中國香港）黄坤堯

内容提要　張叔儔是二十世紀四五十年代廣州、香港詞壇的名家，與黎國廉唱和最多，次爲廖恩燾、劉景堂、詹安泰、鄭水心等。可惜詞稿散佚，僅據文獻輯録《張叔儔詞輯稿》，約得六十三闋。張叔儔的生平記載簡略。其父張德瀛，乃清末詞壇名家，詞學淵源深厚。張叔儔早年嘗任胡漢民秘書，奔走南北。一九四八年崛起於廣州詞壇，作品多見《嶺雅》。來港後參與堅社、碩果社、風社等雅集活動，以詞與書畫名家。一九六三年返回廣州，消息渺然。張叔儔詞主要發表於一九四八年至一九五四年，只有短短七年，就像彗星劃過穗港的夜空，很快又消失了。本文考察張叔儔的生平事蹟及若干作品，謂之初探。

關鍵詞　張叔儔　堅社　碩果社　風社

張叔儔（一八九七—一九六三？）出身於詞學世家，亦以書畫詩詞名家。一九四八年崛起於廣州詞壇，在《嶺雅》中發表了三十一闋詞作。一九四九年隻身來港，參加堅社的聚會，唱和詞林，也是堅社重要的成員之一。其後還出現於碩果社、風社的雅集，發表作品。可是生活窮困，在香港並没有找到適合的工作，一九六三年黯然返回廣州，少跟外人聯繫，不知所蹤。張叔儔在穗港詞壇的短暫活動，就像一顆彗星飛掠而過。一九四七年以前，不知道他從何而來，做過甚麽。他面世的作品很少，幾乎一片空白。他只有在四十年代後期到五十年代初期比較活躍，知名於香港詞壇，來往唱酬的友人也多。可是跟其他堅社詞人相比，張叔儔生活潦倒，傳記簡略，詞集也未能出版。說不定抑鬱以終，可能也是造化弄人了。現在所能看到的，主要都是一九四八年至一九五四年他在廣州、香港刊物上所發表過的作品，詞齡寫作只有短短七年，偶然亮身一下，很快又消失於夜空之中。

一　詞學淵源

張叔儔，原名成桂，字叔儔，號粟秋。番禺人。祖張立鏞，擅畫蘭。父張德瀛（一八六一——一九一四），字采珊，號清音堂。光緒十七年（一八九一）舉人。長於詩詞，畫梅亦秀潤不俗。著《詞徵》六卷，辨析詞體源流、詞調音律、平仄叶韻、補綴用字之法、歷代詞集及詞家作品各項。[一]又《耕煙詞》五卷（一九二一年、一九四一年），分別名爲《阮俞笛譜》、《空中語》、《畫禪外篇》、《擊劍録》、《紉蘭剩稿》，深婉雅健，尤重音律及技法。胡漢民（一八七九——一九三六）《耕煙詞》序云：

采珊師《耕煙詞》及所著《詞徵》，曾印於廣州。未幾，遇陳炯明之亂，板遂遺失。師詞品近蘇、辛，不屑屑於南宋以後，異於粵中他詞家。生平窮約力學，不遇，輒以詩句抒發其懷抱。詩不存而存詞，蓋自珍也。《詞徵》脱稿時，同里汪莘伯先生即許爲創作而必傳。汪先生固以詩詞名於粵者，人知其傾倒之不易。漢民僅八歲時，從師受《詩》、《禮》句讀。其後格於人事，不復能獲文學之教於師門，每展遺編，未嘗不引以爲憾。邇者人鶴同志謀再版二書，索序於余。嗟夫！廢學多慚，賞奇同快，猶是十餘年來之感想耳，豈能有益於師之所學耶？民國十八年十月，漢民識。」（一九二九年）

一九三五年，葉恭綽（一八八一——一九六八）《廣篋中詞》選録張德瀛《耕煙詞》一闋，《長亭怨慢·甲午暮秋感賦》：

正目斷、遼東荒樹，滿徑寒雲，泬寥如此。柳意蕭疏，夕陽時候影淒楚。褦襶孤鶴，還奈得、徑途苦。

試與捲簾看，又幾日、晴陰無據。無據。驀西風一陣，翻把飛鴻吹去。深杯漫舉。空自抱、滿襟愁緒。待説與、花底前盟，奈辜負、緑陰門户。勸雙燕歸來，好覓杏梁幽處。

論云：「采珊先生于詞學研討至深，所作《詞徵》六卷，深美平實，足與《藝概》抗衡。」〔二〕

張叔儔亦以詞名，且爲堅社健筆，可惜流落香港，生活艱虞，離港前把詞稿托交湯定華（一九一八—二〇一三），未能出版，亦未提及集名。《近代粵詞蒐逸》選録張成桂詞八闋，均出《嶺雅》，簡云：「張成桂，字叔儔，番禺人。采珊孝廉子，能詩擅畫。」〔三〕一九五二年嘗撰個人簡介：「張叔儔，五六歲，廣東高等學堂畢業，歷任上海廣肇公學、清遠縣立中學、東莞縣立師範、香港西南中學國文、歷史、常識、公民、圖畫教員。經香港教育司登記有案。」生平記載十分簡略。〔四〕

二　張叔儔早年事蹟

張叔儔事蹟散見於各家交往及載録。任友安《鷓鴣天・南洋民黨前輩張叔儔先生，癸巳除夜，冒雨過談，和題汪胡手卷，賦此贈之》：

北望雲埋一半天。神州萬里正淒然。施仁發政宜春字，感事懷人送舊年。　才八斗，策三篇。桃花孤賞句如仙。明朝風雨終當霽，且把今宵托古歡。（一九五三年）

張叔儔先生，爲光宣間密奉孫總理命在南洋各埠，奔走革命之鬥士。廣東省番禺縣人。其尊人與石星巢齊名，同出嶺表大師陳東塾門下。光緒初，在省城設大館，擁皋比者，垂三十年，一時諸生達才，頗多從遊，汪精衛、仲器昆仲及胡展堂諸先生皆在焉。館課八股應制文外，駢散詩古考據，尤爲當時敏智者所好。叔儔年最幼，展堂嘗爲捉刀，而精衛則時時翼衛之。一日，課題「是非」二字燕領格，叔儔構思未就，展堂代書「我是玉堂金馬客；君非圭竇蓽門人」，即此可見展堂抱負偉大，屬吐不凡也。展堂舉孝廉，叔儔與仲器、精衛同應道試，當時科舉制度甚嚴格，童生試縣府各五場，榜案有名，方得預道試，督學使者主之，須具官服，於天未明時，集合聽點，持牌入場。冠者紅纓無頂，爲童生禮帽，亦名韃帽，乃清初傳流二百餘年，含有民族意義之名詞也。服者，即外套，如今時之西裝大衣，特其取材爲絲織耳。入場時頗擁塞，叔儔冠擠落，被衆踐踏，失聲哭，精衛爲拾取拂拭戴之，戒勿哭。

「展堂、精衛東渡，主持同盟會，叔儔在南洋各埠任宣傳，民十年中山先生視師桂林，展堂任臨時總統府文官長，叔儔隨同出發，旋回師韶關。粵垣變作，電信隊長麥蕚樓深夜告叔儔，謂電線自清遠起不通，叔儔叩展堂卧內，告之，展堂默然良久，曰：我先赴贛與汝爲商，必要時大本營遷江西，文官處事與少炯商，參軍處事與漢群商。汝爲即許崇智，少炯即楊熙績，漢群即吕超。展堂部署定，即偕林雲陔赴贛；而大本營某團副忽叛變，叔儔幾不免。嗣展堂長粵，延叔儔兼掌機要，忽得桂軍沈鴻英函，請展堂赴海防司令部會議，寥寥未叙事由，且不蓋章。叔儔疑有變，白展堂請戒備；展堂謂革命重誠信，勿過慮，叔儔卒密爲部署而行。會議中，槍聲突起，一時紛亂，衛隊長黎樂思挾護展堂，冒彈雨下階，登副車返省署，謀叛者以爲展堂必回二沙頭寓，乃在西堤官紙局布伏以待，展堂車馳過時，爲所阻，車毁而展堂不在焉。衛兵力戰，斃叛軍高級官劉達慶、黄鴻猷等而亂定。展堂任立法院時，叔儔任秘書，在雙龍巷養疴時，輒囑邵元沖（一八九〇——一九三六）、李曉生（一八八八——一九七〇）以所賦詩，録交叔儔。」〔五〕

案張叔儔年幼，似不及與胡漢民和汪兆鋐（一八七八——一九〇三）、汪兆銘（一八八三——一九四四）兄弟同讀，而清朝亦於光緒三十一年（一九〇五）廢科舉，張叔儔才八歲，殆亦不能與胡、汪等同預道試，戴童生禮帽。此説記載失實，或混雜他人事蹟，未可盡信。案胡漢民於一八八六年入讀大館，師事張德瀛，光緒二十七年（一九〇一）中舉人，翌年赴日本法政大學留學。同年汪兆銘亦以廣州府縣第一名考取秀才，一九〇四年考取赴日本法政大學速成科的公費留學生。張叔儔少時即認識胡漢民，《得不匱室主人來書賦答》云：「少小荒於嬉，硯田廢不耕。壯歲稍學詩，六義慚未明。自得公鍼砭，遂窺著作庭。」〔六〕張、胡二家交往頻密，張叔儔深領教益，亦得到胡漢民的提拔及信任。辛亥革命時，張叔儔十四歲，任友安稱「爲光宣間密奉孫總理命在南洋各埠，奔走革命之門士」，殆亦不確。

民國十年（一九二一）孫中山視師桂林，胡漢民任臨時總統府文官長，張叔儔隨同胡漢民出發，時年二十五歲。到粵垣變作，則指翌年一九二二年六月十六日粵軍砲擊總統府事件，慌忙逃難。迄一九二三年三月二日，始在廣州重建海陸軍大元帥大本營，胡漢民長粵，張叔儔兼長機要。一九二七年，胡漢民任立法院，張叔儔任秘書。任友安又云：「《不匱室詩》成，展堂首持贈叔儔。澤存書庫主人長汀陳群爲精衛刻《雙照樓集》時，叔儔移居姑蘇，爲之校字。」〔七〕《不匱室詩鈔》四卷本初刊於廣州，一九三一年。而《雙照樓集》則刊於一九四一年。張叔儔跟胡、汪往來不斷。

張叔儔在廣東高等學堂畢業，嘗任教上海廣肇公學。幼年時已見過廖恩燾（一八六四—一九五四），一九三三年復於京滬詞壇重聚，同時亦及見朱祖謀（一八五七—一九三一）、況周頤（一八五九—一九二六）等老輩。《鷓鴣憶舊詞》引張叔儔云：「一日，鳳老語余云：『光緒中葉，黎藻泉太守招飲，值先君子於座上，遂相訂交。』翌年癸巳（一八九三）恩科，先君子與黎國廉、文英華三人同中式，鳳老已在外交界負時望，未赴試。黎國廉，號季裴，字六禾，有《玉蕊樓詞》刊行。民初，首任廣東民政司長，四年前以大地主，抑悶逝於香港，壽八十餘。文英華，字菊朋，今居香港之西環，已將九十。」「余髫齡雖已識鳳老，但於鳳老少年時之言論風采，未能體會也。嗣後，鳳老遠客重洋，余亦馳驅南北，睽隔未晤。二十餘年前，余客白下金閶間，鳳老亦往來京滬道上，余斯時與吴門詞人蔡晉鏞（雲笙）、蔣兆蘭（香谷）、況蕙風、朱彊村諸先生遊，評論吾粵詞人，無不推崇鳳老，謂鳳老詞境，正如太平洋之有時狂濤萬丈，有時微波浪漾云云，余益心儀鳳老。」（一九五四年）〔八〕

三　張叔儔與廣州詞壇

戰後張叔儔嘗任教清遠縣立中學、東莞縣立師範，廣泛參與廣州詞壇的活動。一九四七年黃詠雩（一九〇二—一九七五）《梅子黃時雨》序云：「丁亥詠木棉絮，闇公、六禾、顒庵、伯孝、叔儔、秋雪、紉詩同作。」〔九〕同詠者即有張學華（一八六三—一九五一）、黎國廉（一八七四—一九五〇）、陳融（一八七六—一九五五）、張叔儔、胡熊鍔伯孝（一八八〇—一九六〇）、馮平秋雪（一八九二—一九六九）、張紉詩（一九一一—一九七二）等。

一九四八年四月廿二日，粵港詞人雲集廣州，張北海（一八九九—一九七七）宴集同人於北園，詞社蘊釀初成，張叔儔參與盛會。首唱爲詹安泰（一九〇二—一九六七）《醉蓬萊》，序云：「戊子四月廿二日，張北海宴同人於廣州之北園。黎六禾季裴、陳顒盦融、胡隋齋毅生諸老宿咸與焉。觥籌交錯，行輩渾忘，莊謔雜宣，昔今在抱，爰賦此曲，以志勝緣。生不百年，清歡能幾，刻此古音，殆不勝江山零落之感矣。」張叔儔和作《醉蓬萊》「北園宴集次六禾韻」云：

認麑離疏處，望子嫵晴，瓢兒呼酒。綠繡毵毵，伴雲陰籠晝。柹葉催詩，銀舟飛恨，醽芳韶犀首。破嫒新荷，驚雷粉籜，賞吟時候。　幾度融尊，易成間阻。不分斜陽，姊歸啼後。貯久思量，問畫欄眉柳。抱夢將闌，尋香偏嬾，定花心相守。未算春過，重扶殘醉，村壚沽又。

同作黎國廉、黃詠雩、胡伯孝、張樹棠蔭庭（？—一九六〇）、馮秋雪及劉景堂（一八八七—一九六三）等。〔一〇〕詹安泰詞訂爲社課之首唱，領導廣州詞壇，揭開序幕。

其後黎國廉《與劉伯端書》明確訂出首四期社課題目：「此次第三期題雁來紅（第二次即以前中秋大作爲題），成績甚優，計張叔儔、馮秋雪（二人和拙作韻）、黃詠雩、朱庸齋、詹無盦（二人尚未抄來）均用原調，張蔭庭兩首，亦均原調，胡伯孝則三首（一《蝶戀花》，兩《水調歌頭》），連同大作及拙作共十二首，可謂盛矣。昨與詠雩等五人同游漱珠岡訪楊議郎祠，即以爲第四期題。」

根據黎函及《嶺雅》所載，第二期社課以劉景堂《木蘭花慢》「中秋夕對月歌坡公《水調歌頭》感賦」爲首唱，張叔儔有《百字令》「和伯端兄中秋對月感賦戲效蓉渡詞體却寄」和作。張叔儔詞云：

流雲吐彩，念芳韶荏苒，早過夏五。玉宇清寒吹夢墜，何處一聲尺五。莫是紫雲，宮商細按，音叶更番五。闌干拍遍，放歌聊效陽五。　回首虎阜勝游，招邀俊侶，踏盡名邱五。捫石文簫留韻事，靜夜星光三五。隱約前塵，年華易逝，又七分之五。今宵無寐，數殘更漏敲五。〔一一〕

其他有黎國廉《瑤臺第一層》「中秋和伯端」、黃詠雩《瑤臺第一層》「戊子中秋對月和六禾伯端」、張蔭庭《虞美人》「戊子中秋」、黃耀桀少癡（一九〇九——一九七六）《月華清》「戊子中秋」、朱庸齋（一九二〇——一九八三）《三姝媚》「中秋對月和劉伯端兼柬葉遐翁」等。〔一二〕

第三期社課以黎國廉《霜花腴》「雁來紅」爲首唱，張叔儔有《霜花腴》「雁來紅次和六禾丈韻」詞云：

數叢疏密，伴蓼花、橫斜亂影迷煙。臨水芙蓉，集桐么鳳，秋光鬥盡嬌妍。賦情往年，認醉痕、烘隔晴天。共雞冠、豔色平分，絢霞勻臉兩明鮮。　還憶岸楓霜後，向茅亭一角，笑立娟娟。籬落黃昏，西風殘照，園林偏[遍]綴紅嫣。　按箏弄絃，乍數聲、飛墜江前。傍朱闌、爲舞新妝，待教邀鳳仙。

同作有馮秋雪、黃詠雩、張蔭庭兩闋、詹安泰；其他詞調有胡伯孝三闋、劉景堂、朱庸齋、許菊初（一九〇一——一九七六）、區季謀半園（一八九六——一九八八）、鄧圻同（一九二六——）、陳璇珍（一九一四——一九六七）、張紉詩等。〔一三〕

第四期社課以黎國廉《少年遊》「漱珠岡訪楊議郎祠，用姜白石韻」爲首唱，張叔儔有《少年遊》「漱珠岡訪楊議郎祠和六禾丈」，和作胡伯孝、馮秋雪。〔一四〕又詹安泰《南鄉子》「戊子九月廿七日遊漱珠崗，同行者黎丈六禾、胡伯孝、黄詠雩、朱庸齋」。

一九四八年八月十四日，葉恭綽東園雅集，有《瑣窗寒》「歸里經年，杜門不出。初秋，黎四丈暨伯孝、叔儔、秋雪、詠雩、庸齋、寂園諸君見過東園，讀畫品茶，亦云雅集。因成此解」，擬結詞社，振起嶺南詞風，即訂爲首期社課。張叔儔有《聲聲慢》「葉遐翁約六禾、伯孝、秋雪、庸齋、詠雩、寂園諸公東園、雅集，率成一闋，再疊前韻」云：

濃陰[蔭]蔥鬱，修竹檀欒，風鬟深護松門。罨畫簾櫳，開軒待約朋尊。蕭疏鎖窗垂柳，裊微煙、新孕秋痕。霏玉屑，散維摩禪榻，花雨紛紛。　省識忘機鷗鷺，趁夕陽、剛好未近黄昏。楓荻江干，臨流共惜棲群。還待楚騷心事，寫蘭荃、爲賦王孫。憑眺遠，念山河、重感暮雲。

其他和作尚有黎國廉《滿庭芳》「葉齋雅集效東坡用三江韻」、胡伯孝《翠樓吟》「戊子七夕後三日，葉遐翁招集東園，適值日敵投降紀念日感賦」、朱庸齋《燭影摇紅》「遐丈寓齋小集各賦」、馮秋雪《八聲甘州》「葉遐翁召集詞社感賦」、黄詠雩《高山流水》「過遐庵論詞曲，因題其仿夏仲昭畫竹」諸闋〔一五〕，珠玉紛投，實爲當日省港詞壇的盛事。

此外張叔儔《蕙蘭芳引》「重過村外酒家」：「宿雨乍收，向郊外、恣尋幽僻。看錯落江蘺，猶是酒簾颺碧。柳條倦舞，問底事、流鶯相隔。早密陰緑縟。鎖斷柴扃春色。　撼耳松濤，濺襟潭瀉，小慰寥寂。便香醺村罏，爭奈晚涼夢窄。孤吟誰伴，鷺鶿影隻。蹲淺汀、斜睇似曾相識。」黎國廉《蕙蘭芳引》「叔儔來詞，依調和之」：「窺鏡晚蟾，悄人在、繡簾沈寂。見蝶影孤棲，低柳露涼細滴。霽虹斷雨，澹暮景、壓秋無力。早倦蟬咽盡，往日箾荷歡迹。　塢隔蘿風，屏迴蘭檠，泛恨煙碧。動羅篋清商，猶有數聲碎笛。流螢無奈，又隨夜色。蓮漏移、驚夢曉烏啼白。」〔一六〕張叔儔跟黎國廉交情密切，唱和最多。二詞相較，婉約温馨，風格相近，似亦勢均力敵。

一九四八年秋杪，黎國廉約同詹安泰、胡伯孝、張叔儔、黃詠雩、朱庸齋於廣州九曜園雅集。又黎國廉、胡伯孝、馮秋雪、張叔儔、朱庸齋等中央公園看菊。張叔儔爲陳融繪黃梅花一幀。〔一七〕

一九四九年二月十二日元宵佳節，黎國廉有《水龍吟》「元夕和張叔儔」：

牡丹庭院猶寒，鬧團蜂蜨紛來去。春歸十日，月明千里，流光如許。飾翠新梅，描鵝嬌柳，欲青還雨。歎金鼇迹往，繁華恨疊，華夢渾無據。　別有霞觴堪舉。萃蒼顏、素髭儔侶。猩屏麝鼎，遥吟低和，規模小庾。古事今愁，天津擪笛，漁陽撾鼓。但蓬萊影換，歌塵不是，舊游情緒。〔一八〕

張叔儔原作未見，當時或在清遠。黎國廉《尉遲杯》又有「北園春集，寄懷叔儔清遠」，張叔儔有《尉遲杯》「客居中宿，春寒寡歡，六禾丈遠寄《北園春集》詞，喜愜懷抱，次和代札」云：

垂楊道。好策杖，來伴閒花鳥。朋簪小約春游，重檢行囊吟草。流鶯笑語，翩掠過、依稀舊池沼。問今番、遣興飛觴，去年詞客誰到。　萍蹤聚散無端，還剔盡、紅蕤冷影孤照。旅夢江湖傷闊别，贏得是、鐘殘夜悄。風力勁、寒欺短袷，倩誰勸、深杯却自倒。待挑青、細認歸期，一卮先晉坡老。〔一九〕

四　張叔儔來港

一九四九年夏，張叔儔五十二歲來港。晤見黎國廉、劉景堂、廖恩燾、詹安泰、王韶生、朱庸齋等，詞札往還，時常約聚。劉景堂住跑馬地黃泥涌道五十五號三樓，《念奴嬌》「和張叔儔菩園小集，兼呈六禾」，注稱「余居近菩園」；又《鷓鴣天》「次韻叔儔青山酒家小憩韻，兼呈六禾丈」云：

羊腸路轉。雲水蓬萊見。何事無緣逢對面。夢隔謝家庭院。　重來鷺老秋絲。舊情石帚能知。爲報重陽近也，莫教錯過良時。

注稱「前月來遊，路阻而歸」、「廿年前屢從六禾丈來遊，極登臨之樂」。叔儔先生正拍，景堂初槁。〔二〇〕

同時黎國廉有《少年遊》「同伯端、叔儔菩苑小飲」。一九四九年七月十九日己丑六月廿四日，黎國廉有《霓裳中序第一》「荷花生日與伯端、叔儔市樓小飲約同賦」。〔二一〕

張叔儔有《憶舊游》「題《白門賞雪圖》，用清真韻」，黎國廉有《憶少年》「和叔儔《白門賞雪圖》」：「無聊天地，無聲風雨，無情簾幙。平原盡沈悶，但遥峰一角。　鶴氅丰姿驢背約。勝銀屏，擁爐孤酌。扁舟漫乘興，瞬樓臺非昨。」〔二二〕

張叔儔有《憶舊游》「題《吴苑訪秋圖》，用夢窗韻」，黎國廉有《憶秦娥》「和叔儔《吴苑秋圖》」：「霜天高。巧排秋豔妝蕭條。妝蕭條。攜歌載酒，藉慰無聊。　石奇獅老蟠堂坳。寒雲野樹枝相交。枝相交。舊家春夢，淺烘深描。」〔二三〕

黎國廉有《少年游》「叔儔寄詞，用毛東堂韻和寄」：「吟窗影並燕窺簾。人去暮愁添。隔水飛篯，行雲遏韻，鵲喜繞孤檐。　鷺盟不共鳩聲暖，十日峭風嚴。春雨杏花，幾時歸也，芳思滿江南。」〔二四〕張叔儔原作未見。此外黎國廉有《行香子》「觀弈和叔儔」、《聲聲慢》「和叔儔登高」、《菩薩蠻》「詠鳳眼果和叔儔」三闋爲未刊稿，亦未見張叔儔原作。〔二五〕

王韶生（一九〇四—一九九八）有《虞美人》「海天眺望和叔儔韻」。〔二六〕

一九四九年八月十日詹安泰《與劉伯端書》後附《惜秋華》「六禾丈自香港寄示七夕後風雨連宵之什，奉和並簡伯端、叔儔」。一九四九年十月十一日詹安泰《與劉伯端書》其二後附《水調歌頭》「香港陪懺盦、六禾、仲晋諸老輩及伯端、叔儔兄、青萍弟集菩苑，並游太平山、淺水灣」。〔二七〕

一九四九年八月三十日，廖恩燾有《塞翁吟》「閏七月十六夜，約六禾、叔儔、伯端、武仲山樓小集，沮風雨不果來。按美成澀調賦寄」。〔二八〕武仲即馬復（一八六四—一九六四），著《媚秋堂詩》。

一九四九年九月一日，黎國廉《與劉伯端書》（其五）：「再下星期六［即九月十號］擬邀量行諸子來舍下，繼竹節聯之興。敬懇我公於是日正午十二時惠臨，並擬約叔儔，惟曾五叔則不必。此公太遲滯，恐與諸人不相合也。」〔二九〕案黎國廉住九龍塘德雲道四號。

一九四九年十月六日八月既望之後，劉景堂《與張叔儔書》（其一）云：「叔儔先生：手示誦悉，大作《摸魚兒》氣韻甚佳，今日晤裴老，准如尊約，請届時莅菩苑同叙，順呈拙作一闋，敬乞正拍。此頌台祺。景堂敬啓。」附詞《聲聲慢》「醉酒芙蓉和六禾丈」，「景堂初稿」。〔三〇〕

一九四九年十月二十五日，黎國廉《與劉伯端書》（其六）：「大作深情婉約，詞學正宗，誦之欣佩。但全首是押庚青入聲韻，而落字則江陽入韻，似宜改之，以歸一律。乞酌之。旬日弟詞興略少，且亦無文友接觸，得瑶章令人興奮。叔儔全無消息，昨晤了因，謂與彼及仲晋常晤。隋齋亦已返港否？天氣甚佳，遲數日又重陽，當有登高之興，但是日星期，未審清暇否？乞示悉，定一日期，最少可在菩苑也。專復。敬頌伯端詞長大安。六禾敬上，廿五。」〔三一〕隋齋即胡毅（一八八三—一九五七），著《絶塵想室詩草》。

一九四九年十月三十日重陽節，張叔儔有登高之作。黎國廉《與劉伯端書》（其七）：「星期二准十一點四十分［冬季時間］弟到菩苑會談，並乞轉告叔儔爲禱。」附《聲聲慢》「和叔儔登高」：

迷林歸燕，戴屋行蝸，天涯去住無端。未到斜陽，秋容却已闌珊。翩鴻漫宜照海，怕低窺、驚覺愁顔。閒眺遠，早銀雲桂落，玉露楓寒。　閲徧風光流轉，問南飛孤鳥，何日巢安。畫角聲中，那堪回首家山。登樓可憐四望，縱囊萸、也負雕欄。蕭瑟甚，歎哀時、詞客未還。〔三二〕

五　堅社詞課

張叔儔云：「余避地來港，晤六禾丈，丈設竹節社於九龍塘寓廬，凡吾會城之相知者皆應約往，鳳老亦矍鑠來臨，余始獲再晤。未幾，六禾丈歸道山，鳳老遂於其堅尼地道私邸，再開竹節詩社，春秋佳日，觴詠留連，聲氣通南洋各島嶼間。」案廖恩燾住香港堅尼地道二十五號。

「未幾，改竹節詩社爲詞社，初僅伯端、羅慷烈、王韶生、張紉詩及余等六七人，繼而參加者衆，多至數十人，海外各城堡，多有郵書請益及唱和者，因名其社曰堅，蓋既取意於其所居之路名，而亦隱示其壁壘實不可拔也。每月社集，舉行一次，與會者各以所成詞互閲，而就正於鳳老及劉伯端先生，鳳老每批却導窾，無不悉中肯要。與伯端先生持論，亦無不相合也。」

「叔儔年近七十，軀幹偉大如淮泗間人，頗善飯，能盡豚蹄雞鴨各一，粉角若干籠，數年前避地來港，爲堅社軍鋒。」〔三三〕

一九五〇年十月十九日，廖恩燾《滿江紅》「重九和粟秋，步韻夢窗『澱山湖』之作」。〔三四〕

一九五〇年冬，劉景堂《念奴嬌》「重九與友約登赤柱峰，未赴。歲暮獨來，不勝俯仰今昔之感。誦柳耆卿『霜風淒緊，關河冷落』詞句，更難爲懷也」，稿本字句多異。尚有《念奴嬌》「懺盦招飲山樓，同座諸子各呈一闋，仍用登赤柱峰韻，兼邀紉詩同賦」。〔三五〕 張叔儔《念奴嬌》「呈鳳老，用劉百端先生《登赤柱峰》韻」：

座中健者，問誰師秦七，誰宗黃九。何似稼軒雄奇筆，勢竟推枯拉朽。此意云何，直如長劍，光氣充牛斗。吟情勃發，正當山月升後。　丈獨匯合衆流，閒來得句，笑指門前柳。捫蝨縱談天下事，風采依然似舊。可是少年，咸陽豪俠，貫盡新豐酒。會當痛飲，莫教貽笑犀首。

同作廖恩燾、王韶生、羅忼烈（一九一八—二〇〇九）、張紉詩等，也由此啓動了堅社第一期的社課。

張叔儔堅社詞課之什，一九五一年冬有《過秦樓》「石塘晚眺」、《酷相思》「和書舟」、《憶舊遊》、《喜遷鶯》「春山看杜鵑，依夢窗過希道家看牡丹韻」；　一九五二年有《南浦》「春水」、《聲聲慢》「觀舞」，共撰六闋。

一九四九年十一月，廣州大學在香港成立分教處，原中文系主任馬小進（一八八八—一九五一）聘請朱庸齋至香港該校教書，擔任詞學課程教授。朱庸齋隨劉伯端、張粟秋拜訪廖恩燾。廖恩燾《虞美人》「伯端、粟秋偕朱君庸齋見過，欣然口占」：「劉須溪便名翁早。張翥吟稱老。燕釵蟬鬢慰華顛。廝劍應知朱十正狂年。一盦我却情先懺。送日長謠禁。眼中荊棘卧銅駝。翻覺詞壇末造霸才多。」注云：「伯端六十有四，粟秋長一年，蛻巖《如夢令》云：『月似二年前好，人比二年前老。』梅溪《壽樓春》云：『自少年銷磨疏狂。』」〔三六〕廖詞以「張翥吟稱老」比喻張叔儔，案劉景堂比張叔儔長十年，廖説誤記。

一九五〇年廣州大學分教處取消詞學課程。五月，朱庸齋由香港返廣州。廖恩燾《花心動》「送朱庸齋還羊城，依聲夢窗『入眼青紅』之作」、張叔儔《臺城路》「送庸齋兄返穗城」均以詞送行。張叔儔詞云：

相逢猶記過菩苑，清談在亭凹處。燕與春閒，車因路曲，遥躡層巒幾許。游踪細數。問何事匆匆，便須歸去。念否前途，半程風更半程雨。　天涯同是倦旅。笑身如泛梗，人笑漚鷺。水隔螺青，杯浮螘緑，空憶高陽儔侶。離愁最苦。奈難勒征鞭，共商吟句。悶聽孤蛩，背人深夜語。〔三七〕

一九五〇年，劉景堂《與張叔儔書》(其二)云：「叔儔我兄：又不晤經旬，至念。昨得鳳老《送春詞》，想已逕寄。弟適亦賦一闋，可稱不約而同，非和作也。附後呈教。前允寫寄尊作，久未得，奉想已忘，云何太懶耶。弟近廢徵逐，頗少出。下星期兩點，能與我同訪鳳老否？希示覆，俾相候也。此頌台祺。弟堂頓首，十八日。」附詞《摸魚子》「今歲送春，兼送遠人，讀義山『人生那得輕離别，天意何曾忌險巇』詩句，不禁泫然也。」叔儔詞長正拍，景堂初稿。〔三八〕

一九五〇年八月二十日庚寅七夕後，張紉詩《謁金門》「張粟秋有『行不得』、『留不得』、『歸不得』三闋；又得伯端不寐詞三闋；秋心無著，因以『眠不得』、『尋不得』、『聽不得』遥和粟秋，及答伯端三首。」〔三九〕劉景堂《張叔儔和鄭叔問〈謁金門〉「行不得」、「留不得」、「歸不得」三闋。張紉詩又賦〈十六字令〉「行」、「歸」二闋。余今拈「行」、「留」、「歸」三字，依紉詩調，兼和叔儔》：

行。借問，天涯路幾程。無人應，愁煞鷓鴣聲。
留。檣燕，多情語不休。黃金盡，十步九回頭。
歸。春盡，家園事事非。西窗燭，同翦更難期。
粟秋詞長正拍，景堂初稿。〔四〇〕

可見當時張叔儔去住爲難，但跟香港詞壇的交往相當密切。

一九五〇年十一月八日，劉景堂《與張叔儔書》（其三）云：「叔儔我兄：歸誦《高陽臺》大作，確多清句，惟有一兩字尚欲面商者，下星期二[即十四號]下午兩點半，請到舍偕往再訪鳳丈也。弟亦近得《三株媚》一闋，已減少數夕睡眠，奈何奈何。此頌台祺。弟堂拜上，十一月八日。瀾洲兄已歸未？請代致候，並定紉詩之約。」附《三株媚》「秋燕」。〔四一〕

一九五〇—一九五二年間，張叔儔《浪淘沙》「燕子和水心原韻」、《清平樂》「登香港太平山」、《虞美人》「和水心韻」、《采桑子》「題竹和水心」、《臨江仙》「海浴和水心韻」、《太常引》「和水心原韻」、《人月圓》和鄭天健水心（一九〇〇—一九七五）《東珠集》詞七闋。《虞美人》「和水心韻」云：

短檠夜半淒涼影。溽暑心仍冷。百花絢爛鬧春時。誰識孤松還抱歲寒枝。　年來便有新吟草。忍說歸都好。漪蘭休向曲中彈。可奈庾郎憔悴老江關。（一九五〇年）

《采桑子》「題竹和水心」云：

歲寒自喚松梅伴，作態斜欹。原不隨時。勁節由來沒箇知。　故園驟雨多番洗，休再尋思。歸路都迷。寫盡平安寄與誰。（一九五二年）

詞情悲苦，無家可歸。可是鄭水心並無任何回應。〔四二〕

一九五一年，劉景堂《與張叔儔書》（其四）云：「叔儔我兄足下：昨奉手教祗悉，頃代取得格式紙二張，請督入，應如何填寫，恐貴校當明了也。我兄何日有暇，並乞示知，俾約談。此候台祺。弟堂上，八日。附近詞一首呈正。」《鷓鴣天》「秋日過玉虆翁觴詠之地，緬懷舊迹，泫然成歌」。〔四三〕

一九五一年碩果席上爲黄偉伯（一八七二—一九五五）賀壽，張叔儔《少年遊》「壽偉伯八十三」云：

天南地北，吴根越角，鴻爪遍東西。行錦歸來，奚囊收拾，一集紀遊詩。　秋來好、深山小住，閑趣樂清時。玉局雄才皤溪鶴，算同與、壽瑶卮。〔四四〕

一九五二年，劉景堂《鷓鴣天》「叔儔懷歸，賦此慰之」：

多病工愁各自傷。新詞一曲苦吟商。驚心歲月人應老，入夢家山路倍長。　從落月，照空梁。但隨行脚莫思鄉。秋風處處鱸魚美，好待黄花勸客觴。〔四五〕

張叔儔來港後任教香港西南中學，經香港教育司登記在案。一九五二年，張叔儔《致林汝珩函》云：「碧城吾兄足下：浹旬未晤，馳系良殷，遥想起居，敬承迪吉。日前與諸生有梅窩之行，偶得《沁園春》一闋，録呈正拍。弟學校迄今尚未繼續送關聘，如有文學校，敬請予以介紹。南華處未諗有辦法否？乞與湯兄一商如何？手此敬承動定。弟張叔儔頓首，九日。」擬托林汝珩（一九〇七—一九五九）轉請湯定華協助申請教席，介紹工作。湯定華函告云：「一九五二我是九龍華南中學副校長，但校内派系複雜，我亦因意見離開，故結果幫不到叔儔。我之走是香港教育界一大新聞。」張叔儔函中抄録作品《沁園春》「游梅窩」一闋，並附個人簡介。〔四六〕

本人亦存有張叔儔《沁園春》「偕諸生泛舟梅窩」手稿原件，詞云：

子好遊乎，吾語子遊，其樂只且。駕扁舟一葉，聽其所止，輕漚數點，聊與相於。微雨東來，四山俱暝，滌去塵襟强半無。新晴後，看淡妝濃抹，何必西湖。　此中待結茅廬。有嶺上、閒雲可自娱。更因風飛絮，隨波上下，雜花生樹，繞屋扶疏。小住爲佳，及時行樂，人世真如過隙駒。流連久，向空山笑問，容我移居。

一九五三年，張叔儔在碩果社席上再度出示此詞，改題《沁園春》「秋日遊淺水灣擬稼軒」，題目大異，連地名都有所改動。而且《碩果社集》四集修改略多，也可以視作另一首作品。

一九五三年，張叔儔在碩果社席上，《滿江紅》「自題小照」云：

六十餘年，算贏得、吴霜盈首。笑往日、文章著述，儘堪覆瓿。鳧鶴尚憂長短脛，身名休説功人狗。問當年、列戟□爲郎，今何有。　原不羡，彭籛壽。也不慕，公鉏富。只閒邀俊侶，懽然詩酒。秋月春風休放過，灌園且約扶犂叟。願餘生、從此老溪山，能償否。〔四七〕

一九五四年元月二日，堅社同仁爲廖恩燾、邱琴（碧桐君，一八六八—一九六六）伉儷賀壽，出席者有劉景堂、任援道、林汝珩、區少幹、曾希穎、張叔儔、羅慷烈、湯定華、王季友、王韶生十人，皆各有詞。除張紉詩外，群賢畢至，也可以説是堅社閉幕演出最後的一場盛會。任友安云：「民四十三年元旦後一日，爲先生八十晋九嶽降之辰，先生即席賦《臨江仙》一闋，題曰：同人醵飲祝余初度，因以姓氏分嵌成詞，敬爲聲謝。」詞曰：

老朽壽齊胡果，諸公才媲香山。劉歆任昉主騷壇。林逋翔鶴健，區冊泛舟寬。　糾正群言曾鞏，工吟三影張先。比紅兒早成百篇。畫梅樓筆妙，應並二王傳。

注云：「九老會中胡果年八十九，爲諸老冠，余今年亦八十九，老莿八十六。」「羅虬賦詩百篇，曰比紅兒。」〔四八〕廖恩燾在詞中把張叔儔比喻爲「工吟三影張先」。

一九五四年五月二十日，劉景堂《與張叔儔書》（其五）云：「叔儔詞長大鑒：昨午四點電話致學校，云兄已課罷云歸，悵悵。頃奉大函及尊作數首，誦之再四，誠如所論較年時大有進步，至佩。惟《浣溪沙》寒食清明分用，似不細。且以寒食對酒旗，亦微嫌不工，請酌改更佳。弟亦得《蹋莎行》一闋附呈大教。久不

晤韶生兄，乞代致念。此頌台祺。弟端頓首，五月廿日。」並附《踏莎行》「乳燕飛飛」一闋。〔四九〕

一九五四年，劉景堂主持環翠閣周末茶座。環翠閣西餐廳在皇后大道中中華百貨公司閣樓，其後改建爲連卡拉佛大厦。吴天任（一九一六—一九九二）《自怡悦齋詩》·序云：「余避地南來，亦亦承邀爲書樓任講，因得以時親炙討論。暇日輒從丈（叔文）與陳少漢、李我生、劉伯端、馮毅菴、張叔儔、熊魯柯、王韶生、余少颿諸君子，茗集市樓，把杯談藝。丈雖近耄老，而出語滑稽，俳諧雜作，舉座爲歡。」〔五〇〕名流匯聚，張叔儔亦在茶座名單之内。

六　張叔儔返廣州

一九五七年，張叔儔嘗返廣州，晤黄詠雩，並稱擬往南洋。黄詠雩《八聲甘州》「不晤叔儔九年矣！丁酉季夏，把袂市樓，云將之南洋。倚聲叙别，次韻和答，並柬滄海」：「看鯤鵬擊水正圖南，迷陽笑吾行。驀相逢又别，難銷今夕，休問茫汀。小閣松風六月，寒翠拂屏笙。爲爾持杯酒，翻勸長星。　世事十年變幻，付鼓琴昭氏，何有虧成。奈樽前白髮，摇首不成聲。試徘徊、風花觀世，算此身、還較落花輕。人天事、水流花去，漂泊無程。」〔五一〕

張叔儔擅畫。一九六〇年劉景堂《吕鄧張爲寫「水仙圖」，賦此答之》一首，即由吕燦銘（一八九二—一九六三）、鄧芬（一八九四—一九六四）、張叔儔合作。〔五二〕

湯定華函告云：「自端翁逝世後，他即告貸無門，黯然返廣州從其子女，時粮荒時代。」「張叔儔臨上省，我送他車，除了留下詞稿一本由我保管後即不再回來了。這是在省來信，我亦不敢招待他回港，事實上我亦無能力也。」張叔儔回函地址爲「廣州市福慶坊」，郵戳一九六三年八月三十日十六時。案劉景堂卒於一九六三年十一月十五日，則張叔儔離港當在劉景堂逝世之前，不是卒後。

一九五四年甲午，風社雙週雅集，弄月吟風，揮毫繪素，一九六七丁未上元社慶，倡印《風社詩畫集》、輯録書畫篆刻絶律詞曲之作，刊出張叔儔詞四闋、詩一首。一九六九年己酉，《風社詩畫集》二卷出版，選刊張叔儔《虞美人》「採菱」一闋，或爲最後出現的作品。

鄰娃約划瓜皮艇。領略横塘景。塘中浮出小紅菱。摘得歸來好與細調羹。　鴨兒昨日紅裙裹。宜作盤餐助。剝將紫角兩和勻。轉覺天廚滋味遜三分。[五三]

風社詞曲作者十二人，張叔儔列名其中。《風社詩畫集》二卷附「歷年參加本社文友姓名録」（一九六九年），全一〇九人，已故周仲良（一八九四—？）、岑季翹（一八八二—一九六八）、陳志傑、陳璇珍（一九一四—一九六七）、陳新圭、雷質民、曾子唯、劉三才、劉孔淳（？—一九六七？）、鍾叔蒼十人。張叔儔仍在名録之内，似未聞任何逝世消息。《法曲獻仙音》「依調和陳璇珍女詞人」云：

月落參横，雨過潮咽，併入淒清庭院。夜寂無眠，地遥偏隔，孤窗聽殘更點。甚近似、江南燕。人生總多怨。　寄懷遠。念前塵、深盃曾勸。重檢點、襟上酒痕尚染。海島忽相逢，話離踪、蜜炬頻剪。只惜當年，舊吟朋、音訊都斷。恐他時覿面，見了不如休見。

方寬烈《二十世紀香港詞鈔》作者簡介：「張叔儔（一八八五—一九八七），廣東番禺。」生年已誤，卒年未知所據。[五四]大抵張叔儔返廣州後已無消息，《風社詩畫集》滯後刊出，所録或爲離港前作品，尚待考證。

七　《張叔儔詞輯稿》

《張叔儔詞輯稿》約得六十三闋，其中《嶺雅》録詞三十一闋，以寫贈黎國廉十五闋最多，次爲劉景堂、胡熊鍔、馮平、黄詠雩各二見，葉恭綽、朱庸齋、陳寂、詹安泰各一見。《堅社詞課》録詞十闋，僅《念奴嬌》「呈鳳老，用劉伯端先生《登赤柱峰》韻」提到廖恩燾及劉景堂，自是他在香港詞壇中交誼最深的前輩。《二十世紀香港詞鈔》録詞九闋，而和鄭水心韻七闋。《碩果社集》録詞七闋，其中《少年遊》爲黄偉伯賀壽一闋。《風社書畫集》録詞五闋，《法曲獻仙音》「依調和陳璇珍女詞人」一闋。又個人庋藏張叔儔原稿《臺城路》「送庸齋兄返穗城」及《沁園春》「偕諸生泛舟梅窩」各一闋，其後《沁園春》「秋日遊淺水灣擬稼軒」語句改動較大，暫時視作兩闋。

張叔儔詞中標注去聲者六見，「慢憶前塵，旋〔去聲〕生幽怨，伴短檠閒守。」（《醉蓬萊》）、「閑裏徘徊，都忘〔去聲〕賓主。」（《古香慢》）、「重來莫忘〔去〕觴俎。」（《買陂塘》）、「念倦客，江關詩賦無心作〔去〕。」（《買陂塘》）、「更深宵碎滴，微閒〔去聲〕寒杵。」（《齊天樂》）、「而今休作〔去聲〕旋風舞。」（《霜葉飛》），其中「旋」、「忘」、「作」、「閒」四字都是兩讀的多音字，張叔儔標注去聲。張德瀛《詞徵》中亦多談及音律，家學傳承，值得注意。

〔一〕張德瀛《詞徵》，《閨樓叢書》本，唐圭璋編《詞話叢編》，中華書局一九八六年版，第四〇六三—四一八八頁。

〔二〕張德瀛《耕煙詞》，民國三十年（一九四一）鉛印，《閨樓叢書》本，曹辛華編著《民國詞集叢刊》，國家圖書館出版社二〇一六年版，第二十一册。序中汪莘伯即汪兆銓。又葉恭綽《廣篋中詞》，浙江古籍出版社一九九八年版，卷一，第六三二頁。

〔三〕余祖明少颿編纂《廣東歷代詩鈔》，香港能仁書院叢書第一種一九八〇年版，第七八一—八二頁。

〔四〕張叔儔《致林汝珩函》附件原稿。

〔五〕〔四八〕任援道友安《鷓鴣憶舊詞》，香港天文臺報社一九九〇年版，第七〇頁，第三五頁。

〔六〕《廣東日報・嶺雅》一九四八年八月九日第十五期，陳寂、傅靜庵主編，陳永正、李國明、李文約輯校《嶺雅》，廣東人民出版社二〇一三年版，第一五八頁。

〔七〕〔八〕《鷓鴣憶舊詞》，胡漢民撰《不匱室詩鈔》四卷，登雲閣鉛印，民國二十年（一九三一），第七二頁，第一六四頁。

〔九〕黄詠雩、羅雨林主編《天蠁樓詩文集》，花城出版社一九九九年版，中册，第二九九頁。

〔一〇〕詹安泰《鷓鴣巢詩、無盦詞》，香港至樂樓叢書第二十五種，一九八二年季冬，第四六四—四六七頁。《廣東日報・嶺雅》第十一、十六期，一九四八年七月十二日及八月十六日。《嶺雅》，第一二二、一七四頁。張叔儔詞載《廣東日報・嶺雅》第十一期。《嶺雅》，第一二二頁。

〔一一〕黄坤堯藏黎國廉函件原稿。《滄海樓集》，第三六三頁。張叔儔詞載《廣東日報・嶺雅》第三十三期，一九四八年十二月廿七日。《嶺雅》，第三五六頁。

〔一二〕戊子中秋在一九四八年九月十七日。《廣東日報・嶺雅》第三十三期，一九四八年十二月廿七日。朱庸齋《分春館詞》，廣州詩社二〇〇一年版，第三二頁。

〔一三〕《廣東日報・嶺雅》第二十六、二十七、二十九、三十、三十一、三十二各期，由一九四八年十一月一日至十二月二十日，此期諸家反應最爲熱烈。詹安泰詞參《鷓鴣巢詩、無盦詞》，第四七四頁。黄詠雩《霜花腴》「詠雁來紅，與六禾、伯孝、蔭庭、伯端、叔儔、庸齋、秋雪、紉詩、菊初、季謀、君華、少癡、楚賓、奇桐同作」，增多了張君華（一九〇一——一九六二）、黄耀枲、盧楚賓三人。《天蠁樓詩文集》，中册，第三〇六頁。朱庸齋《鎖窗寒》「雁來紅與葉遐庵、黎六禾、詹安泰、黄詠雩、馮秋雪、胡伯孝、陳寂園、張紉詩同賦」，又增陳寂一人。《分春館詞》，第三四頁。張叔儔詞載《廣東日報・嶺雅》第二十九期，一九四八年十一月廿二日。《嶺雅》，第三一三頁。／《近代粵詞蒐逸》，第八〇頁。

〔一四〕《廣東日報・嶺雅》第二十八、三十期，一九四八年十一月十五、廿九日。黎國廉《少年遊》，《玉縈樓詞鈔》（蔚興印刷場一九四九版）未見收録。

〔一五〕《廣東日報・嶺雅》第二十、二十一期，一九四八年九月十三、二十日。葉恭綽《遐翁詞贅稿》，一九五九年，第六四頁，詞序文字據《遐翁詞贅稿》訂正。張叔儔詞載《廣東日報・嶺雅》第二十期，一九四八年九月十三日。《嶺雅》，第二一八頁。／《近代粵詞蒐逸》，第七九頁。

〔一六〕《廣東日報・嶺雅》第十八期，一九四八年八月三十日。《嶺雅》，第一九五頁。

〔一七〕李文約編著《朱庸齋先生年譜》，香港素茂文化出版有限公司二〇一二年版，第六三、六六頁。

〔一八〕黎國廉《玉縈樓詞鈔》，蔚興印刷場一九四九年版，卷二，第一七頁。

〔一九〕《中央日報・嶺雅》第四十九期，一九四九年四月廿五日。《嶺雅》，第五二五頁。黎國廉《玉縈樓詞鈔》題「江樓春集」，卷二，第三頁。

〔二〇〕〔四五〕〔五二〕劉景堂原著，黄坤堯編纂《滄海樓集》，香港商務印書館二〇〇一年版，第一〇四、一九三頁，第一二九頁，第二二七頁。

〔二一〕《玉鬟樓詞鈔》卷五，第一五頁；卷三，第四頁。後者題作「己丑荷花生日與客飲市樓賦」。

〔二二〕《嶺雅》第五十五期，一九四九年六月十三日，第五九五頁。

〔二三〕《嶺雅》第五十七期，一九四九年六月廿七日，第六一八頁。

〔二四〕《嶺雅》第六十五期，一九四九年八月廿二日，第七一二頁。

〔二五〕黎國廉《玉鬟樓詞鈔》卷五，第十五頁。未刊稿三闋參黃坤堯藏黎國廉詞稿原件。

〔二六〕王韶生《懷冰室詞》乙編，《懷冰室集》，香港王韶生教授門人籌印懷冰室編輯委員會九龍鄧鏡波學校印刷部一九七一年版，第二一七頁。

〔二七〕黃坤堯藏詹安詞稿原件，青萍即陳湛銓（一九一六—一九八六）。參《滄海樓集》，第三四五、三六二頁。

〔二八〕廖恩燾《影樹亭和詞摘存》，廣州蔚興印刷場一九四九年版，第二頁。

〔二九〕黃坤堯藏黎國廉函件原稿，量行即招湛銓（一八九四—？）。參《滄海樓集》，第三六五頁。

〔三〇〕黃坤堯藏劉景堂函件原稿。參《滄海樓集》，第九九頁。

〔三一〕黃坤堯藏黎國廉函件原稿，了因即黃了因。參《滄海樓集》，第三六五頁。

〔三二〕黃坤堯藏黎國廉函件原稿，未刊。

〔三三〕《鷓鴣憶舊詞》，第一六四—一六五、七二頁。

〔三四〕廖恩燾、劉景堂《影樹亭詞、滄海樓詞合刻》，香港一九五一年版，第一四頁。

〔三五〕黃坤堯藏劉景堂詞稿原件。又《滄海樓集》，第一一八、一九三頁。

〔三六〕《朱庸齋先生年譜》，第七二頁。廖恩燾《影樹亭詞集》未録此闋，當爲佚詞。

〔三七〕廖恩燾、劉景堂《影樹亭詞、滄海樓詞合刻》，香港一九五一年版，第一一頁。黃坤堯藏張叔儔詞稿原件。又載《朱庸齋先生年譜》，第七二—七三頁。錯字略多。

〔三八〕黃坤堯藏劉景堂函件原稿。參《滄海樓集》，第一〇八頁。

〔三九〕張紉詩《儀端館詞》，載《張紉詩詩詞文集》，一九六二年版，第三八頁。

〔四〇〕黃坤堯藏劉景堂詞稿原件。又《滄海樓集》，第一〇一頁。

〔四一〕黃坤堯藏劉景堂函件原稿。參《滄海樓集》，第一一〇頁。

〔四二〕〔五四〕 方寬烈編《二十世紀香港詞鈔》，香港東西文化事業公司二〇二〇年版，第一七四—一七六頁，第三五〇頁。 鄭天健水心《東珠集》，載《水心樓詩詞遺作集》，香港一九八六年版，第四五—四六頁。

〔四三〕 黃坤堯藏劉景堂函件原稿。 參《滄海樓集》，第一二四頁。

〔四四〕《碩果社集》三集，香港一九五一年版，第六一頁。

〔四六〕 參函件原稿。 張叔儔《沁園春》「游梅窩」一詞二稿，其後改作《沁園春》「秋日遊淺水灣擬稼軒」，内容或異。

〔四七〕《碩果社集・詞選》四集，香港一九五三年版，第六頁。

〔四九〕 黃坤堯藏劉景堂詞稿原件，未刊。

〔五〇〕 俞安鳳伯颺、俞安鼒叔文《三十六溪花蕚集》，香港一九七三年版，第二頁。

〔五一〕 黃詠雩《天蠁樓詩文集・天蠁詞》，香港春秋出版社二〇一二年版。

〔五三〕 趙可、陳希農、蘇希軾、陳崇興、易靜中編《風社詩畫集》，香港風社一九六七年版。《風社詩畫集》第二卷，一九六九年版，第八五頁。 詞中「裏」、「助」二字以粵語叶韻。

（作者單位： 香港能仁專上學院中文系）

南宋詞人李泳生平史實新考

張　響

内容提要　宋代名李泳者至少有六人。其中有詞流傳的只有南宋乾淳年間的李泳（字子永）。李泳詩文俱擅，尤以詞名家。又與范成大、張孝祥、辛棄疾、韓元吉、趙蕃等名流交游，有一定影響力。著有《李氏花萼集》（與兄弟合刊）、《蘭澤野語》（筆記）等。惜作品多散佚，事迹不顯，且多與同時期同名李泳相混，致使當前李泳的生平研究出現訛誤。《全宋詩》、《全宋文》所收李泳詩文，也有可辨之處。

關鍵詞　南宋詞人　李泳　生平史實　詩文辨證

李泳（一一三三？—一一八八），字子永，號蘭澤，揚州江都縣（今江蘇揚州）人。著有《李氏花萼集》、《蘭澤野語》等，均佚。李泳詩文俱擅，尤以詞名家。清陳廷焯《雲韶集》卷六評其詞：「子永詞飛動，爲諸李之冠。」又評《賀新郎》（門掩長安道）：「情致盡有，聲調情韻俱極雅致。」評《水調歌頭》（危樓雲雨上）：「運筆亦飛動可喜。筆力能振起，故佳。奇肆直似坡仙。」[一]清況周頤《歷代詞人考略》卷三二評曰：「卓然名家，五李之中最爲擅勝。」[二]惜作品大多散佚，生平亦不彰顯。《宋史》、《宋史翼》無傳，事迹散見宋樓鑰

本文爲江蘇高校哲學社會科學研究一般項目「宋代江都李氏文史考論」（項目編號：2022SJYB0515）階段性成果；國家社會科學基金重大項目「全宋詞人年譜、行實考」（項目編號：17ZDA255）階段性成果。

《攻媿集》、趙蕃《淳熙稿》、洪邁《夷堅三志己》、陳振孫《直齋書録解題》、周應合《景定建康志》等。清人厲鶚《宋詩紀事》首次較完整地爲其立傳：「泳字子永，號蘭澤，廬陵人。淳熙中，嘗爲溧水令。又爲坑冶司幹官。與兄洪子大、漳子清，弟淛子秀、淦子召，著《李氏花萼集》。」〔三〕此後查惟仁和厲鶚《絶妙好詞箋》、曾燠《江西詩徵》、唐圭璋《全宋詞》小傳皆本此，略有增删〔四〕。《全宋詩》小傳進一步完善：

李泳（？——一一八九？），字子永，號蘭澤，揚州（今屬江蘇）人，家於廬陵（今江西吉安）。正民子，洪弟。嘗官兩浙東路安撫司準備差遣（《八瓊室金石補正》卷一一五）。孝宗淳熙十四年（一一八七）知溧水縣（《景定建康志》卷二七），淳熙末卒（宋洪邁《夷堅三志己序》）。有《蘭澤野語》（同上書），及弟兄五人合集《李氏花萼集》（《直齋書録解題》卷二一），均佚。今録詩七首。〔五〕

現當代學者中，鄧廣銘、李劍國、吴洪澤、胡可先、李裕民、韓酉山、淩郁之、劉雙琴、辛更儒、陳啓遠、陸會瓊等均曾論及李泳生平和作品〔六〕。其中李劍國、吴洪澤、辛更儒所論較詳。但由于以上學者並不以李泳爲直接研究對象，所論還不够全面深入，以致李泳生平和作品仍多有可補正之處。茲據文獻，考述如下。

一 南宋同名李泳考

宋代名李泳者至少有六人〔七〕，其中與詞人李泳年代相近者有二。一字深卿，號淡齋（下稱李深卿）；一官比部員外郎（下稱李比部）。李比部事迹見清徐松輯《宋會要輯稿·食貨七》，宋李心傳《建炎以來繫年要録》卷一六三。李比部於紹興二十二年（一一五二）已官至比部員外郎（正七品），又轉遷左司員外郎（從六品）。詞人李泳於淳熙二年（一一七五）僅爲修職郎（從八品），二者顯非一人。《全宋文》誤將二人文章和生平事迹相混〔八〕。李劍國《宋代志怪傳奇叙録》、曾棗莊等《中國文學家大辭典·宋代卷》、李裕民《四庫提要訂誤》、劉雙琴等《宋代江西文學家考録》同誤。

李深卿爲吕祖謙門人，著有《祭吕祖謙文》，署名「李縣丞深卿」，《全宋文》已收録[九]。李深卿又有《聯燈會要序》一文，署名「淡齋李泳」，《全宋文》亦收録[一〇]。實際上淡齋與深卿爲同一人。據鄭元肅録、陳義和編《勉齋先生黄文肅公年譜》，黄榦年十七，「從學于鄉先生淡齋李公深卿」[一一]。據此可知，深卿爲字，淡齋爲號，二者實爲一人。李深卿，葵孫，福建閩縣人，乾道八年壬辰黄定榜進士。與詞人李泳亦非一人。《全宋文》誤將二人相混[一二]。李劍國《宋代志怪傳奇叙録》、李裕民《四庫提要訂誤》、劉雙琴等《宋代江西文學家考録》、陸會瓊《全宋文所收李泳文輯釋——兼論李泳家族與佛教的關係》同誤。

二　李泳家世籍貫考

《全宋詩》小傳謂李泳爲李正民子，誤。按：李泳爲御史中丞李定之曾孫，將作監李端民之子。《嘉泰會稽志》卷六《余姚縣》：「泳字子永，御史中丞定之曾孫，諸父仕多通顯。」[一三]宋樓鑰《攻媿集》卷五二《檗庵居士文集序》曰：「余生晚，猶及識將作監端民平叔及其子泳，皆有聲詩。」[一四]李定有李景淵、李景夏二子；李景淵有李正民（字方叔）、李長民（字元叔）、李□民（字和叔）、李端民（字平叔）四子。李泳爲李端民之子[一五]。

宋黄昇《中興以來絶妙詞選》、陳振孫《直齋書録解題》、清厲鶚《宋詩紀事》、查惟仁和厲鶚《絶妙好詞箋》、曾燠《江西詩徵》皆稱李泳爲廬陵人。《全宋詩》小傳稱其「家於廬陵」，未知所據。按：李泳爲揚州江都縣（今江蘇揚州）人。宋王明清《揮麈前録》卷四：「李定字資深，元豐御史中丞，其孫方叔正民兄弟，皆顯名一時，揚州人。」[一六]宋樓鑰《攻媿集》卷五二《檗庵居士文集序》曰：「江都李氏，名族也。紹興間名之從民者，尚多俊茂。余生晚，猶及識將作監端民平叔及其子泳，皆有聲詩。」[一七]《嘉泰會稽志》卷六《餘姚縣》載：「緒山廟在縣西二百五十步，祀典始于東晋咸康中。有江都李泳者作記，謂徽宗皇帝常夢禁中火，有神人撲滅，已雨。……」[一八]宋黄昇《中興以來絶妙詞選》卷五：「李子大，名洪。家世同登桂籍，躋膴仕，號淮甸儒族。子大其弟漳、泳、洤、澥，皆以文鳴，有《李氏花萼詞》五卷。其任直倫爲之序，廬陵人。」[一九]宋王象之《輿地紀勝》卷三七《淮南東路·揚州·州沿革》曰：「大都督府，揚州，廣陵郡，淮南節度。」[二〇]《縣沿革》曰：「江都縣，緊，倚郭。」[二一]

廬陵之説，或云爲廣陵之誤。清人勞格認爲，「五李俱李定曾孫。定，揚州人。廬陵疑廣陵之誤。《花庵詞選》亦云淮甸儒族，則廬陵人三字當羼入」[二二]。廬陵亦或指爲官或成長之地。考李正民曾于紹興元年（一一三一）知吉州（古稱廬陵），紹興四年（一一三四）罷爲宫祠[二三]。正民之子李洪生于建炎三年（一一二九），紹興元年，李洪三歲。故廬陵曾爲李正民的爲官地，李洪的成長地。「家於廬陵」或可稱李洪，與李泳無涉。

三　李泳生卒年考

李泳生于紹興三年（一一三三）前後。李泳生年，已有研究均未提及，然並非無迹可尋。其一，李泳生年必在一一二九年之後。李泳爲李洪從弟，李洪《芸庵類稿》有《子永弟寄都下大雪律詩》、《次韻子永弟見寄》[二四]等詩。李洪生年，據其《芸庵類稿》卷六《紫微龍尾硯銘並叙》：「余生歲在己酉，大駕南巡，先公扈從，掌誥紫微閣下。」知爲己酉年，即建炎三年（一一二九）[二五]。那麽，李泳生年必在一一二九年之後。

其二，李泳生年必在一一四三年之前。李泳年長于趙蕃。趙蕃《次韻李子永》曰：「我恨從公十年晚，公寧于我亦深期。」[二六]于此可知。據施常州《趙蕃年譜》，趙蕃生于紹興十三年（一一四三）十二月初五[二七]。故李泳生年必在一一四三年之前。

又考趙蕃《淳熙稿》中，有多首與李泳唱和之作，並以「丈」、「公」相稱，如《斯遠徐兄攜李丈子永去冬江上詩卷來成四十字寄李》、《斯遠兄入城見使君郎中且謁尚書韓先生提屬李丈題詩以贈四首》等〔二八〕。《次韻李子永見貽》曰：「饑寒似我誰驅迫，人物如公孰長雄。」〔二九〕則趙蕃爲李泳晚輩明矣。李泳至少要年長趙蕃十歲左右。故李泳生年當在一一三三年前後。

李泳卒年，目前有三説，即淳熙末（《全宋詞》小傳）、淳熙十六年（一一八九）（李劍國、胡可先）、淳熙十五年（一一八八）（辛更儒）〔三〇〕。三種説法均據洪邁《夷堅三志己》卷八：「亡友李子永所作《蘭澤野語》，已未用之其前志矣。子永下世十年，予念之不釋，故復掇其可書者十七事，稍加潤飾，以爲此卷。」〔三一〕據洪邁自序，《夷堅三志己》成書于一一九八年四月〔三二〕。前推十年，即爲李泳卒年。筆者認爲，李泳卒年當爲淳熙十五年（一一八八），除依據洪邁的記載外，還有兩條佐證：

其一，李泳淳熙十五年（一一八八）四月已離任溧水知縣，離任時間較反常。李泳一一八七年三月到任溧水知縣，至一一八八年四月離任，前後僅一年左右。宋代知縣任期一般爲三年。《宋會要輯稿·職官》四八之三八：乾道三年「今後京朝官知縣依舊法，以三年爲任」〔三三〕。據《景定建康志》載，李泳于淳熙十四年（一一八七）三月初六日到任，張詇于淳熙十五年（一一八八）四月十六日到任〔三四〕。也就是説，李泳溧水知縣任期未滿，就被張詇接替。如此倉促離任，實屬反常。

其二，據趙蕃《挽李子永二首》，可判定李泳卒年。《挽李子永二首》可據趙蕃之行程，編年于一一八八年八月之前。據施常州《南宋詩人趙蕃生平與創作考論》，淳熙九年（一一八二）趙蕃抵辰州（今湖南懷化），任司理參軍。淳熙十三年（一一八六）春上書請求奉祠家居，並舉家移居潭州（今湖南長沙）待命。次年冬前往衡州（今湖南衡陽），後又返回潭州。淳熙十五年（一一八八）八月，自潭州返信州（今江西上饒），約十月回到老家，從此隱居不仕〔三五〕。實際上，一一八七至一一八八年間，趙蕃還有一次江浙之行，施著未提及。《挽李子永二首》其一曰：「靈山山下初逢處，溧水水邊重見時。草草猶傳出山句，勤勤更枉送行詩。傳聞恍惚疑升報，問訊淒涼自越醫（始見建業張孟遠章謂公已没，繼審于陸用之）。」略計別離能幾日，誰知生死遂分岐。」趙蕃與李泳「初逢」于信州（靈山在信州，時李泳爲坑冶司幹官，分局信州，見下文「爲官考」），「重見」于溧水，別後没幾日，遂生死分岐。李泳任溧水知縣的時間爲一一八七年三月到一一八八年四月，則趙蕃赴溧水訪李泳，亦在此間。據歐小牧和于北山《陸游年譜》，趙蕃於一一八七年冬赴嚴州（今屬浙江杭州）訪陸游[三六]，則訪李泳亦當在此前後。江浙之行後又返回潭州。趙蕃《次韻李子永見貽》有「平日相思在天末，今年遠別遂湘中」二句，詩當作於二人溧水分別時。《挽李子永二首》其二曰：「封侯寂寞空飛將，佳句流傳自謫仙。半世作民才六考，他年垂世有千篇。篋中酬唱都無恙，天外音書不復傳。五嶺三苗底處所，千岩萬壑若何邊。」[三七]五嶺三苗，泛指湘中一帶。玩味末二句，趙蕃聽聞李泳離世的消息時，正身處湘中或返湘途中。故有「五嶺三苗底處所，千岩萬壑若何邊」這樣天人永隔之感嘆。故李泳離世當在趙蕃離開潭州之前，即一一八八年八月前。

綜上所述，李泳卒年當爲淳熙十五年（一一八八）。

四　李泳爲官考

李泳爲官經歷，文獻可考者有四。其一，乾道末年，爲修職郎、兩浙東路安撫司準備差遣。李泳《般若會善知識祠記》云：「淳熙二年（一一七五）六月日，修職郎、前兩浙東路安撫司準備差遣李泳記。」[三八]宋王象之撰《輿地紀勝》卷十《兩浙東路·紹興府·州沿革》：「大督都府，紹興府，越州，會稽郡，鎮東軍節度。兩浙東路安撫使、浙東七郡皆屬焉。」[三九]按：修職郎爲選人階官名，屬選人七階之第六階，從八品。兩浙東路安撫司治紹興（今浙江紹興）。準備差遣爲差遣名，由文臣選人差充。李泳此時四十歲左右，初入仕途。趙蕃《挽李子永二首》其一云：「半世作民才六考，他年垂世有千篇。」〔四〇〕「半世作民」與此相符。史料未見李泳進士及第，疑爲蔭補入仕。

其二，淳熙六年（一一七九），爲坑冶司幹官，分局信州（今江西上饒）。宋無名氏《異聞總録》卷四云：「李泳子永，平生常印尊勝陀羅尼幡，焚施鬼道。淳熙六年（一一七九），爲坑冶司幹官，分局信州。」〔四一〕宋王象之《輿地紀勝》卷二十一《江南東路·信州·州沿革》：「信州，上，上饒郡……。今領縣六，治上饒。」〔四二〕按：坑冶司幹官，即「都大提點坑冶鑄錢司幹辦公事」簡稱，差遣名，簡稱提幹，爲坑冶司屬官。《宋史》卷一六七《職官七》「提舉坑冶司」條云：「掌收山澤之所産及鑄泉貨，以給邦國之用。元豐初，……分置兩司。在饒者領江南、淮、浙、福建等路，在虔者領江西、湖、廣等路。……淳熙二年，並贛歸饒，復加『都大』二字。……其屬有幹辦公事二員。」〔四三〕

其三，淳熙九年（一一八二）離信州，入京改官。宋辛棄疾《小重山·席上和人韻送李子永提幹》：「旋制離歌唱未成。陽關先畫出，柳邊亭。中年懷抱管弦聲。難忘處，歲月此時情。夜雨共誰聽。盡教清夢去，兩三程。商量詩價重連城。相如老，漢殿舊知名。」〔四四〕宋韓元吉《南澗甲乙稿》卷五《送李子永赴調改秩》：「晚驥騫騰十二閑，追風那復駐轅間。向來官況誠留滯，此去詩情記往還。會課未妨更美秩，趣班聊喜近天顔。荊雞莫費千牛刃，奏賦金門入道山。」〔四五〕按：據鄧廣銘《辛稼軒年譜》，淳熙八年辛丑（一一八一），稼軒四十二歲。在江西安撫使任。冬十一月，改除兩浙西路提點刑獄公事，旋以台臣王藺論列，落職罷新任。淳熙九年壬寅（一一八二），稼軒四十三歲。在上饒家居〔四六〕。李泳因得以與之唱和。又李泳淳熙六年（一一七九）爲坑冶司幹官，分局信州。則淳熙九年（一一八二）當任滿。故辛棄疾于是年以《小重山·席上和人韻送李子永提幹》相送。據韓元吉詩題，李泳此任滿後即赴京改官。宋代文官分選人和京朝官兩類，選人一般須三任六考後方有可能改爲京朝官，稱爲改秩或改官。宋李心傳《建炎以來朝野雜記》乙集卷十四「建隆至元祐選人升改舉主沿革」條云：「大中祥符三年正月，詔內外所舉幕職、州縣官並須經三任六考。限考受薦自此始。」〔四七〕考李泳爲官經歷，乾道末年兩浙東路安撫司準備差遣爲一任，坑冶司幹官爲一任，李泳或還有一任，史料未見。

其四，淳熙十四年（一一八七），知溧水（今南京溧水區）。《景定建康志》卷二十七：「李泳，淳熙十四年（一一八七）三月初六日到任。」卷三十：「十四年（一一八七）夏，知縣李泳重修兩廡。」〔四八〕按：宋代官制，京朝官領縣稱知縣，選人領縣稱縣令。《景定建康志》云「知縣李泳」，故李泳此時當已轉爲京官。《全宋詞》小傳曰「嘗爲溧水令」，不確。當爲「知溧水縣事」或「知縣」。《宋詩紀事》小傳曰：「嘗爲溧水令，又爲坑冶司幹官」，將其爲官順序顛倒。《全宋詞》並誤。

五　李泳交游考

紹興二十九年（一一五九），與王明清、王仲信、鄭舉善、郭世模、李大正交游，館于張孝祥家。宋王明清《玉照新志》卷四云：「紹興己卯（一一五九），張安國爲右史，明清與仲信兄在左，鄭舉善、郭世模從范、李大正正之、李泳子永多館于安國家。春日，諸友同游西湖，至普安寺。于窗户間得玉釵半股、青蚨半文，想是游人歡洽所分授偶遺之者。各賦詩以記其事，歸以録示安國。安國云：『我當爲諸公考校之。』明清云：『淒涼寶鈿初分際，愁絶清光欲破時。』安國云：『仲言宜在第一。』俯仰今四十餘年矣，主賓六人俱爲泉下之塵，明清獨苟存于世，追懷如夢，黯而記之。」〔四九〕按：張孝祥（一一三二—一一六九），字安國，號于湖居士。紹興二十九年（一一五九）爲起居舍人兼權中書舍人。《建炎以來繫年要録》卷一百八十載：紹興二十八年（一一五八）八月癸巳，「尚書禮部員外郎張孝祥試起居舍人」〔五〇〕。九月辛巳，「起居舍人張孝祥兼權中書舍人」〔五一〕。右史爲起居舍人别稱。

乾道二年(一一六六)春,至廣利寺作佛事,拜訪大慧禪師高弟擇微。李泳《般若會善知識祠記》:「乾道二年(一一六六)春,予以先公大監大祥,至廣利作佛事,因訪微公。」〔五二〕宋王象之《輿地紀勝》卷《兩浙東路·慶元府·景物下》「育王山」條:「在鄞縣東三十里。有廣利院。」〔五三〕按:大監爲將作監别稱,李端民曾任將作監。大祥爲古代喪禮,古時父母喪後兩周年稱大祥。乾道二年(一一六六)李端民大祥,則其卒年當爲隆興二年(一一六四)。張劍先生據李洪《祭大監季父文》一文考李端民卒年爲乾道五年(一一六九)〔五四〕,與李泳所記不同,未知孰是。

淳熙六年(一一七九)居信州期間,與辛棄疾、韓元吉、趙蕃等人交游唱和。辛棄疾(一一四〇—一二〇七),字幼安,號稼軒。淳熙九年(一一八二)至紹熙三年(一一九二),罷職閒居上饒。韓元吉(一一一八—一一八七),字無咎,號南澗。淳熙七年(一一八〇)移居上饒南澗。《南澗甲乙稿》卷二二《安人盧氏墓志銘》:「淳熙改元之七年,予始居南澗。」〔五五〕趙蕃(一一四三—一二二九),字昌父,號章泉。劉宰《章泉趙先生墓表》曰:「其先自杭徙汴,由汴而鄭,南渡居信之玉山。」〔五六〕李泳任職信州,得與三人唱和。辛棄疾有《水調歌頭·再用韻答李子永提幹》、《水調歌頭·提幹李君索餘賦〈秀野〉〈緑繞〉二詩,餘詩尋醫久矣,姑合二榜之意,賦〈水調歌頭〉以遺之。然君才氣不減流輩,豈求田問舍而獨樂其身耶》、《小重山·席上和人韻送李子永提幹》三詞〔五七〕;韓元吉有《李子永惠道中詩卷》、《送李子永赴調改秩》、《次韻李子永見慶新居》〔五八〕等;趙蕃有《斯遠兄入城見使君郎中且謁尚書韓先生提屬李丈題詩以贈四首》、《奉寄斯遠兼屬文鼎處州子永提屬五首》〔五九〕等。

淳熙十四年(一一八七),赴溧水(今南京溧水區)任前,過吴訪范成大。范成大有《李子永赴溧水過吴訪别戲書送之》二首,其一曰:「萬壑斷流冰塞川,千岩森玉雪漫天。匆匆葉縣雙鳧舄,换却山陰訪戴船。」其二曰:「犯寒書劍出春夢,風雪橋邊得句多。牒訴繽紛似煙海,梅花時節奈君何。」〔六〇〕范成大與李泳唱和較多，除此二首外，還有《次韻李子永雪中長句》、《次韻子永見贈建除體》、《雪晴呈子永》、《次韻子永雪後見贈》、《次韻子永夜雨》、《次韻李子永梅村散策圖》、《次韻李子永見訪二首》[六一]等，這些唱和之作編于石湖詩集卷九、卷十，當作于紹興三十二年（一一六二）年范成大任職臨安期間。

六　李泳著述考

（一）《李氏花萼集》。黄昇《中興以來絶妙詞選》卷五：「李子大名洪，家世同登桂籍，躋膴仕，號淮甸儒族。子大其弟漳、泳、淦、淛，皆以文鳴，有《李氏花萼詞》五卷，其侄直倫爲之序。」[六二]陳振孫《直齋書録解題》卷二一：「《李氏花萼集》五卷，廬陵李氏兄弟五人，洪子大、漳子清、泳子永、淦子召、淛子秀，皆有官閥。」[六三]按：《李氏花萼集》今已佚。趙萬里《校輯宋金元人詞》有輯本一卷，計十三首附録二首[六四]。

（二）《蘭澤野語》。洪邁《夷堅三志己卷》第八：「亡友李子永所作《蘭澤野語》，已未用之其前志矣。子永下世十年，予念之不釋，故復掇其可書者十七事，稍加潤飾，以爲此卷。」卷第九「甜水巷蛤蜊」條末附「右六事亦（得）之李子永。」[六五]按：《蘭澤野語》爲李泳所撰筆記，多記録傳聞異事及少量文人軼事，今已佚。洪邁從《蘭澤野語》中采掇二三則，加以潤飾，編入其《夷堅志》。今又檢得清人謝棨仁輯《閩中金石略》卷四存一則，云爲董史《皇宋書録》所引[六六]。此二四則，雖非原貌，亦可窺斑。李劍國《宋代志怪傳奇叙録》有著録，可參[六七]。

（三）今存詩十八首，其中十三首當存疑。厲鶚《宋詩紀事》據洪邁《夷堅三志己》卷八録《題甘將軍廟卷雪樓》一首[六八]。錢鍾書《宋詩紀事補正》卷五六據《永樂大典》補《新昌逢故人》、《西興》二首[六九]。《全宋詩》卷二三六九收録李泳詩七首[七〇]。除厲鶚和錢鍾書所輯三首外，又據《詩淵》録《華髮》、《秋江打魚（二一首）》、《擬古》計四首[七一]。近年陳啓遠又據《成化新昌縣志》新輯得李泳詩十一首[七二]。合計得詩十八首。按：洪邁《夷堅三志己》、《詩淵》引李泳五首，均言其字，即李子永。故此五首可確定爲李泳子永所作。《永樂大典》引李泳二首，只言其名。因李深卿與李子永同名同時代，且深卿亦能詩，朱熹有《擇之寄示深卿唱和烏石南湖佳句輒次元韻三首》〔七三〕可證。故《永樂大典》所引李泳二詩，究爲哪一個李泳所作，目前只能存疑。又因李深卿曾做過新昌縣丞，故《新昌逢故人》一首爲李深卿作的可能性更大。《成化新昌縣志》所載十一首之作者亦以李深卿的可能性更大。

（四）存文二篇。《全宋文》收李泳《緒山廟記》、《般若會善知識祠記》兩篇文章，然前文附于官比部員外郎之李泳〔七四〕，後文附于號淡齋之李泳〔七五〕。李泳的生平也混入了李深卿中（詳見筆者撰《全宋文〉李泳文章辨正》，《江海學刊》二〇二〇年第六期）。

（五）存詞三首。《全宋詞》收李泳詞三首〔七六〕，《水調歌頭·望月》（危樓雲雨上）録自宋洪邁《夷堅三志己》卷八，《賀新郎》（門掩長安道）録自宋黄昇《中興以來絶妙詞選》卷五，《定風波·感舊》（點點行人趁落暉），録自宋周密《絶妙好詞》卷二。

〔一〕陳廷焯著，孫克强等輯校《白雨齋詞話全編》，中華書局二〇一三年版，第一六三—一六四頁。

〔二〕況周頤編《歷代詞人考略》，朱崇才編《詞話叢編續編》第三册，人民文學出版社二〇一〇年版，第二〇〇九頁。

〔三〕〔六八〕厲鶚《宋詩紀事》，上海古籍出版社二〇一三年版，第一四二一頁，第一四二二頁。

〔四〕分別見周密輯，查惟仁、厲鶚箋，徐文武、劉崇德點校《絶妙好詞箋》卷二，河北大學出版社二〇〇五年版，第七六頁。曾燠輯《江西詩徵》卷十六，《續修四庫全書》第一六八八册，上海古籍出版社二〇〇二年版，第三一九頁。唐圭璋編《全宋詞》，中華書局一九六五年版，第一六七〇頁。

〔五〕〔二四〕〔二六〕〔二八〕〔二九〕〔三七〕〔四〇〕〔四五〕〔五八〕〔五九〕〔七〇〕〔七三〕《全宋詩》，北京大學出版社一九九八年版，第二七二〇〇頁，第二七一五四、二七一八〇頁，第三〇七四五頁，第三〇六二〇、三〇八三〇頁，第三〇七四二頁，第三〇七〇八頁，第三〇七〇八頁，第二三六六一、二三六六八、二三六七四頁，第三〇八三〇、三〇八三五頁，第二七二〇〇頁，第二七五七二頁。

〔六〕分别見鄧廣銘編箋《稼軒詞編年箋注》，古典文學出版社一九五七年版，第一〇二頁。李劍國《宋代志怪傳奇叙録》，南開大學出版社一九九七年版，第三二六頁、中華書局二〇一八年版，第五四四頁。曾棗莊主編，李文澤、吴洪澤副主編《中國文學家大辭典·宋代卷》，中華書局二〇〇四年版，第三二一—三二二頁。胡可先《李泳卒年》，《文學遺産》二〇〇四年第四期。李裕民《四庫提要訂誤》，中華書局二〇〇五年版，第一〇頁。韓酉山《韓南澗年譜》，安徽教育出版社二〇〇五年版，第二五〇頁。淩郁之《洪邁年譜》，上海古籍出版社二〇〇六年版，第四三四頁。夏漢寧、黎清、劉雙琴《宋代江西文學家考録》，中山大學出版社二〇一一年版，第二八〇頁。辛更儒《辛棄疾集編年箋注》，中華書局二〇一五年版，第七八〇—七八一頁，第八〇七—八〇八頁，第二〇五三頁。陳啓遠《成化〈新昌縣志〉所載宋元詩歌輯補》，《中國詩學（第三十輯）》，人民文學出版社二〇二〇年版。陸會瓊《全宋文所收李泳文輯釋——兼論李泳家族與佛教的關係》，《新國學（第二十二卷）》，四川大學出版社二〇二二年版。

〔七〕一爲宋淳化三年（九九二）孫何榜進士，鄞縣人，見宋張津纂修《（乾道）四明圖經》卷一二、明陳循纂《寰宇通志》卷三〇。一爲宋黄裳郡人，見黄裳《演山集》卷一八《風月堂記》。一爲徽宗時將官李泳，見宋陳均《皇朝編年備要》卷二八、宋李埴《皇宋十朝綱要》卷一七。其他三人見下文。

〔八〕筆者已撰《〈全宋文〉李泳及其文章辨正》一文予以説明，載《江海學刊》二〇二〇年第六期。

〔九〕〔一〇〕〔三八〕〔五二〕〔七四〕〔七五〕曾棗莊、劉琳主編《全宋文》，上海辭書出版社二〇〇六年版，第二七七册第九四頁，第二五八册第一四三頁，第二五八册第一四五頁，第二〇九册第三〇〇頁，第二五八册第一四三頁。

〔一一〕鄭元肅、陳義和編《勉齋先生黄文肅公年譜》，《北京圖書館古籍珍本叢刊》第九〇册，書目文獻出版社一九八八年版，第八一四頁。

〔一二〕關於李深卿生平事迹，見筆者撰《〈全宋文〉李泳文再辨正》，《江海學刊》二〇二三年第三期。

〔一三〕〔一八〕施宿等《嘉泰會稽志》，《宋元方志叢刊》，中華書局一九九〇年版，第六八一〇頁，第六八一〇頁。

〔一四〕〔一七〕樓鑰《攻媿集》，《景印文淵閣四庫全書》第一一五二册，臺灣商務印書館一九八六年版，第八一二頁，第八一二頁。

〔一五〕〔五四〕李氏家族事迹可參張劍《李正民及其家族事迹考》一文，見《國學刊》二〇〇九年第二期，又見《宋代文學與文獻考論》，浙江古籍出版社二〇二二年版，第二〇七頁。

〔一六〕王明清《揮麈録》，上海古籍出版社二〇一二年版，第二四頁。

〔一九〕〔六二〕黄昇編選，楊萬里點校集評《花庵詞選》，上海古籍出版社二〇一九年版，第三五七頁，第三五七頁。

〔二〇〕〔二一〕〔三九〕〔四二〕〔五三〕王象之《輿地紀勝》，中華書局一九九二年版，第一五五三頁，第一五五八頁，第五一九頁，第九四五—九四六頁，第六二二頁。

〔二二〕勞格《讀書雜識》，《續修四庫全書》第一一六三册，上海古籍出版社二〇〇二年版，第三三三頁。

〔二三〕張劍《李正民及其家族事迹考》，《國學學刊》二〇〇九年第二期。

〔二五〕王兆鵬等《兩宋詞人叢考》，鳳凰出版社二〇〇七年版，第二三二頁。

〔二七〕施常州《趙蕃研究》，臺灣花木蘭文化出版社二〇一三年版，第三五九頁。

〔三〇〕分別見唐圭璋編《全宋詞》，中華書局一九六五年，第一六七〇頁。李劍國《宋代志怪傳奇叙録》，南開大學出版社一九九七年版，第三二七頁，又見李劍國《宋代志怪傳奇叙録（增訂本）》，中華書局二〇一八年版，第五四六頁。胡可先《李泳卒年》，《文學遺産》二〇〇四年第四期。辛更儒《辛棄疾集編年箋注》，中華書局二〇一五年版，第二〇五三頁。

〔三一〕〔三二〕〔六五〕洪邁撰，何卓點校《夷堅志》，中華書局一九八一年版，第一三六八頁，第一三〇三頁，第一三六八、一三七一頁。

〔三三〕徐松輯，劉琳等校點《宋會要輯稿·職官》，上海古籍出版社二〇一四年版，第四三三六頁。

〔三四〕〔四八〕馬光祖、周應全《景定建康志》，《宋元方志叢刊》，中華書局一九九〇年版，第一七九一頁，第一七九一、一八三八頁。

〔三五〕參見施常州《南宋詩人趙蕃生平與創作考論》，《南京師範大學文學院學報》二〇一五年第二期。又見施常州《趙蕃年譜》，《趙蕃研究》附録，臺灣花木蘭文化出版社二〇一三年版，第三七五—三七九頁。

〔三六〕分別見：歐小牧《陸游年譜》，天地出版社一九九八年版，第一一八頁；于北山《陸游年譜》，上海古籍出版社二〇一七年版，第三一二頁。

〔四一〕《異聞總録》，《叢書集成初編》，中華書局一九八五年版，第四二頁。

〔四三〕《宋史》，中華書局一九七七年版，第三九七〇頁。

〔四四〕〔五七〕〔七六〕唐圭璋編《全宋詞》，中華書局一九六五年版，第一八八五頁，第一八七二、一九五一、一八八五頁，第一六七〇頁。

〔四六〕鄧廣銘《辛稼軒年譜》，《鄧廣銘全集》第一卷，河北教育出版社二〇〇三年版，第五三四、五四二、五四四頁。

〔四七〕李心傳《建炎以來朝野雜記》，中華書局二〇〇〇年版，第七四七頁。

〔四九〕王明清《玉照新志》，上海古籍出版社二〇一二年版，第八九頁。

〔五〇〕〔五一〕 李心傳撰，胡坤點校《建炎以來繫年要録》，中華書局二〇一三年版，第三四四九頁，第三四五八頁。
〔五五〕 韓元吉《南澗甲乙稿》，《景印文淵閣四庫全書》第一一六五册，臺灣商務印書館一九八六年版，第三七〇頁。
〔五六〕 劉宰《漫塘集》，《景印文淵閣四庫全書》第一一七〇册，臺灣商務印書館一九八六年版，第七二九頁。
〔六〇〕〔六一〕 范成大著，富壽蓀標校《范石湖集》，上海古籍出版社二〇〇六年版，第三八五頁，第一〇七、一〇八、一一一、一一二、一一三、一二二、三七〇頁。
〔六三〕 陳振孫《直齋書録解題》，上海古籍出版社二〇一五年版，第六二九頁。
〔六四〕 趙萬里《校輯宋金元人詞》，國家圖書館出版社二〇一三年版，第四七三頁。
〔六六〕 謝榮仁《閩中金石略》，《歷代碑志叢書》第二二册，江蘇古籍出版社一九九八年版，第五三六册。
〔六七〕 李劍國《宋代志怪傳奇叙録（增訂本）》，中華書局二〇一八年版，第五四四—五四七頁。
〔六八〕 厲鶚撰，陳昌强、顧堅琴點校《宋詩紀事》卷五十六，浙江古籍出版社二〇一九年版。
〔六九〕 錢鍾書《宋詩紀事補正》，遼寧人民出版社、遼海出版社二〇〇三年版，第三九七六—三九七七頁。
〔七一〕 《詩淵》，書目文獻出版社一九八〇年版，第一六、二八五四、三八九四頁。
〔七二〕 陳啓遠《成化〈新昌縣志〉所載宋元詩歌輯補》，《中國詩學（第三十輯）》，人民文學出版社二〇二〇年版。

（作者單位：江蘇第二師範學院文學院）

南宋詞人劉過卒年問題考辨

周子翼

内容提要　一九一五年，羅振常訂補《懷賢録》，推定南宋詞人劉過卒於開禧二年，爲學界普遍接受。其後，二〇〇四年俞兆鵬撰文考證劉過有詩作於開禧三年，進而重新解讀相關史籍，認爲劉過卒於嘉定二年冬；二〇二三年謝安松提出新證，推斷劉過卒年爲開禧三年冬十二月。仔細考辨相關文獻，俞、謝二人考論或證據不足，或深文曲解，均難令人悦服。而對於羅振常推定劉過卒於開禧二年，目前依然缺少足以否定這一結論的證據，因此還當採信。

關鍵詞　劉過　開禧二年　開禧三年　嘉定二年　卒年

關於南宋詞人劉過的卒年，羅振常先生一九一五年在訂補明代沈愚《懷賢録》時，考證爲開禧二年（一二〇六），學界基本上採納這一結論。二〇〇四年，《中國典籍與文化》雜志第一期發表俞兆鵬先生的論文《南宋詩人劉過卒年考》，認爲劉過卒於嘉定二年（一二〇九）冬。二〇二三年《詞學（第四十九輯）》刊發謝安松先生《南宋詞人劉過卒年新證》一文，提出劉過卒於開禧三年冬（一二〇七）十二月之説。謝氏肯定了俞氏推翻劉過卒於開禧二年的論證，否定了俞氏對劉過卒於嘉定二年的推斷。至此，劉過卒年在學界有了開禧二年、三年以及嘉定二年三種説法。雖然劉過的卒年，早一年、晚一年，不太影響人們對其詩詞創作藝術的理解與評價，但是考證古人的生卒年，涉及文獻的甄别與解讀，則又是學術研究的另一問題，故筆者不揣淺陋，試爲考辨。

羅振常訂補《懷賢録》云：「龍洲（劉過）事迹，諸書所載略備，唯生卒年與存年無及之者。考《萬曆昆山志》稱祠建於嘉定五年，即龍洲葬年也。殷奎《復墓事狀》則謂没後七年始葬，以是推之，其卒年當在開禧二年，又讀陳謨《題墓詩》，知龍洲卒年五十三，則龍洲實生於紹興二十四年甲戌也。」[一]羅氏所用文獻是明代的，最早的是元末明初殷奎的《復劉改之先生墓事狀》，該文寫於元至正十三年（一三五三），距劉過去世已經一百四十多年了，其依據已不得而知。俞兆鵬與謝安松提出新的證據，對羅氏的説法提出質疑，並重新推斷劉過的卒年，但二人的考據存在很多問題。爲行文簡便，本文先對俞、謝二人文章中提出的證據及《桯史》、《四朝聞見録》中的相關材料進行辨析，指出問題所在；再考元明相關史料的真僞，分析其能否支持羅振常對劉過卒年的推斷。

一　俞、謝二人質疑劉過卒於開禧二年依據的考辨

謝安松提出最直接的新證是宋末元初方回《瀛奎律髓》選録劉過《送王簡卿歸天台二首》後的按語：

> 王居安，字資道，一字簡卿，台州人。淳熙十四年丁未探花。韓侂胄之死，驟入言路，尋即去國。此送詩殆其時也。[二]

據《宋史》，韓侂胄在開禧三年（一二〇七）十一月被殺，不久王居安也以言論越職罷官。如果劉過這兩首詩確實作於其時，那自然可以肯定劉過開禧三年在世。然而細讀方回文意，所謂「殆其時也」，只是推測而已。事實是南宋魏慶之的《詩人玉屑》記載了這兩首詩曾受到辛棄疾的稱讚：

> 劉過改之《送王簡卿歸天台》：「欲數人才難倒指，有如公者又東歸。班行失士國輕重，道路不言心是非。載酒青山隨處飲，談詩玉塵爲誰揮？歸期趁得東風早，莫放梅花一片飛。」「千巖萬壑天台

路，一日分爲兩日程。事可語人酬對易，面無慙色去留輕。放開筆下閑風月，收斂胸中舊甲兵。世事看來忙不得，百年到手是功名。」辛稼軒簡云：「夜來見示送王簡卿詩，偉甚。真所謂「横空盤硬語，妥帖力排奡」者也。健羡，健羡！〔三〕

辛棄疾卒於開禧三年（一二〇七）十月，如果《詩人玉屑》所言屬實，則劉過這兩首詩必作於開禧三年十月前，即韓侂胄被殺前。又南宋林師蒧等編《天台續集》别編卷五録有姜夔《送王簡卿歸天台二首》，其二云：「鐖書雖不願，治粟亦何爲？夜月同遊處，春潮獨往時。無心資造化，任運有成虧。護冷加餐食，幽居且自怡。」〔四〕姜夔與劉過有交往，該書也收録了劉過的那兩首詩。考《宋史》載王居安第一次貶官：

遷校書郎。居安乞召試，言：「祖宗時惟進士第一不試，蘇軾以高科負重名，英宗欲授館職，韓琦猶執不從。」執政謂居安曰：「朝廷於節度尚不較，況館職乎？」居安因言：「節鉞之重，文非位極，武非勛高，胡可妄得？丞相言不較，過矣。」時蘇師旦命且下，故居安言及之。改司農丞。御史迎意論劾，主管仙都觀。〔五〕

姜夔詩云「鐖書雖不願，治粟亦何爲」，寫的正是王居安這次被貶前「遷校書郎」、「改司農丞」。據《宋史》本傳，王居安第二次貶官在方回所説的韓侂胄被殺後的開禧三年年底。而考「蘇師旦命且下」，是指韓侂胄在嘉泰元年（一二〇一）五月爲平章軍國重事後的次年，「春正月癸亥（夏曆正月十七日），以知閤門事蘇師旦兼樞密都承旨」〔六〕。由此可以推定王居安這次被貶在嘉泰二年正月，於蘇師旦除官的正月十七日前。這與劉過「歸期趁得東風早，莫放梅花一片飛」的詩句也相吻合。於此我們完全有理由斷定劉過這兩首《送王居安歸天台》作於嘉泰二年正月。方回推測劉過該詩作於王居安開禧三年的第二次貶官是錯誤的，不能據此得出劉過開禧三年尚在世的結論。

謝的第二個證據是劉過友人蘇泂的《往回臨安口號八首》作於開禧三年，其中有「江湖漂蕩舊劉郎，不飯經旬病在床」之句，認爲劉過開禧三年在臨安（今杭州）。謝斷定該詩作於開禧三年的依據是該詩中還有寫葛天民「老銛相見一欣然，説似艱虞是去年」，認爲「艱虞」即指開禧二年秋冬金人南侵。謝又據葛天民有《戊辰夏五過抱朴巖》詩「時事自多無耳聽，長安雖近不曾聞」，戊辰乃嘉定元年（一二〇八），以此確定葛天民這一年的前後在臨安。顯然，這些推斷没有必然邏輯。其一「艱虞」一詞不能確指開禧二年秋冬金人南侵事，其二葛天民説他過抱樸巖時離都城很近，不能説明葛天民嘉定元年前在臨安。由此怎麽可能推出《往回臨安口號八首》作於開禧三年呢？考蘇泂有《餘姚江上作先寄城中親友》云「開禧改歲復崢嶸，老我奔馳不少寧。雪花欺人入衣袂，前日杭州今四明」〔七〕，可知蘇泂於開禧元年年初離開杭州回四明（今寧波）。又蘇泂《歸自臨安》詩云「一鐵君王鑄已成，忽然淮上羽書驚」，第一句化用唐昭宗時羅紹威的話「合六州四十三縣鐵，不能爲此錯也」，謝安松以爲是指「開禧三年正月開始謀求議和事」。戰敗議和很正常，怎麽能説是錯誤呢？詩中第二句説「淮上羽書驚」，「羽書」，指征兵的羽檄，可以肯定該詩寫的是開禧二年五月丁亥下詔伐金一事，蘇泂認爲這是鑄成大錯的軍事行動。因此該詩作於開禧二年五月丁亥下詔伐金時無疑，而此時蘇泂已離開臨安回到四明。再看《往回臨安口號八首》其六「清曉無車一僕隨，南山行遍北山來。日長搭得回船去，薄暮湧金門尚開」，其八「吟詩一日便東歸，吟到樓頭日色西。今度重來有吟興，湖邊寺寺與留題」，完全看不出戰敗後或戰時的情景，很難説是寫於開禧三年。從《餘姚江上作先寄城中親友》寫於開禧元年初，到《歸自臨安》寫於開禧二年五月構成一個時間鏈來看，《往回臨安口號八首》應作於開禧元年至開禧二年下詔伐金前，蘇泂見劉過於臨安當是在這段時間。所謂「説似艱虞是去年」的「艱虞」最有可能是指嘉泰四年「三月丁卯，臨安大火」（《宋史》卷三十八《寧宗本紀》）。宋人筆記、《宋史》以及《文獻通考》都記述了這場大火造成巨大災難。由此可以看出，即便推斷蘇泂《往回臨安口號八首》作於開禧元年缺少鐵證，但也絶無證據證明該詩作於開禧三年。謝文以該詩寫劉過「不飯經旬病在床」，認爲劉開禧三年在世,無疑是證據不足。

俞兆鵬質疑劉過卒於開禧二年最直接的證據是劉過所作《謁江華曾百里》兩首七律,他依據清人劉華邦纂修的《江華縣志》(同治九年刊本),其中只有一位曾姓的縣令,名一謹,與劉過同鄉,是北宋農學家曾安止的姪孫,且於嘉定元年(一二〇八)至嘉定三年在任。俞氏由此推定劉過開禧三年在世。俞氏認爲曾百里是曾一謹的看法應該無誤,據上海古籍出版社出版的《龍洲集》整理本,其卷四校勘記中説該詩題「蕭(作梅)本作『謁江華曾百里信夫』」。從名與字的關聯看,信夫也許是曾一謹的字。劉過這兩首詩是這樣的:「摳衣三十年前事,曾似諸生傍絳紗。一國所尊吾白下,雙鳧猶遠令江華。時來館學總餘事,老去衣冠懷故家。共怪我門郊島外,狂生尚有一劉叉。(其一)鬢髮已皤非故吾,依然破帽老騎驢。江南游子斷腸句,漢殿逐臣流涕書。父母松楸三世冢,弟兄桑梓百年居。狐丘未死歸心切,未有相如駟馬車。(其二)」[八]細味詩句「雙鳧猶遠令江華」,可知劉過拜見曾一謹時,曾尚未到任,詩當寫於曾一謹赴任江華令前。這説明如果曾一謹是開禧二年得到朝廷的任命,然後待次到嘉定元年赴任,那這兩首詩就不能成爲劉過開禧三年在世的證據。而且這是完全有可能的,如岳珂在嘉泰三年(一二〇三)十一月即被任命爲鎮江監倉,但他却在一年多以後的開禧元年(一二〇五)到任。所以,俞兆鵬先生以曾一謹於嘉定元年出任江華縣令證明劉過開禧三年在世,並不是鐵證。

二 俞、謝在考證、解讀《桯史》、《四朝聞見録》相關材料中存在的問題

涉及劉過卒年的文獻,主要有南宋岳珂的《桯史》、葉紹翁的《四朝聞見録》,元代殷奎的《復劉改之先生墓事狀》、楊維楨的《宋龍洲先生劉公墓表》、明代王鏊編纂的《姑蘇志》以及明萬曆二年周世昌編纂的《昆山志》等。俞兆鵬與謝安松在文章中對這些文獻材料作解讀分析,多有曲解之嫌。

在所有史料中，岳珂的《桯史》是現存最早記述劉過去世的文獻。因爲岳珂與劉過有交往，可信度極高，又由於岳珂在時間記述上不够明確具體，只是一個時間範圍，所以俞、謝二人對此都有各自的看法。現將《桯史》中的相關文字節録如下：

（劉過）開禧乙丑，過京口，余爲饟幕庾吏，因識焉。……暇日相與蹠奇吊古，多見於詩。……既而别去，如昆山，大姓某氏者愛之，女焉。余未及瓜，而聞其訃。以初（章升之）後四年來守九江，以憂免，至金陵，亦卒。游從歷歷在目，今二君墓木拱矣，言之於邑。〔九〕

這段文字説明劉過在開禧元年到京口（今鎮江），然後去了昆山，時岳珂任監倉，劉過在岳珂改任前去世，文意是非常清楚的。俞兆鵬先生因「以初後四年來守九江」引岳珂《光宗皇帝待月詩御書》「嘉定己巳（二年）五月臣在九江」語，認爲「及瓜」是岳珂到九江後的任期，顯然是曲解。根據文意，岳珂這段記述是回憶往事，他所説的「及瓜」是他在鎮江任上的時間。雖然宋代官職任期一般爲三年，岳珂開禧三年有可能還在鎮江任上，但是宋代差遣、職事官的任期或二年、三十個月、四年，不定〔一〇〕，而岳珂所言饟幕庾吏，其官職爲「承務郎、監鎮江府户部大軍倉」，是職事官。即因爲岳珂這次離任的時間有可能是在開禧二年、三年或者是嘉定元年，所以確定岳珂離任的時間成爲考據劉過卒年的關鍵。問題是岳珂没有説他離任的具體時間，而且目前也没找到有明確記載的相關文獻。王瑞來先生有《岳珂生平事迹考述》一文，認爲開禧二年岳珂可能得到吴獵和宇文紹節的推薦到京師爲官，但也由於缺少文獻依據而不能確定。〔一一〕

謝安松據岳珂《先大夫追封鄂王告碑陰記》末署「開禧疆圉單閼歲且月哉生明，孫承事郎珂記」，疆圉單閼歲，即丁卯年，爲開禧三年，謝認爲「疆圉」有邊境之意，「岳珂當仍在鎮江任，不然不得稱守邊疆」。强圉是天干第四位丁的别稱，一般寫作「强圉」，又强通疆，故也寫作「疆圉」。《淮南子·天文訓》：「大荒落之歲，歲有小兵，蠶小登，麥昌菽疾，民食二升，巳在丁曰强圉。」高誘注：「在丁，言萬物剛也，方萬物熾盛而大出，霍然落落大布散盛，故曰强圉也。」〔一二〕可見表示天干丁的「强圉」之「强」，是剛强茂盛的息思，不作「邊疆」之「疆」解，和邊境没有關係。再者，南宋時的鎮江也不是對抗金國的邊境之城，岳珂怎麽可能以此來表明自己在守鎮江這個所謂的邊疆呢？毫無疑問，「疆圉」只是天干，不能説明岳珂開禧三年仍在鎮江任上。需要注意的是岳珂在開禧三年六月的官職已經是承事郎了。事實上，岳珂《金佗稡編》卷九《昭雪廟謚》文末署「嘉泰三年冬十有一月乙丑朔，承務郎新差監鎮江府戸部大軍倉臣岳珂謹上」〔一三〕，承務郎爲從九品，承事郎是正九品，官階晋級，説明開禧三年六月前岳珂極有可能已經離任鎮江監倉，而劉過卒於此前。如果按照俞、謝二人推斷劉過卒於冬月的説法，那只能是開禧二年冬。

葉紹翁的《四朝聞見録》是今存涉及劉過卒年的第二個重要文獻。謝安松認爲開禧三年葉紹翁在京城，與高宗吴后之姪吴琚子吴鋼熟識，所以其中記述劉過在方信孺、王柟使金後「鬱鬱以終」是可信的。但綜考文獻，其中破綻頗多，很難説是信史。該書乙集「函韓首」條，在記述韓侂胄遣方信孺使金和談之後，補述了原打算派劉過使金：

方（信孺）之未見知於朝也，廬陵布衣劉過亦任俠能辯，時留昆山妻舍。韓頗聞其名，諭錢參政象祖風崑山令以禮羈縻劉，勿使去。令輕於奉行，遂親持圓狀見劉，目之以奉使，別設供帳精舍以俟之。劉素號揮喝，喜不勝情，竭奩資以結譽。後朝廷既用方、王（柟），令小官也，不復敢叩錢。劉賔客盡落，竟鬱鬱以終云。〔一四〕

葉氏這段記述的嚴謹性很值得推敲。考方信孺、王柟使金時間：《宋史·方信孺傳》記載方信孺有三次出使，劉克莊有方信孺《行狀》云：「近臣多薦公可專對，有旨赴都堂禀議，開禧三年正月三日也。」〔一五〕則決定派遣方信孺使金議和在開禧三年正月三日前。《宋史》卷三十八《寧宗本紀》記載方信孺第一次使金的時間是開禧三年夏四月「己未，奉使金國通謝、國信所參議官方信孺發行在」，然後記述了九月「壬午，方信孺以侂韓侂胄，坐用私覿物擅作大臣饋遺金將，奪三官，臨江軍居住。……辛丑，遣王柟持書赴金國都副元帥府」〔一六〕，說明同年九月壬午，王柟才接替方信孺使金。又《宋史・韓侂胄傳》：「以丘崈僉書樞密院事，督視江、淮軍馬。侂胄輸家財二十萬以助軍，而諭丘崈募人持書幣赴敵營（議和）。」〔一七〕參照《宋史・寧宗本紀》載丘崈僉書樞密院事，督視江、淮軍馬在開禧二年十一月甲申，可知韓侂胄選用出使人員的準備工作不遲於開禧二年十一月，只會更早些，因爲該年七月，韓侂胄在戰事失利時就開罪蘇師旦了。按照《四朝聞見録》的說法，韓侂胄在選擇方信孺出使前，曾考慮劉過作爲出使人選，那這一想法必在開禧三年正月決定派方信孺出使前。而據劉克莊《行狀》記載方信孺在開禧三年正月三日「赴都堂禀議」，則這一選擇應是在開禧二年十二月前醞釀成熟，此前劉過也是候選人之一。但是《四朝聞見録》的記述存在疑點，首先，據《宋史・寧宗本紀》，開禧二年三月「丙午，以錢象祖懷姦避事，奪二官，信州居住」，開禧三年夏四月「戊辰，以資政殿學士錢象祖參知政事」〔一八〕，可知錢象祖在派方信孺出使後才再次任參知政事，其間有一年的時間不在臨安，韓侂胄怎麼可能讓錢去找昆山令羈縻劉過呢？其次，劉過有《賀新郎》詞序云「平原納寵姬，能奏方響，席上有作」〔一九〕，韓侂胄與劉過同席，劉在席上作詞賀喜，韓怎麼可能是「頗聞其名」呢？漏洞如此，只能說明《四朝聞見録》的記述帶有小說家言的色彩，經不起推敲，以此作爲推斷劉過卒年的史料依據是不能令人信服的。

關於劉過使金事，明代沈愚《懷賢録・小傳》的記載值得重視：

> 宰相周必大聞其人，欲客之（劉過），不就。嘗就試有司，累不第。復以書干用事者，陳恢復方略，謂中原可一戰而取，不聽。以是落落無所遇合，乃南遊襄漢間。每登峴山，北顧中原，即爲之悲歌慷慨，流涕晞嘘。識者知其意有在也。時與金虜議和，行人失詞，屢辱國命，衆推過才可任，詔起於家，以疾不果行。及光宗即位，遘疾彌年，又惑李后之言，遂爾兩宮隔絶，人情洶洶。過於是伏闕上書，極言溫清之禮

有缺，請速過宮，以慰壽皇之心。辭意剴切，尤爲中外所推許。自號龍洲道人。始故人潘友文宰昆山，過客其所，遂娶婦而家焉。既卒，無子，貧不能葬。時友人知儀真，聞其死也，出錢三十萬緡，屬其友以營葬事。其友繼死，遷延者七年，後得主簿趙希楙始克買地馬鞍山東麓以葬，並立祠東齋之側。〔二〇〕

《懷賢録·小傳》言劉過在孝宗朝被詔使金，但因病未能成行，没有提及開禧北伐後使金一事。葉紹翁《四朝聞見録》關於劉過開禧北伐後作爲使金人選的記述是今天能見到的唯一史料，但漏洞多，難以確信。劉過在開禧北伐後作爲使金人選，也不是不可能，只是葉氏以諷刺的筆墨記述，沈愚在爲劉過作傳時可能爲尊者諱而不提及，這也可以理解。當然，還有一種可能，那就是沈愚認爲劉過在開禧二年年底就去世了，從而認定葉紹翁的記述不實，故不採信。

三　辨析元、明有關劉過卒年的史料，不能否定卒於開禧二年的推斷

殷奎元至正十三年（一三五三）所作《復劉改之先生墓事狀》記述了修復劉過墓的過程，説劉過卒後七年才得以安葬：

始故人潘友文尹昆山，先生來客其所，遂娶婦而家焉。既卒，而友文爲真州，以私錢三十萬，屬其友具凡葬事。值其友死，不克葬。後七年，主簿趙希楙乃爲買山，卒葬之，太府丞陳振爲銘其墓。嘉熙二年，上蔡呂大中復爲文以表之。而縣令、丞常以歲二月祭墓下。今乃鞠爲荒墟，壞其遺厲，後生過客，無所瞻敬。至正十二年，州人士秦約帥凡同志請於有司，以復其故。……越明年，二月，具牲幣告成，自州大夫以下皆來助祭。既祭，秦君語其共事殷奎曰：「鄉鐵崖楊先生來吾州，蓋屢詢其墓而不獲焉。今墓復矣，謀爲記，宜莫如先生者。吾子，先生門人也，盍摭厥實以爲請乎？」奎曰：「諸。」於是録其墓之起廢始卒，具載諸狀，用備先生之采擇云。〔二一〕

俞兆鵬先生引樓鈅《真州修城記》，潘友文出守真州（今儀真）在嘉定二年八月，據此作爲劉過卒嘉定二年冬的依據，其實未必。明代沈愚《懷賢録・小傳》云：「既卒，無子，貧不能葬，時友文知儀真，聞其死也，出私錢三十萬緡，囑其友以營葬事。其友繼死，遷延者七年，後得主簿趙希楙始克買地馬鞍山東麓以葬，並立祠東齋之側。」〔一二二〕沈愚的《懷賢録・小傳》可以理解爲：潘友文在真州任上得知劉過死後貧不能葬，所以出錢安葬。古代因種種原因不能及時安葬的，往往會把棺柩暫時存放於義莊或寺院，等待機會再入土爲安。殷奎的記述，只是表明劉過去世不能及時安葬是因爲他的好友潘友文當時不在昆山，實情則是沈愚所説的「無子，貧不能葬」。劉過貧不能葬是出人意外的，因爲他最後安家昆山，是娶了大姓人家的女兒。宋代盧憲《嘉定鎮江志》卷一六《宋參佐・通判》引《南廳壁記》「潘友文，承議郎，開禧三年到任」〔一二三〕，據此，潘友文可能是在劉過去世前，或去世後不久，即開禧二年底，就離開了昆山，所以不能及時得知劉過死後「無子，貧不能葬」，而具體得知，則是在他知真州後。因此，比照沈愚《懷賢録・小傳》的記述，殷奎所云「既卒，而友文爲真州」，不能粗略地理解爲劉過卒時潘友文已任真州。

至正二十一年（一三六一），楊維楨在接到殷奎的《復劉改之先生墓事狀》後，寫了《宋龍洲先生劉公墓表》，節録如下：

故人潘友文宰昆山縣，延致先生，先生雅志欲航海，因抵縣宿留焉。先生卒，縣主簿趙希楙以友文所賻錢三十萬緡買地馬鞍山以葬，遂立祠東齋。久而墓與祠俱廢。更一百四十餘年，爲至正十三年，州人顧瑛、秦約、盧熊等聞之州，州下其事。徵諸圖籍，正其厲域，表大石其上，題曰「宋龍洲先生劉公之墓」。越六年，寺僧盜葬其所。今知州費侯復初令下僧遷骼，復其墓，且表樹焉；遣客殷奎謁予，求表墓辭。予昔往來婁間，屢詢其遺墓，弗得。今幸墓復，予何辭於言！〔一二四〕

楊維楨没有説劉過卒後七年才得以安葬，但補充了劉過因「志欲航海」而抵昆山以及趙希楙立祠東齋一事。補充劉過「志欲航海」是有文獻依據的，宋末元初陳思、陳世隆編《兩宋名賢小集》劉過小傳稱「晚年欲航海，抵昆山，友人潘友聞（文）留之，尋卒於昆山」〔二五〕，可見楊維楨寫這一《宋龍洲先生劉公墓表》有史家之嚴謹，以此推斷楊氏記述趙希棥立祠東齋事也必有所因。雖然不知殷奎說劉過卒後七年才得以安葬的依據，但從殷奎說潘友文「以私錢三十萬，屬其友具凡葬事」以及「太府丞陳振爲銘其墓」來看，當是殷奎見到了陳振寫的墓志銘，或者是見到了相關文獻，因爲這些細節是很難憑空編造出來的，而且也没有編造的必要。另外，《兩宋名賢小集》稱「尋卒於昆山」，也就是不久在昆山去世，而按俞兆鵬先生卒於嘉定二年的說法，安家昆山至其去世有四五年之久，不應說「尋卒於昆山」。

明弘治十八年（一五〇五），王鏊修《姑蘇志》，記述了劉過祠與劉過墓，分別如下：

劉龍洲祠，祀宋詩人劉過。過，字改之，廬陵人。紹興間（此誤，劉過生於紹興間）客死崑山，其後主簿趙希棥葬之馬鞍山東齋之西岡，復即東齋爲祠，後燬於兵，元季知州偰傒斯與士人殷奎等修復之。〔二六〕

劉過墓在昆山縣馬鞍山。嘉定五年令潘文友（友文）、簿趙希棥葬之。陳極志，吕大中表。〔二七〕

《姑蘇志》在安葬和立祠上與楊維楨《宋龍洲先生劉公墓表》的說法同，但是補充了安葬的時年。萬曆二年（一五七四）周世昌纂《昆山志》也沿襲了這一時年的說法：「劉龍洲祠在馬鞍山東齋僧舍，祀宋詩人劉過，宋嘉定五年建。」〔二八〕略有疑問的是，殷奎說「陳振爲銘其墓」，《姑蘇志》說「陳極志」，二者不一致。考元至正四年修纂的《昆山郡志》卷四《劉過傳》稱「陳止安志其墓」。陳振，字震亨，昆山人，《崑山郡志》卷三《進士題名》載其爲紹熙元年余復榜進士，名下注「太府寺丞」〔二九〕，殷奎所言「太府丞」即「太府寺丞」的別稱，殷奎《復劉改之先生墓事狀》即稱「太府寺丞陳振爲銘其墓」。又王鏊《姑蘇志》卷五十一《陳振傳》云陳振「有《止安集》五十卷」，則陳振或號止安，可知「銘其墓」、「志其墓」者，乃同一事、同一人。而陳極，無考，很可能是王鏊的《姑蘇志》將陳振誤刻爲陳極。

綜上，殷奎《劉改之先生復墓事狀》所云「既卒，而友文爲真州」不能説明劉過去世時潘友文已知真州。至於《姑蘇志》稱墓志的作者爲陳極，當爲刊刻訛誤。雖然方志類材料未必準確可靠，但既然缺乏質疑的依據，那就只能認可。

四　對蘇泂詩詞中涉及劉過卒年的考辨

蘇泂是劉過的朋友，檢劉過《龍洲集》有《湖學别蘇召叟》一詩贈蘇泂。蘇泂，字召叟，蘇頌四世孫。《全宋詩》據四庫館臣從《永樂大典》輯出的《泠然齋詩集》八卷本收録。在詩人介紹部分，注明蘇泂生於乾道六年（一一七〇），卒年不詳。整理者提供的依據完全可靠，無需贅述。蘇泂有《摸魚兒·憶劉改之》與《雨中花慢》（十載尊前）兩首詞，前者寫於劉過去世前不久，後者則是悼念劉過之作。這兩首詞雖然不能説明劉過卒於何年，但細讀它却可以幫助我們作合理的推斷，因爲文學作品有時比歷史文獻更爲真實。詞作分别如下。

摸魚兒　憶劉改之

望關河、試窮遥眼，新愁似絲千縷。劉郎豪氣今何在？應是九嶷三楚。堪恨處。便拚得、一生寂寞長羈旅。無人寄語。但吊麥傷桃，邊松倚竹，空憶舊詩句。　文章事，到底將身自誤。功名難料遲暮。鶉衣箪食年年瘦，受侮世間兒女。君信否，盡縣簿高門、歲晚誰青顧！何如引去？任槎上張騫，山中李廣，商略儘風度。

雨中花慢

予往時憶劉改之，作《摸魚兒》，頗爲朋友間所喜，然改之尚未之見也。數日前，忽聞改之去世，悵悯殆不勝言。因憶改之每聚首,愛歌《雨中花》,悲壯激烈,令人鼓舞。今輒倚此聲以寓余思。凡未忘吾改之者,幸爲我和之。

十載尊前,放歌起舞。人間酒户詩流。盡期君凌厲,羽翮高秋。世事幾如人意?儒冠還負身謀。歎天生李廣,才氣無雙,不得封侯。　榆關萬里,一去飄然,片雲甚處神州?應悵望、家人父子,重見無由。隴水寂寥傳恨淚,淮山宛轉供愁。這回休也,燕鴻南北,長隔英游。〔三〇〕

《摸魚兒·憶劉改之》對劉過飄蕩江湖,空有才華,四處碰壁充滿同情,由此抒發對朋友的思念之情。《雨中花慢》(十載尊前)寫於劉過去世不久,在同情中表達了作者深切的悲悼之意,均未寫劉過使金未成之事。根據詞序,劉過没有見到蘇洞寫思念他的《摸魚兒·憶劉改之》,爲什麽没有見到?作者没有説,但可以猜想是没來得及,劉過就去世了。劉過去世不久,蘇洞寫《雨中花慢》(十載尊前)悼念,所以這兩首詞的創作時間不會相隔太久。值得注意的是,《摸魚兒·憶劉改之》這首詞回憶劉過時説「何如引去?任槎上張騫,山中李廣,商略儘風度」,説劉過當時欲航海、歸隱。劉過在赴昆山前,有《寄潘文叔》詩,云:「不隨千騎過淮揚,夜渡關山却一航。臭味偶同貧更好,功名有志老何傷。自甘商皓求東閣,敢怨陳登卧上床。欲擊單于知力倦,歸來且理舊詩囊。」潘文叔,即潘友文。詩中説自己離開軍幕,本欲航海,現投奔你,從此歸隱,以詩自娱。可見蘇洞這首《摸魚兒·憶劉改之》作於劉過赴昆山投潘友文之時。

再看《雨中花慢》(十載尊前)云「十載尊前」,説明蘇洞與劉過相交十年。劉過《湖學别蘇召叟》一詩寫了他們的結識與離别:「只今覺衰甚,四海游已倦。所餘習氣在,未了一第欠。師友遺隆規,古學當自反。小夫事機械,心甚山川險。半生客吴越,生死交情見。誰知塵土中,得君初識面。何時束装來,草草衾裘辦。密邇戀軒誠,功名期歲晚。」以劉過卒於開禧二年上推十年,是慶元三年(一一九七)。次年冬與蘇洞分别,根據詩意,劉過將赴臨安應慶元五年省試。詩作於慶元四年冬,蘇洞二十九歲,劉過四十五歲,所謂

「功名期歲晚」自然是劉過自指。可見劉過這次離開湖州，是要到臨安參加省試。詩中説「只今覺衰甚，四海游已倦。所餘習氣在，未了一第欠」，正是劉過年已老大，還要赴試的心情。詩詞中的時間表述有時不是那麽精準，但也不至於懸殊。如果詩詞中的時間標志與其他文獻相吻合，那就不失爲很好的佐證。蘇泂《摸魚兒・憶劉改之》作於劉過將赴昆山時，劉過尚未讀到；劉過去世不久，蘇泂寫《雨中花慢》（十載尊前）悼念。這一時間段，於情於理，都不會有四五年之久。因此，將劉過卒於嘉定二年冬的説法證之蘇炯的這兩首詞作，也不能圓融通洽。

結論

劉過卒年的三種説法，至少兩種有誤，或三者均誤。俞兆鵬先生考證劉過《謁江華曾百里》詩作於開禧三年的證據不充分，而將岳珂所説的「及瓜」解釋爲九江任上，違背了正常文意表述習慣，故其卒於嘉定二年冬的推斷難以令人信服。謝安松先生於劉過《送王簡卿歸天台二首》的創作時間疏於考證；以「疆圉」一詞分析岳珂開禧三年在鎮江任上爲誤解；而分析蘇泂詩詞以佐證劉過開禧三年在世，乃極爲牽强，故卒於開禧三年的推斷没有建立在可靠的證據之上。羅振常先生所依據的元明史料，雖然去宋較遠，但在没有確鑿可靠的證據推翻之前，只能認可。至於俞、謝二人對羅振常所用元明史料的不同解讀，不過是爲了支持個人觀點的曲解。事實是，以劉過卒於開禧二年證之俞、謝文中所舉文獻，並無扞格不通處。三種説法，鑒於謝、俞二人關於劉過卒於開禧三年與嘉定二年的論據、論證均不充分，而卒於開禧二年之説尚不能證誤，則劉過卒於開禧二年説還當採信。

〔一〕〔二〇〕〔二二〕 沈愚輯，羅振常訂補《懷賢録》，民國蟫隱廬活字本。

〔二〕方回著，李慶甲集評校點《瀛奎律髓彙評》，上海古籍出版社二〇〇五年版，第一一〇二頁。
〔三〕魏慶之著，王仲聞點校《詩人玉屑》，中華書局二〇〇七年版，第六三一頁。
〔四〕〔七〕《全宋詩》北京大學出版社一九九八年版，第五一册，第三二〇五九—三二〇六〇頁；第五四册，第三三八八五頁。文中引蘇洞詩均出《全宋詩》，下不出注。
〔五〕〔六〕〔一六〕〔一七〕〔一八〕《宋史》，中華書局一九八五年版，第一二二五〇—一二二五五頁，第七三二頁；第七五四頁，第一三七七五—一三七七六頁，第七四〇、七四五頁。
〔八〕〔一九〕〔二二〕〔二四〕〔二八〕〔三〇〕劉過《龍洲集》，上海古籍出版社一九七八年版，第二九頁。文中引劉過詩均出該書，下不出注。第九七頁；附録二，第一四二—一四三頁，第一四三頁，第一四〇頁；附録一，第一三三—一三四頁。
〔九〕岳珂著，吴企明點校《桯史》，中華書局一九八一年版，第二二—二三頁。
〔一〇〕龔延明《宋代官職辭典》，中華書局一九九七年版，第六四二頁。
〔一一〕王瑞來《知人論世——宋代人物考述》，山西教育出版社二〇一五年版，第二五九頁。
〔一二〕劉安著，高誘注《淮南子注》，上海書店一九八六年版，「諸子集成」第七册，第五三頁。
〔一三〕岳珂著，王曾瑜校注《鄂國金佗稡編續編校注》，中華書局一九八九年版，第八一八頁。
〔一四〕葉紹翁著，沈錫麟、馮惠民點校《四朝聞見録》乙集，中華書局一九八九年版，第七六頁。
〔一五〕劉克莊著，辛更儒校注《劉克莊集箋校》，中華書局二〇一一年版，第六四五七—六四五八頁。
〔二三〕盧憲《嘉定鎮江志》卷一六，清道光二十年（一八四〇）刊本。
〔二五〕陳思、陳世隆《兩宋名賢小集》卷三百二十五，顧修讀畫齋刻本。
〔二六〕〔二七〕王鏊《姑蘇志》卷二十八，卷三十四，明正德元年（一五〇六）刊本。
〔二九〕楊譓《崑山郡志》，元至正四年（一三四四）刊本。

（作者單位：南昌大學人文學院）

明正德黄瓚刊鈔補長短句本《淮海集》考證

——兼及淮海詞版本系統訂補

孫　沁

内容提要　由於主、客觀原因，研究淮海詞版本的學者們都不曾寓目臺北「中央圖書館」藏「明正德間山東巡撫黄瓚刊鈔補長短句本」，故多持黄瓚本無長短句或下落不明之説。檢臺北「中央圖書館」藏「明正德間山東巡撫黄瓚刊鈔補長短句本」，該本鈔補的長短句接近宋足本，只微有不同，故可推知黄瓚本即使是鈔補的部分，也必早于張綖本。因張綖「山東新刻不全」之語，後世得見黄瓚本的藏家與學者，皆認爲所謂的「不全」，是無序跋，又無長短句，惟丁丙大膽推測鈔補長短句與詩餘的版本「爲儀真黄雪洲中丞瓚先刻于山東者」，丁氏之説，是可採信的。此外，不論該鈔補長短句版本是否爲黄瓚所刻，由於其早于張綖本刊出，那麽此本亦是考察淮海詞在明嘉靖之前的版本流變情況極爲重要的一個存在，值得重視。

關鍵詞　淮海詞　版本　黄瓚　校勘

北宋詞人秦觀的詞集《淮海居士長短句》，由宋至今，版本甚夥，歷來對於淮海詞的「著録考訂，不乏名家」〔一〕。目前，學界普遍認爲，宋乾道高郵軍學本《淮海集》，是爲現存各淮海詞版本之源。雖然，學界對淮海詞的版本，基本都作了詳細的著録和綜合考察，但這些著録、考察的結論或是有異，或是同一版本，僅部分學者著録。如饒宗頤一九六三年出版的《詞籍考》，該書「淮海居士長短句」一條，除對淮海詞的版本作了初步的考證和論述外，明確提出明正德山東黄瓚刻集本，無長短句，還根據《天一閣書目》，舉出了一個從未被學界提及的明正德辛巳孟春暉編刻本《淮海居士長短句》，但僅根據書目著録，並未詳談。一九八四年，饒氏在天一閣寓目該本後，於一九九二年修訂再版的《詞集考》中更新了該本前有「茅承德序」這一信息[二]；徐培均在其校注的《淮海居士長短句》一書中，亦有《淮海詞版本考》，徐氏以朝代劃分，列舉各版本，亦同意明正德山東黄瓚刻本無長短句，並持該本下落不明之説，却没有提及天一閣藏明正德辛巳孟春暉編刻本；秦子卿《〈淮海詞〉版本考釋》，則認爲明正德山東黄瓚刻本爲全集本，有長短句，惟此書尚未訪見，而明正德辛巳孟春暉刻本，秦氏以「天一閣舊藏」稱之，未知是否認爲該書亦下落不明[三]。

饒宗頤於一九六五年出版的《景宋乾道高郵軍學本淮海居士長短句》，爲宋足本淮海詞的首次披露，並擇取番禺葉氏兩宋合影本（下稱葉本）、嘉靖己亥張氏鄂州本（下稱張本）、嘉靖乙巳胡民表本（下稱胡本）和明末錢塘鄧章漢編刊本（下稱鄧本）與乾道高郵軍學本（下稱宋足本）互校，指出三本（即張本、胡本、鄧本）「同出一原，止有微異耳」。從而證得宋足本爲後世累刻淮海詞之源[四]，還對淮海詞版本系統表作了修正，可謂爲當時秦詞最完備之本。饒氏的淮海詞研究，主要貢獻是從源頭上重新梳理並確認了現存淮海詞的版本系統，但限於當時的條件，饒氏對於現存的淮海詞傳世諸本之研究，並不完整，尚有一些可商榷和糾正之處，而後來研究淮海詞版本的學者，也没有在其基礎上有更進一步的發現。下文以學者們曾經提及但未寓目或深入研究的淮海詞版本爲着重點，通過版本辨析、訛誤糾正、版本互校，進而探究淮海詞在明嘉靖之前的版本流變情況，並對淮海詞的版本系統表再次作一修正。

一　明嘉靖之前的淮海詞傳世諸本

目前可見的傳世淮海詞諸版本，筆者據前輩學者的研究以及個人寓目統計，有宋乾道癸巳高郵軍學本、南宋紹熙三年謝雩重修本、宋元明遞修本、吴湖帆藏殘本、吴訥《唐宋名賢百家詞》抄本、明正德黄瓚山東刻本、明正德辛巳孟春暉編刻本、四部叢刊影明嘉靖己亥張綖鄂州本、明嘉靖乙巳胡民表本、明萬曆李之藻高郵刊本、明末錢塘鄧章漢編刊本附詩餘一卷、明段君斐武林本、清道光王敬之高郵刊本（四部備要本）、《彊村叢書》校刊本、番禺葉氏兩宋本合影本。

前輩學人對於淮海詞版本的校勘考證，都非常嚴謹。但對於明嘉靖之前的版本，由於均持無長短句或下落不明的觀點，因此鮮少提及，或僅作叙録。而明嘉靖之後諸本，通過版本互校，明確可以看出張本與宋足本已在文字内容上産生相當多的差異，當算作由宋足本衍出。張本之後諸本，則大致以張本爲底本。故而，他們考察的重點，都是從宋足本衍出的張本及之後諸本，即明嘉靖之後的版本情況。實際上，現存淮海詞諸本，在張本之前刊刻的，計有吴訥《唐宋名賢百家詞》抄本（下稱吴訥本）、明正德黄瓚山東刻本（下稱黄瓚本）和明正德辛巳孟春暉編刻本（下稱孟春暉本）。雖然吴訥本目前只存正德年抄本，「手抄而未經校勘，脱訛不免」〔五〕，黄瓚本目前研究者均持「無長短句」之説，且無人對該本進行過考證，孟春暉本的詳情，近幾年才被學者關注披露，是受編者詞學觀點影響而刊的編選本〔六〕，但此三個版本存在於張本之前，對考察淮海詞在明嘉靖之前的版本流變情況亦極爲重要。

二 「黄瓚本」淮海詞之辨

據饒宗頤《修正淮海詞板本系統表》得見，張本所據，是舊監本與「山東新刻」〔七〕。舊監本，即宋元明遞修本，「山東新刻」則爲明正德黄瓚山東刻本。關於黄瓚山東刻本的情況，向來語焉不詳，由張綖「不全」之説起，後世均持黄瓚山東刻本無長短句之説法。黄瓚山東刻本的收藏情況，可追溯到的最早記載爲清代丁丙的《善本書室藏書志》，丁丙懷疑家藏明刊本（無長短句）爲黄瓚山東刻本，葉恭綽亦稱：「丁松生藏有一本，無序跋，又無長短句，未知是否原缺。據張綖云『山東新刻不全。』亦不知根據何本。」〔八〕此後，提及黃瓚山東刻本的學者，均稱「未訪見」或「下落不明」〔九〕。徐培均持黃瓚本下落不明之説，却又以日本内閣文庫藏乾道高郵軍學本的藏書圖章有「黃雪□□」字樣，直疑該本爲黃瓚原藏，並認爲如系黃瓚舊藏，則山東刻本當以據此本爲是，那麽「張綖所謂不全者，蓋即『無序跋、無長短句』之謂也」〔一〇〕。

黃瓚在正史上的記載寥寥，根據其曾任山東巡撫爲線索，查得黃瓚爲江蘇儀征人，故在《道光重修儀征縣志》中查找到不少關於黃瓚的内容。根據吏部侍郎陳鳳梧爲黃瓚撰寫的《神道碑銘》，可整理出黃瓚（一四五五—一五二四）字公獻，成化十六年（一四八〇）舉人，二十年（一四八四）進士，正德十年（一五一五）至十三年（一五一八）任山東巡撫，著有《齊魯通志》、《東宦録》、《維揚人物志》、《鑾江人物志》，並有詩集《雪洲集》十四卷刊行於世（《雪洲集》今藏中國國家圖書館）。以「黃雪洲」之名來稱呼黃瓚，似無問題。然而，徐培均僅以所見「黃雪□□」字樣藏書圖章，就懷疑日本内閣文庫之《淮海集》爲黃瓚原藏，未免武斷。

檢内閣文庫藏《淮海集》，其中第十册末有市橋長昭《寄藏文廟宋元刻書跋》，現斷句後過録如下：

長昭夙從事斯文經十餘年，圖籍漸多，意方今藏書家不乏於世，而其所儲大抵屬挽近刻書，至宋元槧蓋或罕有焉。長昭獨積年募求，乃今至累數十種，此非獨在我之爲艱，而即在西土亦或不易，則長昭之苦心可知矣。然而物聚必散，是理數也，其能保無散委於百年之後乎？孰若舉而獻之於廟學，獲籍聖德以永其傳，則長昭之素願也。虔以宋元槧三十種爲獻，是其一也。

文化五年二月

下總守市橋長昭謹識

河三亥書

從上述文字可見，内閣文庫藏的《淮海集》，是市橋長昭「積年募求」所得的三十種宋元槧之一，長昭感於

「物聚必散」之理數，故將所藏獻於廟學。徐氏以所見「黃雪□□」字樣藏書圖章先入爲主，即使見到了這段書跋，也當是推測該宋本在市橋長昭獲得之前，是黃瓚之舊藏。然查市橋長昭資料，知其爲日本江户時代近江西路（今日本滋賀縣轄内）總守，封「仁政侯」，號「黃山雪人」。又，内閣文庫另藏有宋刊《東坡集》，第一册《序目》鈐有「仁政侯長昭黃雪書屋鑒藏圖書之印」、「昌平阪學問所」、「淺草文庫」、「日本政府圖書」、「内閣文庫」五顆藏書印，卷末有「文化新元甲子七月廿二日黃山雪人識」的手識文，第十二册末同樣有市橋長昭《寄藏文廟宋元刻書跋》，文字内容與《淮海集》完全一致。可知内閣文庫藏淮海集之藏書章所謂「黃雪□□」者，當爲「黃山雪人」或「黃雪書屋」。而該宋本爲市橋長昭舊藏，與黃瓚毫無關係。

筆者根據舊時藏書家之藏書散落流傳線索，查得臺北「中央圖書館」館藏中，有以「黃瓚刻本」爲名的版本，共得兩種，其一爲「明正德間山東巡撫黃瓚刊本」，該本確如研究者所述既無序跋，又無長短句；另一版爲「明正德間山東巡撫黃瓚刊鈔補長短句本」，該本無序跋，但有長短句三卷，並附有詩餘，前有近人徐鈞手書題記云：

此本前無序跋，又無長短句三卷，刊版較大於嘉靖本。按張氏綖序云，北監舊有集版，歲久漫漶，近日山東新刻不全，予迺以二集相較，刻之郡齋。所謂不全者，殆因未刻長短句耳，然則此集爲儀真黃雪洲中丞瓚先刻于山東者歟？按山東通志職官表，巡撫都禦史黃瓚，南直隸人，正德間任。右載泉塘丁氏藏書志。丁巳七月，曉霞録此以備考證〔一二〕。

徐鈞在記中引丁氏藏書志「然則此集爲儀真黃雪洲中丞瓚先刻于山東者歟」句推測，丁丙懷疑黃瓚先後共刻有兩次《淮海集》，無長短句的爲「山東新刻」，鈔補有長短句的或爲黃瓚「先刻于山東者」。

檢視「明正德間山東巡撫黃瓚刊鈔補長短句本」（下稱黃瓚本），卷首僅録秦觀《宋史本傳》，無序，卷末亦無跋。該刊本共計五十卷，即《淮海集》四十卷，《淮海後集》六卷，《淮海居士長短句》三卷，《詩餘》一卷。

除宋足本没有的《詩餘》之外，前四十九卷的目録文字、次序與宋足本悉數相同，黄瓚本五十卷均爲半葉十行，行二十一字，注文小字雙行，版心單魚尾，並記有卷名，下記頁碼，間或有刻工姓名。惟《淮海集》四十卷、《淮海後集》六卷爲上下雙欄，《淮海居士長短句》三卷、《詩餘》一卷爲單框，《淮海集》四十卷、《淮海後集》六卷字體與《淮海居士長短句》三卷、《詩餘》一卷完全不同，可確知長短句與詩餘爲鈔補。

將黄瓚本《淮海居士長短句》内文與宋足本相較，兩者頗爲接近，甚至可説幾與宋足本無異。譬如《長相思》末句「不應同是悲秋」，張本、胡本、鄧本「不」字下「應同是悲秋」五字皆脱，而黄瓚本竟一字不差。但黄瓚本亦有與宋足本不同處，如《臨江仙》「微波澄不動」之「微波」誤作「徵波」，與故宮藏本之錯誤相同。《品令》「又也何須肐織」之「肐」，黄瓚本作「吃」，與葉本鈔補葉相同。

至於《詩餘》，黄瓚本所收詞與鄧本《詩餘》順序與内容皆同，只個别文字略有出入，其餘情況，亦如饒宗頤評鄧本《詩餘》所言：

> 所加詞題，大抵皆采自草堂，若《南歌子・贈妓陶心兒》則見《草堂》引《高齋詩話》，凡此若干首，明初人多依《草堂》，信爲少遊作也。然據《花庵詞選》，《憶王孫》「萋萋芳草」乃李元詞，《眼兒媚》「樓上黄昏」乃阮閎詞，（《樂府雅詞拾遺》作左譽），《柳梢青》「岸草平沙」乃僧揮詞，《蝶戀花》「鐘送黄昏」乃王詵詞。據《樂府雅詞》，《如夢令》「門外緑蔭」乃曹組詞；而《浣溪沙》「青杏園林」乃歐陽修詞，見《近體樂府》。若複出之詞不一而足〔一二〕。

饒氏曾以鄧本詩餘與洪武本《草堂詩餘》參校，提出不少異文，如《憶王孫》「閉深門」，《草堂》「深」作「空」；《如夢令》「月到碧梧」，《草堂》「月」作「行」；《浣溪沙》「清杏園林」，《草堂》「清」作「青」；《阮郎歸》「滿天風雨」，《草堂》「滿天」作「湘天」；《桃源憶故人》「眉黛不堪」，《草堂》「堪」作「忺」；《南歌子・贈妓》「銀潢淡淡」，《草堂》誤作「銀横」，「襟間淚盈盈」，《草堂》「襟」誤作「禁」。然黄瓚本之詩餘，與兩本相較，《憶王孫》

「閉深門」作「不閉門」；《南歌子·贈妓》「銀潢淡淡」作「銀漢淡淡」，「襟間淚盈盈」作「襟間淚尚盈」；《柳梢青》則作《柳梢春》，與二本皆不同。

饒氏又于《鄧章漢本淮海詞跋》末曰：

同治癸酉秦氏家重刊《淮海集》，其《淮海後集長短句》，亦附詩餘，全依鄧章漢本。據秦元慶跋，其書乃複鍥段君斐本，則鄧本與段本實無二致[一三]。

從上述可知，秦氏家重刊《淮海集》所附《詩餘》是從段君斐本所出，而鄧本《詩餘》與段君斐本實無二致，故兩本之《詩餘》可看作一源。黄瓚本的《詩餘》收詞順序與鄧本相同，只内文個別文字略有出入，也可看作與鄧本一源。又，黄瓚本鈔補的長短句接近宋足本，只微有不同，其「微波」作「徵波」之誤，當與故宫藏本相同，極有可能就是宋元明遞修本，即張綖所謂的「舊監本」。所以黄瓚本之長短句所依，必早於張本。因一樣，是由原板漫漶之後的補刊導致。故可推知，黄瓚本的長短句，所據原板當較宋足本爲晚，可能與故宫藏張綖有「山東新刻不全」之語，故後世得見黄瓚本的藏家與學者，皆認爲所謂的「不全」，是無序跋，又無長短句，惟丁丙大膽推測鈔補長短句與詩餘的版本「爲儀真黄雪洲中丞瓚先刻于山東者」，丁氏之説，是可採信的。

三　明嘉靖之前淮海詞傳世諸本的校勘與淮海詞系統表修正

上文已提到，現存的淮海詞諸本裏，在張本之前刊刻的，單行本有吴訥本、孟春暉本，全集本則有黄瓚本。此三個版本對考察淮海詞在明嘉靖之前的版本流變情況極爲重要。因此，筆者以宋足本爲底本，參校以吴訥本、孟春暉本和黄瓚本，以期對明嘉靖之前的淮海詞版本情況作一重新梳理。

（一）各本完全相同的詞

由於孟春暉本爲編刻本，以編者詞學觀點删去不少作品，此處孟春暉本未收詞皆按與宋足本完全相同看待。這裏的「完全相同」，指的是文字内容無二致，這樣的作品共計二十四首。其中卷上有《望海潮四首》其三、《八六子》、《雨中花》、《一叢花》、《滿庭芳三首》其三、《江城子三首》其二；卷中有《木蘭花》、《千秋歲》、《一落索》、《醜奴兒》、《河傳二首》其二、《浣溪沙五首》、《浣溪沙五首》其三、《浣溪沙五首》其四、《如夢令五首》其二、《如夢令五首》其三、《如夢令五首》其四、《阮郎歸四首》其二、《桃源憶故人》；卷下有《調笑令十首並詩・王昭君》、《調笑令十首並詩・眄眄》、《虞美人三首》其三、《南歌子三首》其三、《好事近・夢中作》。

（二）與宋足本有出入的詞

根據統計所見，各本内容與宋足本均有一定的出入。其中以吴訥本出入最多，計有四十四首，大致可分爲以下幾種情況。一是由於抄寫産生的出入，又可細分爲兩種：一種是抄寫産生的個別字的錯誤，如《滿庭芳三首》其二「牽動一潭星」之「牽動」作「牢動」，《滿園花》「近日來」作「追日來」，《菩薩蠻》「鴉啼金井寒」之「鴉啼」作「雅啼」等；一種是抄寫産生的漏字、增字、缺字錯誤，如《夢揚州》「惻惻輕寒如秋」作「惻惻輕寒秋」，《滿庭芳三首》其一「空惹啼痕」作「襟袖空惹啼痕」，《踏莎行》「郴江幸自繞郴山」之「幸」後空缺一字，作「郴江幸□繞郴山」。二是由於未按宋足本缺筆産生的出入，如《鼓笛慢》、《滿庭芳》、《踏莎行》等之「孤」字，吴訥本未缺筆。三是由於底本或校改産生的出入，如《長相思》「不應同是悲秋」缺「應同是悲秋」五字，《水龍吟》詞末注曰「原本苑作遠，疎作朱，垂楊作斜陽，今依草堂詩餘改正，未知是否」，《夢揚州》各本下片「長記」二字誤連上片之末，吴訥本則改正了這個錯誤。

孟春暉本收詞六十一首，經過考證，該本是一個受編刻者詞學觀點影響的版本，除去未收詞作外，其餘作品，與宋足本有出入的計有十六首，出入情況大致可分爲以下幾種：一是由於孟春暉本自身漫漶殘缺導致的出入，如《如夢令五首》其一「玉腕不勝金鬥」之「勝」字漫漶不可辨識，《離魂記》「離舟欲解」之

「舟」、「欲」二字殘缺； 二是由於植字錯誤產生的出入，如《南鄉子》「妙手寫徽真」之「妙手」作「抄手」，《長相思》「干雲十二層樓」之「干雲」作「千雲」； 三是由於未按宋足本缺筆產生的出入，如《鼓笛慢》「指陽關孤唱」之「孤」字未缺筆，《長相思》「瓜洲」之「瓜」字未缺筆； 四是由於底本或參校本原因產生的出入，如《長相思》「不應同是悲秋」缺「應同是悲秋」五字，《阮郎歸四首》其三「揮玉筯」作「懸玉筯」、「那堪腸已無」作「那堪腸也無」，《滿庭芳三首》其二「疎煙淡日」之「淡日」作「淡月」。

黄瓚本雖然與宋足本出入有二十首，但大部分出入是由於植字錯誤產生的，這類出入的作品計有十首，如《蝶戀花》「可無時霎閑風雨」之「閑風雨」作「間風雨」，《南鄉子》「疑是昔年窺宋玉」之「宋玉」作「宋五」，《滿庭芳三首》其二「緑水橋平」之「橋平」作「槁平」等； 另外則主要是由於底本或參校本原因產生的出入，如《迎春樂》「怎得香香深處」之「香香」作「花香」，末有注曰「花香原作香香，恐是當時語」，《減字木蘭花》「任是春風吹不展」之「不展」作「不轉」，《品令》其一「又也何須肐織」之「肐織」作「吃織」。

綜上所論，可以明確地看出，吴訥本雖然時間較其他兩本爲早，但因手抄而導致了不少訛誤和出入，以及從吴訥本《水龍吟》詞後附注可見，《草堂詩餘》是吴訥本的參校本之一，因此吴訥本與宋足本不同的主要原因是由於校改產生的出入。 黄瓚本刊刻時間在吴訥本與孟春暉本之間，從該本與宋足本的比對可見，確實與宋足本出入最少，其「微波」作「徵波」，「肐織」作「吃織」之誤，當是黄瓚本刊刻所參考的底本，已是原板漫漶之後的補刊了。 至於孟春暉本，除去因編刻者詞學觀點删去的作品之外，與宋足本的出入較黄瓚本稍多，但較之嘉靖後刊刻的張本，還是與宋足本頗多接近〔一四〕，可見孟春暉本當源出宋足本無疑。至於吴訥本與孟春暉本皆存在的《長相思》末句「不應同是悲秋」中的「不」字下五字皆脱的情況，或因孟春暉所依之監本，已較黄瓚本刊刻時更加漫漶，而孟氏的參校本，或與吴訥本相同，故而存在了脱句的情況。有鑑於此，筆者以饒宗頤《修正淮海詞板本系統表》爲基礎，再次修正淮海詞版本系統如下。

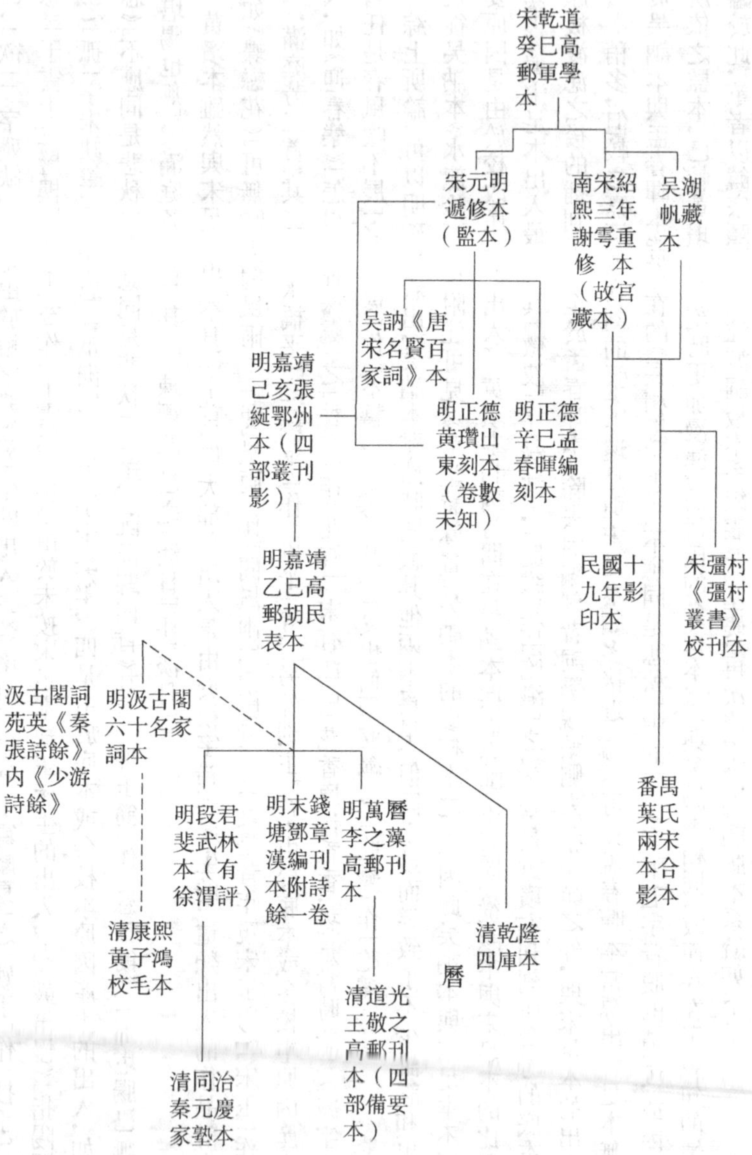
宋乾道癸巳高郵軍學本
宋元明遞修本（監本）
南宋紹熙三年謝雩重修本（故宮藏本）
吳湖帆藏本
吳訥《唐宋名賢百家詞》本
明嘉靖己亥張綖鄂州本（四部叢刊影）
明正德黃瓚山東刻本（卷數未知）
明正德辛巳孟春暉編刻本
明嘉靖乙巳高郵胡民表本
民國十九年影印本
朱彊村《彊村叢書》校刊本
汲古閣詞苑英《秦張詩餘》內《少游詩餘》
明汲古閣六十名家詞本
明段君斐武林本（有徐渭評）
明末錢塘鄧章漢編刊本附詩餘一卷
明萬曆李之藻高郵刊本
番禺葉氏兩宋本合影本
清康熙黃子鴻校毛本
清乾隆四庫本
曆
清道光王敬之高郵刊本（四部備要本）
清同治秦元慶家塾本

結語

淮海詞研究，在很長一段時間裏苦無善本，饒宗頤《景宋乾道高郵軍學本淮海居士長短句》的出版，率先披露宋足本淮海詞，附録了當時亦不易得見的明鄧章漢刻本淮海詞及黄彰健校録《詞苑英華》本《少游詩餘》，爲淮海詞的研究提供了一個極完備之本，後來的學者們，在此基礎上亦有拓展和研究。然而由於主、客觀原因，饒氏與後來研究淮海詞的學者們應當未曾寓目臺北「中央圖書館」藏「明正德間山東巡撫黄瓚刊鈔補長短句本」，故在他們的研究中或没有提及，或參考結合了張綖「山東新刻不全」以及葉恭綽「丁松生藏有一本，無序跋，又無長短句，未知是否原缺」〔一五〕之説，認爲該本無長短句。

檢臺北「中央圖書館」藏「明正德間山東巡撫黄瓚刊鈔補長短句本」，該本鈔補的長短句接近宋足本，只微有不同，故可推知黄瓚本即使是鈔補的部分，也必早于張綖本。因張綖「山東新刻不全」之語，後世得見黄瓚本的藏家與學者，皆認爲所謂的「不全」，是無序跋，又無長短句，惟丁丙大膽推測鈔補長短句與詩餘的版本「爲儀真黄雪洲中丞瓚先刻于山東者」，丁氏之説，是可採信的。此外，不論該鈔補長短句版本是否爲黄瓚所刻，由於其早于張綖本刊出，那麽此本亦是考察淮海詞在明嘉靖之前的版本流變情況極爲重要的一個存在，值得重視。

〔一〕關於秦觀詞的版本梳理、考釋，較清晰詳盡者，計有饒宗頤《詞籍考》，香港大學出版社一九六三年版；《景宋乾道高郵軍學本淮海居士長短句三卷》，香港龍門書店一九六五年版；《詞集考・唐五代宋金元編》，中華書局一九九二年版；王保珍《秦少游研究》，臺北學海出版社一九八一年版；秦子卿《〈淮海詞〉版本考釋》，《揚州師院學報（社會科學版）》一九八五年第三期；唐圭璋《宋詞四考》，江蘇古籍出版社一九八五年版；王兆鵬《唐宋詞史論》，人民文學出版社二〇〇〇年版；徐培均、羅立剛《秦觀詞新釋輯評》，中國書店二〇〇三年版；徐培均《淮海居士長短句箋注》，上海古籍出版社二〇〇八年修訂再版。

〔二〕此後，學界凡涉及該本，均採用饒氏《詞集考》「茅承德序」之説。

〔三〕秦子卿《〈淮海詞〉版本考釋》，《揚州師院學報（社會科學版）》一九八五年第三期，第四九頁。

〔四〕饒宗頤《饒宗頤二十世紀學術文集》卷一二，臺北新文豐出版股份有限公司二〇〇三年版，第二四七頁。

〔五〕吴訥《百家詞》第一册卷首，天津古籍出版社一九八九年版。

〔六〕〔一四〕詳參筆者與鄭煒明、羅慧合撰《天一閣藏明刊本〈淮海居士長短句〉考略》，《考古暨歷史語言學刊》第一三期，國際考古學暨歷史語言學學會二〇二〇年，第二〇—三〇頁。

〔七〕張綖《秦少游先生〈淮海集〉序》，《淮海集》卷首，臺北「中央圖書館」藏嘉靖乙巳（一五四五）高郵胡民表刊本，第四頁。

〔八〕〔一五〕秦觀著，徐培均箋《淮海居士長短句箋注》，上海古籍出版社一九八五年版，第二三八—二三九頁，第二三九頁。

〔九〕詳見秦子卿《〈淮海詞〉版本考釋》，《揚州師院學報（社會科學版）》一九八五年第三期，第四九頁；秦觀著，徐培均箋《淮海居士長短句箋注》，上海古籍出版社二〇一六年版，第二七六頁。

〔一〇〕秦觀著，徐培均箋《淮海居士長短句箋注》，上海古籍出版社二〇一六年版，第二七六頁。

〔一一〕秦觀《淮海集》，臺北「中央圖書館」藏明正德間山東巡撫黄瓚刊鈔補長短句本。

〔一二〕〔一三〕饒宗頤《景宋乾道高郵軍學本淮海居士長短句》，香港龍門書店一九六五年版，第一三一—一三二頁，第一三二頁。

（作者單位：福建師範大學文學院）

郭鞏《詩餘譜式》考論

王延鵬　秦　文

内容提要　清代郭鞏編纂之《詩餘譜式》是成書於康熙五十一年(一七一二)的一部詞譜。因其流布不廣、影響式微,有清一代鮮有論及者。作爲一部刊刻晚於《詞律》又早於《欽定詞譜》的詞譜,《詩餘譜式》並未沿着萬樹《詞律》開闢的道路繼續前行,却以明代程明善的《嘯餘譜》爲宗,呈現出不同於《詞律》、《欽定詞譜》等「主調」之外的「低音」。《詩餘譜式》既是康熙年間詞譜演進過程中邁向未知的一次嘗試和探索,更有助於深化對明清詞譜發展史的全面認知和整體把握。

關鍵詞　郭鞏　《詩餘譜式》　《嘯餘譜》　《詞律》　詞譜

清代郭鞏編纂之《詩餘譜式》是成書於康熙五十一年(一七一二)的一部詞譜。因其流布不廣、影響式微,有清一代鮮有論及者。較早關注到此書的是唐圭璋先生等編纂的《唐宋詞鑒賞辭典》,《唐宋詞鑒賞辭典》附録稱「《詩餘譜式》二卷。清郭鞏編纂。清康熙五十一年文水東園刊本」[一]。此后,江合友教授《明清詞譜史》對其進行了更爲詳細的著録和介紹[二]。但截至目前,尚未有專文對《詩餘譜式》展開系統的討論。作爲一部刊刻晚於《詞律》又早於《欽定詞譜》的詞譜,《詩餘譜式》並未沿着萬樹《詞律》開闢的道路繼續前

本文爲國家社會科學青年基金項目「清代詞譜與清代詞學關係研究」(19CZW034)階段性成果。

行，却以明代程明善的《嘯餘譜》爲宗，呈現出不同於《詞律》、《欽定詞譜》等「主調」之外的「低音」〔三〕，是康熙年間詞譜演進過程中邁向未知的一次嘗試和探索，應予以關注和重視。

一　郭鞏生平事迹述略

郭鞏，字可亭，號東園子、文水道人、鐵樹道人，生卒年不詳，史志未有傳記，相關文獻亦付之闕如。其生平事迹僅見於兄長郭鵬爲《詩餘譜式》所作之序和本人所作之《譜説》。郭鵬《詩餘式序》簡述其弟郭鞏之生平，云：「余弟東園子可亭，雖讀父書，不以廊廟爲心，惟嘯傲於山林，置此身名於隱顯之間。與世落落，嗜古殷殷。」〔四〕郭鵬的記述雖僅有寥寥數筆，却較爲鮮明地刻畫出郭鞏無心仕途、嘯傲山林的特徵。

如果説郭鵬的記載尚顯簡略的話，那麽郭鞏的自述則更爲詳實。郭鞏《譜説》稱：

余不才，幼未能讀父書以繼先人之志，賦性高傲，放情山水間，碌碌寡和者三十餘年矣。常究心於詞調聲歌之間，將先君所遺斷簡殘篇搜閲殆盡，獨闕此焉。爰求於遠近先輩家，輒取出唐人詩餘一帙，閲其所載，不過數十篇。余偶摹其式，聊爲數調。越數月，復得一册，較之昔日所得，絶不相侔，於是將向之所作者悉弊屣棄之矣。丙子春，遊楚桃源，謁羅公紫蘿先生，欵洽良久，風月之夕，輒出余之寡聞淺見者就而正之，公出其素藏《嘯餘譜》以授余，余拜而受之，細心以研究之，乃知一調之中，爲體不一，其昔之所以不侔者，今則釋然矣。然其書爲西吴張氏所纂，前半則爲詞曲宫商之式，後半即此詩餘是矣。其間按律叶聲、平仄相承，逐一詳明，但各調爲體甚繁，學者未免有考校之艱。余不揣狂瞽，摘其調中之清新雋雅者，揭而出之，分作兩層，上則臚列古名公所撰，下則將其調之平仄圈以别之，其字數句讀與其用韻之平仄悉遵古本，不過增以虚實圈法，無非欲吟擅諸君子有　定之式耳，安敢自擅纂輯删定之權，以取罪於古人乎。〔五〕

郭鞏生性灑脱、無心仕途，而以讀書爲樂，尤喜填詞，但由於家藏書籍中缺少詞學文獻，所以「爰求於遠近先輩家，輒取出唐人詩餘一帙，閲其所載，不過數十篇」。僅有的唐人詩餘成爲了郭鞏學詞的啓蒙教材，郭鞏「偶摹其式，聊爲數調」，進行最初填詞的訓練。數月之後，郭鞏又得一册詞集，而將昔日所作之詞與之相較，結果「絶不相侔」，因而「將向之所作者悉弊屣棄之」。直到丙子春，郭鞏出遊桃源縣時才在羅人琮家里見到《嘯餘譜》，並以此爲指導，細心研習，終有所得。有感於「各調爲體甚繁，學者未免有考校之艱」，所以郭鞏「摘其調中之清新雋雅者」，編纂成《詩餘譜式》一書。

回顧郭鞏學詞經歷，不難發現丙子春謁見羅紫蘿具有至關重要的意義。丙子年即康熙三十五年（一六九六），對郭鞏來説，康熙三十五年是其接觸詞譜的開始，而選擇《嘯餘譜》作爲學詞教材則與羅紫蘿的引導密不可分。羅紫蘿即羅人琮，據《湖南省志·人物志》記載：「羅人琮，字宗玉，清桃源縣人。父其鼎，南明福王行人司行人。清兵陷南京，其鼎回桃源，旋病篤，叮囑人琮：固守常德、澧州，西通雲、貴，東與長沙督師何騰蛟聯絡，以抗清兵。人琮組練團練以謀抗清。順治四年（一六四七），清兵入常德、澧州。時南明軍紀律敗壞，王進才部駐桃源，人琮走謁請肅軍紀，不聽。桃源陷落。人琮所率團練亦遣散。土棍吴虎兒，曾爲清軍嚮導，頗知人琮情狀，向人琮勒索四百金，復向清軍告密，人琮全家均被逮捕。南明亡後，人琮出獄。順治十八年（一六六一）進士，分發浙江，任寧波推官，後改陝西朝邑知縣。康熙七年（一六六八），升四川道監察御史，奏請整頓吏治，選拔遺才，以及煉鐵、鑄錢，禁止攤派火耗，並請求蠲免湖南錢糧等，均獲嘉許。十八年，京師地震，詔求直言極諫，人琮奏劾江南臬司崔維雅貪污殘暴，維雅被革職拿問。人琮亦受反誣，免職回家。」[六] 作爲一位曾參加過反清運動，又被清廷免職回鄉的人物，羅人琮向郭鞏推薦《嘯餘譜》，或許是因其偏居湖湘，遠離當時詞壇中心，未能得見《詞律》等詞譜[七]。亦或許是羅人琮難忘舊邦，希望郭鞏能承《嘯餘譜》之餘續，寄故國之哀思。但無論是何種原因，在從康熙三十五年到康熙五十一年的漫長歲月里，《嘯餘譜》成爲郭鞏唯一能接觸到的詞譜，因而郭鞏一直宗奉《嘯餘譜》，並持續受到《嘯餘譜》的影響。正因如此，郭鞏在《嘯餘譜》基礎上着手編纂《詩餘譜式》也就在情理之中了。

二 《詩餘譜式》的版本

關於《詩餘譜式》的版本，郭鞏在《譜説》中曾有記載，稱：「此書原有坊本，止載虚實圈法，不載唐宋舊詞。作者見之，一望皆圈，不知端委，所以坊刻不傳。」〔八〕如果郭鞏自述可信的話，《詩餘譜式》應該有一個只有譜式符號而没有例詞的版本，但這一版本尚未被發現。目前可見的《詩餘譜式》有兩種版本，現分述如下。

一爲《詩餘譜式》，中國社科院圖書館藏，四周雙邊，白口，單魚尾，《四庫未收書輯刊》據以影印。此本封面題「詩餘譜式二卷，清郭鞏撰，康熙可亭刻本」，正文版心刻「詩餘式」、卷次及「可亭」等字。共收録序跋凡例五篇，分别是韓侯振《叙》、郭鵬《詩餘式序》、郭鞏《譜説》、郭鞏《詩餘譜引》、郭鞏《譜例》。正文分「詩餘前卷」和「詩餘後卷」，前卷收歌行題、令字題、慢字題、近字題、犯字題、遍字題、兒字題、子字題、天文題、地理題、時令題、人物題共十二類，凡一百五十二體；後卷收人事題、宫室題、器用題、花木題、珍寶題、聲色題、數目題、通用題、二字題、三字題、四字題、五字題、七字題共十三類，凡二百一十二體；並附如絶句八式，共八調九體。正文上欄爲詩餘選，下欄爲詩餘譜式，上下兩欄十二行，上欄十四字，下欄十八字。

二爲《詩餘譜纂》，中國國家圖書館藏，四册，金鑲玉裝訂，黄紙本，四周雙邊，白口，單魚尾。書高二一八八毫米，寬一六八毫米，半葉板框高爲一八五毫米，寬一二〇毫米。封面題「詩餘譜纂，文水東園校刊，舒嘯樓藏板」，書内有「長樂鄭振鐸西諦藏書」印，正文版心亦刻「詩餘式」、卷次及「可亭」等字。此本共收録序跋凡例三篇，分别是韓侯振《叙》、郭鞏《譜説》和郭鞏《譜例》。正文亦分「詩餘前卷」和「詩餘後卷」，内容、版式與《詩餘譜式》相同。

認真比勘後發現，除偶有漏頁外，兩種版本正文版式和内容完全相同，鑒於古籍雕版一經刻竣，便不會變動，且兩種版本正文版心處均有「詩餘式」三字，我們認爲兩種版本的正文實際上是同一雕版刻印。而兩種版本的差異主要體現在以下四個方面。

（一）題名不同。中國社科院圖書館藏本題作《詩餘譜式》，而中國國家圖書館藏本題作《詩餘譜纂》，題名略有差異。

（二）序跋差異。從收録序跋數量上看，《詩餘譜式》比《詩餘譜纂》收録的序跋多兩篇，多出的序跋爲郭鵬《詩餘式序》和郭鞏《詩餘譜引》。從序跋的字體形態看，《詩餘譜式》本中韓侯振《叙》爲手寫上版刻印形態，而《詩餘譜纂》本中韓侯振《叙》已改爲宋體字的形態。

（三）正文缺頁。《詩餘譜纂》本中《夏初臨》與《渡江雲》兩調中缺失一頁，缺少《雙雙燕》和《瑣窗寒》兩調全部内容及《夏初臨》一調的部分内容。而《詩餘譜式》正文完整，不存在缺頁漏頁的情況。

（四）批校圈點。《詩餘譜纂》本内多有批校圈點，其中正文天頭處共有十九處批校，批校内容主要是對例詞的增補。如前卷秦觀《如夢令·門外緑陰千頃》一調天頭處，增補王建《如夢令·鶯嘴啄花红溜》作爲例詞，牛希濟《中興樂·池塘暖碧浸晴暉》天頭處，增補沈自炳《中興樂·芙蓉池上露初凉》作爲例詞；後卷白居易《憶江南·江南好》天頭處，增補李後主《憶江南·多少恨》作爲例詞。所增補之例詞絶大多數與程明善《嘯餘譜》内例詞相同，應是參考程明善《嘯餘譜》後補充。少數批校則同時補充詞調和例詞，如周邦彦《西平樂·稚柳蘇晴》一調天頭處，增補柳永《晝夜樂·洞房記得初相遇》，既屬備調，又屬增體，可見批校之人對詞體有一定研究。目前雖未有文字指明批校者，但通過批校之字體與「長樂鄭振鐸西諦藏本」印判斷，批校者應該是文學史家、考古學家鄭振鐸。與天頭批校相對應，凡天頭處有批校增補，正文相應例詞也多有圈點。

結合以上四個方面的差異，特别是韓侯振《叙》的刻體形態變化和《詩餘譜纂》正文漏頁，我們認爲《詩餘譜式》是較早的版本，《詩餘譜纂》則是在《詩餘譜式》本基礎上重新刊刻的版本。重刊過程中對原有序跋進行了修改完善，而《詩餘譜纂》之所以存在漏頁，應當是重印過程中出現的疏漏。

三　《詩餘譜式》的版式特色

除版本變化應予以重視外，《詩餘譜式》的版式特色尤其值得關注。郭鵬《詩餘式序》稱：「凡式列爲兩層，其下開具宜平宜仄句法，其上證以唐宋名作。一調之中各有定體，一體之中各有定數，爲虚實圈法，引宫刻羽，不爽尺寸。」〔九〕此書正文分爲上下兩欄排列，上欄爲詩餘選，列舉唐宋詞名作；下欄爲詩餘譜式，開具平仄句法之譜式，上下對照，俾使讀者一目了然。兹以《詩餘譜式》第一調《洞仙歌》爲例，略作説明。

詩餘選

洞仙歌　凡四體，並雙調、中調。

第一體　夏夜　　宋　蘇　軾

冰肌玉骨，自清涼無汗。水殿風來暗香滿。繡簾開，一點明月窺人，人未寢，欹枕釵横鬢亂。起來攜素手，庭户無聲，時見疏星渡河漢。試問夜如何，夜已三更，金波淡、玉繩低轉。但屈指、西風幾時來，又不道、流年暗中偷换。

詩餘譜式　　　郭　鞏　可亭氏較定

歌行題

洞仙歌　第一體

◑○●●四字句◑◑○○●韻，五字句◑●●○◑
○●叶，七字句●○○◑●○●○○九字句○◑●
三字句◑◑◑◑◑●叶，六字句　後段●○●●
五字◑●○○四字句◑●○○●○●叶，七字句●
◑◑◑◑●●○○九字句◑◑●◑○○●七字句●
◑●○○●○○八字○◑●○○◑○◑叶，九字句

《詩餘譜式》的版式采用上下分欄的方式，上欄是例詞，下欄是圖譜，上下對照，互相印證，比其他詞譜更爲清晰直觀。郭鞏本人對這樣的排版方式頗爲滿意，他指出：「今爲兩層，則展卷洞然。如其中長句有似兩句，或兩句之有似一句，稍有不符，下層質之。譜中虛實平仄，於圈或有舛訛，以上層質之，斯無疑矣。」〔一〇〕在郭鞏看來，這樣上下對照的排版方式，不僅眉清目楚，還能够糾正譜式中的訛誤，所以特別予以强調。

從詞譜發展史來看，上下分欄的排版方式無疑是《詩餘譜式》的一大創獲。

（一）開創性。《詩餘譜式》雖在收調和辨體上並無太多開拓，但却在版式上開創了上詞下譜、上下對照的先河。上下分欄的編排方式與以往前譜後詞的編排方式有着明顯的區別，更加直觀，也更爲清晰，開啓了詞譜編排的新模式，在詞譜發展史上具有開創意義。

（二）唯一性。除《詩餘譜式》外，在目前可見的六七十種明清詞譜中，尚未發現採用上下分欄方式排版的詞譜。就書籍史而言，「形式的變化産生了新的意義」〔一一〕。《詩餘譜式》形式上的變化，使得它不同於其他明清詞譜，具有唯一性和獨特性。

（三）示範性。上下分欄、上詞下譜的排版方式將例詞與譜式很好地結合在同一頁中，使得讀者在閱讀過程中省去了前後翻檢之苦，也可以在一定程度上減少譜式刊印的舛誤，對當下詞譜編修也有着很好的示範作用。

四 《詩餘譜式》與《嘯餘譜》、《詞律》之關係

郭鞏《詩餘譜式》看似是清代詞譜中一個不太引人關注的個案，但如果採用進入過程的文學史研究〔一二〕，將《詩餘譜式》歷史化，置於康熙朝詞譜發展演進的過程中來考察，特別是探究《詩餘譜式》與《嘯餘

譜》、《詞律》之關係，將會對清代詞譜史有更加立體的認知。

首先是承襲《嘯餘》。關於《詩餘譜式》與《嘯餘譜》的關係，郭鞏《詩餘譜引》作了清晰地闡述：「余之刻是書也，悉遵《嘯餘》古本，刪其大繁，非別有所增飾，亦不另入近來詞調。總爲初學者填詞，苦於磨對字句平仄，故爲圈法。」〔一三〕在《譜例》中郭鞏再一次重申：「此書刻成，磨對恐未詳確，又或原本錯訛未改正者，一依原本，闕疑不敢擅改，取罪前人。」〔一四〕《詩餘譜式》「悉遵《嘯餘》古本」主要體現在以下四個方面。

（一）分類方式。詞調的編排方式體現製譜者對詞調的理解。如前所述，《詩餘譜式》採用歌行題、令字題、慢字題這樣以類相從的編排方式，而没有選擇小令、中調、長調「三分法」的分類，與《嘯餘譜》的影響息息相關。

（二）收録詞調。詞調收録情況直接體現製譜者對詞體的理解，也是梳理詞譜發展演進的重要窗口。《詩餘譜式》所收詞調均來自《嘯餘譜》。以令字題爲例，《詩餘譜式》令字題共收録《如夢令》、《調笑令》、《伊川令》、《相思兒令》、《三字令》、《探春令》、《木蘭花令》、《唐多令》、《品令》、《聲聲令》、《解珮令》、《師師令》、《六么令》、《凉州令》詞調十四個，所録詞調及順序均與《嘯餘譜》相同。

（三）選録例詞。詞譜選録例詞是考察詞譜承襲關係的重要維度。《詩餘譜式》選録的例詞全部都來自《嘯餘譜》。以收録例詞較多的《生查子》爲例，《詩餘譜式》中《生查子》一調共選録例詞四首，分别是魏承班（「煙雨晚晴天」）、牛希濟（「春山煙欲收」）、孫光憲（「暖日策花驄」）、張泌（「相見稀」）。與《御選歷代詩餘》廣搜博采不同，《詩餘譜式》中的四首例詞均爲唐五代詞，與《嘯餘譜》所選例詞完全相同。

（四）保留按語。《詩餘譜式》不僅在詞調、例詞上承襲《嘯餘譜》，甚至連《嘯餘譜》部分按語也完整地保留了下來。如《尋芳草》一調按語：「此調當以後段爲止，其前段句讀不同，蓋後作者偶失之耳，不足據耳。」〔一五〕這則按語與《嘯餘譜》中《尋芳草》調後所附之按語完全相同，可以視爲其宗奉《嘯餘譜》的典型案例。

當然，《詩餘譜式》在繼承的基礎上對《嘯餘譜》也進行了一定的增删改訂，主要體現在以下兩個方面。

（一）内容上的删繁就簡。總的來説，《詩餘譜式》的内容與《嘯餘譜》基本相同，但郭鞏有感於《嘯餘譜》「爲體甚繁」，而對《嘯餘譜》中體式較多的詞調進行了删簡。他在《譜例》中强調：「每調原載數體，愚則擇其簡易之調載之，如於中更韻多者不載。」〔一六〕如《臨江仙》一調，《嘯餘譜》原有七體，收録和凝、閻選等人詞作共十首〔一七〕，《詩餘譜式》僅録第一體、第二體兩體，僅收録和凝、閻選例詞兩首，在内容上更爲精簡。又如《江城子》一調，《嘯餘譜》原有四體，例詞六首〔一八〕，《詩餘譜式》删去了第四體及該體下的三首例詞。由於《嘯餘譜》第四體前後段均與第一體相同〔一九〕，所以郭鞏删去第四體不僅是對内容進行精簡，同時也修正了《嘯餘譜》的錯誤。對初學者來説，删减之後的《詩餘譜式》更爲精簡，也更容易理解和接受。韓侯振《詩餘譜式敘》稱：「俾讀者瞭若指掌，由是登之𠜂劂，公之吟壇。」〔二〇〕

（二）譜式上的面貌一新。首先，《詩餘譜式》與《嘯餘譜》最大的區别就在於譜式符號。《嘯餘譜》所用爲文字譜，以平、仄、可平、可仄等字來標注格律。《詩餘譜式》將《嘯餘譜》所用之文字譜改爲圖形譜，用「○」表示平聲，「●」表示仄聲，「◐」表示可平可仄。與文字譜相比，圖形譜更爲直觀，便於初學。更爲重要的是郭鞏改變了版式，上欄列詩餘選，下欄列詩餘譜式，將文字與符號一一對照，顯得眉目清晰。

《詩餘譜式》從内容和譜式上對《嘯餘譜》進行了一定的增删改動，説明《詩餘譜式》雖宗奉《嘯餘譜》，但又與《嘯餘譜》有所區别，是康熙年間詞學界邁向未知的一次嘗試和探索。

其次是不識《詞律》。如果說《詩餘譜式》與《嘯餘譜》的關係有迹可循的話，那麽《詩餘譜式》與《詞律》之間的關係則往往容易被忽視。《詩餘譜式》在《詞律》刊行後十年才開始編纂，且成書比《詞律》晚二十五年，本有機會參考《詞律》。但因郭鞏詞學視野所限，没能閲覽到《詞律》，而是選擇宗奉《嘯餘譜》，導致《詞律》對《嘯餘譜》的諸多批評若施於《詩餘譜式》也依然適用。

（一）分類失當。《詩餘譜式》在詞調編排上因承《嘯餘譜》以類相從的方式，分爲歌行題、令字題等不同類别。以類相從的分類方式雖便於記憶，但無法做到不交叉、不遺漏，甚至會出現互相牴牾的情況。對此萬樹有過激烈的批評，他説：「《嘯餘譜》分類爲題，意欲别於《草堂》諸刻。然題字參差，有難取義者，强爲分列，多致乖違。如《踏莎行》、《御街行》，此行步之行，豈可入歌行内，而《長相思》尤爲不倫。《醉公子》、《七娘子》等是人物，豈可與他子字爲類，通用題與三字題有何分别，《惜分飛》、《紗窗恨》又不入人事、思憶之數，《天香》入聲色不入二字題，《白苧》入二字不入聲色題，《柳梢青》入三字而《小桃紅》又入聲色，《玉連環》不入珍寶，若此甚多，分列俱不確當。」〔二二〕作爲一部晚於《詞律》刊行的詞譜，郭鞏應當是没有看過《詞律》，才在分類上完全因承了《嘯餘譜》。

（二）分體隨意。《詩餘譜式》沿襲了《嘯餘譜》的分體方式，一調之下以第一體、第二體加以區分，但又爲了删繁就簡，經常只保留其中個别體式，導致閲讀起來有時不知所云。如《聲聲慢》僅保留第一體，而略去第二、三、四體。《酒泉子》雖標明有十體，實際上僅列第一體、第七體、第十體三體。如果説《嘯餘譜》分體的失誤主要是没有統一的標準，那麽《詩餘譜式》分體則更多了一些隨意。《詞律》曾對隨意分體有直接的批評〔二三〕，稱其爲「此俱遵《嘯餘》而忘其爲無理者也」〔二三〕。作爲一部宗奉《嘯餘譜》的詞譜，隨意分體的問題在《詩餘譜式》中依然十分明顯，可見郭鞏對《詞律》應該是一無所知的。

（三）分句粗疏。《詩餘譜式》的例詞「字數句讀與其用韻之平仄悉遵古本」，如《千年調》辛棄疾「卮酒向人時」〔二四〕一首，句讀與《嘯餘譜》完全相同。然而《嘯餘譜》該詞之句讀實則多有舛誤，對此萬樹曾特別予以糾正〔二五〕。不僅如此，萬樹更從理論上對《嘯餘譜》等詞譜的句讀問題提出批評，他指出：「分句之誤，更僕難宣，既未審本文之理路語氣，又不校本調之前後短長，又不取他家對證，隨讀隨分，任意斷句，更或因字訛而不覺，或因脱落而不疑，不唯律調全乖，兼致文理大謬。」〔二六〕然而因未有機會閲覽《詞律》，所以郭鞏編修《詩餘譜式》時並未意識到《嘯餘譜》句讀存在疏漏錯訛，也未對此進行修訂完善。

概言之，身爲下層文士的郭鞏，没有機會閲覽到萬樹《詞律》，對同一時代的研究進展無從知曉，所以才會選擇尊奉《嘯餘譜》，導致《詩餘譜式》不論是編排方式，還是分體標準，亦或例詞句讀，都有着明顯的不足和缺陷。

五 《詩餘譜式》的價值

作爲康熙年間宗奉《嘯餘譜》的詞譜，《詩餘譜式》既有鮮明的特徵，也有明顯的缺陷。然而「在詞譜發展史上，一部有缺陷的詞譜並不代表没有價值」〔二七〕。《詩餘譜式》的價值主要體現在以下方面。

首先，《詩餘譜式》爲清代詞譜研究提供更加豐富的資料。文獻是文學研究的基礎和前提。充分發掘稀見詞譜文獻，盡可能地追溯詞譜本來的面貌，無論是對詞譜的個案研究，還是對清代詞譜的整體考察，都有重大意義。然而因刊刻、傳播等因素的影響，一些稀見詞譜未被學界充分利用，學界對清代詞譜的關注仍主要集中在《詞律》、《欽定詞譜》等影響較大的詞譜上，進而影響了對詞譜文獻的整體認知和全面把握。《詩餘譜式》的發掘和整理，將爲清代詞譜研究，特别是康熙朝詞譜研究提供更爲豐富的資料，有助於夯實清代詞譜的文獻基礎，推動清代詞譜研究走向深入。

其次，《詩餘譜式》對於考察清代詞譜演進有着重要價值。受到進化論的影響，大多數文學史著作都習慣與從歷史的枝蔓中梳理出綫性的演進過程，進而把各種文學現象、文學思潮放置在綫性進化的發展中去考察。但是，王汎森就指出：「我們書寫歷史，往往只着重當時的主調，而忽視了它還有一些副調、潛流，跟着主調同時並進、互相競合、互相影響，像一束向前無限延伸的『纖維叢』。如果忽略了這些同時競爭的副調、潛流，我們並不能真正了解當時的主流。」〔二八〕作爲一部承緒《嘯餘譜》，又成書於《詞律》與《欽定詞譜》之間的詞譜，如果單純考察其學術價值，《詩餘譜式》自然無法與《詞律》、《欽定詞譜》相媲美。但如果從明清之際之詞譜演進發展的歷程來看，《詩餘譜式》讓我們清晰地看到不同與「主調」的「低音」，既充分説明康熙年間《嘯餘譜》依然對詞壇有着廣泛影響，更真實反映出清代詞譜發展過程中的「擺蕩來回」〔二九〕，有助於我們真正進入康熙朝詞譜發展的歷史，重新思考詞譜發展多元並存過程中「主調」與「低音」的關係，從而能對詞譜發展史有更爲深刻的理解。

〔一〕唐圭璋等《唐宋詞鑒賞辭典（南宋·遼·金）》，上海辭書出版社一九八八年版，第二五二八頁。

〔二〕江合友《明清詞譜史·明清詞譜詞韻文獻叙録》第三節「清代的詞譜文獻」曾對《詩餘譜式》進行了較爲詳細的著録，見江合友《明清詞譜史》，上海古籍出版社二〇〇八年版，第三一〇—三一一頁。同時，《明清詞譜史》第二章「順康詞壇與詞譜的成立」中的「順康詞壇的其他詞譜」一節對鈔本《詞調》、鄭元慶《三百詞譜》、郭鞏《詩餘譜式》三部詞譜進行考察，見江合友《明清詞譜史》，上海古籍出版社二〇〇八年版，第一〇六—一一一頁。

〔三〕「主調」和「低音」之謂，參見王汎森《執拗的低音》，生活·讀書·新知三聯書店二〇二〇年版。

〔四〕郭鞏《詩餘譜式》，《四庫未收書輯刊·拾輯》第三十册，北京出版社一九九七年版，第四四〇頁。

〔五〕郭鞏《詩餘譜式》，《四庫未收書輯刊·拾輯》第三十册，北京出版社一九九七年版，第四四一—四四二頁。

〔六〕湖南省地方志編纂委員會編《湖南省志·人物志》，湖南出版社一九九二年版，第一七〇—一七一頁。

〔七〕江合友認爲：「郭鞏及其所交遊的對象的詞學視野均較爲狹窄，詞學知識來源單一，故皆宗奉《嘯餘譜》。」江合友《明清詞譜史》，上海古籍出版社二〇〇八年版，第一〇七頁。

〔八〕郭鞏《詩餘譜式》，《四庫未收書輯刊·拾輯》第三十册，北京出版社一九九七年版，第四四三頁。
〔九〕郭鞏《詩餘譜式》，《四庫未收書輯刊·拾輯》第三十册，北京出版社一九九七年版，第四四〇—四四一頁。
〔一〇〕郭鞏《詩餘譜式》，《四庫未收書輯刊·拾輯》第三十册，北京出版社一九九七年版，第四四三頁。
〔一一〕〔英〕詹姆斯·雷文著，孫微言譯《什麽是書籍史》，北京大學出版社二〇二二年版，第一三頁。
〔一二〕參見蔣寅《進入「過程」的文學史研究——〈王漁洋與康熙詩壇〉導論》，《山西大學師範學院學報》二〇〇一年第一期。
〔一三〕郭鞏《詩餘譜式》，《四庫未收書輯刊·拾輯》第三十册，北京出版社一九九七年版，第四四二頁。
〔一四〕郭鞏《詩餘譜式》，《四庫未收書輯刊·拾輯》第三十册，北京出版社一九九七年版，第四四三頁。
〔一五〕郭鞏《詩餘譜式》，《四庫未收書輯刊·拾輯》第三十册，北京出版社一九九七年版，第四九二頁。
〔一六〕郭鞏《詩餘譜式》，《四庫未收書輯刊·拾輯》第三十册，北京出版社一九九七年版，第四四三頁。
〔一七〕參見程明善編著，劉尊明、李文韜整理《嘯餘譜·詩餘譜》，華東師範大學出版社二〇二三年版，第二一三—二一七頁。
〔一八〕參見程明善編著，劉尊明、李文韜整理《嘯餘譜·詩餘譜》，華東師範大學出版社二〇二三年版，第一六七—一七〇頁。
〔一九〕《嘯餘譜》「江城子」第四體注曰：「雙調，中調，前段與第一體同，後段同。」程明善編著，劉尊明、李文韜整理《嘯餘譜·詩餘譜》，華東師範大學出版社二〇二三年版，第一六九頁。
〔二〇〕郭鞏《詩餘譜式》，《四庫未收書輯刊·拾輯》第三十册，北京出版社一九九七年版，第四三九頁。
〔二一〕萬樹《詞律·發凡》，萬樹《詞律》，上海古籍出版社一九八四年版，第九頁。
〔二二〕萬樹《詞律·發凡》指出：「近日圖譜如〔歸自謠〕止有第二而無第一，《山花子》、《鶴沖天》有一無二，《賀聖朝》有一三無二，《女冠子》有一二四五而無三，《臨江仙》有一四五六七而無二三，至如《酒泉子》以五列六後，又八體四十四字，九、十、十一、十二體皆四十三字，故以八居十二之後。」萬樹《詞律》，上海古籍出版社一九八四年版，第九頁。
〔二三〕萬樹《詞律·發凡》，萬樹《詞律》，上海古籍出版社一九八四年版，第十頁。
〔二四〕郭鞏《詩餘譜式》，《四庫未收書輯刊·拾輯》第三十册，北京出版社一九九七年版，第四五〇頁。
〔二五〕萬樹指出：「而《嘯餘》之奇，更可大粲。『更對鴟夷』作四字句，『笑寒與熱』作四字句，『總隨人甘國老』作六字句。後段結『看他們得人』作五字句，『憐秦吉了』作四字句，『吉』注可平，豈非怪事。蓋『甘國老』是甘草也，用以配後秦吉了，鳥名作結，巧絶。作譜者不知耳。」萬樹《詞律》，上海古籍出版社一九八四年版，第二六三頁。

〔二六〕萬樹《詞律·發凡》，萬樹《詞律》，上海古籍出版社一九八四年版，第一二頁。

〔二七〕張文昌《朱彊〈詞體纂論圖譜〉考論》，《中國詩學研究（第二十輯）》，鳳凰出版社二〇二一年版，第一二三頁。

〔二八〕王汎森《執拗的低音》，生活·讀書·新知三聯書店二〇二〇年版，第五〇頁。

〔二九〕王汎森《執拗的低音》，生活·讀書·新知三聯書店二〇二〇年版，第二九頁。

（作者單位：合肥工業大學文法學院；合肥工業大學圖書館）

周在浚年譜

王明霞

傳　略

周在浚（一六四〇—約一七〇〇），字雪客，號梨莊，又號遺谷、耐龕，晚號鈍甫，河南祥符（今開封）人，長期寓居南京。祥符周氏先祖爲白下（今江蘇南京）人，因任官遷徙至江西金溪（今屬撫州），在金溪綿延數世。約在明萬曆初年，在浚曾祖父周庭槐自金溪櫟樹下（今屬江西撫州市金溪縣合市鎮）遷回南京，後又移家、定居祥符。在浚祖父周文煒又自祥符徙家至金陵。此後亮工、在浚等周氏家族成員雖占籍祥符，實則長年寓居金陵。父周亮工（一六一二—一六七二），字元亮，號櫟園、櫟下、減齋、陶庵等，明崇禎十三年（一六四〇）進士，十四年（一六四一）官濰縣（今山東濰坊）令；入清，歷官兩淮鹽法道、淮揚兵備道、福建布政使、都察院左副都御史、户部右侍郎、青州海防道、江安督糧道等；母濮氏，子六人，在浚爲長，配段氏。在浚有二子，長为周曾舉、次为周仲舉。

周在浚嘗以監貢生考充國子監官學教習，清康熙十年（一六七一）寓居京師秋水軒，參與、主持「秋水軒唱和」；十六年（一六七七）七月，始與卓回合選《古今詞匯》，至九月，《古今詞匯》初編成；十八年（一六七九）至二十年（一六八一），與聚集在龔翔麟瞻園周圍的浙西詞人朱彝尊、沈皞日、李符等往來酬唱頻繁；二十三年（一六八四）秋，官太原府經歷，離京赴山西藩幕。三十一年（一六九二），丁母憂歸；三十五年（一六九六）離家南下，遍遊福建、江西、廣東等地，遊粵後不久即卒。在浚夙承家學，淹通文史，不僅精於史傳目録、金石考證，且工詩擅詞，所著《金陵百詠》、《秦淮竹枝詞》流傳最盛，乃亮工諸子中最富才情者，著有《梨莊集》、《遺谷集》、《秋水軒集》（一作《秋水軒詩集》）、《梨莊詞》、《花之詞》、《南唐書注》、《大梁守城記》、《汴梁野乘》、《煙雲過眼録》、《天發神讖碑釋文》（一作《天發神讖碑考》）、《訪求中州先賢詩文集目》、《徵刻唐宋秘本書目》（與黄虞稷合編）、《鍾山考》等。

《清史列傳》卷七十《文苑傳一》：

周在浚，字雪客，河南祥符人。官經歷。父亮工，官户部侍郎，著有《賴古堂集》。在浚夙承家學，淹通史傳，嘗注《南唐書》十八卷，爲王士禎所稱。又嘗合《天發神讖碑》三段，貫以鉅鐵，重爲《釋文》一卷，考證精審，論者謂可正《金石》、《集古》二録之誤。工詩，嘗作《金陵百詠》及《竹枝詞》，流傳最盛。著有《雲煙過眼録》二十卷、《晉稗》、《梨莊》、《遺谷集》、《秋水集》。

按：《雲煙過眼録》乃《煙雲過眼録》之誤。周亮工《賴古堂集》卷七《煙雲過眼堂看菊，送張子京之郞襄》、卷九《花朝登煙雲過眼樓，簡彦遠、初茘》；《清史稿》、《清文獻通考》、《清通志》所著録皆爲《煙雲過眼録》。

《（嘉慶）新修江寧府志》卷四十二《人物・流寓》：

周在浚，字雪客，大梁人，侍郎亮工子也。亮工官江安糧道，在浚遂家金陵。亦以詞翰知名，有《金陵百詠》及《竹枝》流傳最盛。

《顏氏家藏尺牘・姓氏考・周在浚》：

周在浚，字雪客，河南祥符人。户部侍郎亮工子，流寓江寧。官太原府經歷。有《藏密庵》、《秋水軒集》、《潛邱小藁》、《花之詞》、《天發神讖碑釋》。

《昭代名人尺牘小傳》卷十二：

周在浚，字雪客，祥符人，亮工長子，官經歷，有《雲煙過眼録》、《晋稗》、《梨莊集》、《秋水軒集》。

《詩觀初集》卷七：

周在浚雪客，河南祥符人，家金陵。《藏密庵》、《秋水軒》二藁。

《篋衍集》卷四：

周在浚雪客，河南祥符人，官經歷，著《築莊》集。

按：周在浚號梨莊，無築莊之號，不知《築莊集》之説何據。「築」或爲「梨」字之誤。

《清詩別裁集》卷八：

周在浚，字龍客，河南祥符人，著有《攝山園詩》。龍客系櫟園侍郎次子，繼述家學，惟恐不力，時有蘇環有子之目。

按：沈氏此處謬誤頗甚，其將在浚三弟在延之字龍客、別集《攝山園詩》皆誤爲周在浚所有。另，在浚爲亮工長子，在延爲亮工三子，亮工次子在揚病殁於順治十六年（一六五九），年僅十三歲。

《晚晴簃詩匯》卷四十：

周在浚，字雪客，祥符人，有《梨莊》、《遺谷》諸集。

《詩話》：櫟園諸子皆能詩，雪客尤擅時譽。著述精博，《南唐書注》最有名，又欲注《五代史》，未克成書。好收藏金石書畫，一時名下士皆從之游，縹籤錦贉，珠履金尊，國初諸家詩中往往及之。嘗遊秣陵，賦《秦淮竹枝詞》，同作者漢陽羅世珍以獻、嘉興曹偉謨次典、句容張芳菊人、晋江黄虞稷俞邰、江寧吴晋介兹、江夏周蓼卹貞蔞、徽州王楫汾仲、六合孫汧如阿匯、嘉興王槩安節、江寧李郊董自、黄岡杜紹凱蒼略、華亭董含榕庵、華亭張彦之洮侯、長洲徐奇東來、江寧洪嘉植秋士及雪客弟在延隴客，鄧孝威采入《詩觀初集》，凡十七人。

年譜

明崇禎十三年　庚辰（一六四〇）　一歲

七月，清兵在錦州一帶與明軍交戰；十二月，李自成進軍河南。

父周亮工中進士，周在浚出生。

周在浚《周櫟園先生年譜》：「庚辰二十九歲，中會試，生第一子在浚。」

按：由周亮工生平活動及在浚之名，可知周在浚當生於河南開封（古稱浚儀）。另，據《明清進士題名碑録索引》（下）「崇禎十三年庚辰科（一六四〇）」知，方以智、方其義、金堡、陳臺孫、吕翕如、姜垓等亦中進士於是年。

明崇禎十五年　壬午（一六四二）　三歲

李自成圍攻開封，其間曾決黄河灌城，致使城内外死難無數。

按：多年後，周在浚痛慨當年史事，嘗輯有《汴梁野乘》、《大梁守城記》。

明崇禎十七年（清順治元年）　甲申（一六四四）　五歲

正月，李自成在西安稱帝，國號大順。三月，李自成攻入北京，崇禎帝在煤山自縊，明朝滅亡，史稱「甲申之變」。十一月，福王朱由崧在南京稱帝。父周亮工投奔南明弘光朝，嘗受誣下獄。

周在浚《周櫟園先生年譜》：「甲申三十三歲，授浙江道試禦史，未十日，逆闖破京師，公投繯，爲家人救免。時傳聞上已南渡，公又念太封公、太淑人年邁，……雜難民中逸出，遂間道歸白下。時江南立弘光帝，馬、阮用事，錦衣馮可宗誣公從賊，羅織下鎮撫獄，訊無左驗，復公官。馬、阮又欲公劾劉公宗周始肯補用，公笑謝之，遂奉兩尊人棲隱于牛首幽棲間，不入城郭。」

清順治二年　乙酉（一六四五）　六歲

父周亮工被清廷起授兩淮鹽運使（治所揚州），又以原禦史銜，改鹽法道。

周在浚《周櫟園先生年譜》：「乙酉三十四歲，王師下江南，遂以禦史招撫兩淮，授兩淮鹽運使，以原禦史銜改鹽法道。鹽道之設自公始。」

清順治四年　丁亥（一六四七）　八歲

父周亮工仍官揚州，二弟在揚出生。同年，亮工擢福建按察使。

周在浚《周櫟園先生年譜》：「丁亥三十六歲，擢福建按察使。……是年第二子在揚生。」

清順治十年　癸巳（一六五三）　十四歲

父周亮工升福建左布政使，三弟在延出生。

周在浚《周櫟園先生年譜》：「癸巳四十二歲，……夏，升省左布政使。是年第三子在延生。」

周在延（一六五三—一七二五後），字津客，一字龍客，號豐樂老農，亮工第三子。工詩文，著有《攝山園詩集》、輯有《天蓋樓四書語録》等。

清順治十二年　乙未　（一六五五）　十六歲

正月，父周亮工赴京任都察院左副都禦史；六月，擢户部右侍郎。七月，福建總督佟岱以疏參劾周亮工在閩有不法之事；十一月，被革職，赴閩質審，此爲亮工第二次系獄之開端。是年，四弟在建、五弟在都出生。

周在浚《周櫟園先生年譜》：「乙未四十四歲，正月赴京師都察院任。……六月擢户部總督錢法右侍郎，……七月，福建總督佟岱疏參公在閩事，奉旨回奏。十一月，革職，赴閩質審。……是年生第四子在建、第五子在都。」

按：順治十二年（一六五五）周亮工被誣而解職，次年初，奉命入閩質審，至十五年（一六五八）因驗辭兩説，無法定讞，後奉詔北上，系刑部獄再次勘驗，至十八年（一六六一）正月，遇赦。周氏身遭此難前後長達六年之久，家道中落，長子在浚年僅十五，失去庇護，備嘗世事之艱難。

周在建（一六五五—一七二三後），字榕客，號西田，亮工第四子。歷官淮安知府、廣川別駕、桐川刺史，工詩文詞，著有《近思堂詩》、《顧曲亭詞》。

周在都（一六五五—一七一〇後），字燕客，號澌農，亮工第五子。歷官濟南別駕、揚州司馬等，治行顯著。工詩文，著有《桑乾草》、《嚮山樓稿》、《餐雲書屋稿》、《雪舫吟》等。

清順治十三年　丙申（一六五六）　十七歲

正月，父周亮工赴閩質審；九月，祖母朱氏病卒於南京。

周在浚《周櫟園先生年譜》：「丙申四十五歲，正月，赴閩質審，……是年九月，朱太淑人念公成疾，卒于江寧。」

清順治十五年　戊戌（一六五八）　十九歲

父周亮工在閩質審期間，因前後兩讞辭，無法定案，後奉詔被逮至刑部復審；十二月，祖父周文煒卒於南京，年七十六。

周在浚《周櫟園先生年譜》：「戊戌四十七歲，……撫軍不敢任，以前後兩讞辭入奏，詔逮下刑部復訊。……是年十二月，太封公卒于江寧。」周文煒《坦然先生自撰墓志銘》：「（先生）生於萬曆十一年三月初四日子時，歿于順治十五年十二月初八日巳時，得年七十有六。」又宋征輿《讀周坦然先生自撰墓志銘》：「大梁周坦然先生年七十有六，安健無疾痛，忽自作墓志銘一通，其言曰：『今年戊戌，先生壽七十六，或旦夕死，或尚不死有命焉，然世無不死者。』先生生坦然，死當倍之，其年冬，先生果卒。」

周文煒（一五八三—一六五八），字赤之，號如山，又號坦然，亮工父。守父業，在金陵經營書坊，嘗在明天啓年間，任諸暨主簿，有治行，名列《名宦傳》。著有《觀宅四十吉祥相》、《詩斅》、《四留堂詩集》、《旅塵集》等。《（康熙）江西通志》卷八十二有傳，董以寧嘗爲其作《坦然先生傳》。

清順治十六年　己亥（一六五九）　二十歲

二弟在揚早殤，年僅十三。

周在浚《周櫟園先生年譜》：「己亥四十八歲，刑部訊未結，公乃結廬于白雲司，日賦詩著書其中，……是年第二子在揚以思念公致病殀。」

清順治十七年　庚子（一六六〇）　二十一歲

春二月，至京師，探視其父。時周亮工系刑部獄中，王元衡（壽格）攜酒過慰，亮工與朱靜一同賦詩。

周亮工《賴古堂集》卷十《兒子南來，壽格移尊過慰，靜一老人同賦二月十六日詩》：「鷄竿唱徹人爭聽，鴳室聲寒我獨悲。春色桃花心半綻，月明楊柳影初虧。傷心競看巵來滿，密語空憐客去遲。完卵癡兒能作念，出門惘惘欲依誰。」

在京師，晤吴宗信。時吴宗信陪伴亮工左右，有詩贈在浚。

吴宗信《履心集》卷一《與周雪客》：「自從離亂後，濩落到於今。雖日徒勞足，惟天可問心。既墮塗上甑，豈拾市上金。未暇求投止，敝裘沙土深。」

吴宗信（一六二四—一六九七），字冠五，號拙齋，人稱螺隱先生，安徽休寧人，著有《屯溪集》、《履心集》等。在亮工候審刑部期間，嘗左右之，二人詩酒唱和頻繁。亮工感其恩德，將其視爲文學知己、性命之交。在浚及其諸弟也與吴宗信交情頗篤。

春，時亮工系刑部獄，周在浚在江寧刊刻其父詩集，即《删定賴古堂詩》。

周在浚《賴古堂集·凡例》："庚子春，患難中自爲删定，授不孝浚刻之江寧，今世所傳《删定賴古堂詩》是也。"

按：《删定賴古堂詩》即四卷本《賴古堂詩集》。周亮工《賴古堂集》卷十三《賴古堂詩集序》："黄山吴冠五獨左右公難數年，輯公詩四卷，付其弟亮節、子在浚鐫之秣陵。"

清順治十八年 辛丑（一六六一） 二十二歲

正月，父周亮工遇赦南還。

周亮工《賴古堂集》卷二十四《祭毗陵吴儼若太翁文》："及先皇帝違和，憑几肆赦孤臣與任庵諸公俱南。"

季夏，與吴宗信再次北上。

吴宗信《履心集》卷一《季夏，同雪客復北上》："今日閱吾躬，許人慎始終。曲衷鎔物議，貧倨助天功。有病花當委，無傷羽自豐。却愁千萬里，投止話匆匆。"

初秋，客居京師，與龔鼎孳、吴宗信集會賦詩。

吴宗信《履心集》卷一《初秋，龔芝麓先生招同周雪客，集得樹軒》："晴軒澹映雲光入，午樹婆娑暑氣殘。香泛叢泉疏茗椀，花浮瓜果沁冰盤。醉巾已被回風落，樺燭仍燒卜夜闌。翹首去年當此日，爲誰把酒發長嘆。"其後又作有《燕市，與雪客賦》。

龔鼎孳（一六一六—一六七三），字孝升，號芝麓，先世自江西臨川徙廬江，安徽合肥人。明崇禎七年（一六三四）進士，授兵科給事中。順治初，以原職起用，累官至禮部尚書，著有《定山堂詩集》、《香嚴詞》等。

七月，金聖歎等以"哭廟案"被殺。

是年，江南「奏銷案」起，萬餘人被革去功名。

清康熙元年　壬寅（一六六二）　二十三歲

仲春，在京師，與吴宗信、吴晉等集會唱和。

吴宗信《履心集》卷一《仲春，李宛羽、家平子攜歌兒移觴寓舍，同雪客賦，分得紅字》：「樽開美酒醉宵風，可惜歡娛夢未通。方比花流春水上，還如雁踏雪泥中。愁逢俠士心能白，貧對歌兒面欲紅。燕市幾經悲慷慨，人非屠狗不英雄。」

吴晉，字平子，福建莆田人，清初篆刻家，與周氏父子交善。

四月，吴三桂在昆明逼死永曆帝，南明政權滅亡。

夏六月，周亮工刊刻《尺牘新鈔》十二卷，在浚與其從弟在梁一同幫忙鈔録，參與《尺牘新鈔》之編刻。

周亮工《尺牘新鈔·選例》：「一書之成，必須博采；衆家不備，詎足大觀？合二十二家所藏卷帙，何啻汗牛充棟。凡系翰牘，必事甄收。加以舊家秘本，廢簏殘編，莫不曲意搜求，恣心採訪。甚至友人所存往復之箋，雖半紙數字，亦必傾笥借録，以罄幽奇。……康熙元年歲在壬寅六月望日賴古堂識。」今見《賴古堂名賢尺牘新鈔》十二卷，每卷扉頁均題署：「豫儀周在浚雪客、周在梁园客鈔」。

按：周在浚亦參與《尺牘新鈔》二選、三選的編刻。《賴古堂尺牘新鈔二選藏弆集》每卷扉頁題署：「豫儀周在梁園客、周在浚雪客、周在延津客鈔」；《賴古堂尺牘新鈔三選結鄰集》每卷扉頁題署：「豫儀周在梁園客、周在浚雪客、周在延龍客鈔」。

周在梁，字園客，亮節子，亮工侄。

秋九月，向徐增出示所刻《瑞木紀》，徐氏爲其作《瑞木圖説》。

徐增《瑞木圖説》：「壬寅秋九月，粵中陳子明使君從雲間來見餘，……未幾，司農長君雪客以刻《瑞木紀》出示，見諸公所著，若記、若引、若賦、若歌等，載述益詳備。……因作《瑞木圖説》，以附於紀、引、歌、賦之後。」

徐增（一六一二—約一六九〇後），字子能，號而庵、梅鶴詩人，江蘇吴縣（今蘇州）人，早歲師從錢謙益，又嘗從金聖嘆問學。明亡後隱居石湖，以詩文自娱，著有《九誥堂集》、《而庵詩話》等。

是年，假館於遺民王翔的鏡閣，並與其子王豸來一同在鏡閣讀書。

康熙十年（一六七一），「秋水軒唱和」期間，周在浚作有《賀新涼・爲雲枰先生題鏡閣，先生爲古直尊人，予曾假館，同古直讀書閣上，匆匆十載矣》（《梨庄词》）。

王翔，一名雲枰山樵，字雲翼，浙江錢塘（今杭州）人，《明遺民録》卷十七有傳。

王豸來（一六三六—？），字古直，王翔子，嘗參與「秋水軒唱和」。

清康熙二年 癸卯（一六六三） 二十四歲

初春，客於揚州，返回南京時，揚州友人孫枝蔚、汪楫賦詩送之。

孫枝蔚《溉堂集》前集卷六《送周雪客歸白下，兼寄懷方爾止處士》（癸卯）其二：「白下吾將往，今朝送爾歸。江流雪水急，酒盡梅花飛。耆舊人誰在，王侯事已非。方干憑問訊，待客坐漁磯（爾止有書遲予）。」

汪楫《悔齋集》五言律詩《秦郵，與周雪客别》：「甓社湖中水，與君三日看。風高全積雪，天盡不回瀾。把酒忘歧路，論心廢曉飧。帆開春漲急，回首各漫漫。」

孫枝蔚（一六二〇—一六八七），字豹人，一字叔發，號溉堂、焦穫、埘齋，陝西三原人。明亡後流寓揚州，遍交吴越諸名宿，工詩文，著有《溉堂集》等。

汪楫（一六三六—一六九九），字舟次，號悔齋，安徽休寧人，寄籍江蘇儀征（今揚州）。康熙十八年（一六七九）由贛榆教諭舉博學鴻儒，授檢討，入史館與修《明史》及《崇禎實録》。後充册封琉球國正使，歸後旋爲河南府知府，治行爲中州之最，擢福建按察使，遷布政使。工詩，與孫枝蔚、吴嘉紀齊名，又與同里汪懋麟並稱「二汪」，有《悔齋集》、《山聞詩》、《山聞續集》等。

春，孫枝蔚自揚州赴南京，汪楫有詩送之，兼柬在浚。

汪楫《悔齋集》七言古詩《送孫焦穫之金陵，兼柬周雪客》：「頭白老人孫焦穫，刺船去作金陵客。衝泥别我來草堂，春風處處春花香。……渡江莫慮知音稀，入城须问周生第。周生好客如好酒，海内友生不离口。周生致客如致書，一書不得身趦趄。君不見，我友吴野人，半生倔强人不識，一朝邂逅能相親。又不見汪秋澗，今季不幸遭憂患，窮途旅食無所依，櫜饘一一殷勤辦。更有小軒曰甌室，入軒直呼周雪客。老人自昔拙言辭，相逢不用衰顔赤。」

春，父周亮工赴青州海防道任； 六弟在青出生。

周在浚《周櫟園先生年譜》：「癸卯五十二歲，春赴青州任。生第六子在青。」

周在青（一六六三—？），字雲客，亮工第六子。

夏，孫枝蔚自揚州至南京，與林古度、方文、在浚等日相唱和，停留一月後，别歸揚州，有詩留别在浚。

孫枝蔚《溉堂集》前集卷二《客金陵一月，將歸維揚，留别周雪客，兼懷尊公櫟園先生》：「久客多朋故，驅馳復難免。汪吴昨送我（謂舟次、賓賢），贈詩意良腆。上言古金陵，禾黍生廢輦。下言周伯子，平生最交善。……行乞鍾山側，自顧真有靦。周郎聞我來，開樽設肥雋。居我於甌室（斋名），僮僕憑相遣。座客皆遺老，德器比瑚璉。林翁（茂之）與方生（爾止），與我更遊衍。日日累主人，未曾施門鍵。……還抽架上書，一一皆精選。誰經患難餘，而暇考墳典。公子況玅年，所期富述撰。而翁救世才，廉譽起青兖。……兩世稱知己，布衣遇非蹇。」

按：此作在同卷《午日贈江都明府梁木天》（癸卯）後、《送王金鉉歸里》（甲辰）前。

林古度(一五八〇—一六六六),字茂之,號那子,别號乳山道士,福建福清人,寓居南京。明亡,以遺民自居,時稱「東南碩魁」。晚年窮困,卒後,周亮工出資營葬之。

方文(一六一二—一六六九),字爾止,號嵞山,安徽桐城人。明末諸生,入清不仕,工詩文,有《嵞山集》等。

清康熙三年 甲辰(一六六四) 二十五歲

春,赴青州省侍其父,至秋纔還家。

方文《嵞山集》再續集卷四《送周雪客省侍之青州》(將與望如同行):「春去齊州秋始還」。

春,在青州與其父坐真意亭,行酒,酒間見其父感念故舊而老淚縱横之態;又奉父命將其父在青州所刻詩之底版毁壞。

周亮工《賴古堂集》卷十九《與王隆吉書》:「愚今年五十又三,……歲首迎春,設宴延春入,小兒女亦環觀歡笑,愚則横吹甫發,彩勝方飄,雙淚忽落。月夕,與浚兒坐真意亭,酒數行,忽念濟叔、坤五年過于愚,作古已足人悲,存永、有介亦忽捐舘舍,人生不如阿閦耶?老淚闌干,不能已已。……愚在雲門所作十餘詩,曾付剞劂,一夕呼浚兒盡劈其副。生平受病,只是多事。近日始知懺悔,立意求減,便于撒手時,没些沾滯也。」

初秋,遊新安(今屬安徽黄山市),汪楫嘗賦詩送之;

汪楫《悔齋集》五言古詩《聞周雪客遊歙州,賦寄》:「生季近三十,不識故鄉路。時遭山中人,笑問家何處。家有白嶽山,最多青青樹。」

在新安,嘗遇毛鳴岐。

毛鳴岐《菜根堂集》五言古卷之一《甲辰,都門喜晤周雪客世兄》:「秋初客新安,握手共話别。」

毛鳴岐（一六二六—一六九五後），字文山，號蓼庵，福建侯官人。順治十一年（一六五四）舉人，康熙七年（一六六八）選四川營山知縣，後出蜀，遊食四方，工詩文，著有《菜根堂全集》。

重陽節，招邀方文一同歡飲觀劇。

方文《嵞山集》再續集卷三《九日，周雪客招飲觀劇》其二：「正擬登山去，周郎復見招。懽娱過此節，歌管遂終宵。閒却籬邊菊，空餘花下瓢。老妻私嘆息，寂寞又今朝。」

按：此作前有《月下，飲王左車》（以下甲辰年作）。

冬初，再赴青州，探視其父，同行者原爲亮工好友王仕雲（望如），後或因王氏有事不能同行，改與高阜（康生）、吴宗信、從弟周在梁同行，汪楫嘗賦詩送之。

方文《嵞山集》再續集卷四《送周雪客省侍之青州》（將與望如同行）：「春去齊州秋始還，冬晴又指穆陵關。思親敢謂征途遠，結伴偏逢老友閑。月下同舟渡江水，沙邊立馬看雲山。知君行李無多物，只有新衣五色斑。」汪楫《悔齋集》五言律诗《送高康生、吴冠五、周雪客、園客之青州》（四首），其一《康生》：「白露天方肅，黄河水正渾。」其三《雪客》：「傾杯風雨夜，又是別離筵。幾度辭牛首，終季揖馬鞭。詩成歌滿路，秫熟酒如泉。只合青州醉，翻翻舞膝前。」又高阜《青州道中，復周櫟園》其一：「十年前，聞人説黄河之險，心甚駭然，及揚帆而過，洶湧尚不及長江十五，但風景較慘澹耳。途中稍動悲凉，輒念櫟園先生不置，……況重以手翰，黄花晚驛，疾發遥函，遂與冠五、雪客噴飯不止。」（周亮工等輯《藏弆集》卷二）

按：方文《送周雪客省侍之青州》前有《初度有感》（以下甲辰年作）；汪楫《送高康生、吴冠五、周雪客、園客之青州》後有作於乙巳（一六六五）夏的《方嵞山至自白門，同孫豹人、王麟友、家左岩、季甪集齋中，即席限鴉、蘿二字》。

冬末，客於都下，與毛鳴岐會面。

毛鳴岐《菜根堂集》五言古卷之一《甲辰，都門喜晤周雪客世兄》：「秋初客新安，握手共話别。冬杪至燕市，披襟共對雪。」

在南京，作《秦淮竹枝詞》十餘首，一時唱和者有羅世珍、曹偉謨、張芳、黄虞稷、吴晋、孫汧如、王楫、杜紹凱、董含、洪嘉植、周在延等，皆一時文人名士，多達十七人。

周亮工《賴古堂集》卷十五《金陵覽古詩序》：「前年，兒子浚偶作《秦淮竹枝詞》十餘首，一時名彦聞風屬和。麗句芳聲，洋洋盈耳，如樓頭釵釧、欄邊薌澤，與輕舟柔櫓，摇摇心目間也。」又徐世昌《晚晴簃詩匯》卷四十：「(周在浚)嘗遊秣陵，賦《秦淮竹枝詞》，同作者：漢陽羅世珍以獻、嘉興曹偉謨次典、句容張芳菊人、晋江黄虞稷俞邰、江寧吴晋介茲、江夏周蓼卹貞蔞、徽州王楫汾仲、六合孫汧如阿匯、嘉興王概安節、江寧李郊董自、黄岡杜紹凱蒼略、華亭董含榕庵、華亭張彦之洮侯、長洲徐奇東來、江寧洪嘉植秋士及雪客弟在延隴客。鄧孝威采入《詩觀初集》，凡十七人。」

按：據余賓碩《金陵覽古》自序：「歲次丙午，月窮於紀，我心不樂，駕言出遊。周遊山水之間，感慨興亡之事，探奇攬勝，索隱窮幽，地各爲詩，詩各爲記，次第彙成，凡六十首」，可知周亮工《金陵覽古詩序》作於康熙五年(一六六六)。

清康熙四年　乙巳(一六六五)　二十六歲

春末夏初，遊太原晋祠。

周在浚《重修唐叔虞祠記》：「歲乙巳，余客晋陽，夙聞晋祠之勝，因往遊焉。時當春夏之交，郡士女奔走祈賽甚夥。入其祠，所祀爲昭濟聖母。問叔虞祠，羽流指道旁破屋數楹曰：「此是也。」余過展拜，荒穢不治，無過而問者，竊爲感歎，恨無力爲興治也。」

春，宗元鼎有詩寄懷之。

宗元鼎《芙蓉集》卷六《寄周雪客》：「官閣一爲别，春風兩度深。世交真孔李，同調況高岑。楊子柳花動，白門煙花沉。隔江人未遠，待月好相尋。」

按：此作前有《聞故尚書趙洞門先生靈櫬南歸二首》其二尾注：「前二十二首，癸卯存稿。」

宗元鼎（一六二〇—一六九八），字定九，號梅岑、香齋，别號東原居士、小香居士，江蘇江都（今揚州）人。康熙十八年（一六七九）貢生，銓注州同知，未仕。有《芙蓉集》、《新柳堂集》等。

十二月初七，與方文、王潢（元倬）集張怡松風閣（在雨花臺畔），以梅花酒贈之，讌飲甚歡。

方文《嵞山集》再續集卷一《臘八前一日，訪張瑶星松風閣小飲，因至報恩寺訪楊嘉樹復飲達旦，即事得三十韻》：「今日是何日，傾都出城南。風俗尚熏塔，群黎聚伽藍。……我雖不好佛，勝事亦往探。況有張隱君，讀書松風庵。……平生嗜米汁，雅量容十甔。山中未易得，終歲無一酣。浚儀周公子（雪客），俶儻稱奇男。許以梅花酒，醉我遺民三（元倬、瑶星及予也）。一尊方見餉，索飲諒非貪。君復烹魚臯，間以橘與柤。斟酌遂忘歸，夕陽千嶺含。」

按：此作前有「《元旦讀陶詩》（以下乙巳年作）」。

張怡（一六〇八—一六九五），一名遺，初名鹿徵，字瑶星，號白雲道人，上元（今屬南京）人。明亡後，隱於棲霞山，博學工文，著有《古鏡庵詩集》、《濯足庵文集鈔》、《白雲道者自述》、《玉光劍氣集》等。

清康熙五年　丙午（一六六六）　二十七歲

秋，應方文之邀，與汪楫、程澎、潘江、王概泛舟秦淮。

方文《嵞山集》再續集卷二《秋夜，邀同汪舟次、程飛濤、周雪客、潘蜀藻、王安節秦淮小泛作歌》：「今年三伏苦無雨，七月終旬猶酷暑。柴門倉猝來舊交，艸舍炎蒸愧雞黍。因呼野艇泛青谿，恰喜凉風生遠渚。雖無蘇小凭紅欄，尚有何戡歌白紵。興懷往事不勝情，欲展愁眉向誰語。我甘瓢笠老漁磯，君望烟霄合鵬舉。」

按：此作前有「《京口，喜遇孫豹人》（以下丙午年作）」

程澎，字飛濤，江都（今揚州）人。貢生。

潘江，字蜀藻，號木崖，安徽桐城人。著有《木崖集》、《木崖續集》，輯有《龍眠風雅》。

王概（一六四五—約一七一〇），字安節，浙江秀水（今嘉興）人，寓居南京，方文婿。善詩文，工書畫。

歲暮，吴嘉紀遊歷金陵，題詠周氏栝園。

吴嘉紀《陋軒詩》卷四《栝園詩四首，贈周雪客》其二：「殘冬憶名園，滄江命舟楫。入門清風起，謖謖響松葉。故人喜我來，襪束不暇屧。霜蔬把鋤劚，濁酒隔牆饁。開軒試舉杯，蒼然遠山接。十年走東西，僮羸馬無鬣。羨爾於陵子，歸來有舊業。」

吴嘉紀（一六一八—一六八四），字賓賢，號野人，江蘇泰州人，著有《陋軒詩》。

按：據張怡《金陵諸園詩·栝園》：「栝園在大功坊東巷内。初沈生予得之魏國家，數易主而歸周櫟園。堂三楹，敞而受風，寬而宜月。老栝兩株，亭亭直上，園之得名以此。」（陳田《明詩紀事》辛籤卷二十六）；又《（乾隆）江南通志》卷三十《輿地志》：「栝園在江寧縣大功坊東巷内，舊爲徐魏公達别業，後歸周亮工。堂前老栝兩株，趙宧光題額「左峙一巨峰」，沈周、吴寬、錢福皆有鐫題。」可知栝園在康熙初年歸周氏所有。

清康熙六年　丁未（一六六七）　二十八歲

二月，往鎮江，雨中登焦山，觀《瘞鶴銘》；其時曹溶正搜求金石文字，故托請僧人搨此銘文以寄之。

周在浚《題林吉人焦山古鼎銘释文》：「丁未二月，雨中登焦山，側身萬仞危巖下觀《瘞鶴銘》，泥沙污體，江濤打面，始得見之。已而入寺，摩挲古鼎，復讀二王先生詩碣，時曹侍郎倦圃翁方收古人金石文字，

因托僧人揭其銘而寄之。」（吴雲《（同治）焦山志》卷三）

清康熙八年　己酉（一六六九）　三十歲

汪懋麟過訪，嘗題詩贈之。

汪懋麟《百尺梧桐閣詩集》卷七（己酉）《贈周雪客》：「嘗翻公子傳，獨慕信陵君。大雅誰能繼，高風爾不群。門前車似水，坐上氣如雲。自向秦淮住，清歌處處聞。」

汪懋麟（一六四〇—一六八八），字季角，號蛟門，休寧籍江都人。康熙六年（一六六七）進士，授内閣中書，後以刑部主事入史館，與修《明史》。與同鄉汪楫同有詩名，時稱「二汪」，著有《百尺梧桐閣集》、《錦瑟詞》等。

十月，其父在江安督糧道任上，遭人參劾而被革職逮問，此乃周亮工第三次系獄。

周在浚《周櫟園先生年譜》：「己酉五十八歲，在江寧糧署。……十月，公被劾去職。」《清史列傳》卷七十九《貳臣傳乙·周亮工》：「康熙八年，漕運總都帥顔保劾亮工縱役侵扣諸款，得旨革職逮問。」

清康熙九年　庚戌（一六七〇）　三十一歲

初春，北上赴京，汪楫、吴嘉紀賦詩送之。

汪楫《山聞詩》之《送周雪客入燕》三首，以「寒、時、心」三字爲韻；吴嘉紀《陋軒詩》卷五《送周雪客北上》三首（限「難、爲、心」三字）當是同時所作。

按：汪楫《送周雪客入燕》後有《庚戌初冬，送魏冰叔還章江，觸緒懷人，遂成十首》。另，今見吴嘉紀三詩以「寒、爲、心」爲韻，與其自注有異。其中第二首與汪楫尾韻不同，蓋有尾聯與頷聯顛倒錯亂之嫌。

七月，叔父周亮節病卒。

周在浚《周櫟園先生年譜》：「庚戌五十九歲，在江寧，……是年公弟靖公卒，有祭弟文。」

周亮節（一六三二—一六七〇），字元泰，號靖公，多以號行，亮工弟。嗜好書法、篆刻，與紀映鍾等往來酬唱，工五言律詩，有《醉耕堂集》（或作《醉耕堂遺稿》）。

秋，與吴宗信、杜首昌等集其留雲堂。

杜首昌《綰秀園詩選》之《周雪客留雲堂，同吴冠五、張九宣》：「歲月深交道，於今得古人。詩生秋外遠，情寄酒中真。天地存衰老，江湖有賤貧。開懷當雨後，一醉晚涼新。」

杜首昌（一六三二—一六九八後），字湘草，江南山陽（今淮安）人。工詩詞，嘗參與「秋水軒唱和」，著有《綰秀園詩選》、《綰秀園詞選》。

冬，至京師，次汪懋麟詞韻，題贈説書藝人柳敬亭，也即參與「贈柳詞唱和」。

周在浚《梨莊詞》之《賀新郎・次汪蛟門舍人韻，爲柳敬亭作》：「矍鑠龐眉叟。問滄桑、幾番閲歷，白雲蒼狗。今古興亡堪指掌，老向燕臺走。……年望八、不言壽。」汪懋麟《錦瑟詞》之《賀新郎・贈柳敬亭，和曹升六韻》：「何物吴陵叟。……少平勃，黄金壽。」

按：曹貞吉《珂雪詞》卷下《沁園春・贈柳敬亭》、《賀新涼・再贈柳敬亭》爲康熙九年（一六七〇）「贈柳詞唱和」之開端。據《賀新涼・再贈柳敬亭》：「咄汝青衫叟。阅浮生、繁华萧索，白衣苍狗。……七十九年尘土梦，纔向青门沽酒。……」知其时柳氏七十九歲。周在浚和作亦云：「年望八」，可知二者作於同一年。清初「贈柳詞唱和」參與者還有龔鼎孳、曹爾堪、吴偉業。

曹貞吉（一六三四—一六九八），字升六，號實庵，山東安丘人，有《珂雪詞》等。

柳敬亭（一五九二—？），「本名曹永昌，字葵宇，敬亭乃其號」，江蘇泰州人。明末以説書聞名，曾入左良玉幕，後左氏兵敗死，敬亭重操舊業。

十二月，在京師，過訪龔鼎孳寓齋，招同閻爾梅（古古）、吳晉（平子）、杜首昌（湘草）、冒禾書（穀梁）、紀映鍾（檗子）等集會讌飲。

龔鼎孳《定山堂詩集》卷三十二《嘉平立春後二日，雪客携具過小齋，招同古古、條侯、平子、湘草、穀梁、檗子飲中限韻》其二：「風細銅街歲鼓匀，深寒漸欲減重茵。他鄉客聚三間屋，老眼花催兩度春。書就藏山仍甲子，天容同世不參辰。玉壺携酒忘賓主，轉笑公孫脱粟貧。」

按：此作前有《送仲調登第歸金陵，和檗子韻》，白夢鼐（仲調）中進士第在康熙九年（一六七〇）。

閻爾梅（一六〇三—一六七九），字用卿，一字調鼎，號古古，又號白耷山人，江蘇沛縣人。明崇禎三年（一六三〇）舉人，爲復社成員。弘光時，清軍南下，曾勸史可法進軍河南、山東以圖恢復。後因參與抗清活動，兩度被捕，皆不屈，脱走後，流亡各地，晚年始歸家。工詩文，有《白耷山人集》。

紀映鍾（一六〇九—一六八一後），字伯紫，又作伯子、檗子，號戇叟、鍾山遺老。上元（今南京）人。有《真冷堂集》、《戇叟詩鈔》。

清康熙十年　辛亥（一六七一）　三十二歲

夏五月，在京師，借寓孫承澤（亮工師）西南郊别墅秋水軒，同杜首昌、曾燦、王豸來等集秋水軒。

杜首昌《綰秀園詩選》之《五月六日，同曾青藜、顧遥集、王古直集周雪客秋水軒》：「我友卬須早見招，盈盈衣帶隔非遥。榴花照酒人將醉，楊柳嘶風馬正驕。窗擁夏雲都入畫，軒題秋水便成船。佳辰昨度絲難繫，公子留連興更饒。」

曾燦（一六二六—一六八九），初名傳燦，字青藜，一字止山，江西寧都人。明亡，削髮爲僧，遊歷東南，後歸里躬耕，爲「易堂九子」之一，著有《止山集》、《六松堂集》等。

夏，招同杜首昌、徐倬、王豸來、汪懋麟、蔡湘集秋水軒，讌飲唱和。

杜首昌《綰秀園詩選》之《周雪客招同徐方虎、王古直、汪蛟門、蔡竹濤集秋水軒》：「層軒帶長郭，懸峰變奇雲。深柳障赤日，驚蟬聲乍聞。碧勞近草送，青沐遥岑分。瓶花擎翠蓋，淨几生清芬。晝永靜無事，觥籌交紛紛。酒半發吟興，各各張一軍。襪材苦蹋壁，得句亦復忻。素心期直道，莫吝施斧斤。古人名一代，多賴師友勳。須臾殽核盡，洗盞更慇懃。暮靄觸城散，主賓頹然醺。此中有真趣，伊誰可與云。」又徐倬《夏日，同汪蛟門舍人、杜湘草、王古直、蔡竹濤諸子集周雪客秋水軒，分韻》：「好友如冷風，幽棲畏熱客。我愛秋水軒，野老時爭席。招邀騎省郎，越阡而度陌。磅礴解衣裳，縱横交履舄。飲取河朔豪，詩學元和癖。高談意轉清，坐久情彌適。」（鄧漢儀《詩觀二集》卷九）

徐倬（一六二二—一七一二），字方虎，號蘋村，浙江德清人。康熙十二年（一六七三）進士，入翰林，官至侍讀。三十三年（一六九四）以北闈事，劾歸。後授命撰《全唐詩録》成，擢禮部侍郎。著有《蘋村類稿》、《水香詞》等。

蔡湘（一六四七—一六七二），字竹濤，上海人，工詩文，未冠，遊京師，年二十五，客死交城（《松江府志》）。胡春麗《汪懋麟年譜》則將「蔡湘」誤作「蔡廷弼，德清人」。

周在浚是「秋水軒唱和」重要的參與者、主持者。六月二十日，曹爾堪過訪在浚於秋水軒，首賦《賀新郎》（剪字韻），龔鼎孳首和，推波助瀾，拉開「秋水軒唱和」大幕。

曹爾堪《秋水軒唱和詞紀略》：「周子雪客至京師，僑居於孫少宰之秋水軒。……雨後晚凉，停鞭小坐，見壁間酬唱之詩，雲霞蒸蔚，偶賦《賀新凉》一闋，則名其旁。大宗伯公攜樽餞客，見而稱之，即席和韻。既而露垂泉湧，疊奏新篇，……」又曹爾堪《賀新郎・雪客秋水軒晚坐，柬檗子、青藜、湘草、古直。六月二十日》（《秋水軒唱和詞》）、龔鼎孳《定山堂詩餘》卷四《賀新郎・青藜將南行，招同檗子、方虎、維則、石潭、穀梁集雪客秋水軒，即席和顧庵韻》。

曹爾堪（一六一七—一六七九），字子顧，號顧庵，浙江嘉善人。順治九年（一六五二）進士，改庶吉士，授翰林院編修，官至侍講學士。與宋琬、施閏章、王士禛等并稱「海內八家」，有《南溪集》、《南溪詞》等。

七夕，應龔鼎孳之招，同集於冒禾書小閣。

周在浚《梨莊詞》之《菩薩蠻・辛亥七夕，龔芝麓先生招集冒穀梁小閣集字》。

冒禾書，字穀梁，江蘇如皋人，冒襄子。

秋，與曹爾堪、程康莊、劉師峻、汪懋麟、曾燦、陶季集會於喬萊寓齋，限韻賦詩。

汪懋麟《百尺梧桐閣詩集》卷九（辛亥）《顧庵先生同程昆侖、劉峻度、青黎、雪客、陶季集子靜邸齋，限韻二首》其一：「菊花開處江南别，榴葉垂時薊北逢。遍蹋湖山公未老，不勝貧病我全慵。坐中徒印文瀾闊，世外休嫌酒態濃。況有紛紛詞賦客，不須愁打禁門鐘。」

程康莊（一六一三—一六七九），字坦如，號昆侖，山西武鄉人，明崇禎八年（一六三五）拔貢，入清官鎮江府通判、陝西耀州知州，著有《自課堂集》。

劉師峻，字峻度，江都人。順治三年（一六四六）舉人，官曲陽知縣。

陶季，本名澂，字季深，後以一字行，稱陶季，江蘇寶應人。明末諸生，明亡後，棄舉子業，致力於詩文。康熙十八年（一六七九）被薦博學鴻詞，力辭不就，有《舟車集》。

喬萊（一六四二—一六九四），字子靜，號石林，江蘇寶應人。康熙六年（一六六七）進士，官中書舍人，康熙十八年（一六七九）舉博學鴻詞，授編修，與修《明史》，後擢爲翰林侍讀，二十五年（一六八六）因言淮揚河工事罷官，有《石林集》等。

秋，龔鼎孳招同紀映鍾（檗子）、徐倬（方虎）、冒禾書（穀梁）等集於周在浚寓所秋水軒，爲曾燦送行，題賦《賀新郎》，是爲「秋水軒唱和」的一部分。

龔鼎孳《定山堂詩餘》卷四《賀新郎·青藜將南行，招同檗子、方虎、維則、石潭、穀梁集雪客秋水軒，即席和顧庵韻》、徐倬《賀新涼·孟秋，集秋水軒，奉和合肥夫子》（《秋水軒唱和詞》）。

龔鼎孳賦詞再送曾燦往毗陵（今屬常州），周在浚次韻和之。

龔鼎孳《定山堂詩餘》卷四《百字令·雨夜再送青藜，疊緯雲除夕韻》、周在浚《梨莊詞》之《百字令·送曾青藜之毗陵，次芝麓先生韻》：「淡雲微雨，最淒涼、早雁又將來矣。五兩輕風君竟去，行見蘭陵酒幟。……看取柳色摧殘，笳聲嗚咽，我病還留此。顧曲徵歌同嘯詠，都愛軒題秋水。焰冷孤燈，寒生破簟，便醉難成寐。他時相晤，共期白門春市。」

按：龔氏此作乃和陳維岳《百字令·除夕》。

秋，寄寓京師，以詞抒發蹉跎無成之悲慨。

周在浚《梨莊詞》之《百字令·有感，次前韻》：「仰天長嘆，盡蹉跎，半世焉哉而已。學劍無成今又棄，獨立窮愁赤幟。……最是雁叫霜寒，風鳴葉落，病客愁聞此。……敝裘空戀，奈何不離燕市。」

秋季患病期間，曹爾堪過訪，贈以詞作，周在浚和之。

周在浚《梨莊詞》之《滿江紅·十一月朔，念別家一載矣，用劉後村韻，寄諸弟》：「三秋病恶难憑脉」；曹爾堪《賀新郎·雪客病起，訪之，兼懷其尊人櫟園侍郎，再用前韻》：「簾額蝦鬚卷。借秋風、橫吹二豎，爲君硬遣。病後清吟知更妙，硯匣墨花初泫。……親未老，一官方免。閩嶠橫戈烽堠靖，唱鐃歌、朱露鎔墳典。棠在否，勿輕剪。」（《秋水軒唱和詞》）周在浚《梨莊詞》之《賀新涼·雨後曹顧庵先生過訪，兼贈新詞，依韻答之》：「枕上微凉知雨過，檻外柳絲淒泫。……慰窮愁，兩世交非淺。」

染病期間及病初愈後，龔鼎孳、紀映鍾、徐倬等前來探視，並賦詞贈之，在浚以詩詞答之。

龔鼎孳《定山堂詩餘》卷四《賀新郎·問雪客病》、徐倬《賀新涼·訊雪客病》（《秋水軒唱和詞》）、紀映鍾《賀新凉・喜雪客病起》(《秋水軒唱和詞》)、陳維岳《賀新郎・柬周雪客病起》(《秋水軒唱和詞》)。周在浚《梨莊詞》之《賀新凉・卧病秋水軒，芝麓先生枉駕過慰，志感，用前韻》、《賀新凉・病中徐方虎過慰，賦此答之，再用前韻》、《賀新凉・答紀檗子》。又其《病起，檗子過慰》：「倚枕看秋水，蕭蕭荻葦蒼。暮山回雁羽，傑閣掛斜陽。情話悲燕市，鄉音認建康。江干何日去，漁父滿滄浪。」(鄧漢儀《詩觀初集》卷七)

秋，以詞柬杜首昌。

周在浚《梨莊詞》之《賀新凉・柬杜八湘草，四用卷字》。

八月底，龔鼎孳聞曹爾堪將離京南還遂賦詞以送之，九月二日，曹爾堪出發前作詞和之，其後周在浚與諸同人又賦詞送之。

龔鼎孳《定山堂詩餘》卷四《賀新郎・顧庵先生薄游京國，與同志諸子觴詠甚歡，方期霽曉寒宵，流連唱答，不謂季秋之朔，襆被遂行，卒卒戴星，莫由瞻送。殘燈老眼，摩挲爲作此詞，仍寄調〈賀新凉〉，蓋七疊先生水亭原韻矣。……辛亥八月晦日》、曹爾堪《賀新郎・張灣將發，芝麓宗伯追送，饋贈長調寵行，疊原韻謝别。九月初二日》(《秋水軒唱和詞》)、周在浚《梨莊詞》之《賀新凉・送顧庵先生南還，即用水亭韻》、紀映鍾《賀新凉・送曹子顧學士》二首(《秋水軒唱和詞》)、徐倬《賀新凉・送顧庵先生歸里》(《秋水軒唱和詞》)、王豸來《賀新凉・送顧庵學士歸武塘》(《秋水軒唱和詞》)、王士禄《賀新凉・送顧庵南歸》(《秋水軒唱和詞》)。

九月初七，受龔鼎孳之招，同紀映鍾、徐倬、陳維岳、王豸來等預集黑龍潭登高。

王豸來《賀新凉・九月初七日，芝麓先生招同紀檗子、蔣行介、姜鐵夫、徐方虎、陳緯云、周雪客諸同人，預集黑龍潭登高，仍疊前韻》(《秋水軒唱和詞》)、紀映鍾《賀新凉・九月七日，集黑龍潭，應宗伯公召》(《秋水軒唱和詞》)。

重陽節，應龔鼎孳之招，同紀映鍾、徐倬等集會於龍爪槐下。

龔鼎孳《定山堂詩餘》卷四《賀新郎・九日，龍爪槐登高，有感聖秋、友沂諸故人。同集者爲檗子、方虎、介玉、雪客，時金粟將南歸矣》；周在浚《梨莊詞》之《賀新涼・九日，芝麓先生招同紀伯子、徐方虎、蔣介行集龍爪槐下》、《賀新涼・惜别，戲送陸金粟》；王豸來《賀新涼・黑龍潭即席，送陸金粟歸錫山》（《秋水軒唱和詞》）。

龔鼎孳賦詞題其小像，王豸來以詞紀之，又同徐倬題詠在浚像。

龔鼎孳《定山堂詩餘》卷四《賀新郎・題雪客像》；王豸來《賀新涼・夜集秋水軒，同朱鶴門、紀檗子先生觀龔大宗伯題周雪客小像》、《賀新涼・題雪客像》（《秋水軒唱和詞》）；徐倬《賀新涼・題雪客像》（《秋水軒唱和詞》）。

秋，汪懋麟病中納姬，周在浚同龔鼎孳、紀映鍾、徐倬、杜首昌、曹貞吉等人皆作詞贈之。

周在浚《梨莊詞》之《賀新涼・賀汪蛟門納姬》，龔鼎孳《定山堂詩餘》卷四《賀新郎・爲汪蛟門舍人病中納姬》、紀映鍾《賀新涼・賀汪蛟門舍人納姬》（《秋水軒唱和詞》）、徐倬《賀新涼・賀蛟門舍人病中納姬》（《秋水軒唱和詞》）、杜首昌《綰秀園詞選》之《賀新涼・汪蛟門舍人納姬，仍疊曹學士韻》、曹貞吉《賀新涼・賀汪蛟門納姬》二首（《秋水軒唱和詞》）。

秋郊觀獵有感，賦詞紀之。

周在浚《梨莊詞》之《賀新涼・秋郊觀獵》。

王豸來將往潞河，賦詞送之。

周在浚《梨莊詞》之《賀新涼・送王古直之潞河》、王豸來《賀新涼・將之潞河，留别諸同人》（《秋水軒唱和詞》）。

同龔鼎孳、紀映鍾、徐倬等題詠遺民王翔鏡閣。

龔鼎孳《定山堂詩餘》卷四《賀新郎・題王山樵先生鏡閣》、紀映鍾《賀新涼・爲王云枰先生題鏡閣，兼示古直》二首（《秋水軒唱和詞》）、徐倬《賀新涼・題西湖鏡閣，爲王古直》（《秋水軒唱和詞》）、周在浚《梨莊詞》之《賀新涼・爲云枰先生題鏡閣，先生爲古直尊人，予曾假館，同古直讀書閣上，匆匆十載矣》。

題詠張劬月槎。

周在浚《梨莊詞》之《賀新涼・題張敬止月槎，兼柬湘草》。

張劬，字敬止，與杜首昌交善，杜首昌作有《賀新涼・坐張敬止月槎有贈》等。

王士禛題其小像。

王士禛《帶經堂集》卷二十三《漁洋續詩》一（辛亥稿）《題周雪客小像二絕句》：「昨來秋水軒中坐，共讀蒙莊《秋水》篇。愛爾胸情似秋水，日臨秋水弄潺湲。」又其二：「齊梁子弟矜人地，胡粉搔頭只弄姿。何似周郎好年少，六朝松下獨吟時。」

王士禛（一六三四—一七一一），字貽上，號阮亭，又號漁洋山人，山東新城（今桓台）人。順治十五年（一六五八）進士，康熙四十三年（一七〇四）官至刑部尚書，著有《帶經堂集》、《池北偶談》、《香祖筆記》等。

王士禄、杜首昌題詠其寓所秋水軒，在浚以詞答之。

王士禄《賀新涼・題雪客秋水軒》：「風柳千條卷。對清波、鑿窗添檻，幽情堪遣。……除却青簾雙畫楫，較青溪、溪水無深淺。新句就，旅懷展。　君家世以詩名顯。更無須、兵曹遺斧，斫輪詩扁。筆底丹頭深自秘，舐鼎那容凡犬。笑犢鼻、長竿堪免。竟欲相從沽一斗，便十千、未乏春衣典。塵俗慮，坐來剪。」（《秋水軒唱和詞》）杜首昌《賀新涼・題周雪客秋水軒》：「天際輕雲卷。異鄉情、無聊無賴，頻過消遣。插罷荷花香在手，波漾簾絲清泫。……清閒既久忘尊顯。秋水軒、主人自署，何須吾扁。前度劉郎今又至，辨語紛衣銜犬。形骸外，繁文俱免。隨筆作歌隨口詠，興來時、不必拘拘典。風有意，當窗剪。」（《秋水軒唱和詞》）周在浚《梨莊詞》之《賀新凉·答王西樵考功，兼呈阮亭儀部》。

王士禄（一六二六—一六七三），字子底，一字伯受，號西樵，山東新城（今桓台）人，王士禛兄。清順治九年（一六五二）進士，選萊州教授，遷國子監助教，累官至吏部員外郎。典試河南，因事系獄罷官，後復官原職，又遭罷免。工詩詞，有《十笏堂詩選》、《炊聞詞》等。

筵席上，宋琬以其所藏浮槎杯宴客，在浚賦詞詠之。

周在浚《梨莊詞》之《賀新凉·詠宋荔裳觀察浮槎杯，杯爲元至正時朱碧山製》：「席上鯨波卷。……神物流傳歸宋玉，佐華筵、觴政真爲典。藏什襲，紅綃剪。」

宋琬（一六一四—一六七四），字玉叔，號荔裳，山東萊陽人。清順治四年（一六四七）進士，授户部主事，遷吏部郎中，升浙江按察使。因人誣告謀逆，下獄三年。出獄後長期流落異鄉。康熙十一年（一六七二）起爲四川按察使。工詩，與施閏章並稱「南施北宋」，有《安雅堂集》等。

汪懋麟爲其畫像、山水卷子題詩。

汪懋麟《百尺梧桐閣詩集》卷九（辛亥）《題雪客畫像山水卷子歌》：「大梁父子心愛畫，咄嗟此癖何清奇！眼底鑒賞入神妙，賴古堂中多畫師。雪客天機實幽絶，豐頤廣顙稱人傑。大口高譚畫與詩，波瀾滚滚江河決。……吁嗟此圖非一手，顧陸規摹無不有。丹青既已羅聚妙，況復斯人能不朽。我交雪客呼雲霞，爾翁愛我常咨嗟。豈有香名出幽谷，春風不棄幽蘭花。今來長安數相見，對酒開軒每游宴。避暑方看六月荷，還家忽感三秋燕。展圖拂拭索我題，題罷轉令心含悽。明日與君遂南北，夢繞金陵煙树迷。」

秋，宗元鼎讀其秋水軒唱和詞作有感，寄之以詞。

宗元鼎《賀新凉·讀秋水軒唱和詞，寄雪客》：「讀罷曹公卷。念伊人、尚棲京洛，愁腸詩遣。秋水凉軒消病日，纍纍青垂露泫。……觸景懷思相憶甚，況交情、尋昔良非淺。爲君慶，事俱展。……好待兄歸頻酌酒，莫憂貧、萊子衣堪典。窗下燭，吾同剪。」(《秋水軒唱和詞》)

按：此詞宗元鼎《新柳堂集》卷七(詩餘)題作：「《讀曹學士贈周雪客病起秋水軒之詞，次韻寄懷》(賀新涼○長調)」。

冬，請汪懋麟爲其《秋水軒詩集》作序。

汪懋麟《百尺梧桐閣文集》卷二《秋水軒詩集序》：「退谷先生有軒三楹，在都城西南隅。……先生爰以秋水名其軒，周子雪客假館於斯，一時名公賢士，無日不來相與飲酒嘯詠爲樂。自春徂冬，得詩若干首，大抵成於軒中者爲多。雪客遂以名其詩，屬余論次之。……乃於寒夜披覽達曙，擲筆而歎。……雪客爲櫟園先生令子，愛山水，喜文字，今舍白門江山清潤之地，來游京師。」

十一月初一，離家已一載，有詞寄諸弟。

周在浚《梨莊詞》之《滿江紅・十一月朔，念別家一載矣，用劉後村韻，寄諸弟》：「憶來時，柳初碧。今又見，冰層白。」

十一月十五，龔鼎孳初度，在浚賦詞壽之。

周在浚《梨莊詞》之《滿江紅・龔芝麓宗伯初度，再用前韻》。

歲暮南還，時已客居秋水軒約一年，汪懋麟、曹貞吉、徐倬、杜首昌等賦詞送之。

周在浚《行述》：「辛亥歲暮，不孝在浚以教習旗塾，暫告歸。」(《賴古堂集・附録》)；周在浚《梨莊詞》之《西河・客西河沿之秋水軒一載矣，歲晚南還，作此爲別，用稼軒韻》。汪懋麟《錦瑟詞》之《賀新涼・送周雪客還白下》：「落葉飛蓬卷。此何時，客中送客，殊難爲遣。皂帽羊裘新結束，與爾淚花雙泫。……臘酒正濃，春菜滑試，高吟秋水詩詞典。」曹貞吉《賀新涼・送周雪客南歸》二首(《秋水軒唱和詞》)、徐倬《賀新凉・送雪客歸》(《秋水軒唱和詞》)、杜首昌《綰秀園詞選》之《賀新凉・送周雪客南旋,仍疊曹學士韻》、張劬《送雪客南旋,疊顧庵學士韻》(《秋水軒唱和詞》)、吴之振《賀新凉・送雪客歸白下,次曹顧庵學士韻》(《秋水軒唱和詞》)。

歲暮南還,徐倬、汪懋麟、徐乾學又以詩送别之。

徐倬《送周雪客歸金陵》:「跨驢衝雪去,去趁早梅天。好對當壚婦,休誇賣賦錢。烏啼□殿冷,草色六朝連。姤煞秦淮水,重添書畫船。」(鄧漢儀《詩觀二集》卷九)、徐乾學《憺園文集》卷五《送周雪客,次韻二首》:「愁君方歲宴,驅馬太行東。幘脱飛觴際,詩成擊鉢中。驛樓明凍雪,野戍吼嚴風。莫忘張燈飲,群賢此夕同。」又:「高齋時擁膝,秋水在軒前。門有嵇康駕,囊無趙壹錢。庭幃方覲省,祖帳暫流連。春半秦淮漲,還期發畫船。」汪懋麟《百尺梧桐閣詩集》卷九(辛亥)《寄櫟園少司農,兼送雪客歸金陵》:「我别先生江水頭,相逢令子燕山陌。」

按:由徐乾學和作可知,徐倬《送周雪客歸金陵》原作當爲二首,鄧漢儀《詩觀二集》今存一首。

徐乾學(一六三一—一六九四),字原一,號健庵,江蘇昆山人。康熙九年(一六七〇)進士,授編修,官至刑部尚書,有《憺園文集》等。

黄虞稷讀秋水軒唱和詞,喜在浚自京師歸家南京,次「秋水軒唱和」韻,柬在浚。

黄虞稷《賀新凉・讀秋水軒唱和詞,喜雪客北歸,即和原韻奉柬》:「策馬囊書卷。……煌煌京洛才名顯。羡君家、斫輪妙手,盡傳輪扁。詠就《停雲》書莫寄,應乏雲間陸犬。對月落,相思怎免。日喜吟鞭來歲晚,看帖雞、門户新正典。談笑處,春燈剪。」

黄虞稷(一六二九—一六九一),字俞邰,號楮園,福建晋江人,流寓南京。諸生,康熙十八年(一六七九)薦舉博學鴻詞,有《千頃堂書目》、《我貴軒集》等。

清康熙十一年　壬子（一六七二）　三十三歲

初春，奉父命，與弟在延一同由南京至開封參加鄉試。

周在浚《行述》：「今年春，先大夫命偕不孝在延返大梁應鄉試，不孝輩猶依依戀膝下，先大夫色不懌，立遣行。嗚呼！豈知遂成永訣耶！」（《賴古堂集・附録》）

春，曾燦至南京，過訪王概，王氏寫信告知在浚。

王概《賀新涼・青藜雨中至自毗陵，書報雪客，用顧庵先生韻》（《秋水軒唱和詞》）。

春，王蓍賦詞柬周在浚。

王蓍《賀新涼・春雨，柬雪客，用顧庵學士韻》（《秋水軒唱和詞》）。

王蓍（一六四九—一七三七），字宓草，概弟，工書畫、篆刻。

春，得宗元鼎書，稱贊其新詞，且擬定初夏過江訪之。

宗元鼎《新柳堂集》卷十三下《與周雪客》：「新詞惠箋，以蘇、陸之蕭疏，力洗周、柳鉛華，自露天然清艷。近今填詞，推爲佳手。初夏擬棹江南，剪燭西窗，想在櫻笋前後矣（壬子尺牘稿）。」

春，馮肇杞賦詞送吴宗信北上，兼以此詞贈在浚（時已居京）。

馮肇杞《賀新涼・送冠五北上，兼呈雪客》：「雨過輕塵卷。……慢向燕臺憑獻賦，指夷門、舊客交非淺。平生志，今應展。白門祖帳雲旌顯。滿郊渠、緑波春草，送行聊扁。一曲驪歌腸未斷，預囑書修黄犬。道臨歧、人誰能免。寄語長安諸勝侣，盡揮毫、莫惜春衣典。千萬縷，愁都剪。」（《秋水軒唱和詞》）

馮肇杞（一六一三—？），字幼將，浙江会稽（今绍兴）人。清初畫家，尤擅畫竹。早年與周亮工結識，后嘗寄食周家，周亮工辭世后，遂離去。

吴宗信（時在南京）將北上，想到曾在長江邊送別在浚，不等在浚南還，自己將要遠行，感慨人生聚散無常，次「秋水軒唱和」韻賦詞一闋。

吴宗信《賀新涼·憶江上送雪客，今且四閱月，彼尚未歸，予復遠游，人生聚散，能無慨然，以秋水軒唱和韻一闋》（《秋水軒唱和詞》）。

按：據吴宗信《履心集》卷一《赴豫藩金方伯之召，司農公大集駱叔夜、姜武孫、黄俞卬、張僧持、馮幼將、王安節、倪闇公、周鹿峰、家介兹詩酒作餞，感賦》，知其北上乃往游河南。

五月，在京師，宋琬詔補原官，授四川按察使，將入蜀，與杜首昌、徐倬、汪懋麟、徐釚等賦詞送之，是爲《蝶戀花》「縝」字韻唱和。

周在浚《梨莊詞》之《蝶戀花·送沈又文遊蜀，次芝麓先生唱和韻，同伯紫、蛟門、元禮、電發、方虎作》、杜首昌《綰秀園詞選》之《蝶戀花·送沈又文入蜀，次龔芝麓宗伯韻》、徐倬《蝶戀花·和合肥先生送右文之蜀，時壬子五月》（《水香詞》）、汪懋麟《錦瑟詞》之《蝶恋花·送沈生隨宋观察入蜀》、徐釚《菊莊詞》之《蝶戀花·送沈又文隨宋荔裳先生入蜀，同伯紫、蛟門、湘草、雪客、緯雲、元禮及家方虎作》。

按：曹貞吉《珂雪詞》之《蝶戀花·送荔裳入蜀，再用前韻》、《蝶戀花·送沈郎，再用前韻》，汪懋麟《百尺梧桐閣詩集》卷十（壬子）《送玉叔觀察之任四川二首》當爲同時之作。據《清史列傳》卷七十《文苑傳一》：「宋琬，字玉叔，……（康熙）十一年，授四川按察使。」可知《蝶戀花》「縝」字韻唱和當爲康熙十一年（一六七二）事。王雨容《明末清初詞人社集與詞風嬗變》將其作康熙十年（一六七一）事，有誤。

再用前韻，賦《蝶戀花·旅況》。

周在浚《梨莊詞》之《蝶戀花·旅況，再用前韻》。

夏，蔣文焕寄題其寓所秋水軒，呈示之。

蔣文煥《賀新涼·寄題秋水軒，呈雪客先生，用顧庵學士韻》其二：「鄴架書千卷。手批時、惟尋奧音，浮詞删遣。讀破五車胸貯富，滿腹驪珠光泫。……儲大志，待時展。才名遍走寰區顯。只於今、名山大業，國門懸扁。自是人中龍虎輩，詎等尋常豚犬。瑚璉器，用時不免。漱潤百家諸子學，更精採、上乘兼佽典。大道闢，榛蕪剪。」（《秋水軒唱和詞》）

夏，其近著被其父亮工贈給友人張芳，张氏赋词答之。

張芳《賀新涼·壬子夏，次賀新涼韻，寄懷櫟園先生，時見貽長公雪客近著》（《秋水軒唱和詞》）。

張芳（一六一二—一六九五後），字菊人，號鹿牀，江蘇句容人。順治九年（一六五二）進士，官知縣，著有《安晚堂集》等。嘗序周在浚《梨莊詞》。

夏，張芳讀秋水軒唱和詞後，賦詞贈之。

張芳《賀新涼·絳巖村居讀雪客年兄秋水軒唱和，次元韻志贈，兼懷顧庵曹子》（《秋水軒唱和詞》）。

按：此詞見於《秋水軒唱和詞》（康熙十一年遥连堂刻本）。劉東海《順康詞壇群體步韻唱和研究》將其作者誤爲黄虞稷。

夏，與徐釚、高詠、朱爾邁、卓允域、周綸、宋思玉、王鴻緒、葉舒崇等同集徐乾學寓齋，分韻賦詩。

徐釚《南州草堂集》卷四《夏日，家健庵叔招同宣城高阮懷，徽州王自先，海寧朱人遠，祥符周雪客，仁和卓永瞻，松江周鷹垂、宋楚鴻、王季友，同邑葉元禮雅集分賦，得六魚韻》。

徐釚（一六三六—一七〇八），字電發，號虹亭，晚號楓江漁父，江蘇吴江（今蘇州）人。清康熙十八年（一六七九）召試博學鴻詞，授翰林院檢討，著有《南州草堂集》、《菊莊詞》等。

高詠（一六二二—一六八五），字阮懷，號遺山，安徽宣城人，與施閏章、梅庚並稱「宣城體」三大代表詩人。康熙十八年（一六八九）舉博學鴻詞，授翰林院檢討，與修《明史》。

朱爾邁(一六三二—一六九三),字人遠,號日觀,浙江海寧人。諸生,有《扶桑閣集》、《日觀集》。

卓允域,字永瞻,浙江仁和(今杭州)人,天寅長子。康熙五年(一六六六)副貢,著有《思齊堂詩鈔》。

周綸,字鷹垂,華亭人,茂源子,有《不礙雲山樓稿》、《柯齋詩餘》。

宋思玉(一六三九—?),字楚鴻,江南華亭(今上海)人,存標長子、徵輿侄。諸生,少有才名,工詩詞,有《棣萼唱和詞》。

王鴻緒,字季友,江南華亭人,康熙十二年(一六七三)進士,官至工部尚書。

葉舒崇(一六四〇—一六七八),字元禮,號宗山,江蘇吴江(今蘇州)人,康熙十五年(一六七六)進士,官内閣中書。

與徐釚、紀映鍾在旗亭讌飲,以詩唱和。

徐釚《本事詩》卷八:「戇叟(紀映鍾)自稱鍾山遺老,與方文、林古度齊名。……一日與大梁周在浚、苕溪徐倬暨僕輩,痛飲燕市城西,有絶句云:『風雅松陵勝昔時,力裁僞體出偏師。徐郎《本事》從珍重,始信無情未是詩。』謂余所輯續《本事詩》也。僕亦和云:『人物南朝賭酒時,過江僕射是吾師。猶餘戇叟風流在,悵絶青溪數首詩。』」徐釚《南州草堂集》卷四《紀檗子招同周雪客小飲城南寓齋,即席賦四絶句》:……后附紀映鍾和作(四首)……;周在浚和作(四首):「落日高城俯碧灣,兩行垂柳拂苔斑。長安此地真幽絶,把酒還看雨後山。儒雅風流聚一時,翩翩年少盡吾師。最中更愛徐陵好,新詠重編本事詩。十年夢想忽相逢,文酒縱横興倍濃。嬾拙讓人攀桂子,與君拭眼看雙松。重来秋水轩中客,賸有新词似去年。意内中郎不可見,尊前相對倍淒然(中郎指蔡竹涛也)。」

按:鄧漢儀《詩觀二集》卷六收録周在浚《同徐電發,飲伯紫齋中》:「落日高城俯碧灣,兩行垂柳拂苔斑。長安此地真幽絶,把酒還看雨後山。」

季夏，在京師，與紀映鍾、徐倬、徐釚等在旗亭讌飲，以詞唱和，是爲「旗亭唱和」，龔鼎孳亦遥和之。

徐釚《詞苑叢談》卷九《紀事四・旗亭唱和詞》：「壬子季夏，余客京師。偶偕檗子、方虎、雪客旗亭小飲。余賦《風入松》云：青春遊俠去江東，……檗子和云：澹烟濃樹月城東，……方虎和云：棗花飛滿坐墙東，……雪客和云：酒簾飄颺畫橋東，……大宗伯芝麓龔公見而喜之，亦遥和一闋云：客心摇曳住西東，……」又徐釚《菊莊詞》之《風入松・旗亭小飲，同檗子、亦友、方虎、雪客、古直、法乳》、周在浚《梨莊詞》之《風入松・同檗子、方虎、古直、亦友、電發諸子城西小飲，次電發韻》、徐倬《風入松・偕檗子、雪客旗亭小飲，和電發韻》（《水香詞》）、龔鼎孳《定山堂詩餘》卷四《風入松・遥和方虎、電發燕市小飲》。

按：徐釚《風入松》一詞，聶先《百名家詞鈔・菊莊詞》則題作：《風入松・旗亭小飲，同紀蘗子、周雪客、家方虎》。

夏，爲送別宋琬之官四川，與周金然、周綸、宋思玉、王鴻緒、卓允域、葉舒崇、徐釚等讌集於梁清標寓園。

徐釚《南州草堂集》卷四《夏夜，梁家園公讌，送宋荔裳先生觀察蜀中，同周廣菴、雪客、鷹垂、宋楚鴻、王季友、卓永瞻、葉元禮分賦》其一：「攀盡金門柳，驪歌酒欲酣。行從九折阪，去愛百花潭。叱馭通蠻徼，題詩過武擔。訟庭人吏散，問字正高談。」

季夏，在京师，同曹鑒平、朱爾邁、卓允域、徐釚、葉舒崇、宋思玉、王鴻緒集周綸寓所，时在浚賦《水調歌頭》一闋，同人皆有和答。

徐釚《詞苑叢談》卷九《紀事四・周鷹垂寓齋集會》：「壬子季夏，余同曹掌公、朱人遠、卓永瞻、葉元禮、周雪客、宋楚鴻、王季友集周鷹垂寓齋。時掌公初至都門，雪客及予將南還，雪客賦《水調歌頭》……一時同人皆有唱和。」其後又引朱爾邁之説，云：「予交永瞻凡十餘年，壬子季夏，偕遊金台。當是時，名流雲集，訂文酒之好，若吴江徐子電發、葉子元禮、中州周子雪客、雲間宋子楚鴻、周子鷹垂、王子季友、魏里曹子掌公，結兄弟歡如一日。」周在浚《梨莊詞》之《水調歌頭·壬子季夏，同曹掌公、朱人遠、卓永瞻、徐電發、葉元禮、宋楚鴻、王季友集家鷹垂寓齋，時掌公初至，電發及予將南還》：「簾外雨初霽，六月喜新涼。一時座上客，大半是江鄉。子建恰當初至，孝穆何堪欲別，此際暗情傷。我亦欲分手，歸去卧滄浪。　看滚滚，登紫閣，賦長楊。渾如鸞鳳雲中，接翅下高岡。何用徵歌擊鉢，且共藏鉤射覆，一飲罄千觴。羸馬醉馳去，高柳掛斜陽。」周綸《柯齋詩餘》之《水調歌頭·寓齋集曹掌公、徐電發、朱人遠、葉元禮、卓永瞻、宋楚鴻、王季友、家雪客。時電發將之錢唐，雪客將還大梁》、徐釚《菊莊詞》之《水調歌頭·壬子季夏，海寧朱人遠，大梁周雪客，雲間宋楚鴻、周鷹垂、王季友，武林卓永瞻，同邑葉元禮置酒寓齋，招同武塘曹掌公雅集，時掌公初至都門，雪客將歸大梁，余南遊錢塘》。

曹鑒平（一六三四—一六八九），字掌公，號桐暘，浙江嘉善人，爾堪長子。康熙十一年（一六七二）舉人，官内閣中書。

將離京南還其家，徐釚賦詩送別之。

徐釚《南州草堂集》卷四《答別雪客，時雪客將歸白下省櫟園先生，余之武林》：「我意唯君識，飄零共一卮。只憐貧病後，況是別離時。越客秋先到，江潮信豈遲。趨庭多暇日，好與寄新詩。」

離京之前，徐釚往遊杭州，在浚與嚴沆賦詩送之，徐氏亦有詩次韻留別。

周在浚《送徐電發》：「秋風期買渡江船，驕馬先嘶白玉鞭。歸去湖山堪笑傲，長安近不似當年。」（鄧漢儀《詩觀二集》卷六）。徐釚《南州草堂集》卷四《將之武林，次韻留別嚴顥亭先生暨陳胤倩、王古直、周雪客》：「西湖明月五湖船，才脱征衫又馬鞭。聞説段橋秋水緑，清歌怕聽李延年。一片鄉心帶鴈飛，柴門猶喜見斜暉。自憐爲客傷心慣，翻怪逢人送我歸。」後「附顥亭原什：……胤倩原什：……古直原什：……

雪客原什：秋風期買渡江船，驕馬先嘶白玉鞭。歸去湖山堪笑傲，長安近不似當年。亭午輕雲挾雨飛，西山隱隱見斜暉。一尊酒盡難爲別，遮莫明朝送我歸。」

按：鄧漢儀《詩觀二集》卷六選録周在浚此詩，但只有兩聯四句。

嚴沆（一六一七—一六七八），字子浪，號顥亭，浙江餘杭（今杭州）人。明崇禎十二年（一六三九）舉鄉試。入清，署浙江浦江縣訓導。順治十二年（一六五五）進士，后官至户部右侍郎，工詩，爲「燕臺七子」之一，其詩見《燕臺七子詩》之刻。

六月二十三日，其父周亮工病卒於南京，年六十一。在浚時在京師，後奉母命，安葬其父于江寧縣朱門鄉梨莊。

周在浚《周櫟園先生年譜》：「壬子六十一歲，……夏五月偶示微恙，六月捐館舍。」钱陸燦《墓志銘》：「某月日，在浚等奉淑人命，葬公於江寧縣朱門鄉梨莊之新阡某山某向。」

七月一日，將返家南京，汪懋麟以詩送之。

汪懋麟《百尺梧桐閣詩集》卷十（壬子）《七月一日，送雪客返白門》：「銀河西轉露蓴流，江雁催君下石頭。何事將離聞落葉，可憐今日是新秋。」

聞其父周亮工病逝，馮肇杞賦詞慰問之。

馮肇杞《賀新凉・寄慰雪客、龍客、榕客、燕客》：「最是高堂須勸慰，節哀思、子職都非淺。休戚戚，眉應展。尊公事業原通顯。記心傳、參乎吾道，彼哉輪扁。積德承家真孝矣，惟蓋猶加馬犬。論短修、百年誰免。鄴架縹緗供旦夕，但怡怡、趨步俱懿典。鯤鵬志，莫教剪。」（《秋水軒唱和詞》）

按：黄虞稷《賀新凉・哭櫟園夫子》（《秋水軒唱和詞》）當作於同時。

徐釚行至東阿（今屬山東聊城），遇錢陸粲北上，兼寄詩與在浚。

徐釚《南州草堂集》卷五《七夕，宿東阿，遇錢湘靈北上，兼寄雪客》：「逆旅相逢正早秋，鵲橋初渡暗螢流。只憐歲歲驅黄犢，誰共年年誓女牛。魯酒酤來清似水，鄉心話盡月如鉤。計程儻與周郎遇，爲報平安自石頭。」

清康熙十二年　癸丑(一六七三)　三十四歲

春，吕留良爲搜羅古籍，至南京訪黄虞稷、周在浚等人，並借抄黄、周兩家藏書。

吕留良《吕晚村先生文集》卷一《答張菊人書》：「某荒村腐子，生長喪亂患難之中，顛踣失學，今年四十又五矣。……近者，更欲編次宋以後文字爲一書，……孟浪泛遊，實爲斯事。至金陵見黄俞邰、周雪客二兄藏書，欣然借鈔，得未曾有者幾二十家。行吟坐較，遂至忘歸。憶出門時，柳始作綿，今又衰黄矣。……至此間初無所主，旋遇徐州來、黄俞邰、周雪客，諸子不以某爲怪而與近。」

吕留良(一六二九—一六八三)，字用晦，號晚村，浙江崇德(今桐鄉)人。明末秀才，明亡後，散家財以圖復明。事敗，居家授生徒。晚年削髮爲僧，名耐可。工詩文，倡朱子學，以文明道，著有《吕晚村先生文集》等，編有《宋詩鈔》等。

四月，與諸弟同刻其父遺稿《印人傳》，並爲之作題記。

周在浚等爲《印人傳》所作題記：「《傳》成於既焚書之後耳。……不孝在浚等從卷册纍纍中，手自繕録，敬而登之梓。……康熙歲次癸丑清和，不孝男在浚、在延、在建、在都、在青等記于讀畫樓之廬屋。」

五月，又編刻其父遺作《讀畫録》，並爲之序。

周在浚《讀畫録序》：「浚等於手迹既湮之後，從敝篋中收拾遺編，乃獲登兹一帙，不禁悽愴泣下，……於是舉而謀之梓。……康熙十二年重午後十日，不孝男在都、在延、在浚、在建、在青記於梨莊廬舍。」

按：《讀畫録》在周亮工生前並未刊刻，周在浚等人的是年刻本即爲此書最早刻本，也即清康熙十二年周氏煙雲過眼堂刻本。

夏，吕留良爲訪求古籍，再至南京，借鈔黄、周兩家藏書，並與之詩酒唱和，留連月餘。

吕留良《吕子評語・餘編》卷八《各本序例附録内摘録》：「癸丑夏，余尋宋以後書於金陵，得借鈔黄氏千頃齋、周氏遥連堂藏本數十種，又與諸友倡和飲酒，樂甚。留秦淮再閲月……」

夏六月，不遠百里而至毘陵，請錢陸燦爲其父作墓志銘。

錢陸燦《墓志銘》：「侍郎櫟園周公既没於金陵之踰年，其孤在浚屬銘請葬，懼不敢承。其夏六月，觸暑三百里至毘陵，告燦曰：『葬有日矣。先大夫病且亟，聞子至金陵，急索子爲像贊詞，卧而誦之而喜。今必得子銘以藏。』不獲辭。」（《賴古堂集・附録》）

錢陸燦（一六一二—？），字爾弢，號湘靈，又號圓沙，江南常熟人，有《調運齋集》等。

秋七月初，客於宣城，過訪梅庚（耦長）、梅清（淵公）等友人。

周在浚《山栖長句行，爲梅耦長作》：「海内幾人爲長句，前有吴公後陳髯（梅村、其年）。……意中久識梅子好，《國雅》曾讀孤兒篇。宛陵咫尺隔煙水，終當把袂相周旋。癸丑七月月上弦，揚舲夜發休纏綿。孤城到眼足已先，雙虹欲渡猶踊躚。陵陽名士真翩翩，就中果爾梅子賢。書畫文章事事兼，一時將去爲不廉。《山栖》一卷日留連，獨存大雅薄新尖。元白傷俚義山纖，少陵嫡派惟子然。吾曹從此口須箝，安能附子爲鶼鰜。敬亭秋霽生晚煙，響山月好期放船。凄風忽動愁病添，羈人潦倒夜不眠。欲去不去心懸懸，朗讀子詩勝藥砭，聊復爲子須臾焉。」（陈维崧《篋衍集》卷八）又《宛陵秋懷》：「魯明江上忽揚舲，一水蒼茫似洞庭。兩岸農歌秋獲早，幾聲漁笛夜航停。誰來灑酒桓葬墓，客欲消魂謝朓亭。文脊何須尋往迹，却從郡裡識瞿硎（謂梅淵公）。」（陈维崧《篋衍集》卷十）

梅庚（一六四〇—一七一六），字耦長，安徽宣城人，鼎祚曾孫。善八分書，山水入逸品，尤長於詩，施閏章引爲忘年交。康熙年間官知泰順縣邑，後以老告歸，有《漫興集》、《聽山詩鈔》等。

梅清（一六二三—一六九七），字淵公，宣城人。順治十一年（一六五四）舉人，工詩善畫，有《天延閣前後集》、《瞿山詩略》等。

秋，在宣城，又與施閏章、唐允甲（耕塢）、梅清（瞿山）、沈泌（方鄴）、梅庚（耦長）、袁啓旭（士旦）等集會。

施閏章《學餘堂集》詩集卷三十八《忠州蕭鶴聞、周雪客過集草堂（同耕塢、瞿山、方鄴、耦長、士旦）》：「臨溪傍閣草堂偏，隨興看雲野老筵。曲檻晚凉疏雨後，昭亭秋色緑尊前。樓當謝守憑軒處，客並梁園作賦年。倚醉狂歌輸爛漫，詩成京洛漫教傳。」

按：施氏此作與其《哭蔣虎臣修撰》作於同一年。蔣超，字虎臣，卒於康熙十二年（一六七三）。

施閏章（一六一九—一六八三），字尚白，號愚山，安徽宣城人。順治六年（一六四九）進士，官至翰林院侍讀，江西布政司參議，與宋琬並稱「南施北宋」，著有《學餘堂集》等。

唐允甲，字祖命，號耕塢，又號山茨，宣城人。明末官中書舍人，入清不仕。

沈泌，字方鄴，宣城人，壽堯子。幼孤，博聞强記，康熙十八年（一六七九）當事以博學宏詞薦，爲忌者所阻，遂以諸生終。所著甚夥，惜殁後，爲人所竊，不傳。

袁啓旭，字士旦，宣城諸生，工詩而好遊，著有《中江詩鈔》。

時居家南京，施閏章過訪，酒醉後，題其《松林抱膝圖》。

施閏章《學餘堂集》詩集卷二十二《醉後，爲周雪客題松林抱膝圖》：「層巖怪石紛巃嵸，老松鐵幹根青銅。江天漠漠来長風，誰獨坐者蒼山空。老病看人眼欲白，望氣知爲周雪客。豐頤廣顙不尋常，骨重神清愛山澤。前年走馬長安市，客舍高齋面秋水。題詩一出驚公卿，挾策行將謁天子。爾翁意氣横高天，君才豪俊尤少年。顧厨結客凡幾輩，書畫經時又滿船。春華方盛詩已老，老成更數何人好。二酉家藏讀父書，蓼莪淚盡收遺草（君方輯先公遺集）。金陵耆舊隨東流，時人袞袞徒公侯。多君父子能好事，殘編陳蹟時討求。即今抱膝亦不惡，脱手黄金未蕭索。薄遊君自敬亭回，北樓坐對銜金杯。我来重酌秦淮酒，倚醉同登周處臺。才雄心小君努力，暫時雌伏休裵徊。夜闌拂袖題長句，我亦山中尋桂樹。」

周在浚爲汪懋麟十二硯齋題詩。

周在浚《十二硯齋詩，爲汪蛟門舍人賦》：「我昔與君居長安，君隱金門心力殫。殘書數帙開復束，朝移夕徙行蹣跚。我賴故人分别業，軒題秋水如長干。爾我過從無間隔，賦詩飲酒愁顔丹。……君心風雅無俗念，即夢亦爲人所難。昔人愛樓無力得，畫作神樓添重巒。君欲築齋實類此，題名賃屋安如磐。君雖無齋却有硯，濡毫一一皆齊紈。……齋中洗研日無事，蠅頭小字箋杜韓。……飲君之酒試君研，爲君作歌心爲酸。先子與君負同癖，至今珍重埒琅玕。匣中空伴胡威絹，即事摩挲詎忍看。潭名紫石期同夢，沐浴仙人承露盤。」（鄧漢儀《詩觀二集》卷六）

按：據汪楫《山聞續集自序》：「癸丑歸新安故里，過新嶺，上白岳，每山行輒得詩」可知，其《江舟雪夜，作十二硯齋歌，寄五弟蛟門舍人》作於康熙十二年（一六七三）冬。又孫枝蔚《溉堂續集》卷五（癸丑七言古詩）《夢研歌爲汪季角舍人賦》，周詩當作於同一年。

清康熙十三年　甲寅（一六七四）　三十五歲

約在春夏時節，客遊廣陵，與程邃、李漁、鄧漢儀（孝威）、黄雲（仙裳）、吴晋（介兹）等集會。

周在浚《梨莊詞》之《滿庭芳・黄仙裳招同程穆倩、王安節、李笠翁、吴介兹集蜀岡》：「文選樓邊，竹西亭畔，一時勝集名流。」又《永遇樂・程穆倩、鄧孝威、王隆吉、吴介兹集飲寓齋，時余將歸白下，即席同作，用稼軒京口懷古韻》：「竹西亭下，董公祠畔，一月無端閑住。……却怎生、傷今懷昔，辜負氣豪如虎。……寂寂紅橋，荷花猶放，不見舊時簫鼓。歸去也，因君留戀，問君知否。」

客遊揚州，追和往年王士禛主導的「紅橋唱和」詞韻，題賦三首。周在浚《梨莊詞》之《浣溪沙·紅橋感舊，用阮亭韻》其二：「曲曲江潮入夜流，遠山幾點淡横秋。滿城燈火舊揚州。子夜不須歌《玉樹》，陳隋遺調使人愁。殘香剩粉問迷樓。」由揚州還家南京，宗觀賦詞送之。宗觀《永遇樂·送周雪客返白門》：「公瑾母歸，一觴須盡，歡呼撾鼓。……火黑湘煙，水飛浯海，只恁爭龍鬬虎。趁紅橋、垂楊絲栁，還記玉簫吹處。冋思乂手，信陵門下，轉眼升沉無數。……那知華胄，風流文采，不倚東都門戶。但此去、茫茫哀樂，誰堪共語。」（蔣景祁《瑶華集》卷十五）

宗觀，字鶴問，號名表，江都（今揚州）人。清康熙年間曾爲貴池訓導。

秋，久旱喜雨，爲揚州太守金鎮賦詞以紀之。周在浚《梨莊詞》之《踏莎行·喜雨詞，爲揚州太守金長真先生作》：「電影如蛇，雲頭似磨。兒童拍手街前賀。循良太守渡江來，隨車膏雨翻盆大。　盛事爭傳，歡聲遠播。重來也把新詞和。五曹種種席公麻，今宵更快新凉卧。」

按：周氏此作當與孫枝蔚《踏莎行·爲揚州太守金長真禱雨有應而作》（《溉堂詩餘》）、汪懋麟《踏莎行·爲金長真太守喜雨》（《錦瑟詞》）作於同時。

金鎮（一六二二—一六八五），字又鑣，號長真，宛平籍山陰人。明末舉人，入清歷官揚州知府、江南按察使等，著有《清美堂詩集》。

秋八月十三，與紀映鍾、宗元鼎、許虬、黄雲、孫默、顧九錫、席居中等讌飲於席氏帆影樓。宗元鼎《新柳堂集》卷三《甲寅中秋前二日，同紀檗紫、許竹隱、黄仙裳、周雪客、孫無言、顧臨邗、黄月舫飲席允叔帆影樓，時竹隱將隨軍南征（分得秋字）》：「在昔相逢飲，年華記晚秋。兹來人共健，况值月當頭。歌吹仍宵市，煙帆是舊樓。持杯何以頌，凱奏戰功收。」

許虬，字竹隱，江南長洲人，順治十五年（一六五八）進士，官紹興知府，著有《萬山樓集》。

黄雲，字仙裳，號舊樵，江蘇泰州人。善談論，慷慨負氣，晚年貧苦，屢辭聘召，益肆力於詩，著有《桐引樓集》、《悠然堂集》。

孫默（一六一三—一六七八），字無言，安徽休寧人。工詩，廣交遊，急友誼。早年居揚州，晚歸黄山，輯有《國朝名家詩餘》（又名《十五家詞》）。

顧九錫，字臨邗，號思澹，江都人，布衣，著有《經濟類考約編》等。

席居中，字允叔，錦州人，僑居江都。王豫《淮海英靈續集》巳集卷三：「允叔築帆影樓，爲過江人士文讌地，與鄧孝威、倪永清、魏惟度、趙乾符、徐松之、黄交三、姚仙期同時操選政，《國初風雅》稱極盛，選《昭代詩存》，著《卧石山房稿》。」

孫枝蔚賦詩祝周在浚母冯氏六十壽。

孫枝蔚《溉堂集》續集卷五（甲寅五言古诗）《壽周雪客母馮太孺人六十》其二：「不老誠不易，不妬亦良難。誰如鮑蘊妻，答姒有正言。所以表門閭，宋公敬其賢。阿母德如之，五男舞堦前（母所生政子，雪客居長）。不知誰所出，但覺中心歡。今朝齊進酒，一一綵衣鮮。願母億千歲，長受君恩寬。」

與徐乾學别於揚州，徐氏歸家後爲詩壽周母六十。

徐乾學《憺園文集》卷六《雪客别予揚州，歸爲太夫人壽》：「秋半雷塘蕭瑟風，周郎一葉歸江東。廿四橋邊挂帆去，便欲戲彩高堂中。高堂有母當設帨，玉茁蘭芽繞階砌。六十星霜似逝波，廿年荼苦同甘薺。侍郎苦戰射烏樓，文犀薏苡謗未休。萬人號叫聊城箭，幾載蒙茸請室裘。金雞乍下銅龍裏，萬事升沈轉頭異。閲盡風波住蔣陵，碧窻無燄殘燈淚。我歌勸母勿復哀，有兒彩筆真雄才。筵前麗曲三千首，一曲須傾一百杯。」

宗元鼎爲其《遺谷長松圖》題詩以贈。

宗元鼎《新柳堂集》卷二《遺谷長松圖歌，贈周雪客。松爲胡元潤筆》：「元潤老人畫古松，百尺縱橫鐵筆掃。近來何人詩最彊，裂石排風雪客好。兩人都隱遺谷間，麋鹿煙嵐共晨曉（金陵攝山有遺谷，多蒼松異石。雪客、元潤俱讀書於此）。……百年而後視今日，雪客應稱遺谷老。莫謂經緯正壯齡，養此霜根追綺皓。我與元潤交十年，不肯直幹排夭矯。如何堂上見此圖，黛色參天勢堪寶。笠子何人周雪客，誰能貌之禹生巧。飄然獨立羽人衣，位置松間若天造。我從昨夜讀君詩，險語驚人客堂悄。風雷鼓蕩鬼神操，波濤洶湧萬松杪。森如石齒碎寒江，淒如龍吟走秋顥。君不見，岣嶁山尖神禹碑，鳳泊鸞飄更莛倒。君不見，公孫大娘舞劍器，玉貌繡衣何縹緲。……好捲此圖歸遺谷，他日尋君蔣山道。山中白酒黄雞肥，一飯邀余松下飽。」

按：此作後有《螢苑曲》注：「甲辰七言古詩（存稿）」。

十一月，平山堂修復落成，知府金鎮遍招諸名士讌集，與會士人多題詩以紀此盛事。在浚參與讌集，且有詩紀其事。

周在浚《金長真太守興復平山堂落成，讌集紀事五十韻》：「在昔廬陵叟，曾標風月銜。鴻名韓範列，讜論尹餘僉。……爲愛平山勝，相看爽氣暹。經營成傑構，輪奐葉新占。賞許賓朋集，飲惟文字歡。匪耽逸豫，實以慰蒼黔。勝迹傳方域，名詞具遠瞻。……前徽良可嗣，往迹莫教淹。雨銿平岩突，霜姿集杞柟。軨軒還舊觀，梁欐喜今添。蜀水遥通井，江流近接簷。晴光被林麓，樂意動飛潛。即事會心遠，因時得趣恬。應劉爭入座，班馬各題簽。共樂佳時展，遥看出郭幨。曠懷天浩浩，勝賞夜厭厭。上客詞題鳳，新聲氣射蟾。論文矜奥博，索句鬥尖嚴。電掃事無滯，風流政不嫌。」（汪應庚《平山攬勝志》卷五）又汪懋麟《百尺梧桐閣詩集》卷十二(甲寅)《仲冬,平山堂落成,太守金公招同諸君讌集,即席得五十韻》。

按:曹溶《長真金使君興復平山堂落成日,遍召賓客,余亦與焉,記事五十韻》(《靜惕堂詩集》卷二十八)、鄧漢儀《金長真太守興復平山堂落成,讌集紀事一百韻》(《慎墨堂詩拾》卷七)、汪楫《郡伯金公復建平山堂,招同諸君讌集,限五言排律,得五十韻》(《山聞續集》)、黄虞稷《金長真太守興復平山堂落成,讌集紀事五十韻》(汪應庚《平山攬勝志》卷五)當爲同時之作。

清康熙十四年　乙卯(一六七五)　三十六歲

刊成其父周亮工《賴古堂集》二十四卷。

周在浚《賴古堂集·凡例》:「一夕,中有所感,盡取焚之,並舊所梨棗亦付一炬,遂使數十年嘔思化爲灰燼。今幸印行之篇尚存敝簏,收合編葺,略還舊觀,仍依定本,一以諸體爲斷。……康熙十四年歲次乙卯不孝周在浚謹識」。

輯録明崇禎末年李自成三圍開封之史事,成《汴梁野乘》一書。

周在浚《梨莊詞》之《滿江紅·輯〈汴梁野乘〉成,偶題》:「汴水圍城,較張許、睢陽尤烈。……圍三合,堅成鐵。民百萬,心同結。恨賀蘭高卧,外援已絶。食盡惟餐蟲與糞,饑來爭割奴和妾。怎皇天、不肯憫斯民,河還決。」

端午,與汪耀麟、懋麟兄弟二人泛舟秦淮觀賞燈船。

汪懋麟《百尺梧桐閣詩集》卷十三(乙卯)《秦淮燈船歌,同雪客、叔定家兄作》。

汪耀麟,字叔定,號北阜,與弟懋麟齊名,著有《抱耒堂集》等。

汪懋麟爲其《遺谷戴笠圖》題詩。

汪懋麟《百尺梧桐閣詩集》卷十三(乙卯)《題雪客遺谷戴笠圖》:「攝山山中有遺谷,松茂泉香思煞人。

大口廣眉者誰子，道衣芒屩此閒身。偶然曲柄同靈運，何待高標笑孔淳。避俗君如真勇決，尋幽我亦不逡巡。」

施閏章題其《戴笠圖》。

施閏章《學餘堂集》詩集卷四十九《周雪客戴笠圖》：「兩世風流洛下聞，軒軒意氣直干雲。青松碧磵吾儕事，笠子如何肯讓君。」

按：此作前有《花前答客（乙卯春，家園牡丹盛開，日日觴客，客謝曰：花累主人矣。笑而答之）》。

丁澎題其《戴笠圖》。

丁澎《扶荔堂詩集》卷十二《爲周雪客題戴笠圖》其二：「曾讀梁園賦草新，煙波豈便老垂綸。敧斜笠帽人爭識，却笑林宗折角巾。」

秋，汪楫爲其題《遺谷圖》。時在浚爲買米而賣屋，已無棲身之所，暫遊居棲霞山遺谷。

汪楫《山聞續集》之《爲周雪客題遺谷圖》：「棲霞山中有遺谷，入山曾投谷中宿。六朝名勝詎能私，周郎無屋因居之。嗚呼，櫟園先生歷宦三十年，好官胡不多得錢，廣厦庇人豈止千百間。身死不能留一椽，負郭又無二頃田。賣屋買米米價貴，青箱雖在愁青氈。抱茶含蘗味奚若，高吟尚欲驚秋蟬。噫嘻，我到山中，最愛谷中好竹徑，松根淨如掃。久坐亦足稱吾廬，顧我寧甘此中老。君方健走如黄犢，芥拾簪纓須及早。戴笠來游終有時，待爾緑野堂成，與爾相携拾瑶草。」

秋七月，時已與卓回合力編選《古今詞匯》，苦於缺少資金，遂未能刊刻而公之於衆。

卓回《古今詞匯·緣起》：「是書肇自乙卯之七月，與嚴司農顥亭執手潞河，深言近日詞家多，會者猶少，蓋未得古詞善本爲模楷，譬日飲水，不問源流。子往秣陵，曷圖之。不知先是，余與雪客已有訂，特剞劂無資，安能公之天下。」

卓回（一六〇八—？），字方水，浙江仁和（今杭州）人，人月弟。嘗與在浚合輯《古今詞匯》，後因二人詞學觀之分歧而分道。

立秋前一日，與杜首昌等集朱四均半水園。

周在浚《梨莊詞》之《唐多令·立秋前一日，集朱四均半水園》、杜首昌《綰秀園詞選》之《唐多令·集朱四均半水園，和周雪客》。

周在浚次杜首昌詞韻，題詠游賞秦淮之事。

杜首昌《綰秀園詞選》之《江城子·王隆吉孝廉招游秦淮畫舫，同徐子能、鄧孝威》、周在浚《梨莊詞》之《江城子·秦淮舟中，次湘草韻》。

清康熙十五年　丙辰（一六七六）　三十七歲

以詞贈懷汪懋麟。

周在浚《梨莊詞》之《百字令·秦淮月夜，有懷汪蛟門。時蛟門北上，昨年五日，與蛟門昆玉泛舟秦淮，共作燈船詩，用徐電發寄蛟門韻》。

按：此作乃次徐釚《百字令·索汪蛟門舍人新詞》、汪懋麟《百字令·徐電發見寄長調索予詞稿，依韻答謝》之韻。另，汪懋麟《百尺梧桐閣詩集》乙卯《秦淮燈船歌，同雪客、叔定家兄作》可知，周氏詞題中的「昆玉」當爲昆仲。

夏，同吴宗信、王廷棟、蔡歷、蔡叡等集杜首昌寓所。

周在浚《梨莊詞》之《過秦樓·夏日，同吴冠五、王隆吉、蔡龍文、璣先、朱四均諸子，集杜湘草迴光寓齋遥青閣》、杜首昌《綰秀園詞選》之《過秦樓·吴冠五、周雪客諸子集予迴光寺寓齋，和雪客》。

王廷棟，字隆吉，儀真籍江西豐城人，道浚子、周亮工婿、周在浚妹夫。

蔡歷，字龍文，祖庚子，上元(今南京)人。

蔡叡，字璣先，江寧人，從梅文鼎學算學。

秋，何亮功連舉二孫，兼逢亮功父母八十大壽，在浚賦詞爲其志喜。

周在浚《梨莊詞》之《百字令・何次德連舉二孫，時正尊人蓉菴封公及太夫人八十雙壽，兼爲大春、介春志喜》：「庭開桂子，正新秋、恰是稱觥時候。……記得當年蕭頎故事，堪與君家副。」

按：董元愷《蒼梧詞》卷九《秋七月，何大春尊人六十壽，令祖八十雙壽，而大春以九月舉子，令弟並舉一子，索詞爲贈，戲用數目字仿東坡體》、周在浚四弟在建《顧曲亭詞》之《百字令・賀何次德先生連辰舉孫，戲用雙字》當爲同時之作。

何亮功，字次德，號辯齋，何采兄，安徽桐城人。順治十四年(一六五七)舉人，嘗官福建古田知縣。

何延年，字大春，亮功長子、介春兄。

秋，杜首昌將游杭州，次佟世南韻，賦詞送之。

周在浚《梨莊詞》之《雨中花・送杜湘草之西泠，次佟梅岑韻》其一：「昔日方崔比杜。今却推君獨步。乘興揮毫，任情遊覽，登眺何須賦。　天氣殊佳君欲去。八月錢唐潮怒。桂子荷花，湖光無恙，一棹西泠渡。」

佟世南，字梅岑，遼陽人，國器(匯白)子，寓居南京，家有「僻園」。工詩詞，有《東白堂詞》一卷，嘗與陸進、張星耀合編《東白堂詞選》十五卷。

秋，卜居秦淮汝南灣。

周在浚《梨莊詞》之《大江西去曲・予近卜居秦淮上，六朝之汝南灣也，新秋晚眺橋頭，有感作此，用戴石屏韻》：「絲絲楊柳，映清波秋色、秦淮堪畫。……家在汝南灣上住，勝地能容草野。往日豪華，而今寥寂，剩得荒臺榭。助予愁思，櫓聲忽過橋下。」

秋，賦《賀新凉》五闋，或寄懷親友段玉叔、馮震；或聞雁有感而作；或詠鬭促織；或送方寄山游大梁；或觀五人墓劇感賦。

周在浚《梨莊詞》之《賀新凉・寄段玉叔、馮青門》：「我病和誰説。但終朝、書空咄咄，吞聲嗚咽。……算只有、君能關切。……三十七年風浪裏，嘔盡一腔心血。人却笑、狂奴癡絶。膝下無兒嗟伯道，慰孀慈、好語顔空熱。清淚灑，腸百結。」又《前調・聞雁》、《前調・詠鬭促織》、《前調・送方寄山游大梁》、《前調・觀五人墓劇感賦》。

秋，登游觀象臺、臺城懷古而賦詞。

周在浚《梨莊詞》之《大江東去・觀象臺秋眺懷古》、《南鄉子・臺城晚眺》。

中秋，與杜首昌，弟在延、在建、在都等集其汝南灣寓齋賞月，作有《水調歌頭》一詞。

周在浚《梨莊詞》之《水調歌頭・丙辰中秋秋分，杜繹山、湘草、不党及舍弟龍客、榕客、燕客汝南灣坐月，用東坡丙辰中秋韻》。

秋，賦《臨江仙》詞四闋。

周在浚《梨莊詞》之《臨江仙・秋夜同杜茶村坐雨》、《臨江仙・酒間談蘇昆生、柳敬亭絶技，再次茶村韻》、《臨江仙・舟行青溪，望舊内故址》、《臨江仙・過馬貴陽廢第》。

讀錢謙益、吴偉業、方以智、龔鼎孳四家集，各題一闋。

周在浚《梨莊詞》之《西江月・秋夜讀四家集各題一闋・錢虞山〈有學集〉》（其一）、《西江月・吴駿公〈梅村集〉》（其二）、《西江月・無可和尚〈浮山集〉》（其三）、《西江月・龔芝麓〈香巖集〉》（其四）。

八月，過一拂祠，參拜鄭俠。

周在浚《梨莊詞》之《水龍吟·仲秋過一拂祠，拜鄭介甫先生，時值俞郃、基玉諸君秋祭》。

按：一拂祠相传为北宋名士郑侠隐居读书之地。在上元縣（今江蘇南京）虎踞關、清凉山附近。

爲顧大申題畫。

周在浚《梨莊詞》之《清平樂·題顧見山秋林圖》。

顧大申，字震雉，號見山，江南華亭人，順治九年（一六五二）進士，官工部侍郎。著有《鶴巢詩存》。

題詠佟世南僻園。

周在浚《梨莊詞》之《賀新郎·題僻園，贈佟梅岑》。

秋夜坐雨，同杜濬一同聽黄文在度曲，感賦。

周在浚《梨莊詞》之《臨江仙·秋夜坐雨，同杜茶村聽黄文在度曲》。

杜濬（一六一一—一六八七），字于皇，號茶村，湖北黄岡人，清初流寓金陵。工詩文，著有《變雅堂遺集》。

是年，卓回爲其《梨莊詞》作序。

卓回《梨莊詞序》：「櫟園先生博學名通，經世之儒者，……梨莊爲先生長公，久工詩，誦其《藏密》、《秋水》諸編，清思駿發，迥別凡近，中有懇悃悱惻之章，……間又與合肥、武水、新城諸君參攷爲詞，泔漓激宕，有風人烈士之懷，覺柳秦婉麗、劉蘇放逸舉未能駕而上之，愚竊窺稼軒之神味差渾洽焉。……余去秋遊通潞，偶以語嚴子顥亭，擊節稱快，云：子盍歸而謀諸梨莊，急公所好於天下，令人知溯源窮流，豈惟觀水之術，應如是，將詞苑功臣唯二子莫與京。」（《梨莊詞》卷首）又其《古今詞匯·緣起》：「是書肇自乙卯之七月，與嚴司農顥亭執手潞河，深言近日詞家多，會者猶少，蓋未得古詞善本爲模楷，譬日飲水，不問源流。子往秣陵，曷圖之。」

清康熙十六年　丁巳（一六七七）　三十八歲

春，客於蕪湖，受宋炘之邀，與劉榛同遊識舟亭。

周在浚《梨莊詞》之《大江東去・客蕪陰，宋子昭員外招同劉山蔚，登識舟亭》：「晴江似練，望中看、小艇紛馳如馬。……況有弱柳吹絲，夭桃弄色，點綴荒臺榭。」劉榛《虛直堂文集》卷二十四《董園詞》之《念奴嬌・遊識舟亭，步周雪客韻》。

按：宋炘《商丘宋氏家乘舊序》：「康熙丁巳仲夏，監督蕪湖鈔關、……七世孫炘敬撰。」汪懋麟《百尺梧桐閣詩集》卷十五（丁巳）《寄宋子昭蕪關二首》。據劉榛《虛直堂文集》卷十八《宿州道中二首》（以下丁巳遊蕪湖作），知其康熙十六年（一六七七）遊蕪湖；其《識舟亭，同周雪客賦》（《虛直堂文集》卷十九）亦當作於同時。

宋炤，字子昭，河南商丘人，犖弟，康熙十六年（一六七七）官於蕪湖。

刘榛（一六三五—一六九〇），字山蔚，號董園，河南商丘人。與宋犖、陳維崧等交善，有《虛直堂集》、《董園詞》等。

清明後，至新安（今安徽歙縣）東山道院，下榻院内小閣。

周在浚《梨莊詞》之《滿庭芳・新安東山道院，筑小閣垂成而余至，因下榻，遂以玉戲顔之》：「傑閣崔巍，襟山帶水，憑欄一郡都收。清明才過，芳草正悠悠。……垂成日，余來下榻，玉戲可名樓。」

端午，客於新安，感賦，用劉克莊《賀新郎・端午》韻。

周在浚《梨莊詞》之《賀新凉・客中端午，用劉後村韻》。

初夏，登新安鼓樓，賦詞紀之。

周在浚《梨莊詞》之《醉春風・登新安鼓樓》。

夏，登新安斗山亭。

周在浚《梨莊詞》之《河滿子・登斗山亭》。

秋，因思念故鄉大梁，作有《望江南》十二首。

周在浚《梨莊詞》之《望江南》前序：「南方卑濕，三十早衰，況予年已過之，故鄉在望，歸思頻來，偶成十二闋，聊以志懷，因寄玉叔、青門、我生諸親串。他日握手孝王臺畔，便以爲息壤也。」

段玉叔，河南長垣籍祥符人，段廷璋（在浚岳丈）子、一潔（玉鑒）弟、在浚妻弟。

馮震，字青門，馮派魯（或作閔派魯，在浚舅父）子、在浚表弟。

我生，不詳。

秋七月，卓回由杭州再至南京，同在浚合輯《古今詞匯》，閱兩月，《古今詞匯》初編完成，二人皆賦《賀新郎》二闋志之。

卓回《古今詞匯・緣起》：「去秋復自家之江寧，雪客啓藏書樓閣，檢驗宋元祕本，且丐貸於俞郃、瑶星、錫鬯諸子，予任手鈔，共刪訂無遺力，……兩月而初篇竣，是首功也。……康熙戊戌秋九月之晦卓回方水書。」又卓回《賀新郎・丁巳初秋重游建康，同周子雪客合輯〈詞匯〉，偶題二闋》其二：「顧曲周郎者。是當年、裴王子弟，如龍如馬。能説群賢京洛聚，秋水題名歌社。……楊柳橋邊初招手，識襟情、骯髒堪心寫。定交日，好閒暇。……整鉛槧，吾來也。」周在浚《賀新涼・錢塘卓方水，年七十，走數百里來白下，覓予合選〈詞匯〉，於其垂成，作此志喜，再用瑶星韻》其一：「辛似天邊鶴。聽雲中、一聲長唳，翔翔高泊。……醫俗眼，少靈藥。吾曹肯使源頭涸。漫搜求、縹緗秘笈，互加斟酌。大雅獨存真不易，陳腐何能生活。況又是、依人匍匐。堆垛餖飣尤可歎，歎昔今、傳習非真鉢。披毒霧，見寥廓。」其二：「爾我忘形無芥蒂，去取胸懷不掛。更何必、經冬歷夏。七十老翁偏好事，夜焚膏、手録更三打。垂成日，快心也。」

按：周、卓二人所賦《賀新郎》用韻相同，皆次張怡《賀新郎》韻，惜張氏原作已佚。

秋，賦詞寄贈佟世思。

周在浚《梨莊詞》之《賀新涼·寄佟子儼若》。儼若爲章貢撫軍仲子，豫章變亂中，撫軍多所救獲，而儼若左右之力居多。

佟世思（一六五〇—一六九一），字儼若，一字葭沚，號退庵，遼陽人，國楨子。蔭生，康熙二十六年（一六八七）知廣西臨賀縣，二十九年（一六九〇）調思恩縣，次年卒於官，著有《與梅堂遺集》。

丁澎序其《梨莊詞》。

丁澎《梨莊詞序》：「余曰：『……至辛稼軒其度越人也遠甚，餘子瞠乎後矣。……唐宋以來，言詞必推辛，猶言詩必推杜，横視角出，一人而已。……』客又曰：『今者，櫟園先生長君梨莊嘗集古今詞千百家，好學深思，其取精也博矣。所排纘稼軒而神似者凡什九，或櫟翁闕其奇，而梨莊張大其美耶？』余曰：『……梨莊學既富，力益彊，又敦夙好以補先君子之未逮，惟陳言之務去，純孝哉！以余縱觀其新刻諸詞，有他人不學而能，學而不能者；有可學而能，可學而不可能者；有學而愈能，有學而愈不能者，惟梨莊與稼軒先後對越，能者能之，不能者盡能之。余無似間亦填詞，周子啓余實多，……適梨莊以其刻本示余，更屬余序，余何以序梨莊之詞，……方將以梨莊作砥柱，廻今日靡濫之瀾，今世之能爲稼軒者，咸北面事之。余於司農父子寧云交在紀群之間哉？』」（《梨莊詞》卷首）

丁澎（一六二二—一六八六），字飛濤，號藥園，浙江仁和（今杭州）人。順治十二年（一六五五）進士，官至禮部郎中。後因事獲罪，流放尚陽堡，歷五年而歸，工詩文，爲「西泠十子」、「燕臺七子」之一，有《扶荔堂集》、《扶荔詞》。

招同徐釚、紀映鍾、汪楫、宗元鼎集其汝南灣寓所。

徐釚《南州草堂集》卷五《重過白門，周雪客招同紀檗子、汪舟次、宗定九小集汝南灣即事》：「我愛周公瑾，聽歌憶小鬟。板橋桃葉渡，曲檻汝南灣。戇叟狂仍舊，汪倫醉莫還。宗雷儻結社，深柳話追攀（定九《深柳堂集》初成）。」

按：张慧剑《江蘇文人年表》将此作康熙十四年（一六七五）事，有誤。

襄助徐釚編成《詞苑叢談》一書。

徐釚《詞苑叢談自序》：「歲丁巳，浪踏瑣闈，重尋桃葉，偶與周子雪客追話昔年，同遊燕市，……因及《叢談》，則周子亦方有事於斯，亟索其藁，視予補綴猶十之四五，予因請而薈萃畢業焉。周子匆靳，悉以畀予。予方潦倒場屋，收而藏諸篋衍。不意秋風報罷，毷氉歸來，仍客武林。」

十月，爲廣羅中州文士遺集，撰寫《訪求中州先賢詩文集目啓》，號召諸同人各出藏書，襄助其編成《中州先賢詩文集目》。

周在浚《訪求中州先賢詩文集目啓》：「竊惟纂輯遺編，事存後學，表揚先哲，代有同心。我中州稱文獻之邦，三百年極人物之盛，……弟經黄流漂没之後，重以赤眉焚蕩之餘，隕嘉則之圖書，禍同砥柱，喪荊川之典籍，災等金樓，以至藏弆無多，散亡實甚。竊念先人昔有《中州四子》之刻，迨至晚歲復輯《河洛風雅》之編，願力未成，丹鉛尚在，浚仰承先志，欲輯殘篇，仿劉學憲《中州文表》之作，成三百年一省著作之奇，因是臚列姓名，詳其著述，求之當代各出藏書，用助寡聞，共成盛事，……康熙十六年歲在丁巳陽月汴水周在浚梨莊謹啓。」

爲輯成《中州先賢詩文集目》，再作啓文號召士人襄助之。

周在浚《訪求中州先賢詩文集目又啓》：「伏望當代藏書之家與夫孝子聞孫，有志表章，乞不吝借閱，或求假貸，或奉價值，或鈔録見寄，當酬功價。在汴梁者付周元白書坊，在都下者付李伯龍書坊，江南則大業堂，吴門則池白水，是皆不致遺誤，自當珍重郵寄。刊成必列尊銜於集端，不敢忘所自也。至於浚末學後輩，一人耳目有限，標目多有掛漏。啓、禎以來名家，猶未備者，並冀增惠，更爲切望。在浚又啓。」

清康熙十七年　戊午（一六七八）　三十九歲

正月，徐釚寫信給在浚，告知他《詞苑叢談》基本完成。

徐釚《詞苑叢談自序》：「歲丁巳，浪踏瑣闈，重尋桃葉，……不意秋風報罷，毰毸歸來，仍客武林。……因取向日所編，爲之條分縷析，別爲詮次，傍及詞之源流正變焉。……遂遺書周子，而序其顛末如此。時康熙戊午正月，菊莊徐釚書於西湖舟次。」

暮春，次四弟周在建（榕客）詞韻，送内弟段偉公還汴梁。

周在浚《梨莊詞》之《沁園春・送段偉公還汴梁，次榕客韻》。

張芳寄以詞，次韻和答之。

周在浚《梨莊詞》之《凌波曲・和菊人見寄韻》。

寄詞祝賀表弟馮震三十歲生日，四弟在建次其韻，亦寄賀之。

周在浚《梨莊詞》之《摸魚兒・寄祝馮青門表弟三十初度》、周在建《顧曲亭詞》之《摸魚兒・次雪客兄韻，寄祝青門表兄三十初度》。

張芳又以詞見寄，次韻寄懷之。

周在浚《梨莊詞》之《桂枝香・寄張菊人，用來韻》：「故人雙鯉頻相餉，漫悵怏、酒逋文債。已知春去，最苦鵑啼，畏聞錫賚。……三茅有約，依君杖履，看他山黛。」

三月三，與查容、朱彝尊、鮑夔生、沈皞日、黄虞稷等同集其汝南灣寓齋，賦詞唱和。

周在浚《滿庭芳・又三月三日，查韜荒、朱錫鬯、鮑子韶、沈融谷、黄俞邰集予汝南灣上。時錫鬯歸檇李，子韶、融谷各有江上之行，用韜荒韻》。查容《漸江詞》之《滿庭芳・又三月三日，同俞郜、子韶、錫鬯、融谷讌集雪客汝南灣》：「梅子青垂，蘗梢紅破，三月三日重三。客衣初換，櫻筍話江南。高會東山舊墅，問家學，九曲誰探。桐陰靜，群賢畢至，天沐水揉藍。雙柑，攜正好，新知故識，語笑相參。」

查容（一六三六—一六八五），字韜荒，號漸江，浙江海寧人，朱彝尊表弟。棄舉子業，遊歷四方，以布衣終，著有《彈箏集》《江漢詩》《浣花詞》等。

朱彝尊（一六二九—一七〇九），字錫鬯，號竹垞，浙江秀水（今嘉興）人。康熙十八年（一六七九）舉博學鴻詞科，授檢討，與修《明史》。精通經史、考證，工詩文詞，爲浙西詞派領袖，與王士禛並稱「南朱北王」，有《曝書亭集》等。

鮑夔生（一六四〇—一六九二），字子韶，號鐏齋，安徽歙縣人。遊魏禧之門，嘗遊幕閩粵，具名頗盛，著有《江上集》《紅螺詞》《焦桐引》等。

沈皞日（一六四〇—？），字融谷，號柘西，又號茶星，浙江平湖人。康熙十七年（一六七八）會龔翔麟於秦淮，唱和累月。復至京師，與朱彝尊、李良年等過從甚密。嘗以貢生授廣西來賓知縣，升辰州同知，卒於官。工詞，爲「浙西六家」之一，有《柘西精舍集》。

三月，朱彝尊至南京，攜朱氏至尊經閣，觀天發神讖碑。

朱彝尊《曝書亭集》卷三十五《天發神讖碑文考序》：「祥符周雪客僑居江寧之汝南灣，去黌宫甚邇，歲在戊午三月，偕予詣尊經閣下，觀吴時天發神讖碑石三段，文字艱晦，不可讀。」

春暮，遇孫洤於南京，其時在浚正訪求中州先賢遺集，爲借鑒之便，遂向孫氏索要《中州人物考》一書。

孫洤《中州人物考紀事》：「先征君是考，蓋丁酉以前搜集明代諸紀録，共得六十餘人。……吉同學諸子之採訪，共二百有奇，遂成此帙。……今年春暮，洤與家季父在白門，周子雪客適有訪求中州先賢遺集之舉，因索是書。比歸，編次繕副本寄之，……康熙十七年歲次戊午中秋前五日，仲孫淦沐手敬識於廩延客舍。」

孫淦（一六三六—一六九七），字靜紫，號擔峯，輝縣籍容城人，奇逢孫。康熙二十一年（一六八二）進士，官内閣中書，有《擔峯詩》。

用周密詞韻，詠繡球花。

周在浚《梨莊詞》之《瑶華・繡球花，用周草窗韻》。

與卓回等同詠玉蘭餅。

周在浚《梨莊詞》之《木蘭花慢・玉蘭餅，同卓方水、李尉臣》。

以詞和答沈皞日。

周在浚《梨莊詞》之《邁陂塘・答沈融谷，即用原韻》、沈皞日《柘西精舍集》卷一《摸魚子・舟中讀雪客〈梨莊詞〉，漫題》。

清康熙十八年　己未（一六七九）　四十歲

正月十二，與黄虞稷、龔翔麟集會賞燈，賦《女冠子》（「畫」字韻）詞唱和。

周在浚《花之詞》之《女冠子・正月十二日，同俞邰、蘅圃集燈樓，用蔣竹山原韻》：「早梅開也，春城如錦堪畫。……續就《夢華》新録，聊供清話。拉開元遺老，醉問當年，枇杷花下。」龔翔麟《紅藕莊詞》卷一《女冠子・黄俞邰、周雪客招飲燈市，用竹山元夕詞韻》：「踏青過也，石城春市如畫。……只有桃根桃葉，解春風話。問可能，相候看燈，深院枇杷花下。」

按：李符《耒邊詞》卷一《女冠子・燈市，用蔣竹山韻》：「鍚簫吹也，秣陵風景難畫。……六朝往時佳麗，只餘情話。怕歡遊，生感彩珠，休照舊勾欄下。」亦題詠金陵賞燈情事，且用韻與周、龔相同，或爲追和之作。

龔翔麟(一六五八—一七三三),字天石,號蘅圃,晚號田居,稼村,仁和(今杭州)人。康熙二十年(一六八一)副貢,補兵部主事,官至監察禦史,著有《紅藕莊詞》、《田居詩稿》等,輯刻有《浙西六家詞》。

正月十三夜,同黄虞稷等集會於龔翔麟瞻園。

周在浚《花之詞》之《花發沁園春·十三夜,集龔天石瞻園》,又《東風第一枝·十三夜,瞻園雅集,用史梅溪韻》:「酒邊但少紅紅,低唱玲瓏艷句(玉玲瓏,主人閣名)。今宵信美,怕好景、流傳無據。倩花庵,妙寫東風(俞邰首倡《東風第一枝》),爲我暗驅愁去。」

三月三,與趙吉士、曹溶、杨鼐、龔翔麟、龔賢等在南京清凉山修禊雅集。

趙吉士《萬青閣詩餘》卷三《大酺·己未重三,偕曹秋岳司農、楊靖調銀台、劉海門問卿、潛柱掌垣、黄伯和太史、龔蘅圃主政、龔半千、周雪客、邵得愚諸子,家采岳、襄文清凉山修禊,過隱仙庵、二知園,漏二下,始歸》。龔翔麟《紅藕莊詞》卷一《大酺·上巳,趙恒夫農部招飲清凉山》。

趙吉士(一六二八—一七〇六),字天羽,號恒夫,安徽休寧人,寄籍杭州,有《萬青閣全集》等。

曹溶(一六一四—一六八五),字鑒躬,一字潔躬,號秋岳、倦圃,浙江嘉興人。明崇禎十年(一六三七)進士,官御史。入清後任順天學政,累官至户部侍郎、廣東布政使。博學多能,亦工詞,著有《靜惕堂詩集》等。

楊鼐,字靖調,錢塘人,順治十二年(一六五五)進士,授直隸大名府推官,行取授户科給事中,康熙年間擢鴻臚寺卿,轉通政使,后以母老乞歸。

龔賢(一六一九—一六八九),一名豈賢,字半千,號野遺、柴丈人,昆山人,占籍上元(今江蘇南京)。精通繪畫,工詩文詞,有《香草堂集》。

邵以發，字得愚，號頤齋，余姚人，著有《鉢華庵文集》。

春，李符題其所藏畫册。

李符《耒邊詞》卷一《滿江紅・爲周雪客題畫册》。

李符（一六三九—一六八九），原名符遠，字分虎，號耕客、桃鄉，浙江嘉興人。布衣，善詩詞，工駢體，與李繩遠、李良年齊名，時號浙西「三李」，「浙西六家」之一，有《香草居集》等。

黎士弘過白下哭拜亮工，並與在浚、在延等兄弟晤面。

黎士弘《托素齋詩集》卷三《哭周櫟園先生四首》前小引：「壬子秋，予在張掖，聞先生訃，爲位而哭。垂今八載，始得請告南歸，過白下，展拜几筵，有詩四律，兼示雪客諸公子。」又《哭周櫟園先生四首》其四：「受公三十年知遇，敢與尋常座客俱。秘地文章分稿讀，通家子弟得名呼。燈餘客話成陳迹，泣到人間第幾圖。賴是侯芭頭白在，時傳遺事向諸孤。」

黎士弘（一六一九—一六九七），字愧曾，福建長汀人，周亮工門人。明諸生，順治十一年（一六五四）舉人，授江西廣信府推官，康熙年間官至甘肅布政司參政，以母老乞歸，家居二十八年，工詩文，有《托素齋詩集》、《托素齋文集》、《仁恕堂筆記》等。

四十初度，黎士弘賦詩壽之。

黎士弘《托素齋詩集》卷三《過白下，壽周雪客四十》：「秦西八載言歸晚，恰當佳辰進酒卮。燕子重來送迷故，雪兒且與唱新詞（雪客已移居他所，新以填詞擅名一時）。通家固愛成名蚤，强仕何妨爲母遲。白首歐陽門下客，追歡更自憶當時。」

夏，查慎行至金陵過訪，不遇。

查慎行《敬業堂詩集》卷四十九《餘波詞》上《解連環・訪周雪客於汝南灣不值》。

按：查氏此作後有《齊天樂·庚申武陵立春》。

查慎行（一六五〇—一七二七），字悔餘，號初白，浙江海寧人，有《敬業堂集》、《餘波詞》。

八月初九夜，與陳大生讌飲，並賦詞。

周在浚《花之詞》之《南鄉子·八月初九夜，同陳集生小飲，偶用秋岳先生韻》。

陳大成，字集生，梁溪（今江蘇無錫）人，著有《影樹樓詞》。

秋八月，以詞答何采。

周在浚《花之詞》之《前調（南鄉子）·答何省齋先生，再用前韻》。

按：周在建《顧曲亭詞》之《南鄉子·奉酬何省齋先生見貽原韻》用韻與在浚之作相同，當作於同時。

何采（一六二六—一七〇〇），字第五，一字敬與，號南澗，又號省齋，安徽桐城人，寓居南京。順治六年（一六四九）進士，授翰林院編修，官至侍讀，年方三十即辭官歸隱，著有《南澗詞選》等。

秋，遊歷采石（今安徽馬鞍山），作懷古詞。

周在浚《花之詞》之《蘭陵王·采石懷古》。

清康熙十九年　庚申（一六八〇）　四十一歲

人日，與黃虞稷、龔翔麟同賦詞。

周在浚《花之詞》之《柳梢青·人日，同黃俞邰、龔蘅圃作》。

春，擬和《樂府補題》五首。

周在浚《花之詞》之《天香·擬宛委山房賦龍涎香，用王聖與韻》、《水龍吟·擬浮翠山房賦白蓮，用周公謹韻》、《摸魚兒·擬紫雲山房賦蓴，用唐玉潛韻》、《齊天樂·擬餘閑書院賦蟬，用練行之韻》、《桂枝香·

擬天柱山房賦蟹，用唐英發韻》。

寒食，次龔翔麟詞韻，送別藍深（謝青）歸杭州。

周在浚《花之詞》之《離亭燕・次蘅圃韻，送藍謝青還西泠》、龔翔麟《紅藕莊詞》卷一《離亭燕・送藍謝青》。

按：李符《耒邊詞》卷一《離亭燕・寒食，别藍謝青》當作於同時。

馮金伯《國朝畫識》卷六：「藍深，字謝青，錢塘庠生。爲人倜儻，時文宗匠，餘參六法，亦極精妙。雖得祖父之傳，至於錯綜變化，自得其巧。」

寒食，次龔翔麟詞韻，送別陳禹璜歸杭州。

周在浚《花之詞》之《十二時・送陳禹璜歸西泠，次蘅圃韻》：「却無端，禁煙時候，絲柳牽船不住。看似雪、棠梨開遍，遞趲韶光如許。……我怨杜鵑，催君恁速，且共春同駐。」

春，與沈皞日唱和，詠玉蘭。

周在浚《花之詞》之《綺羅香・玉蘭，和沈融谷》、沈皞日《柘西精舍集》卷一《綺羅香・玉蘭》。

春，與朱彝尊唱和，詠緋桃。

周在浚《花之詞》之《紅娘子・絳桃，和朱竹垞》、朱彝尊《江湖載酒集》卷二《紅娘子・緋桃》。

按：「絳桃」或爲「緋桃」之誤。除朱彝尊所作，沈皞日亦有《紅娘子・緋桃》（《柘西精舍集》卷一）、龔翔麟亦有《紅娘子・緋桃》（《紅藕莊詞》卷一）。

三月三日，與黄虞稷、鄭簠、查容、鮑夔生、沈皞日等同集其汝南灣寓齋，兼送沈皞日往皖江。

周在浚《花之詞》之《百字令・又三月三日，同人小集汝南灣，用沈融谷韻，兼送之皖江》、沈皞日《柘西精舍集》卷一《百字令・周雪客汝南灣招同黄俞邰、鄭汝器、查韜荒、鮑子韶，再送錫鬯》。

鄭簠(一六二二—一六九三),字汝器,號谷口,上元(今南京)人。以行醫爲業,不仕。以書法、篆刻名世,工隸書、行草,喜藏碑刻。

三月六日,與蔡叡共邀梅文鼎、藍漣(公漪)、程邃(穆倩)、施璜(虹玉)、顧彩(天石)、張怡(瑶星)等同集蔡氏觀行堂。

梅文鼎《績學堂詩鈔》卷二《(庚申)三月六日,周雪客、蔡璣先招同閩藍公漪、歙程穆倩、施虹玉、鳩茲湯與三、瀨水陳二游、錫山顧天石、句曲孫凱之、鍾山張瑶星集觀行堂,分五微》:「華堂良宴會,令節正芳菲。勝地名賢集,雄文大雅歸。虚窻羅萬卷,旭日敞雙扉。竝作蘭亭集,同搴董子帷。園花初灼灼,庭樹自依依。歲序仍修禊,歌聲復采薇。深梧傾白墮,往蹟説烏衣。感昔悲京國,憂時憶釣磯。楸枰移永晝,拇陣送斜暉。掌故徵文信,清言握麈微。更燒銀蠟短,還促羽觴飛。共信千秋在,誰知六代非。興酣無主客,爛醉已忘機。」

梅文鼎(一六三三—一七二一),字定九,號勿庵,安徽宣城人。精通天文曆法、算數之學,亦能詩文,有《績學堂詩文鈔》等。

藍漣,字公漪,一字采飲,福建侯官人,籀子。博物洽聞,工諸體詩,篆草八分皆有父風,兼善繪事,性喜游,足迹遍齊魯吴越,在粤東尤久,與陳恭尹、梁佩蘭交善,著有《采飲集》。

施璜,字虹玉,號誠齋,安徽休寧人。棄舉業,絶意仕進,以理學著稱,有《思誠録》、《四書繹注》等。

顧彩(一六五〇—一七一八),字天石,號補齋,别號夢鶴居士,江蘇無錫人。精度曲,與孔尚任交善,著有傳奇《南桃花扇》、《小忽雷》、《往深齋詩集》等,輯有《草堂嗣響》。

春,在南京,又與梅文鼎、施璜、蔡叡遊東園舊址。

梅文鼎《績學堂詩鈔》卷二《(庚申)春日,步出青溪,尋東園故處,同虹玉、梨莊、璣先諸子》:「駘宕春光遍石城，疎林曲岸鳥嚶嚶。花還周處臺邊發，草自麗華墳畔生。舊曲曾邀清蹕駐，東園猶有上公名。百年歌舞餘蔬圃，日暮題詩無限情。」

春，賦詞以紀寫百姓忍饑挨餓、賣兒賣女的淒慘情狀。

周在浚《梨莊詞》之《憶餘杭·庚申春日紀事》：「刮盡榆皮無可食。雀鼠都完人菜色。賣兒能得幾文錢，賣女更堪憐。　出門盡日風沙惡。柳葉纔青春便落。野田惟剩火燐燐，鬼語夜相聞。」

以詞題詠釧、珥、指環。

周在浚《花之詞》之《解連環·釧》、《珍珠令·珥》、《翻香令·指環》。

中秋，與同人夜集萬壽寺橋賞月。

周在浚《花之詞》之《霓裳中序第一·閏中秋，同人夜集萬壽寺橋看月，用詹天游韻》。

八月十六，夜登采石（今安徽馬鞍山）三台閣。

周在浚《花之詞》之《八寶妝·十六夜，登采石三台閣》。

重陽節，客於姑溪（今屬安徽當涂），登高賦詞。

周在浚《花之詞》之《龍山會·姑溪九日，登尼坡望龍山，用趙以夫韻》。

秋，次周邦彥詞韻，詠秋柳。

周在浚《花之詞》之《霜葉飛·詠秋柳，次周美成韻》。

初冬，與程邃等人夜集，賦詞酬唱。

周在浚《花之詞》之《滿路花·初冬，諸同人夜集小齋，用周美成韻，同程穆倩作》。

與夏九叙、程邃、查昇、吴宗信、吴晋等集會。

周在浚《花之詞》之《滿庭芳·夏次功、程穆倩、查聲山、吴冠五、吴介茲、蔡龍文偶集小齋，和次功韻》：「懸飛哀雁，迷子古沙洲。霜逼雞園鐘定，桐灣路、曲曲宣遊。」

夏九叙，字次功，江都（今揚州）人。

查昇（一六五〇—一七〇八），字仲韋，號聲山，浙江海寧人，查慎行族子、查容侄。康熙二十七年（一六八八）進士，改翰林院庶吉士，授編修，有《淡遠堂集》、《宫詹公存稿》等。

次龔翔麟詞韻，送别查昇赴京。

周在浚《花之詞》之《三部樂・送查聲山入燕，次蘅圃韻》、龔翔麟《紅藕莊詞》卷三《三部樂・送聲山北行》。查昇《宫詹公詩餘存稿》之《三部樂・答周雪客》：「斜幅征帆，甚擔閣江干，晚潮風細。只待君歸，指點雞山鷺水。便十年、夢想伊人，聽幾疊陽關，也還搴袂。詩籌酒令，留住雁翎鴻翅。梨莊字圓歌脆，仰江北周郎，北南才子。好語投來令我，膽寒心碎。怪金風、飄殘梧淚。拌令日、爲君停轡。紅友滿引，都忘了、客愁鄉思。」

按：上舉查氏詞作參見丁鵬《〈全清詞・順康卷〉失收查昇詞輯補》，《嘉興學院學報》，二〇一二年第五期。

冬，宗元鼎以詩和答在延（在浚弟），詩中以「詩賦步蘇辛」讚賞在浚。

宗元鼎《新柳堂集》卷二《庚申冬日，和周龍客韻（櫟園先生之仲君在延，字龍客）》：「憶昔交游年少日，我年三十君二十。是時荀陳世通家，元方季方好胸臆。吾師五子皆才賢，季方（謂龍客）中州屢第一，元方（謂雪客）詩賦步蘇辛。骨肉文章甚親密，丈夫不可負知音。」

初春，寄調《惜紅衣》詠紅鸚鵡，汪文柏和之。

周在浚《花之詞》之《惜紅衣・紅鸚鵡》、汪文柏《柯庭餘習》卷十二《惜紅衣・紅鸚鵡，次和周雪客》。

汪文柏（一六五九—？），字季青，號柯庭，又號筤溪，祖籍安徽休寧，流寓浙江桐鄉。監生。康熙中，官北城兵馬司指揮，著有《柯庭餘習》。

是年，開始箋注陸游《南唐書》。

周在浚《南唐書箋注・凡例》其十二：「予注始於庚申，成於乙亥。」

清康熙二十年　辛酉（一六八一）　四十二歲

立春後三日，客遊江上，賦詞感懷。

周在浚《花之詞》之《孤雁兒・江行，時立春後三日》。

三月，朱彝尊典試江南，再至江寧。時周在浚已勘定天發神讖碑文，並撰成《天發神讖碑文考》一卷。

朱彝尊《曝書亭集》卷三十五《天發神讖碑文考序》：「祥符周雪客僑居江寧之汝南灣，去贊宫甚邇，歲在戊午三月，偕予詣尊經閣下，觀吴時天發神讖碑石三段，文字艱晦，不可讀。逾三年，予以典鄉試，再至江寧，雪客語予，合三段之石，審其斷處，聯貫讀之，文義既從，字亦可以意辨，乃先列其文，援據載記，作《天發神讖碑文考》一卷。」

春，題詠顔光敏索句圖。

周在浚《花之詞》之《遥天奉翠華引・題顔修來吏部索句圖》：「爲誰書麗句，正落花、飛到研池邊。」

顔光敏（一六四〇——一六八六），字遜甫，一字修來，山東曲阜人。康熙六年（一六六七）進士，官至吏部郎中，工詩，「輦下十子」之一，著有《樂圃集》、《顔氏家誡》等。

以詞柬李符。

周在浚《花之詞》之《雙聲子・柬李耕客》：「記年來，醉裏歌新闋，夜闌猶戀歡場。絲欄幾曲，瑶階半畝，燈光冷逼花光。……草痕碧，酒痕紅，如何都爲春忙。」

以詞柬龔翔麟。

周在浚《花之詞》之《澡蘭香・燈夕，柬龔蘅圃，用蘅圃河亭觀燈船韻》：「寄相思，但有新詞，重歌紅藕。」

按：此作乃次龔翔麟《澡蘭香・端陽前一日，同丁雁水、屈翁山、廣俞郃（當爲黄俞邰）、邵柯亭秦淮河觀燈船，雁水屬予倡》之韻，追和之。丁煒《澡蘭香・秦淮端午燈船，同龔蘅圃、黄俞邰、舍弟韜汝賦》（《紫雲詞》）及丁焯（字韜汝，煒之從弟）《澡蘭香・秦淮午日燈船，同黄俞邰徵君、龔蘅圃主事、家觀察兄賦》（蔣景祁《瑶華集》卷二十二）當爲同時之作。

秋杪，客居吴江（今蘇州），受王輅之招，同孫枝蔚、余懷、王弘撰等夜集其清嘉坊署中，讌飲唱和，時徐崧、錢肅潤也在受邀之列，但二人因雨阻而未能到場。

徐崧、張大純輯《百城煙水》卷三：「得雨堂，吴縣廣文王大席寓齋也，在清嘉坊。康熙庚申居此。孫枝蔚《雨中，王大席廣文招同余澹心、王山史、周雪客、顧筆堆、王衣尚諸子夜飲，遲徐松之不至》：……余怀《前題》：……周在浚《前題》：飄零兩月擬浮槎，廡下何妨便作家。有酒且同名士飲，無錢莫向宰官賒。過雲白雁聲兼雨，達曙明燈豔作花。便與諸君同寂寞，也勝假寐待排衙。錢肅潤《王大席廣文招同豹人、山史諸子，以雨阻，不及赴，和韻》：……徐崧《雨中，王廣文招同豹人、山史、雪客、衣尚、澹心、筆堆諸子，時在東城，不及赴，和韻》：……王輅《雨中，孫豹人、王山史、余澹心、周雪客、顧筆堆、家衣尚夜集清嘉署中，遲徐松之、錢礎日不至》：……」

按：孫枝蔚《溉堂集》後集卷三（辛酉七言律詩）《雨中，王大席司教招同余澹心、王山史、周雪客諸子讌集，遲徐松之不至》二首。

王輅（一六〇六—？），字蒼霞，號大席，江蘇句容人，著有《萬卷山房詩集》。

余懷（一六一六—一六九六），字澹心，一字無懷，號曼翁、廣霞，鬘持老人，福建莆田人，流寓南京，晚年僑居蘇州。工詩詞，有《味外軒集》、《玉琴齋詞》。

王弘撰（一六二二—一六九九），字無異，號山史，陝西華陰人。明諸生，清康熙十七年（一六七八），以鴻博征，不赴。博聞好學，領袖關中士人。著有《砥齋集》等。

徐崧（一六一七—一六九〇），字松之，號臞庵，吴江（今蘇州）人。有詩名，好遊佳山水，與張大純同輯《百城煙水》。

錢肅潤（一六一九—一六九九），字季霖，一字礎日，江蘇無錫人。明諸生，入清不仕，著有《十峰草堂集》。

孫枝蔚再至金陵訪在浚，時在浚《舊京廣志》一書初成。

孫枝蔚《溉堂集》後集卷三（辛酉七言律诗）《再至金陵訪周雪客留飲》其一：「不到金陵又七年，白頭落拓故人前。」其二：「不怪少年欺老醜，惟憐名士重貧交。修成《廣志》供閒話（雪客《舊京廣志》新成），蓄得奇書許借抄。更對吴均詩興好（吴介兹在坐），雞聲今夜任嘐嘐。」

客遊吴江（今蘇州）期間，與徐崧、孫枝蔚、俞瑒以《踏莎行》（「柳」字韻）唱和，惜未見周作。

徐崧、張大純輯《百城煙水》卷二：「徐崧《秋日，過懷雲亭訪周雪客，調得〈踏莎行〉》：『徑點蒼苔，牆遮翠柳。閑亭面面開疎牖。不知城市有山林，謝公丘壑應無負。爲叩名園，歡尋良友。十年夢寐今攜手。塵談相對欲披襟，庭花細落茶香後。』孫枝蔚《過懷雲亭訪周雪客，示與松之唱和詞，因次其韻》：『瘦竹連松，衰梧映柳。秋風入處嫌多牖。止園何似栝園中，黄花萬朵輕相負。座少青蛾，樽多紅友。湖山久待揮毫手。問君酬倡與誰頻，吴江詩老徐陵後。』俞瑒：『風颭枯荷，煙凝疎柳。……碧闌干下按紅牙，新詞肯讓清真後。』」

《（乾隆）江南通志》卷一百六十八：「俞瑒，字犀月，長洲人。通經史，上下千百年，徵引考據，原原本本，如燭照數計。顧嗣立選元詩，注韓愈、温庭筠集，商搉爲多。」

客遊吴江（今蘇州）期間，嘗與余懷共作《姑蘇懷古詩》。

孙枝蔚《溉堂集》後集卷三（辛酉七言律诗）《酬赠余澹心，次来韵》后附《余澹心见赠原韵》其二：「墨磨楯上久飛揚，何事驅車返蜀岡。李廣不封嗔醉尉，嚴陵垂釣薄君房。南塘移樹應迴雪，東閣留花只待霜。氣韻沉雄推老將，相逢顧曲有周郎（時與雪客共作《姑蘇懷古詩》）。」

清康熙二十一年 壬戌（一六八二） 四十三歲

暮春，送張芳遊廬山。

周在浚《花之詞》之《渡江雲・送張菊人游匡廬》：「牡丹纔過也，嚗風吹絮，處處響餳蕭。正深煙弄暝，暗雨敲春，碧浪打江橋。……書好寄、小窗寫遍芭蕉。」

次李符詞韻，題吴民則（清峙）《秋浦歸帆圖》。

周在浚《花之詞》之《邁陂塘・次耕客韻，爲王民則（當爲吴民則）題秋浦歸帆圖》、李符《耒邊詞》卷一《摸魚兒・吴清峙屬題秋浦歸帆圖》、毛際可《浣花詞鈔》之《摸魚兒・題吴民則秋浦歸帆圖》。

按：查慎行亦有《邁陂塘・吴民則屬題秋浦歸帆圖，用李分虎韻。時由吴興學博去任》，但其與李符詞用韻並不相同，暫存疑不論。劉東海《順康詞壇群體步韻唱和研究》將朱彝尊《摸魚子・無題》亦納入此次唱和，有誤。

春，賦詞寄懷王士禛。

周在浚《花之詞》之《安慶模・寄阮亭先生》：「記年時、長安市上，歡遊那計朝夕。別來不覺流光快，幾個江南寒食。人傳得。在金殿、花前天子虚前席。數承恩澤。……數人物，君是而今第一。……心相憶。又自笑、年年花候長爲客。」

和龔翔麟詞韻，送別龔眉友還西泠。

周在浚《花之詞》之《夏初臨・題長江歸櫂圖，和蘅圃韻，送龔眉友還西泠》。

吴宏自潮州返回金陵，賦詞贈之。

周在浚《花之詞》之《萬年歡・吴遠度自潮州回，賦贈》：「君去潮陽，到春來看花，可記南國。好是熙春園裏，醉紅吟碧。……」

吴宏（一六一五—一六八〇），字遠度，號竹史、西江外史，江西金溪（今屬撫州）人，寓居南京。工山水畫，造詣頗高。

五月初五，俞顔爲其《花之詞》題辭。

俞顔《花之詞題辭》：「曷爲乎詞以花之名，花之者，齊東武道中舊寺也。……今梨莊乃取以名其詞也，意何居？我知其説矣。蓋詞者，詩之余，婉約以取妍，而宕逸以取致者也。其體與花爲近。今讀梨莊詞，其香豔者，一如花之温馨而可薰也；其輕倩者，一如花之婑媠而莫持也；其纏綿而婉曲者，一如花之欹風向日、動摇有别態也；其蒼凉而悲壯者，一如花之泣雨愁煙、淒黯有餘情也。彩盡發於行間，香全生于句裏，花之爲詞耶？詞之爲花耶？予幾無以爲之辨矣。請還以問之梨莊，梨莊笑曰：『夫何譬之甚！予蓋以紀詞之所由作也。』然則花間者，其又梨莊擷芳攬秀之所自乎！……康熙壬戌重五同學俞顔識于桐林精舍。」（《花之詞》卷首）

諸友同題詠其「燕舟」，僅有王嗣槐《狂歌行，爲周雪客燕舟賦》流存，惜未見他作。

沈季友《學古堂詩集》卷六《秋蓬集》之《題周參軍在浚燕舟，仝賦者西泠王仲昭嗣槐、清溪胡朏明渭生、四明姜西溟宸英、甬東萬貞一言、晋江黄俞邰虞稷、太原閻百詩若璩、揚州宋幼琳玫、武林洪昉思昇、繡水李耕客符、梅里周林於篁、同里郭匡山襄圖及家柘西皞日也》：「老屋分題燕市頭，蕭疏恰似野航秋。風波滿眼公無渡，何處憑君得穩流。」王嗣槐《桂山堂詩選》卷十一《狂歌行，爲周雪客燕舟賦》：「今之京都古北燕，參差宮闕搆雲烟。建章萬户那足擬，百僚廨署聯星躔。曨曨曉日城東起，朱輪轉轂如流水。高門大第相向開，馬聲人影垂楊裏。大梁周子才磊落，一官匏繫此棲託。十居陋巷書十車，晋帖雷琴日摸索。四方客至無留門，閉户酣飲忘朝昏。步兵之厨門下省，日給數斗何足論。我來茅齋促膝坐，入户捲幔舴艋大。重檐那得有飛廬，開窗光似雀室破。須臾佳客絡繹來，脱却高屐拂塵埃。或起或坐或偃卧，翻盃弄盞空金罍。我爲主人作賓戲，君之名舟毋乃是。蒿頭桅弄寂無聲，行人安穩有餘地。人生處世一蘧廬，買隣十宅何拘墟。有船建樓可在水，亦時牽艇可陸居。似此浮家輕一葉，噓氣爲飄意爲檝。須臾溯流窮八荒，長風直鼓天津楫。憑君莫笑宛渠螺，衝飈疊浪柰予何。朝遊琴峽夕玉河，金門據地任狂歌。」

按：王嗣槐《狂歌行，爲周雪客燕舟賦》後有《月蝕吟》：「九月幾望月蝕既，百司擊鼓太常寺」，後又有《癸亥春暮，寓都門，寄懷潛庵牛太守》。

王嗣槐，字仲昭，號桂山，浙江仁和（今杭州）人，有《桂山堂詩選》、《桂山堂文選》等。

十月下旬，客於京師，時隔多年，再次下榻秋水軒，與張貞晤，流露無限今昔之感，並請張氏爲其作記；張氏歸後，於是年除夕撰成《秋水軒記》。

張貞《杞田集》卷四《秋水軒記》：「余來燕市，抑塞無聊。一日偕孫子孝堪，尋周子雪客于西河堰之邸舍，……是歲冬煗，虽十月下旬氣候，乃如二三月时，葭菼經霜，猶青葱可爱，……雪客命酒酌余而起，曰：『此孫退谷先生之秋水軒也。辛亥夏予嘗假館于此，是时合肥龔端毅公、新城王君西樵、阮亭、江都汪君蛟門、嘉善曹君顧菴、江寧紀君伯紫、德清徐君方虎、錢塘王君古直皆一時賢豪，相與晨夕過從，酣嬉淋漓，歌吟互錯，……何意歲月蹉跎，忽已十有一年。今來長安，再寓斯室，回思曩日諸公，或登膴仕，或遁荒野，又或支離蕉萃、不獲伸其志以没，落拓如予，猶僕僕風塵，與兩君相對，真如夢寐。……子幸記其事，使後之來者知我輩于此追維疇昔，流連光景，或千載如見也。』余既諾其請，歸而思之，終不能有所增飾，仍書余所見，並次酒間之語，以記之。康熙壬戌除夕安丘張貞記。」

張貞（一六三七—一七一二），字起元，號杞園、渠亭山人，山東安丘人。康熙十一年（一六七二）拔貢，官翰林院孔目。十八年（一六七九）舉博學鴻儒，以母憂未試。博雅好古，尤工古文，有《杞紀》、《或語》、《耳夢録》、《娱老集》等，後合刻爲《杞田集》。

清康熙二十二年　癸亥（一六八三）　四十四歲

秋，在京候選，五弟在都出任濟南郡丞。

毛奇齡《西河集》卷一百七十九《送周在都任濟南郡丞》：「肅肅秋風轉隼旗，東行監郡綰銅魚。時清且佐平原相，年少能傳櫟下書（郡丞爲櫟下先生季子）。丹鳳飛時知賜璽，青山到處好題輿。選人尚有難兄在，欲贈虔刀思有餘。」注：「時其兄雪客方候選」。

毛奇齡（一六二三—一七一三），原名甡，字大可，號西河，浙江蕭山人。明末爲諸生，明亡後築室山中，專心讀書。康熙初，「通海案」發，爲躲避追捕，易名流亡十餘年。康熙十八年（一六七九），舉博學鴻詞，授翰林院檢討，參修《明史》。後告假歸家。通經博學，工詩文詞，著有《西河集》等。

秋，在京師，李澄中題詠其「燕舟」。

李澄中《卧象山房詩集》卷二十三《題周雪客參軍燕舟》：「小室若虚舟，布帆在燕市。昨夜夢故鄉，歸楫未可理。誰知京洛塵，不異秦淮水。四壁具篷窗，欸乃棹歌起。我欲采芙蓉，江湖渺千里。何似識淺深，招招須舟子。」

按：「燕舟」當爲周在浚在京寓齋名，在浚還著有《燕舟客話》，惜已佚。

李澄中（一六三〇—一七〇〇），字渭清，號漁村、艮齋，山東諸城人。康熙十一年（一六七二）拔貢，十八年(一六七九)舉博學鴻儒,授翰林院檢討,充《明史》纂修官,後累遷至翰林院侍讀學士,有《白雲村文集》、《卧象山房詩集》等。

清康熙二十三年 甲子(一六八四) 四十五歲

在北京,與沈季友、李符、龔翔麟、閻若璩、萬言、黄虞稷、洪昇、沈皞日等往來唱和,月舉一會。

沈季友《檇李詩系》卷二十八《桃鄉布衣李符》:「康熙甲子,予在京師,分虎(即李符)亦館於龔氏(即龔翔麟),往來唱和,月舉一會,同賦者晉江黄虞稷、大梁周在浚、太原閻若璩、寧波萬言、錢塘洪昇、嘉興周篔、河中吴雯、遼陽佟世思、武林王嗣槐、同里沈皞日暨我兩人也。」

沈季友(一六五二—一六九八),字客子,號南疑,浙江平湖人。康熙二十六年(一六八七)副榜,有《學古堂集》、《南疑集》、《檇李詩系》等。

秋,官太原府經歷,離京赴任前,朱彝尊、查慎行、徐乾学、姜宸英等皆賦詩送别之。

朱彝尊《曝书亭集》卷十二《送周參軍(在浚)之官太原》、查慎行《敬業堂詩集》卷六《送周雪客赴太原藩幕,兼訊安邑丞陳六謙》、徐乾學《憺園文集》卷八《贈周雪客之任山西藩幕》、姜宸英《姜先生全集》卷二十七《葦間詩集》之《送周參軍之任山西,和魏禹平韻》、吴雯《莲洋集》卷十一《送周雪客之官晉陽》、徐嘉炎《抱經齋詩集》卷九《送周雪客之山右藩幕二首》、陳大章《玉照亭詩鈔》卷三《送周雪客之太原幕》。如徐乾學《贈周雪客之任山西藩幕》:「周郎下筆驚鸚鵡,才子家聲重一時。白馬出爲薇省幕,紅爐誰共鳳臺卮。秋晴恒嶺穿天脊,月朗汾河拜晉祠。渌水芙蓉多宴暇,好乘岸幘寄新詩。」又陳大章《送周雪客之太原幕》:「弓刀快作健兒裝,琴薦詩牌共一囊。九日繁霜催别盞,三年客夢記連床。五原地古多金雉,懸甕山高寫玉潢。傳語並汾諸俠少,可知江左有周郎(雪客久居白下,有《金陵吊古詩》百首)。」

姜宸英(一六二八—一六九九),字西溟,號湛園,浙江慈溪人。康熙三十六年(一六九七)進士,官翰林院編修，有《葦間詩集》、《湛園未定稿》等。

吴雯（一六四四—一七〇四），字天章，號蓮洋，原籍奉天遼陽，後居山西蒲州。諸生，應博學鴻儒，不第，有《蓮洋集》。

徐嘉炎（一六三一—一七〇三），字勝力，號華隱，浙江秀水人，康熙十八年（一六七九）舉博學鴻儒，授翰林院检讨，官至内閣學士兼礼部侍郎，有《抱經齋集》。

陳大章（一六五九—一七二七），字仲夔，号雨山（或作字雨山），湖北黄岡人。康熙二十七年（一六八八）進士，改翰林院庶吉士，以母老辞归。工诗文，著有《玉照亭詩鈔》等。

清康熙二十五年　丙寅（一六八六）　四十七歲

初夏四月初一，代理太原府縣事，再至晋祠，並撰寫《重修唐叔虞祠記》。

周在浚《重修唐叔虞祠記》："歲乙巳，余客晋陽，夙聞晋祠之勝，因往遊焉。……後二十載，歲次丙寅，予以藩幕來並州，攝篆原邑。暮春修祀典，有事于叔虞之祠，觀屋宇之頹弊，較昔尤甚，……康熙二十五年歲次丙寅孟夏吉旦山西承宣布政使司經歷署太原縣事周在浚記。"

按：在太原任職期間，周在浚還曾作有《介休道中大雪，用歐公字體，並次其韻》、《郭林宗祠下，觀傅青主、鄭谷口重書蔡中郎二碑歌，用少陵李潮八分小篆歌韻》，收録於《（乾隆）汾州府志》卷三十四。

清康熙二十七年　戊辰（一六八八）　四十九歲

冬，遊杭州返其家，恰值故舊吴宗信過白下（今江蘇南京），遂过訪吴氏。

吴宗信《履心集》卷二《雪客自浙歸，懸鞭後，即過寓顧問，且言懸榻遲雨，故誼殷殷，作二章紀謝》其一："君今游自武林回，孤嶼梅花折得來。非借清香薰逆旅，願分疏幹撥寒灰。故人異地煩倉悅，垂老離家易見猜。到此三句幾翘首，登樓讀畫大江開。」其二：「謝爾悲歡真念舊，慚予來去總無稽。」

清康熙二十九年 庚午（一六九〇） 五十一歲

冬，官於山西，有詩贈懷吴宗信（時客居山東濟南），吴氏次韻和答之。

吴宗信《履心集》卷二《得梨莊見懷詩，次韻奉答二首》其一：「筮仕政當强仕時，文章餘暇理棼絲。署臨勾注休嫌冷，官在揚紆可探奇。好事人來爭問字，相思客遠索題詩。楚才留用尋常耳，天下如君孰不知。」其二：「不泣窮途尚作遊，囊琴何處發情幽。晨昏職職終餘力，面目蕭蕭幾度秋。楚國用人思趙國，齊州揖客即并州。吾儕膩有真聲氣，但得重逢幸白頭（向年梨莊題予小像有『囊琴不鼓爲何人』之句）。」

清康熙三十一年 壬申（一六九二） 五十三歲

元旦，多年不見的好友吴宗信有詩寄懷之。

吴宗信《履心集》卷三《壬申元日，有懷周梨莊》其一：「光風轉蕙起朝曦，後飲屠蘇又一茲。彭澤親朋遊有日，襄陽耆舊會何時。征鴻北向歸途遠便，宿鳥南飛去路歧。座上誰爲顧曲者，因君試筆勒吟髭。」其二：「離思委積十年餘，夢裏嘗登訪友車。追昔雅遊須有此，逢今令節益相於。條風凍解河山峻，舊雨歡來咫尺書。寄語參軍休説老，似予老更不歌魚。」

清康熙三十二年 癸酉（一六九三） 五十四歲

時仍官於山西，吴宗信讀其《潛邱集》知其年老而眼花耳聾，遂有同病相憐之感，且次其詩韻，和答之。

吴宗信《履心集》卷三《讀〈潛邱集〉有『治聾無異術，眼復霧中花』之句，周梨莊病與予同，今雖遠隔山左、山右而故人在抱，相憐如面，次韻和之》：「琴上已無響，霧中那有花。留連華髮鏡，津逮斷腸笳。水落山仍在，天高雨自斜。誰憐吾輩老，枯樹集寒鴉。」

中秋前八月十四，張貞出示《或語集》，在浚爲之作序，讚其文成就斐然，並請作《白下橋記》於張氏。

周在浚《或語題辭》：「癸酉中秋前一日，張子不遠二千里慰予於苫次，相對唏嘘者久之，已手近稿《或語集》示予，且命爲之序。嗟夫！予何足以知張子哉！獨念予與張子定交時，年方少壯，相期勉力於詩古文，今已三十餘年，俱老矣。……金石古文，百年來惟虞山錢先生爲作者，張子不難直奪其席，他可知矣。向在都門，予所居秋水軒，背郭臨流，爲燕山勝地，張子顧而樂之，因爲作記，天下遂莫不知有秋水軒者。今予居雖陋，古白下橋也，亦略有樹石亭榭，使張子更爲之記，予將附以不朽矣。張子其許我乎？」

是年秋，會母喪而歸家白下；時有感於故舊凋零，不勝傷感，作有《秋雨懷人詩》十四首。值秋分，出示張貞，張貞爲其《秋雨懷人詩》作跋。

張貞《杞田集》卷十四《周雪客秋雨懷人詩跋》：「周子雪客遠宦晋陽，歷八年以内艱歸，向日朋舊多就凋落，雪客撫今追昔，不勝存没之痛，懷想所極，各成一律，纏綿情至，淒其欲絶，使人讀之，慨歎流涕。卷中諸君，半爲余縞紵交，今擔簦南來，或哭其殯宫，或拜其墳墓，所以興懷，其致一也，乃不能出一語以弔之，然則，人才分之相越，其可以道里計哉。康熙癸酉秋分日安丘張貞書于白下之厚書行庵。」

按：周在浚《秋雨懷人詩十四首》已佚。據其四弟在建《近思堂詩》之《和家雪客兄〈秋雨懷人詩十四首〉》知其所懷念的友人分别爲孫枝蔚、杜濬、吴嘉紀、黄虞稷、胡玉昆、鄧漢儀、鄭簠、龔賢、吴宏、程邃、汪懋麟、吕留良、周銘（鹿峰）、倪燦（闇公）。

九月初三，到蘇州拜訪宋犖，將所藏《孤樹裒談》贈給宋犖。

宋犖《西陂類稿》卷二十八《跋〈孤樹裒談〉》：「右《孤樹裒談》十八卷，雜記明太祖迄武宗朝事最爲纖悉，建寧李公古沖著，公名默，嘉靖間歷官冢宰。康熙癸酉九月三日，周子雪客訪余吴門，以是書見贈。」

宋犖（一六三四—一七一三），字牧仲，號漫堂，又號綿津老人、西陂老人，河南商丘人。歷官山東按察使、江蘇布政使、江蘇巡撫、吏部尚書，後以老乞歸。篤學工詩，有《西陂類稿》、《綿津山人詩集》等。

深秋，曾至濟南，晤吴宗信，旋又南返其家。

吴宗信《履心集》卷四《曆下晤言周梨莊，即送南返，寄以家書》其一：「奚囊詩滿太行天，遊息來觀曆下泉。陪讌新亭原是客，樓名白雪爲何傳。低回往事山川遠，感遇當歧日月懸。屈指交遊能有幾，與君一别十三年。」其二：「坐久談深酒酌卮，故人聚首在天涯。升沉才命浮生繆，顛倒行藏逆旅宜。同病今朝憐耳目，老來計日惜鬚眉。江南江北家鄉路，未得謀歸且致辭。」

按：此時周在浚已從太原府經歷任上辭官，因其弟在都任官濟南，遂往遊之。

清康熙三十三年　甲戌（一六九四）　五十五歲

安葬其母馮氏於其父墓室。

周在浚《離六堂詩集序》：「甲戌既祔先淑人於司農。」（釋大汕《離六堂集》卷首）

清康熙三十四年　乙亥（一六九五）　五十六歲

孟冬，歷時十六年的《南唐書注》完成。

周在浚《南唐書箋注·凡例》其十一：「予注始於庚申，成於乙亥。前後十六年。」又題有「康熙三十四年孟冬祥符周在浚耐龕識」。

按：张慧剑《明清江蘇文人年表》将其誤作康熙三十二年（一六九三）事。

清康熙三十五年　丙子（一六九六）　五十七歲

正月初七，與馮景、杜首昌暢遊杭州西湖，並分韻賦詩。

馮景《解春集詩鈔》卷一《人日，糧儲大參何公招遊西湖竟日，同淮陰杜湘草、大梁周雪客以舫名春浮，分韻二首》其二：「芝草何須覓祖洲，六橋景色勝丹邱。遊山屐印雪花軟，調水符牽澗藻浮。淮海詞人老蘊藉，大梁公子醉夷猶。使君好客無時倦，不待桃開秉燭遊。」

按：上引之作前有馮氏自序：「予自康熙丙子迄戊寅縻於茲三稔，……得詩文如干首，遂存而不逸，文别録，詩從雲客評，他評則字以别之，凡三卷。」

馮景（一六五二—一七一五），字山公，一字少渠，又字長明，號香遠，浙江錢塘（今杭州）人。國子監生，康熙十七年（一六七八）游京師，薦試博學鴻儒，固辭不就。晚入蘇撫宋犖幕，後以母老謝歸。擅詩文，有《解春集詩鈔》、《解春集文鈔》等。

夏四月，馮景爲其《廬山乞食圖》題詩六首。

馮景《解春集詩鈔》卷一《題周參軍雪客廬山乞食圖六首》（圖畫衲衣、持鉢）其二：「匡廬三嶺接空青，嶄絶崚嶒人罕經。太史公遊曾造極，君今躡迹涉天庭。」其四：「不願烹鯖出五侯，一瓢一鉢自風流。金堂玉饌擔憂甚，羡爾千山握粟遊。」

按：馮詩作於《丙子孟夏不雨，迄於皋月，方伯步禱三日而甘霖降，予始至莫府，夜生一鹿，甲子日又生一鹿，賦雙鹿詩》後。

五月初二，在福州，過訪林佶，林氏以其《焦山古鼎銘釋文》册子、甘泉宫瓦相示，在浚題詠之。

周在浚《題林吉人焦山古鼎銘釋文》：「丙子端陽前三日，晨過樸學齋，坐桐陰下，吉人出示此本，頓還舊觀，爲憶往事，已三十年矣，爲之慨然。吉人又以所藏甘泉宫瓦相示，古氣渾樸，此日爲不虚矣。」（吴雲輯《（同治）焦山志》卷三）又林佶《漢甘泉宫瓦記》中載録周在浚所題絶句四首，其一：「瓦頭硯得自甘泉，製度應知元狩年。今日摩挲藏寶匣，不教衰草泣寒烟。」其二：「古朴知從西漢遺，通天臺閣入雲奇。依稀尚有長生字，如見東方奉御時。」其三：「高人弔古每流連，偏在荒殘水石邊。拾得瓦頭如拱璧，漢家遺蹟得君傳。」其四：「曾爲高僧記未央，雀臺遺物誤香姜。何期今日桐陰裏，老眼重觀古墨香。」

林佶（一六六〇—？），字吉人，號鹿原，福建侯官人，王士禛門人。康熙五十年（一七一二）特賜進士，授内閣中書，官至中書舍人，與修《古今圖書集成》，以陳夢雷得罪，牽連下獄，遭罷官。精篆隸，尤擅楷書，富藏書，擅詩文，有《樸學齋詩藁》、《樸學齋文藁》。

七月二十五，客遊福州，恰遇閩人崇祀其父周亮工於名宦祠，請林佶作傳文。

林佶《名宦户部右侍郎櫟園周公傳》：「康熙三十有五年夏四月，閩八郡士大夫詣當事諸有司，請崇祀故户部右侍郎櫟園周公於郡學宫之名宦祠，僉報可。以七月二十五日奉主行事，……適公子在浚游閩，謂茲舉於國典家乘均有光，宜大書以傳於後，且屬佶文之。」(《樸學齋文稿》)又周在浚《離六堂詩集序》：「丙子，八閩崇祀司農於名宦，江右崇祀司農於鄉賢，爲人子之分稍盡。」(釋大汕《離六堂集》卷首)

在福州，題詩寄懷黎士弘，黎氏贈答之。

黎士弘《托素齋詩集》卷四七言近體《答周雪客三山見懷韻，雪客書至，不日過我》：「老去情懷淡十分，逢人偏自問郎君。不荒書種如宗武，苦作低官似史云。去國浮家原刺促，頻年客路轉辛勤。屢書約我秋相過，何不東來對夕曛。」

按：此作前有《丙子人日，疊前韻》。

秋，自福州至汀州，過訪黎士弘，黎氏題其廬山持鉢圖。

黎士弘《托素齋詩集》卷四七言古體《題周雪客僧服廬山持鉢小影》：「五湖長，九州牧。彼其之子嘆雌伏，若何願大貪作佛。笑爾饑驅仍計左，持鉢向人求腹果。三尺草荒舍衛城，歌姬院落殘燈火。世人眼大心復細，爾渴爾饑何與我，祇有掉臂從神仙，餐術茹芝事較可。」

按：此作前有《丙子三月，送賴晋公魯瞻兄弟及沈仲孚還會昌》。

十月底，又離開汀州，將赴江西，黎氏賦詩送之。

黎士弘《托素齋詩集》卷四七言近體《十月廿五日，雪客來汀，復有贈章，重庚來韻，雪客即日有西江之行，兼以爲别》：「敢如公語望前賢，置芥坳堂笑蟻旋。撿點方書開藥裹，蕭閑絲鬢裊茶煙。偏長舊話頻燒燭，互訂新詩出短篇。況是相逢皆老大，得重牽袂定何年。」

按：此作前有《丙子人日，疊前韻》。

自福建歸家，有詩贈懷四弟在建（時任廣川别駕），在建依其韻答寄之。

周在建《近思堂詩》之《大兄自閩歸見懷四詩，依韻奉寄》其一：「閩嶠岧嶤悵遠天，故園歸櫂望江煙。遥聞俎豆新崇祀（時八閩當事爲先司農請祀名宦），應識泉臺久笑眠。」

因家破人散而萌生出家之念，後因無緣拜師而暫作罷。

周在浚《離六堂詩集序》：「丙子，八閩崇祀司農於名宦，江右崇祀司農於鄉賢，爲人子之分稍盡。隨念破家之後，妻子流落他鄉，一身茫茫如落葉，因起出世之念，將歸老於匡廬，爲性命計。但生平矗戇，未經明師指點，終是門外漢，以故因循未遂。」（釋大汕《離六堂集》卷首）

清康熙三十六年　丁丑（一六九七）　五十八歲

南行至廣州，拜釋大汕爲師，法名醒雪，跟隨其參悟禪理；在浚不僅參校其集，還爲其《離六堂詩集》作序。

周在浚《離六堂詩集序》：「丁丑，拜廠翁和上於羊城之長壽，始知天下原有真善知識，以佛祖心行聖賢事，接人利物，無處不具仁慈。……（翁）嘗爲詩歌以適性情，余初讀《海外詩》已嘆服不已，及讀《離六堂集》，精騖八極，神遊重淵，發古今之高唱，振風雅之緒言。……以真學問運真性情，信手拈來，盡成妙諦。余荷和上不棄，以弟子蓄之，於和上詩有記室參校之職，刻成謹序於簡端。廬山行脚弟子周在浚法名醒雪鈍甫氏和南拜題。」（釋大汕《離六堂集》卷首）

釋大汕（一六三三—一七〇四），俗名徐石濂，法號大汕，又稱廠翁和尚，江蘇吴縣人，明亡後出家，入清後爲廣州長壽寺住持。工詩文，著有《離六堂集》、《海外紀事》等。

清康熙三十八年 己卯（一六九九） 六十歲

初春，在浚過訪梁佩蘭，有詩贈之，梁氏次韻答之。

梁佩蘭《六瑩堂集》卷七《早春，次答周梨莊枉顧仙湖見贈之作》其一：「海螺朝吹不成哀，雁翅春城繞粵台。已覺好花開壓屋，待尋芳草藉銜杯。紗巾稱我蕭閑日，鐵匣驚君著述才。嵩少久虛三歲字，羅浮何幸故人來。」又其二：「鄴下多時賦《七哀》，南遊還上九成台。尋常吊古求金碗，次第編書注玉杯。青眼幾層容俗物，白頭終見出群才。忘形爾汝仙湖坐，莫遣幽禽剝啄來。」又《周梨莊雨中見柬，次韻》：「春鐘寒隔度湖聲，鶴立閑階亦懶行。花雨六時沈野寺，木棉三月暗江城。艱難久分無生理，輕薄從來是世情。永夜一燈堪對語，客心應動草蟲鳴。」

按：上舉詩作前有《元日》、《人日》之作，《元日》前又有《戊寅元日二首》。

梁佩蘭（一六二九—一七〇五），字芝五，號藥亭，廣東南海（今廣州）人。康熙二十七年（一六八八）進士，工詩文，與屈大均、陳恭尹並稱「嶺南三家」，又與程可則、陳恭尹等並稱「嶺南七子」，著有《六瑩堂集》。

清康熙四十一年 壬午（一七〇二）

夏，周在浚已卒。好友徐釚與在浚三弟在延（龙客）話舊時，有詩悼之。

徐釚《南州草堂續集》卷三《松風餘稿》（自己卯三月至壬午八月止，計五十一首）之《集侯貽孫廣文齋中，與周龍客話舊，兼悼雪客》：「垂老猶思五岳游，偶尋嵩少渡鴻溝。梁園無復開公讌，侯喜偏能佐酒籌。欲向殘編搜蠹簡，翻憐華屋變山丘。壚邊畏聽山陽笛，醉里歡逢慰白頭。」

按：徐氏此作前有《壬午蒲節，飲箕城官舍，醉後作歌，和去矜》、《初夏，胡園小集，分得七陽韻》。

据林侗《來齋金石考略》卷中《太宗晋祠之銘》：「余此碑得之舊書肆，而缺碑陰，祥符周雪客許補贈碑陰。及余至江寧，而周適粵，余歸而周死矣。」可知，周在浚卒於遊粵期間或遊粵之後。其卒年當在康熙三十八年（一六九九）至四十一年（一七〇二）之間，故約爲康熙三十九年（一七〇〇）。

（作者單位：洛陽理工學院人文與社會科學學院）

譚獻稿本日記所見集外佚詞編年輯考

吴欽根

譚獻（一八三二—一九〇一），初名廷獻，字仲修，號復堂，浙江仁和（今杭州）人。同治六年（一八六七）舉人，署秀水教諭，歷任歙縣、全椒、懷寧、合肥、宿松等地知縣。曾爲浙江書局總校、詁經精舍監院、經心書院山長等。平生以詩、古文辭著稱，「文導源漢魏，詩優柔善入，惻然動人」〔一〕，尤工于詞，陳廷焯曾評價云：「仁和譚獻，字仲修，著有《復堂詞》，品骨甚高，源委悉達。窺其胸中、眼中，下筆時匪獨不屑爲陳、朱，盡有不甘爲夢窗、玉田處。所傳雖不多，自是高境。」〔二〕而錢仲聯《近百年詞壇點將録》甚至推尊之爲「托塔天王晁蓋」〔三〕。於此可見其詞藝及詞壇地位。

關於譚獻生平詞作的結集，經筆者目驗者凡六種。其一爲《化書堂初集》所附《蘼蕪詞》一卷，刊於咸豐七年（一八五七），凡收詞四一題四四首，作年大體集中在咸豐三年至咸豐五年之間。其二爲《三子詩選》本《復堂詞》，是本凡收録詞作五〇題五八首，分甲乙兩卷，其中詞甲二十九首，即删取《蘼蕪詞》後所得的結果。至於乙卷中的二十九闋，則是補録了咸豐六年至咸豐七年秋間所填的一批詞作；此版又於咸豐九年（一八五九）在福州重刻（據卷末牌記「福州影京師本重刻」），所收詞作在篇目及數量上與《三子詩選》本無異，只是部分詞作稍存異文，且在卷首增入了莊棫所撰序文一篇而已。其三則爲《篋中詞》所附《復堂

本文爲國家社科基金青年項目「稿本《復堂日記》整理與譚獻文學研究」（項目編號：20CZW033）階段性成果。

詞》一卷本，此本凡收詞七九題九一首，起于《菩薩蠻》四首，終於《訴衷情·村燕》，也即補入了同治元年至光緒六年所填新詞。其四則爲二卷本《復堂詞》，此本刊於光緒十三年，首次以《復堂類集》之一種的面貌行世，凡收詞九〇題一〇三首，始于《菩薩蠻》四首，止于《滿江紅·漢十二辰鏡和謙齋》（作於光緒十二年）。其五爲刊成於光緒二十一年（一八九五）的三卷本，收録在所編《半厂叢書初編》中。此本作爲譚獻生前的最終版本，再未對以往所作、所選進行新的調整、改動，只是在二卷本的基礎上增補了光緒十三年至光緒二十年間所填新詞三二闋而已。譚獻身後，復有《復堂詞續》一種，録词一三首，於民國二十六年（一九三七）刊載在浙江图书馆馆刊《文澜学报》上。

至於《復堂詞》的首次整理與出版，則當數由羅仲鼎、俞浣萍點校整理的《譚獻集》（浙江古籍出版社二〇一二年版），此本收録的《復堂詞》，是以己卯《復堂類集》本《復堂詞》二卷爲基礎，復據《半厂叢書》增補一卷，並補入《復堂詞續》所載及陳乃乾《清名家詞》中所録《少年游》（高樓煙鎖）一闋，凡一四九首。〔四〕二〇二三年十月，方智范先生復廣搜博取，爲之箋釋，著《復堂詞詳注》一種。此種從《復堂日記》、《蘼蕪詞》、《三子詩選》本《復堂詞》及友朋詞集中録得佚詞三十八闋，其中也包含筆者在研究譚獻稿本日記過程中所披露的部分詞作。〔五〕事實上，稿本《復堂日記》所載集外逸詞尚多，只因文本過於潦草，且底本遥隔、不易獲見，故遲遲未能作全面而系統地輯録。是秋，筆者方從南京圖書館將原稿攝回，得以從容比勘。今僅就稿本日記所見，以年代先後爲次，爲之一一迻録、考辨，以期有補於譚獻及晚清詞學研究。其中部分詞作，因稿本日記所録塗抹過甚，部分文字暫時無法辨識，故只能以□代之。查漏補缺，有待來哲。

醜奴兒慢·題畫荔枝

按：是詞作於同治元年九月十六日，當天日記云：「爲韓佛生題畫荔枝。作《醜奴兒慢》一闋，不録。」（第一册《□樓日記》）韓佛生，小名「菩薩保」，浙江仁和人。寓居福州期間與先生及飽錫曾交好。此《荔枝圖》今未見，詞亦未見。趙之謙《悲庵居士詩剩》中有《畫荔枝爲韓佛生》一詩云：「按圖索驥成何事，畫餅充饑殊可憐。漫道寫生求活計，荔枝如此不論錢。」〔六〕復堂所題蓋即此。

水調歌頭

才上一輪月，萬影起遥天。碧空如水良夜，前有幾千年。留得青鞋布襪，消受金飆玉露，高步不知寒。失意等閑耳，擲付酒杯間。　拂青衫，澆壘塊，酒家眠。畫殘往日眉嫵，怕對鏡光圓。浪説無邊風月，便有無窮風雨，影事記難全。靈藥終難竊，憔悴玉嬋娟。

按：是詞作於同治四年九月十五日，當天日記云：「同仲英過慰農師，同人咸在，遂同赴閑福居酒樓會飲。集者薛師、仲英、芍洲、呈甫、子虞、蒙叔、頌芝、玉珊、朱亮生、許子曼及予，凡十一人。……飲罷，譙樓柝聲四起，與仲英踏月而歸，復賦《水調歌頭》詞。」（第四册《鶴歸日記》）亦見刻本日記。

水調歌頭·和薛師

明日復明日，明月上青天。河山銷盡塵劫，難得是今年。但看陽關風定，想見瑶宫露細，一樣是清寒。顧菟易圓缺，萬事照人間。　傍珠樹，向綺户，但無眠。閲殘多少陰雨，似欠一分圓。任倚瓊簫新曲，不管風吹别調，仙譜記能全。請賦淮南隱，桂樹正嬋娟。

按：是詞作於同治四年九月十七日，當天日記云：「雨中坐齋頭，岑寂無聊。和薛師《水調歌頭》。」（《鶴歸日記》）

薛時雨（一八一八—一八八五），字慰農，一字澍生，晚號桑根老人，安徽全椒人。咸豐三年（一八五三）進士，歷官嘉興、嘉善知縣，杭州知府，署糧儲道。主講杭州崇文、南京惜陰等書院。所著有《藤香館詩抄》四卷《續抄》二卷、《藤香館詩删存》四卷、《詞删存》二卷等。譚獻《篋中詞》卷四録有其詞四首。

高陽臺・題王研香《西泠歸櫂圖》

陌草銷香，林花罷笑，眼中憔悴卿雲。唱徹家山，天涯留滯王孫。歸心如雨同摇曳，想故園、消息難聞。恁紛紛，酒有餘痕，淚有餘痕。　夢回省識西泠樹，但隨桃覓路，看柳知門。人未歸來，夢中却已銷魂。魂衣畫壁都零落，只春風、詞筆猶存。莫殷勤，花欲留人，鳥欲留人。

按：是詞作於同治五年正月十九日，日記云：「王研香自吴門歸，索題《西泠歸櫂圖》，棖觸予懷，譜《高陽臺》詞。」（第五册《丙寅記》）王研香，即王彦起。

王彦起，原名起，字硯香，浙江錢塘人。咸豐九年（一八五九）舉人，官會稽教諭。所著有《鐵硯齋詩草》、《淨緑軒詞草》等。復堂先生爲撰《傳》云：「君先世江南丹徒人……後著籍錢塘。……君生絶慧，下筆千言不自休，澹雅隱秀，强宇自潔。先以辭賦受知學使張文貞公，目以全才。少壯工詩，兼好填詞，書勢雅令，有夢樓先生遺風。」〔七〕

買陂塘・題章子佩小影

問天涯、碧雲一片，美人太息遲暮。櫓梧倚遍斜陽色，滿眼短亭煙樹。吟望處。渾不似、香温茶熟書堂路。文遊細數。只風動簾開，廊回屧響，三徑總非故。　芳洲近，却隔軟床雁侣。年年聽盡官鼓。瘦來草帶新移孔，冷酒凉杯箏柱。弦解語。見説道、無花只有閑風雨。西泠唤渡。舊夢移鷗鄉，巢新燕子，約略墜歡補。

按：是詞作於同治五年五月二十九日，日記云：「作與子佩書。爲子佩題小影，填詞。」（第六册《精舍日記》）章子佩，即章朱黻，浙江仁和人。官嘉善訓導。譚獻《懷人絶句五十首》有懷章氏一詩云：「廣文先生味道腴，魏唐流水青瑶如。玉臺弟子尤相憶，甚欲移家來卜居。」小注云：「嘉善訓導章朱黻子佩，仁和人。婦汪能文，内子嘗欲師事之。」〔八〕

念奴嬌・題《江舟欸乃詞》

江雲渺渺，看飛鴻來處，幾時留迹。前度峭帆人老矣，依舊婆娑風月。細草平沙，危檣獨夜，萬里閑鷗没。一聲欸乃，西岩清響徐發。　回首春雨江南，酒邊心事，難託微波説。嫋嫋釣竿閑在手，照影已成華髮。誓墓文章，隨身蓑笠，銅斗翻新闋。數峰青峭，曲終人去時節。

按：是詞作於同治五年十一月二十九日，日記云：「晨起，爲薛師題《江舟欸乃詞》。」（《精舍日記》）是詞又見於《藤香館詞》（一名《江舟欸乃》）卷首，題作「大江東去」。兩相比勘，稍有異文。如「難向微波説」作「難託微波説」、「嫋嫋魚竿」作「嫋嫋釣竿」等。

壺中天慢・題秦散之《小睡足寮圖》用宋詠春韻

莫釐峰畔，有白衣宰相、山中臺閣。跂脚北窗窗下卧，秋老薜衣還著。石氣凉花，琴聲韻月，客散閒離落。香温人倦，翠禽銜斷闌角。　惆悵笳吹頻驚，軍聲一概，無復承平樂。留得先生高卧處，未遣紅塵迷却。絢美文章，有涯身世，忍負林泉約。洞天煙雨，幾人塵夢先覺。

按：是詞作於同治七年八月初七日，日記云：「題秦散之《小睡足寮圖》，用宋詠春韻賦《壺中天慢》一解。」（第八册《稿簿》）秦散之，即秦敏樹。

秦敏樹（一八二五—？），原名嘉樹，字林屋，一字散之，又字稚枚，晚號冬木老人，江蘇吴縣人。工詩，兼擅山水。所著有《小睡足寮詩録》四卷、《續録》四卷，《散叟倦稿》一卷等。當時爲是圖題辭者，尚有張鳴珂《踏莎行·題秦散之敏樹〈小睡足寮圖〉》、許瑶光《題秦稚枚〈小睡足寮圖〉》、葉廷琯《題秦散之敏樹〈小睡足寮圖〉》等。

祝英臺近·雨後過唐棲

水初平，秋影暮，客子鎮無緒。衰柳蟬聲，斷續隔殘雨。泠泠百里煙波，今年來往。只恐有、問鴻雪數。試回顧，絶似蓬轉西風，顔色老羈旅。青峭家山，幾日多風霧。斷腸人事音書，廿年遊倦，只今道、不如歸去。

玉簫沉，金鏡暗，依約朝霞暝。香散羅幬，曉日杏粱冷。粱間燕子依依，繁花如幄。卻珍重、新巢安穩。酒初醒。記得樓上黄昏，檐花笑雙影。沉水香殘，鐘鳴傍孤枕。而今默對江山，柁樓新雁，渾不解、伴人清冷。

按：二詞作於同治七年八月十二日，日記云：「雨後過唐棲，賦小詞。……短歌微吟，裴回顧影。」（《稿簿》）

一枝花·題畫蘭孫

桐葉盈盈吐。竹筱娟娟舞。珺㞢吟望好，幽蘭賦。若開到同心，試結春旗護。廿四番風度。又報送、生一孫，愣稱小名高祖。長記得。琴絲幾柱。澧草調新譜。算人間果證，三生絮。正潤編衣篝，香失無花處。好夢新來作去。月影亭亭，留付取，簾櫳疏雨。

按：是詞作於同治八年六月二十七日，當天日記云：「填《一枝花》词題画兰孙。」（《稿簿》）

減字木蘭花・題項衛閶小照　洞仙歌・題《寶鏡圖》

按：二詞作於同治九年八月二十三日，當天日記云：「題項衛閶小照《減蘭》詞，題蔣曉樓寶鏡圖《洞仙歌》詞。」（第九册《獨漉小記》）二詞稿本日記均不録稿，他處亦未見。項衛閶、蔣晓楼，亦不知为何许人。

天香

按：是詞作於同治十年八月初九日，日記云：「偕仲瀛、鍔青意行，並訪毛南谷、王硯香，同遊皋園。回局，又同均父、元同、張子中飲酒家，歸甚委頓。夜嘔噦不寐。是日秋分，填《天香》詞一解。」（第一〇册《倦遊日記》）然稿本日記未録稿，他處亦未見，只得暫付闕如。

倦尋芳・平望舟中懷張公束

梅稍尋蕊，竹葉含煙，東風深淺。天付嬌柔，一片蔚藍波軟。傍芋微，臨雲意薄，登門淺笑春人倦。想張郎，正翠裏偎寒，彩毫□暖。　來向勞勞亭下，只是楊枝柳樹千遍。花事今年，記取去年人面。搔首自憐雙鬢短。芳心寄與征鴻遠。好風光，任千里，畫簾都卷。

按：是詞作於同治十一年正月二十日，日記云：「辰過嘉興，不登岸。」（第一二册《壬申瑣志》）是時譚獻爲赴薛時雨之約，前往蘇州，途經此地，有懷故人，因作是詞。

張鳴珂（一八二九—一九〇八），字玉珊，號公束，晚號窳翁，浙江嘉興人。咸豐十一年（一八六一）拔貢。歷任德興、義寧等地知縣。徐世昌《晚晴簃詩彙》卷一百五十七云：「嘉禾詩派，自錢籜石後別開境界，公束則守朱、李舊風者，才情雖弱，格韻自真。兼工倚聲，承黄韻珊之學，造詣似在詩上。」[九]著有《寒松閣詩》八卷、《寒松閣詞》四卷、《秋風紅豆樓詞》一卷、《寒松閣談藝瑣録》六卷等。譚獻所選《篋中詞》録有其詞四首。

賣花聲・金閶春夜

攜手撥伊涼。花月春江。酒事何處是他鄉。□□蕭疏禪榻畔，誤染天香。　賴夢冷歡場。正倦尋芳。中年哀樂均全忘。不分今宵紅燭底，彈醒春光。

按：是詞作於同治十一年正月二十七日，日記云：「同人夜集，侑者陳澹香、李桂卿、吴客卿。澹香風流婉約，有名場老輩意思；桂卿跌宕韶年，嫵光亦四照也。琵琶合奏，燭光欲流，絲竹中年，無端棖觸。……座上倚聲，澹香持草稿懷之去。」（《壬申瑣志》）

應天長・垂虹亭下弔蔣鹿潭

東風吹軟波如鏡。塵暗青袍慵未整。吴山迥。吴雲冷。芳草也如人瘦損。　豔歌重記省。天際春鴻無影。楊柳江亭晝暝。流鶯啼不醒。

按：是詞作於同治十一年正月二十九日自蘇州返歸杭州途中，日記云：「午過吴江，有詞。」（《壬申瑣志》）蔣鹿潭即蔣春霖。

譚獻於其人其詞評價甚高，如同治六年仲冬朔日日記云：「點定江陰蔣春霖鹿潭《水雲樓詞》二卷，婉約可歌，時造虚渾，二張（謂皋文、翰風）而後，斷推江南詞人第一流矣。」（第七册《冬心遊記》）又光緒元年正月廿九日日記云：「午間贊侯來談，鈔示蔣鹿潭未刻詞十餘首，甚工，百年來真無第二手也。」（第一七册《乙亥冬季記》）所選《篋中詞》更録其詞達二十三首之多，總評曰：「文字無大小，必有正變，必有家數。《水雲樓詞》固清商變徵之聲，而流別甚正，家數頗大，與成容若、項蓮生二百年中分鼎三足。咸豐兵事，天挺此才，爲倚聲家老杜，而晚唐、兩宋一唱三歎之意，則已微矣。」〔一〇〕

阮郎歸・娱園春曉

醒來卷幕正參横。闌干欲五更。曉風微揚護花燈。鶯兒殘夢驚。　春未半，客含情。緑波池上生。梅花落處水盈盈。勞他玉雨聲。

按：是詞作於同治十二年正月二十六日，當天日記云：「未明醒，聞園中花燈聲，賦《娱園春曉・阮郎歸》詞。」（第一三册《南園日記》）娱園爲秦樹銛所營私家園林，在小皋埠。譚獻以本月二十二日至此，當天日記云：「舟至小高埠，訪秦秋伊，自庚秋相識，已三寒暑。入娱園，梅英漸淡，水竹清窈。有還讀堂、藕船、微雲樓諸勝。粉垣低亞，曲檻縈紆，小築山林，蕭然物外，可以坐忘塵事矣。」（《南園日記》）

石湖仙・題《皋園觴梅圖》

霜林煙浦。問觴詠當年，群屐何處。吹起玉梅魂，倚東風，微寒漸去。人間茵溷，任幾度、落英回舞。重與。向酒邊，上下千古。　行春住時五馬，束長生、衢謳舊句。一笑關情，却話歌樓聽雨。浪蕊千紅，媚條千縷。華年結柱。還寄語。神仙天上官府。

按：是詞作於同治十二年三月朔日，日記云：「題《皋園觴梅圖》譜《石湖仙》一闋。」（《南園日記》)皋園，原名金銜莊，明時爲金學曾别業，至清時，嚴沆割其半爲皋園，以此奉母，故又名奉母園。至譚獻此時，則爲浙江官書局所在地。

沁園春·題何梅閣小影

世界婆娑，無心處安，三千大千。只花晨月夕，待客酒國，清歌妙舞，省識情天。如此年華，無多事業，不醉春風已可憐。英雄老，付美人歌哭，對酒當筵。　翩翩今日何郎，無復歡場閑少年。便擎杯淺酌，□矜一笑，折枝新路，日負花妍。銷歇□□，□□□□，好證摩詰第四禪。何須又，向佛堂燈火，始了因緣。

按：是詞作於同治十二年四月十一日，當天日記云：「題何梅閣小影，填《沁園春》詞。……走筆入紙，真不經意。」(《南園日記》)

何政霖，字梅閣，浙江錢塘人。同治間舉人，候補江蘇縣丞。命途不濟，長年以做幕爲生。

天香·題章輪香小影

按：是詞作於同治十二年六月初二日，當天日記云：「題章輪香小影，填《天香》詞一闋，不録。」(《南園日記》)

章濬(一八二五—一八九〇)，字輪香，一作楞香，浙江餘杭人。章太炎之父。廩貢生，候選知縣。曾爲餘杭縣訓導、詁經精舍監院。所著有《春風草廬剩稿》。是詞稿本日記未録，他處亦未見。

酷相思·題金眉生《歸鳳曲》

江上浮雲江上雨。莫有個、銷魂處。便彈到、琵琶弦解語。酒醒也，春歸去。夢醒也，人歸去。　客有楊枝吹作絮。任別院、花如許。問曲罷青山朝復暮。花落後，春非故。潮落後，人非故。

按：是詞作於同治十二年六月初四日，當天日記云：「金眉生來杭，爲題《江上峰青圖卷·南歌子》詞。……又題其《歸鳳曲》後《酷相思》詞。」（《南園日記》）

《南歌子》（不暖临分带）一首，《復堂詞》卷二已收録；《酷相思》詞則僅見於稿本日記。金眉生即金安清，當時爲其《歸鳳曲》題辭者，尚有蔣春霖《玉蝴蝶·金眉生〈歸鳳曲〉用吴夢窗韻》一詞，郭則澐《清詞玉屑》云：「鹿潭別有《歸鳳曲》爲《玉蝴蝶》調云……蓋慰金眉生之作。眉生眷江山船妓名鳳者，爲有力者載去，意不能忘，所爲賦惆悵詞者也。」〔一一〕又杜文瀾《憩園詞話》云：「金眉生廉訪以護惜名花舊事，賦《歸鳳曲》，繪爲圖；復畫《江上數峰青》一幀，亦紀其事。」〔一二〕

水調歌頭·題錢桐軒《舉杯邀月圖》

按：是詞作於同治十二年六月初四日，日記云：「爲錢桐軒題《舉杯邀月圖·水調歌頭》，不録。」（《南園日記》）

錢桐軒即錢汝雯。汝雯，字彤軒，或作桐軒，江蘇吴興人。光緒間舉人，生平事迹不詳。所著有《宋岳鄂王年譜》六卷首一卷末一卷等。是詞稿本日記未録，他處亦未見。

十六字令·爲子珍書扇

寒。燕子辭巢漸欲還。無人處，記取舊紅闌。

按：是詞作於同治十二年九月初四日，當天日記云：「爲子珍書扇，偶作《十六字令》……所感者深久。」（第一四册《南園日記二》）子珍，即陶方琦。

陶方琦（一八四五—一八八四），字子珍，一作子縝，浙江會稽人。同治六年（一八六七）舉人，光緒二年（一八七六）進士。改庶吉士，授翰林院編修。所著有《漢孳室文鈔》四卷補遺一卷、《湘麋閣遺集》四卷《蘭當詞》二卷等。譚獻《復堂文續》卷四有《陶編修傳》一篇，《篋中詞》卷五録有其詞五首。

金縷曲

如夢春雲曉。遍天涯，東風院宇，燕鶯啼覺。草長紅心江南路，留得王孫未老。正緑鬢、楊枝俱裊。忽墮明珠金尊側，有車輪、乍向腸中繞。休浪説，被花惱。　青袍踏遍長安道。最難忘、分花拂柳，烏衣年少。細雨殘紅飛難定，衹有閒愁待掃。渾不似、當年懷抱。鸜鵒前頭三生話，便相逢、不分今生早。無一語，玉山倒。

按：是詞作於同治十三年三月二十五日，當天日記云：「是日譜《金縷曲》一。」（第一五册《三上記》）是詞又見於《群芳續集》，題爲「都門春感爲周郎賦」。

金縷曲

落絮翩翩影。任天風，參差飄墮，都無憑準。翠翦銖衣神仙侶，玉袖裴回自整。便珍重，千言難盡。願得化爲塵與土，且因風、吹上卿斜領。勞拂拭，一臨鏡。　笙歌草草人初定。剩無多、銀屏畫燭，淚花紅凝。題遍人間芳華怨，彈到瑶琴弦冷。算宛轉、留渠應肯。門外香車須早去，怕夜深、風露還淒緊。嘶騎遠，酒纔醒。

按：是詞作於同治十三年三月二十六日，日記云：「賦《金縷曲》一。」（三上記）是詞亦見於《群芳續集》。與日記所録本相校，稍有異文，如「參差飄墮」作「參差吹斷」等。

金縷曲

芳草知時節。忒匆匆，流鶯啼後，珍叢銷歇。多少花前驚心事，曾與斷紅細説。已廿載，傷春傷別。碧海青天迢遞夢，照樓臺、無恙今宵月。斜漢畔，幾圓缺。　人間寶鏡紅綿拂。盡留渠、團圞樣子，影兒難覓。紅豆江鄉相思種，無處尋消問息。又付與、柔腸千結。簾外輕紅階下雨，早花花葉葉無顏色。春正好，未須折。

按：是詞作於同治十三年三月二十七日，日記云：「賦《金縷曲》一。」（《三上記》）亦見於《群芳續集》。

金縷曲

没個銷魂處。最迷離，空庭晚照，無人來去。昨日棠梨今日柳，留得春痕幾許。恁客子、光陰非故。沉水香殘還對鏡，問菱花、可解閑言語。雙鬢亂，甚心緒。　芳塵婉孌雕鞍路。不分明、脂憔粉悴，鳳城煙雨。十二闌干添幾曲，試把迴腸細數。者一片、新愁誰訴。萍絮因緣還自笑，我知君、不知君知否。聊擫笛，唱金縷。

按：是詞作於同治十三年三月二十八日，日記云：「賦《金縷曲》一。凡四闋，迴腸盪氣，殆不自知。」（《三上記》）亦見於《群芳續集》。

臨江仙・題桃花便面

綺陌芳塵新雨後，微寒怕捲簾旌。碧桃花下月三更。雙垂籠袖，眉語悄無聲。　昵酒相逢剛上巳，東風合證深盟。杜鵑容易動離情。玉驄嘶去，彈與淚盈盈。

按：是詞作於同治十三年六月十三日，當天日記云：「賦桃花便面詞。」（第一六册《蕭寺日記》）

清平樂・題紫縝畫蘭册子

客心如水。不遣微波起。一剪幽蘭香繞砌。消受夜凉風細。看花誤了春遊。班騅却爲花留。正是新桐初引，月痕燭□閒愁。

愁濃於酒。人道新來瘦。幺鳳珍叢誰是偶。銜出一雙紅豆。渠依竟辭芳蘭。時光薄晚輕寒。憐放畫羅衣袖，爲誰倚暖闌干。

人間娛笑。容易成煩惱。葉葉枝枝相窈窕。只合憐伊嬌小。門前一樹桐花。等閑不見郎車。何忍朱絲輕斷，不識彈泠琵琶。

那堪酒醒。自抱春前病。湘佩芳蓀同管領。留得人間香影。十年舊事沉吟。風風雨雨而今。宋玉平生未老，離□還是初心。

按：四詞作於同治十三年六月十五日，當天日記云：「補録畫蘭册子題詞。」據十四日日記所云：「早出……過子珍，交題畫蘭册子」（《蕭寺日記》），則词當作於十四日前，或即與《臨江仙・題桃花便面》一首同時。

雪梅香・題張韻梅《梅雪雙清圖》

卷珠箔，簾前一色鬧輕寒。有天花晴雪，春風只在闌干。清影相偎□瑰碧，素心同抱别離難。酒尊淺，薄醉凉宵，來點眉山。

珊珊。試微步，照水疏枝，省識朱顔。鏡裹飛霙，舞館便似雙鸞。化水紅□莫輕蕩，落花青子總團欒。啼痕怨，□□□，□一樣班班。

按：是詞作於同治十三年八月二十二日，當天日記云：「晨起，爲韻梅題《梅雪雙清圖》。」（《蕭寺日記》）韻梅，即張景祁，據所著《新蘅词》卷七《疏影・王丈小铁为余作〈梅雪双清图〉用石帚韵写之》，知是圖出於王堃之手。

張景祁（一八二七—一八九八），原名左鉞，字孝威，更字蘩甫，號韻梅，亦作蘊梅，別號新蘅主人，浙江錢塘人。同治十三年（一八七四）進士，歷官福建連江、仙游等地知縣。著有《犟雅堂詩》十一卷、《新蘅詞》六卷《外集》一卷等。《篋中詞》選録其詞十首，評曰：「韻梅蚤飲香名，填詞刻意姜、張，研聲刌律，吾黨六七人奉爲導師。故山兵劫，同好晨星，亂定重見，君已摧鋒落機，謝去斧藻。中年哀樂，登科已遲，又復屈承明之著作，走海國之韡板，不無黄鐘瓦缶之傷。倚聲日富，規制益高，駸駸乎北宋之壇宇，江東獨秀，其在斯人乎？《外集》集古多長篇奇制，如《洞仙歌》、《解連環》之組紃石帚，真無縫銖衣。」[一三]

漁家傲・黄襄男《三橋漁隱圖》

天澹雲垂橋下水。春風只在扁舟裏。破網船頭閑自理。鷗飛起。蘆中晚飯炊煙細。　一別江鄉無好計。紫門風雨應深閉。裊裊鬢絲垂過耳。人千里。春波回首洋無際。

落照收綸風滿袖。得魚莫漫愁沽酒。漁弟漁兄閑拍手。春歸後。橋頭楊柳如人瘦。　白眼看雲消永晝，試吟舊曲翻銅斗。塵世風波無不有。君知否？煙蓑我亦曾消受。

（第一七册《皖舟行記》）

按：二詞作於光緒元年正月二十三日，當天日記云：「填詞，《漁家傲・黄襄男〈三桥渔隐图〉》。」

黄長森，字襄男，號曼庵，江西新城人。道光十七年（一八三七）舉人，同治七年（一八六八）進士。

歷官安徽桐城、青陽等地知縣。從魯九皋受古文法。所著有《自知齋詩集》九卷附《詞》一卷。其人逝於光緒六年，譚獻是年七月二十五日日記有云：「春圃書中言黄襄男逝矣。哀年拙宦，淪没江鄉，能無悼痛。」（《山桑宧記二》，浙江大學圖書館藏）

虞美人《記得前身是美人》圖，陳雨青贊公屬

千花百草空思省。留個嬋娟影。針箱線帖屬青春。啼眼相看、惟有鏡中人。　蹙痕深淺模黏記。眉樣都隨例。後身只合證枯禪。消受蒲團、佛火一年年。

按：是詞作於光緒元年三月二十四日，日記云：「題詞。」（《皖舟行記》）陳雨青，其人不詳。

滿江紅・題岳忠武小印

玉神人間，忍重問、六陵消息。珍重此、孤臣方寸，土花凝碧。文字只緣忠孝貴，湖山卻借鬢眉色。想題成、絶調滿江紅，鈐詞側。　宫殿夢，迷花石。沙漠冷，驚冰雪。表男兒名字，背文同涅。偶與中原歸破挽，好隨遺象留蹤迹。有將軍、肘後綰銅章，還蕭瑟。

按：是詞作於光緒元年四月初二日，當天日記有云：「雜閲滬上雜報滇疆戕英官事，嘵嘵不已，此亦□□却歐洲人一機會，恐仍售其恫疑耳。」（《皖舟行記》）所云當即「馬加里事件」，因此一事端，清政府被迫與英國簽訂《中英煙臺條約》。譚獻或有感於國事，故借題發揮，而作是詞。

永遇樂・题冯子明焯《马稍图》

依舊春風，當年軍壘，都無尋處。老去書生，短衣飛射，馬識沙場語。臨江月色，鳥啼繞樹，橫槊高歌非故。

記從前，將軍揖客，詩人猛士龍虎。酒酣耳熱，中原衣冠，第一功名懶數。留得閒身，柴門鋤菜，灊岳松間住。□□炊冷，戰場無夢，尚有奇兒夢苦。思千里，平生老驥，壯心已否。

按：是詞作於光緒元年四月初四日，當天日記云：「下稷，同涵川過子明談，看畫。有《□□□小亭圖》，爲子明從父仲青魃尹畫。遭亂落他人手，子明遊旅訪得之，遂復歸馮氏，見子明自跋中。」（《皖舟行記》）《马稍图》今未見。

馮焯，字子明，又字稚華，號笠尉，山西代州人。曾官安徽灊山縣天堂巡檢、屯溪巡檢。所著有《道華堂詩略》四卷等。譚獻《復堂文》卷一有《道華堂詩續集叙》一篇，云：「君著書盈尺，詩尤綜古近之長。前集四卷，體素儲潔，已名其家。中更兵事，憂生念亂，而道力超然。」〔一四〕《篋中詞》卷一亦録有其詞二首。

蝶戀花・題紅豆美人

門外班騅嘶去後。幾日雲飛，幾日風僝僽。樓上紅妝樓下柳。鏡中比似誰消瘦。　如雨林花迷永晝。淡默空階，化作雙紅豆。眼底相思心上彀。黄昏添個愁時候。

按：是詞作於光緒元年六月二十八日，次日日記云：「昨爲張君題紅豆美人《蝶戀花》一詞。」（《皖舟行記》）

南浦・題《天際歸舟圖》

征衫試拂，莽天涯、江樹隔江雲。芳草依然南浦，是處念行人。五兩弄風摇曳，只臨歧，别酒尚盈尊。奈長卿遊倦，歸來楊柳，作絮點柴門。　合有高懷楚墓，更新亭，雪涕向諸君。老輩風流猶昔，劍氣共誰論。

便是鷥帆鳳泊，却當年，春夢了無痕。倘問尋歌吹，竹西耆舊幾人存。

按：是詞作於光緒二年四月二十六日，當天日記云：「爲阮霞青題《繁臺感舊圖》四絶句。……又題乃翁星垣處士《天際歸舟圖・南浦》詞。」又十五日日記有云：「與阮霞青談，屬予題《繁臺感舊》、《天際歸舟》二圖，諾之。」（第一八册《丙子新書》）阮星垣即阮景辰，爲阮恩霖（星垣）之父。阮恩霖（一八四九—一九二七），字霞青，江蘇揚州人。阮元從孫。國子監生，官國史館謄録、議叙鹽大使，後入喬松年幕。所著有《九九銷寒吟》一卷等。

定風波・題襄男小影

歸興年年厭曉鴉。無風波處也思家。何況風波渾未了。不道。釣竿難覓似黄麻。老去臨淵何所羨。一綫。殘春心事惜飛花。漁弟漁兄無信息。贏得。嗚榔津鼓夢中差。網得長魚鱗莫損。雨笠煙蓑兩不知。擎杯偷照鬢邊絲。無用文章君莫笑。誤了。畫中人更誤伊誰。還肯。撇波來往寄相思。酒債尋常行處有。記否。冷吟閑醉少年時。

按：二詞作於光緒二年四月二十八日，當天日記云：「爲襄男題小影《定風波》詞。」（《丙子新書》）亦見刻本日記。

虞美人・掃花美人

垂垂紺雪封條冷，没箇東風信。芳華暗老去年人。寫遍宜春帖子不宜春。天涯芳草無消息，誰倚樓頭笛。胭支眉黛近如何？只覺閒愁還比落花多。

按：是詞作於光緒二年七月二十四日，日記云：「爲人題《掃花美人・賣花聲》詞。」（《丙子新書》）案之詞譜，此實爲「虞美人」詞調，今爲更正。日記所云之「人」，不知爲誰，圖亦未見。

清平樂・題畫海棠

晚凉庭院。開了無人見。樓外斜陽留一綫。閑却緑窗刀剪。　女兒生小嬌癡。前身合是花枝。一種輕煙澹月，畫儂前度相思。

花開今日。欲落誰留得。扇底寒風吹眼纈。認取羅屋顏色。　桃笙宛轉新凉。玉宫吹醒秋光。記得闌干泥酒，低頭只是思量。

按：二詞作於光緒四年七月初十日，當天日記云：「爲寄洲跋秦儀畫柳册子，又題陳玉幾畫海棠二詞……亦可入燕台本事詞也。」（第三七册《天都宦記》）寄洲即朱寄洲，其人生平事迹不詳。陳玉幾即陳撰。

陳撰（一六八六——一七五八），字楞山，號玉幾山人，浙江鄞縣人，後流寓揚州，爲「揚州八怪」之一。善寫生，尤精畫梅，與李鱓齊名，人稱「復堂玉幾」。所著有《玉幾山房吟卷》三卷、《玉幾山房聽雨録》二卷、《玉幾山房畫外録》二卷等。

送將歸・題送窮圖

學得當年秦逐客。好裝點别時景色。是千載文人，流傳寄想，命酒車船側。　更有奴星含笑出。道門外癡獃賣託。奈萬古閒愁，一囊佳句，正是留窮物。

果有送窮長策否。但休洗俗塵三斗。更繞指能柔，回腸都冷，不覺愁顔厚。　一自昌黎延坐後。使吾輩幽窮依舊。願三疊陽關，一聲爆竹，去矣休回首。

按：是詞作於光緒七年十二月二十三日，次日日記云：「書前詞入卷，應許筱漣比部之屬，圖爲丁田生繪，頗精能也。」（第三七册《歲寒記》）

許筱漣，即許長清。長清，一名佐，字小蓮、筱漣，一作小漣，安徽歙縣人。諸生，入安徽巡撫裕禄幕。所著有《遲雲館詩鈔》、《華嚴色相録》等。丁田生，則未詳。

柳梢青・和夢園韻

會數雲龍。風流談笑，坐有李公。岸柳迎春，山梅餞臘，宜□□龍。□文莫謂塵容。幸藏拙、時和歲豐。天竹雕珊，水仙琢玉，不算窮冬。

脱略言情。忘年唱和，咳唾霏霙。老去填詞，甚人可作，辛弟蘇兄。蜀山冷翠分明。又相送、蜀岡去塵。香雪因緣，文章氣類，珍重雙鱗。

按：二詞作於光緒十一年十二月二十六日（第四九册《乙酉記事》）。夢園即方濬頤。

方濬頤（一八一五—一八八九），字子箴，號夢園，别號忍齋，安徽定遠人。道光二十四年（一八四四）進士。歷官兩廣、兩淮鹽運使，四川按察使、廣東布政使，晚年主講揚州安定書院。所著有《古香凹詩餘》二卷。譚獻《篋中詞・今集續》卷二録有其《垂楊・本意用周保緒韻》、《憶少年・用竹垞韻》二首。

奪錦標・天竹子和方忍齋韻

迢遞舟山，褵褷翠羽，認取飛來靈匹。顆顆珊瑚匀染，修竹林中，千年成實。任檐前雪景，共留連、清寒松柏。便天涯、待證冬心，吐火不聞奇術。還似高人俊特。神骨俱清，肯羨世間鸚粒。目□隨□流

□，餐到青精，味英成液。想仙真玉佩，墮遥空，流離光赫。笑塵中、崇□豪華，怎比天然顔色。

按：是詞作於光緒十一年十二月二十八日，當天日記云：「晴好凛寒，和方夢園詞。」（《乙酉記事》）

洞仙歌・題畫雜果扇面

按：是詞作於光緒十八年十一月十九日，當天日記云：「爲頤堂題畫雜果扇頭，作《洞仙歌》一調。」（第一九册《周甲記下》）汪頤堂即汪曾唯之子。是詞稿本日記未録稿，他處亦未見。

踏莎行・題蔡小石《冶春吟館詞》

露氣横空，煙絲罥夕。緑痕不許簾波隔。簟紋如水碧天秋，吟魂飛上梧桐月。　酒夢三更，琴心千迭。紅兒偷向花間拍。玉笙細與唱銷魂，别枝又聽殘蟬咽。

按：是詞作於光緒二十二年十二月十五日，當天日記云：「閲上元蔡小石翰林《冶春吟館遺稿》。」（第二五册《丙申餘記》）蔡小石即蔡宗茂。

蔡宗茂（一七九八——？），字禧伯，號小石，又號竹慈，江蘇上元人。道光十三年（一八三三）進士，官至陝西按察使。所著《冶春吟館詞》，今未見。

摸魚兒・並蒂菊

艷西風，玉樓迢遞。情天任爾相倚。等閒未許爭春色，留得秋痕縷縷。清夢裏。任蝶浪蜂狂，莫便嬌羅綺。幽叢料理。説菡萏開遲，蘼蕪催老，花事冷如水。　簾幕外，驀地柔魂吹起。幾人沉醉花底。瑶階璇宇霜華結，消受嫩寒如此。芳竟體。恰便是鶯鶯燕燕，新妝似、秋容細膩。看畫靨雙描，仙心合抱，香國共歡喜。

按：是詞亦作於光緒二十二年十二月十五日（第二五册《丙申餘記》），日記未云作詞緣起。

〔一〕趙爾巽等《清史稿》卷四八六「文苑三」，中華書局一九七六年版，第四四册，第一三四四一頁。
〔二〕陳廷焯撰，孫克强、趙瑾等輯校《白雨齋詞話全編》卷五，人民文學出版社二〇一三年版，下册，第一二四四頁。
〔三〕錢仲聯《夢苕庵論集》，中華書局一九九三年版，第三八七頁。
〔四〕譚獻著，羅仲鼎、俞浣萍點校《譚獻集》，浙江古籍出版社二〇一八年版。
〔五〕是書「前言」有云：「本書共補遺譚獻詞三十八首，合共收録譚詞一百八十七首。」詳譚獻著，方智範注《復堂詞詳注》，華東師範大學出版社二〇二三年版，第一二頁。
〔六〕趙之謙著，戴家妙整理《趙之謙集》，浙江古籍出版社二〇一五年版，第一册，第二三頁。
〔七〕潘衍桐纂，夏勇、熊湘整理《兩浙輶軒續録》卷四五，浙江古籍出版社二〇一四年版，第一二册，第三五六二頁。
〔八〕譚獻《復堂詩》卷六，清光緒十五年（一八八九）仁和譚氏刻《半厂叢書初編》本。此組詩浙江古籍出版社出版的《譚獻集》失收。
〔九〕徐世昌輯《晚晴簃詩彙》，《續修四庫全書》第一六三三册，上海古籍出版社二〇〇八年版，第五五〇页。
〔一〇〕譚獻著，羅仲鼎、俞浣萍整理《篋中詞》，人民文學出版社二〇一五年版，第二六四頁。
〔一一〕郭則澐著，屈興國點校《清詞玉屑》，浙江古籍出版社二〇一四年版，第三二〇頁。
〔一二〕杜文瀾《憩園詞話》卷四，唐圭璋編《詞話叢編》，中華書局二〇一二年版，第三册，第二九三八頁。
〔一三〕譚獻著，羅仲鼎、俞浣萍整理《篋中詞》，人民文學出版社二〇一五年版，第二八五頁。
〔一四〕譚獻著，羅仲鼎、俞浣萍點校《譚獻集》，上册，第二八頁。

（作者單位：湖南大學中國語言文學學院）

新见《陳匪石文稿》中的論詞雜著

楊秋圓 整理

陳世宜（一八八四—一九五九）字小樹，號倦鶴，以笔名匪石行世，江蘇南京人，著名詞人、詞學家。上海圖書館藏紅格毛筆稿本《陳匪石文稿》不分卷，顧廷龍題籤，半葉十行，行二十字，是陳匪石手稿的首次發現。收文共三十二篇，大致按照時代先後排列，自二十世紀二十年代至四十年代。文稿多有陳匪石修改痕迹，且八篇眉批標「刪」字。其中論詞雜著大部分已見於鍾振振校點《宋詞舉　外三種》與馮乾編校《清詞序跋彙編》〔一〕，尚有六篇未見別處著録，可補陳氏論著之缺，特予整理公布。其中部分篇目非全文論詞，則節選詞論部分予以整理。雜著主於保存鄉邦文獻，對晚清金陵詞壇詞人詞作、詞學世家、詞社情況論述尤詳。手稿中其他篇目，或反映陳匪石對聲韻之學的鑽研（《與張仲如書》）〔二〕，或論及詞體性質、校詞之不易（《與李印泉書》），或可作爲身世之補充（《亡室悼啓》、《祭高夫人文》、《先君遺像後記》、《景印先君遺著後記》、《香月樓殘稿後記》），或可作爲陳匪石致力金石學之證（《蕭景墓闕跋》、《龍城柳石刻跋》），對全面完整呈現陳匪石的詞學思想不無裨益。

娱生軒詞跋〔三〕

文道希《雲起軒詞》，剛健中含婀娜，疏俊處見凝重。且垠鄂釐然，與改之、同甫諸人絶不相溷。清季詞風直追天水，雖曰一格，實亦大家。其喁於唱酬如驂之靳者，粤東有梁星海，江南有王木齋。

余於木齋先生爲同里後進，嘗相值書肆中，立談至漏下，聆其論議上下千古，實大聲弘。時余尚不知詞，亦不知其工詞也。旅食四方又二十餘載，比返里，則先生墓草宿矣。王伯沆告余曰，木齋平生著述不自檢拾，蒐集爲艱。已而伯沆輯其詞爲一卷，盧季野梓而行之。雖片羽吉光，而論清詞流別者，殆不能靳其一席。蓋雲起有作，嗣之者較寡，亦較難。截斷衆流，無喧豗放恣之失。先生固詞如其人也。殺青之日，適葉遐庵輯星海《款紅樓詞》，亦已墨版。冥冥中若或宰之，倘亦詞林一雅故與？癸酉十月陳匪石讀竟記。

波外樂章叙〔四〕

波外翁退然如不勝衣，而外狷内狂，落落寡合。放於酒醉，輒喃喃語不輟。不知者以爲癡，或走避之，實則抑鬱之情，流露於不覺也。其詞亦然。格高而境邃，辭豐而心苦。磊落抑塞，舉而納諸渾穆幽眇之中，旨與《離騷》近，而貌不相襲。翁於書無不窺，工六朝文、温李詩。弱冠習倚聲，時彊村先生法夢窗，海内風靡流别不二，遂以綿麗爲宗。嗣慮夫雕琢傷氣，藻繪損質，乃進而求諸神理骨性。遍歷安陸、東山、東坡、淮海、清真，而力趨重大，尤究心於巨野諸晁。駸駸乎有大鶴學柳、漚尹學蘇之風焉。晚年持論右汴而左杭，至選調亦主北宋。論者疑爲矯往過正。然余夙知之其於白石、碧山、玉田固未弁髦視，特謂非極詣而已。旅渝之日，手定所爲樂章，芟削者泰半，存者亦多改作，每改定必示餘，不憚十易，愜心乃止。取精守約，可與宋之《白石道人歌曲》、清之《水雲樓詞》并稱。有少作一卷，存壽珏庵許，則所吐棄也。去秋將渡臺，以定稿屬其弟子蔣維崧，蔣商之曾履川謀付梓，翁許之。比墨版，翁已自沉矣。或曰「波外」命名早蓄懷沙之志，其然豈其然乎？

致邵次公論《遺山樂府》書[五]

來札謂得肎齋寫本《遺山樂府》，聞之狂喜。《遺山樂府》五卷之著録，一見於《抱經堂文集》，一見於《揅經堂外集》。而其真面目如何，不獨我輩未之見，即半塘、彊村二老似亦未之見也。阮伯元以凌雲翰選本當之，實則伯元亦未見凌本。彊村正其誤，諦矣。然彊村謂新樂府五卷，平定張碩洲、華亭張調甫兩刻之，恐亦待考。華亭本未見，不敢妄言。平定本即讀書山房所刊《遺山全集》之樂府四卷，此本爲元集最備亦最善者。肎齋致力頗勤。然樂府大題下夾注，照陽泉山莊本校輯，肎齋作全集序且云：「樂府五卷阮太傅有提要。而《文選樓書目》無其名，聞漢陽葉氏有寫本，數從相假，未獲也。」可知道光辛亥全集刻成時，實未見五卷本，後乃得而寫之。不知有題識可稽否？又不知較全集四卷本，詳略良窳如何？至彊村稱末卷海豐吴氏補刻，而兄言吴刻繫第一卷，則又有未合矣。寫本既有屺翁補遺及跋尾，抱經亦言出於義門何氏。是必由何本轉鈔而來，與抱經所見同一祖本。特抱經題辭，謂第五卷有八十二首，皆酬應之作。又曰其中「春垣秋草」注見辛稼軒集，又曰第二卷中附趙秉文《促拍醜奴兒》一首，又疑第一卷《滿庭芳》前首亦趙作。不知可資證明否？伯元所見同爲五卷本，而提要於抱經之説未出一字，更未言及義門。其疏漏不待言，而是一是二，亦今日所應考訂。伯元有提要而書目無其名，以意度之當在進呈書籍中。《宛委别藏》在養心殿，求諸故宫博物院，或可得而參校之。至二張刻本，全集頗習見。華亭不知何處可求？全集所據之陽泉本，其真面如何，亦恐未易覯，則較難之事耳。吾二人蹤迹既未合并，恨不能飛往大梁讀此未見書，并見華亭、陽泉爲之合較。兄既得此瑰寶，且欲公諸天下，如能博訪他本，爲之論定，繼盧之志，補阮之疏，正一切臆斷之舛，爲遺山功臣，亦大快事也。以爲如何？

與盧季野論《冶城話舊》書（節選）[六]

季野足下：山居養痾，不履城市，儼然一世外人。兒輩擕大著《冶城話舊》，以其中故實相詢，因得拜讀一過。敬恭桑梓，網羅逸聞，里乘野史之所資，亦《客座贅語》之流亞也。不脛而走，理所必然。惟傳之非其真者，或語焉而不詳者，譾漏所及凡十二事，另紙寫塵，備再版時甄擇。壤流之獻，想亦大雅所許乎？即頌箸祺。

「玉井詠隨園條」，《玉井小館全集》附詞一卷，板藏其家。民國二十四、五年間其裔將鬻之。韓漸夷以語管伯言，管主醵貲購，庋國學圖書館以存鄉邦文獻。韓、管兩君外，夏博言、枚叔、蔚如、仇述盦及弟皆出貲。其破爛漫漶，述盦自任斠補。

「藝風故居條」，購繆宅繫博言、枚叔合資。枚叔所居之樓即藝風藏書處。蔚如另購九兒巷周開麒故宅之旁院。小有園林。周爲嘉慶間探花。其正宅聽事極宏敞，俗呼百客廳。

「萬竹園鄧條」，鄧氏以詞世其家。季垂從兄笏臣，名嘉純，爲《侯鯖詞》五家之一。

「如社條」，如社社友尚有汪旭初、廖懺盦、喬大壯、蔡師愚、邵濂士、孫太狷、蔡崧雲、吴白匋。至京輒與者有夏蔚如、向仲堅。每集只限調，不限題韻。惟遇宋名家自度曲，多遵用四聲。

「鞠燕齋條」，述盦留學在光緒乙巳，選拔入貢爲宣統己酉。

「舊時月色齋條」，先君字樹之，無拙夫號。授徒里門。名僅亞於高、葉，與柳溪師莫逆。弟訂婚襁褓中。寒家自勤齋公後，科第不絶，詳見郡志、邑志及《金陵通傳》。故宅在明瓦廊，訖咸豐癸丑，合族以居。有旁門二，一在陸家巷，一在欣欣園。各就所近通出入。藏書之所曰香月樓，下爲家塾。洪楊據爲廨。同治甲子毁焉。余之齋名借白石詞語懷香月樓之舊也。

扁善齋手稿跋(節選)〔七〕

世宜因念萬竹園鄧氏代有達人,不僅以科名功業顯,雙硯之故訓聲韻,漚夢之目録校讎,皆足以信後。而詩文以外,若《小如舟舍》,若《空一切盦》,若《晴花暖玉》,若《蹇盦》,若《漚夢》。燕樂小道,亦衍雙硯之緒於無窮。丈雖侘傺不偶,而論文者方諸管、梅,誠百餘年來吾鄉文獻之叢。過鳳臺南麓者,所當穆然思、肅然敬也。漚夢嘗彙刊家集如干種,《扁善齋》已行世未與?喪亂之餘,版片不審存佚,願與有心人訪求之。

與李印泉書(節選)〔八〕

《曲石叢書》之美富,雖畢秋帆、阮伯元亦將不逮。尤復宏不擇壤流之量,於石之蟀吟蚓曲,亦欲收諸叢書中,俾附驥尾而存姓字。石之譾陋,其曷敢當?顧詞之爲物,意内言外,而又拘之於格律;縛之以聲韻;苦之以佯色揣稱。漚尹先生名以「人籟」〔九〕,不廢琢磨。半塘、夔笙兩先生晚年定稿,所存不足什一。石所呈草尚多未安,準所擬三例,時有竄易。每更寒暑,定稿未遑,近又發見未合之處,正事改定。吾生有涯而知也無涯。竊以爲狗尾厠貂爲叢書玷,轉不如暫存鄴架,隨時課其有無寸進。

〔一〕文稿中《宋詞叙》、《説南宋六家》、《説北宋六家》三篇已收入《宋詞舉》一九四七年中正書局初刊本。又見于陳匪石編著,鍾振振校點《宋詞舉(外三種)》(外三種包括《聲執》、《舊時月色齋詞譚》、《舊時月色齋論詞雜著》),上海古籍出版社二〇一六年版。《舊時月色齋論詞雜著》新收入陳匪石詞學序跋四篇、書札二篇。鍾振振在前言中説明:「收入六篇乃筆者自陳芸女士家藏先生未刊稿中選鈔而得,《雜著》之名,亦筆者所代擬。」六篇中除《復堂詞跋》外,其餘五篇均見於《陳匪石文稿》。文稿中《珏庵詞叙》、《瞻園詞續跋》兩篇已收入馮乾編校《清詞序跋彙編》第四册,鳳凰出版社二〇一三年版。分别根據壽璽《珏庵詞》民國刻本、張仲炘《瞻園詞續》民國二十五年(一九三六)刻本收入。除收入《宋詞舉》、《清詞序跋彙編》中的篇目外,文稿之《鞠讌詞叙》已附於仇埰《鞠讌詞》一九四七年排印本前。

〔二〕此文直接論詞韻者僅「又江古與東冬鍾通，不與陽通，填詞家合用亦起唐後」一句，但詳論各家對古韻的分類，可與《聲執》上卷論詞律、詞韻對看。

〔三〕《娱生軒詞跋》为王德楷詞集撰跋，陳匪石誉之爲文廷式傳人，此跋僅見文稿。《娱生軒詞》一卷，民國二十二年（一九三三）金陵盧氏飲虹簃刻本。此本有王瀣（字伯沆）序、王德楷自識（一八九二年）、盧前跋（一九三三年），未見陳跋。王瀣《娱生軒詞序》刊於《詞學季刊》一九三三年第一卷第三號。

〔四〕《波外樂章叙》係爲喬大壯詞集所撰叙文，此叙僅見文稿。《波外樂章》四卷，爲喬大壯（名曾劬）弟子蔣維崧交於曾履川付刻，印量極少，今惟見手稿存世。手稿前有一九四〇年自跋。一九五五年臺灣大學文學院影印手稿時，增沈剛伯序。一九九〇年四川人民出版社影印出版《喬大壯詞集》、《喬大壯詩集》，又增一九八三年朱東潤爲詩詞集所寫序。二〇一九年浙江人民美術出版社首次出版《喬大壯集》整理本。

〔五〕《致邵次公論〈遺山樂府〉書》爲陳匪石與邵瑞彭論張穆寫本《遺山樂府》所寫書札。

〔六〕《與盧季野論〈冶城話舊〉書》爲陳匪石與盧前論《冶城話舊》所寫書札。書札所論十二條在《冶城話舊》再版時被盡數採納，中有六條涉及金陵詞人詞事，可見其價值。《冶城話舊》係盧前在民國二十六年（一九三七）爲張恨水創辦《南京人報》專欄所寫的文言筆記，約百則，多涉及南京掌故。初版一卷，一九四四年六月萬象周刊社出版，前有張恨水序、盧前自序。一九四七年《南京文獻》第四期重刊，分爲兩卷。近年來整理本有《盧前筆記雜鈔》本《冶城話舊》（中華書局二〇〇六年版），以《南京文獻》本爲底本參校初版，較爲完善。「南京稀見文獻叢刊」第十一輯《冶城話舊》（南京出版社二〇一六年版）亦分爲兩卷，所用底本爲初版，未有後來修訂文字。

〔七〕《扁善齋集手稿跋》係爲鄧嘉緝詩文手稿所撰跋。鄧嘉緝爲鄧廷楨之孫。此跋除肯定詩文價值外，還詳述了「萬竹園鄧氏」的傳詞情況。

〔八〕《與李印泉書》爲陳匪石婉拒李根源欲將詞集收入叢書所寫書札。

〔九〕見於朱祖謀《苕雅餘集序》：「其以詞爲人籟，而天者動於幾之先歟？」鄭文焯《苕雅餘集》，一九一五年刻本。

（整理者單位：浙江師範大學人文學院）

鄧廣銘致唐圭璋信札五通

袁曉聰　整理

唐圭璋先生生前與衆多學者有書信來往，鄧廣銘先生就是其中一位。在唐老後人保存的友朋書札中，就有鄧氏致唐老信劄凡五通（另有致常國武先生一通，亦提及唐老），於此我們予以釋讀整理。鄧廣銘（一九〇七—一九九八），字恭三，山東臨邑人。北京大學史學系教授，著有《辛稼軒年譜》、《稼軒詞編年箋注》等。鄧氏於中國史、隋唐五代史、宋遼金史、史學方法論、唐宋農民戰爭史、宋史專題等均有創獲，致唐老書信寫於一九七七年至一九八三年間，主要與唐老探討辛棄疾詞箋注等詞學問題，頗具學術資訊和史料價值。原信中的標點符號偶有疏誤，現統一用當前通行標點。

一九七七年九月十日〔一〕

圭璋先生：

來書奉悉。稼軒詞中在會稽所作《漢宫春》二首題中之「觀雨」、「懷古」兩語，確實應以互換位置才對，我在編寫箋注時，雖不宜貿貿然移動，但總應將此事指明。然而當時竟疏忽未及於此。前年上海中華（改稱上海人民出版社古籍編輯室）曾通知我説，擬將該書重印。我又略作了一些改動，但也未談及此事。現在該書雖仍未重印出版。但據説紙型已控改完畢，正在印刷廠排隊等待付印。所以也來不及補救了。且待以後有機會時再作一個説明吧。

《瞿髯詞》想早見到，夏老來京初期，尚請時常晤談。自去年七月底唐山地震以來，他即外出壯遊。歸京之後，聞借住於友人家之平房中，不再在「朝陽樓」之四層樓上居住。因而一年以來，再未與他相見。近幾月內地震警告較前大減，聞夏老早已遷回原居址。但亦迄未進城造訪。因此太遠處北京西郊，夏日擠車亦大非易事也。匆此奉复，并颂大安！

鄧廣銘　　九月十日

一九八〇年五月五日

圭璋先生：

三月中來教遞到後，即屢次考慮奉復，但每次均未寫成。及相隔稍久，又覺仿佛已經裁答者。然年老昏聵，竟至於此！

關於岳珂生卒，我亦不知何處可以查得。姜亮夫書所著卒年，蓋爲想當然耳之詞。近見臺灣昌彼得等會編之《宋人傳記資料索引》，極佩其搜采之宏富精審。然在岳珂名下亦未著其享年幾何，更可證姜說爲無稽也。

吴世昌對辛詞《最高樓》末三句之議論，亦曾與我談及（且不只一次）。我只回答他説，「咄豚奴」云云三句，最早見於明王詔刊本，很可能爲李濂所改動，而見於宋元某刻本考，則均作「便休休」云云三句。因而只能説「咄豚奴」非乃後人所改（即使語意較切題），却决不能説「便休休」云云爲後人所改。我是寫信給他提出此意見的，他未再寫回信給我。

辛詞《菩薩蠻》中之「東北是長安」或「西北望長安」，即均有較早刊本爲據，則似從此從彼全無不可。並頌著安！

鄧廣銘　　八〇年五月五日

一九八〇年十一月四日〔二〕

圭璋先生：

接奉來書和大作，至感至佩。龍川文集中被删改文字，除您所指出的喬行簡請諡劄子外，陳亮自己的文章也有被妄加改易之處。如在其上孝宗第三書中有「前漢以軍吏立國，而用儒輒敗人事」句（此據明永樂時所編《歷代名臣奏議》初刻本），而自明末以來所刻《龍川集》中則都把「輒敗人事」改爲「以致太平」。四字之差，意境全變。不知這竟是何人所爲也。

舊作陳傳，早也想改寫重印，但近數年來只成了勤雜人員，分所應爲的教學與科研工作，反而都無暇去做。我現在就是長年累月陷在這樣的煩惱當中。餘年無幾，亦不知今生究竟能有機會進行修改與否。

蔡儀江文，越寫越離奇。因對辛文中「頃遊北方」句之「頃」字不得其確解，以致發出許多夢囈語。説什麽南歸之後又潛入金國去作暗探，實在令人苦笑不得。他却以此自鳴得意，連篇累牘，全都以潛入全國作暗探爲基點而大肆發揮。似已很難理喻。我也實在没有時間和他糾纏。前承寄示您院一老師與蔡君商討之稿，不知已在學報上刊出否。若能賜寄一本，至感至盼。敬祝。著安！　大作奉還。

鄧廣銘

十一月四日

一九八一年四月六日〔三〕

圭璋先生：

三月十八日來教並所寄常國武同志《讀辛詞隨札》，均已拜讀。我在三月廿日去成都開會，昨日方返京。拜讀來教及常國武同志大作後，至感歎服。蔡儀江、陸成侯兩人的文章我都看到過，段熙仲的文章我却不曾看到。當我讀過蔡、陸兩文之後，都曾發生過牽强不自然的感覺。例如從「五十弦翻塞外聲」句中截取「五十弦」三字，即斷言此詞作於陳同甫五十歲時，却不顧因此反致使全句無法解説等等。今承常國武同志一一指點出來。所以深以爲快。至於對「銀胡簶」的解釋，我也同意您的意見。説燕兵夜間整治其弓矢，語意原極明白。若必解作「銀胡簶部」，就成了「敵人的士兵正整理某支部隊」，那反而難於理解了。但不知常國武同志能同意我們的意見否。延誤過久，急欲奉還。匆此奉復，敬祝教安！並乞代向常國武同志致意。　鄧廣銘　四月六日

一九八三年八月廿七日

圭璋先生：

雖長久疏於問候，但經常從友人處得問起居健勝情况，不勝快慰。近日又從《社會科學戰線》上拜讀大作《讀詞札記》，並且得睹近照。知您雖已是年逾八旬老翁，而猶精神矍爍，勤奮著述，愈感敬佩。目前，我正在改編稼軒詞的系年，取《全宋詞》中作者小傳參考，竟發現我舊日對辛詞系年頗多不當之處。今且以兩事求教。

壹、辛詞有《用趙文鼎送李正之韻送鄭元英之〈蝶戀花〉》一首（詞箋 P. 123），又有《壽趙文鼎》之《虞美人》一首（P. 233），對趙文鼎的生平事歷，我只在前一看箋注中零星湊集了幾條，並不能見其梗概。而後一首則因與送趙達夫一首用同韻，便編入紹熙二年。今查《全詞》（P. 1978）趙善扛名下小箋，考趙「淳熙年間卒」，是則拙著對《虞美人》一首之系年大有問題。趙的卒年，我曾遍查未獲，不知「淳熙年間卒」之説所據何書。

貳、辛詞有涉及徐衡仲（安國）等數首，我在「徐衡仲惠琴不受」之《鷓鴣天》箋注中引用《上饒志》及張

栻《一樂堂記》簡介其生平。但兩文均只述及徐氏早年事。《上饒志》考係紹興壬子（即二年）進士，亦顯就大誤。今檢《全宋詞》（P. 2015）徐安國下小箋，言簡意賅，大勝拙著。其中謂徐爲乾道二年進士，自亦正確無誤。且均略著其知某州、任某路提舉之年代，此更爲拙著所不及。但此全條文字亦不知均從何書輯得。現在察覺到的爲上舉二事，今後尚不知將發現幾多處此類錯誤。現即先請示知上述二條之根據，以便照改。此後若再發現此類錯誤，當再隨時求教。敬請不憚煩勞，或即告知年事較輕之助手，示知一切爲盼。專此奉懇，敬祝著安！

鄧廣銘敬上　一九八三年八月廿七日

附：鄧廣銘致常國武書札一封（内含向唐圭璋先生求教問題）

國武同志：

四月二日，手教敬悉。《岳飛傳》今遵命寄奉。十年……内凡我自己所寫論文及單本作品，全被作爲大毒草而抄走没收，事後均未歸還。現在寄上的這一册，是從我的女兒家中取來的，所以也是僅有的一册了，用過後盼即擲還。在「四人幫」被粉碎後，我又把《岳飛傳》進行修改和增訂。忽作忽輟，直到去年春才把稿子交往人民出版社。去年十二月已看過校樣，今夏或可能出版。届時當寄奉一册求教。《南渡四將傳》本爲章潁所寫。後又經人加以增益，改編爲《宋南渡十將傳》。據我所知，只有《碧琳琅館叢書》本，並無單行本。

唐圭璋先生處久未奉函致候，想他近來仍極康强。便中乞代傳教：《全宋詞》和《唐宋詞選注》中於所考岳飛《滿江紅》詞後，附注考據近人徐用儀所編《五千年中華民族愛國魂》所説，元末謝升卿（当为「孙」字，整理者注）曾對岳飛《滿江紅》内有寫有跋語。不知徐氏此言可靠否。謝跋不知見於何書，亦不知唐先生曾查得否。我在撰寫《論岳飛〈滿江紅〉非僞作》時，因未見謝跋，故未敢取以为证。但若确有此人此跋，倒是一条最最有力的证据也。專复。顺颂。

著安！

鄧廣銘　一九八三年四月六日

（整理者單位：運城學院中文系）

〔一〕由此信札中「自去年七月底唐山地震以來」語知，此信當作於一九七七年。

〔二〕由此信札中提及「蔡儀江文，越寫越離奇」知鄧氏當讀過蔡氏論辛棄疾的文章。查蔡氏有《辛詞三首續説——兼答常國武同志》發表於一九八〇年三月《杭州大學學報（哲學社會科學版）》上，可知此信當作於一九八〇年。

〔三〕由此信札中「並所寄常國武同志《讀辛詞隨劄》」知，此信與常國武文章有關。查常著與此相關文章有兩篇：一爲一九七九年十月一日《重讀辛詞三首隨劄——兼與蔡義江、陸成侯兩同志商榷》《南京師大學報（社會科學版）》一九七九年第五期）；一爲一九八一年四月二日《重讀辛詞三首續劄——與蔡義江同志再商榷》《南京師大學報（社會科學版）》一九八一年第二期）。因此信作於四月六日，可知鄧氏所讀常氏文章當爲一九八一年者。

陳葆經與施議對論詞書

王　娟　輯録

陳葆經(一九一九—二〇〇四),字麗子,安徽全椒人。早年肄業於無錫國專,晚年被聘爲安徽省文史研究館館員。長期從事教育工作。有《三餘軒詩詞選》行世。

一

議對先生:

惠書承選用拙稿三首,深以老來又結一詞友爲幸。《賀新郎》中,無「越」字。另紙抄請審正。《臨江仙》,擬改三句,當否?請教。唐師處容覆信函,再奉告其病況。《小傳》填齊,已附上。我把原籍及寄籍都寫上,若不妥,即寫「安徽全椒縣人」。

佳章乞常見賜。

復頌

吟祉

不才陳葆經拜啓

一九八五年五月二十九日

附録一：陳葆經小傳

陳葆經，字麗子，原籍江蘇南京市，寄籍安徽全椒縣。一九一九年生，無錫國學專修學校畢業。長期從事教育工作，一九七八年退休。現爲安徽省詩詞學會理事，江南詩詞學會編委，中國《儒林外史》學會會員。有《三餘軒吟稿叢集》集及《續編（一）》自刻本。

附録二：陳葆經詞集評

林從龍曰：字字心聲，行行胸臆，其情感之真切感人肺腑，動人心弦。（《三餘軒吟稿叢集》序）

汪民全曰：朗誦回環，但覺肝腸爇熱，齒頰芳留，花明水動，機發籟鳴。（題《三餘軒吟稿叢集》卷後）

魏羅曰：典雅樸質。（《桂海詩刊》第五集）

劉流佳曰：深入淺出，具真情實感，不落陳窠老臼。（《三餘軒吟稿叢集續編一》校後記）。

二

議對同志：

金陵匆匆一晤，言虽數語，足慰生平。

唐師盛典，堪稱隆重，不知《團結報》可否略刊幾則賀詞乎。

大作未見，請見示。拙詞奉正。

即頌

撰祺

陳蓀經拜啓
一九八五年十一月四日

三

議對詞友：

十二月十六日大函及《東坡赤壁詩詞》二册，一月十七日方收到，郵途一月，何其慢也。

許寶騤老先生處，今日已去函聯繫。

承增選拙詞，謹謝。

葉鍾華通信相友已數年。

大作工力深厚，盼時有見惠。

上次南京所見署「靜霞」之壽詞，極佳。不知其姓，現在何處工作？

專覆即頌

撰祺

陳蓀經拜啓
一九八六年一月二十日

四

議對老弟吟席：

上月赴肥，在徐味同志處拜讀大著，尤羨長才。頃接廿三日函，遵囑補寄傳評。三首以外，愚意能增選祝唐師壽《臨江仙》詞，以存紀念。如不合適，「春至」(《點絳唇》)與「蝶」(《臨江仙》)，不知可用其一否？八五年四期《詩刊》刊拙詞四首，諒已過目。

專覆，即頌

撰祺

小兄陳葆經拜啓

一九八六年三月三十一日

附録：

臨江仙

唐師圭璋教授從教六十五周年暨八旬晋五壽辰祝詞

學生陳葆經呈稿敬祝

一九八五年十一月二十七日，南師大、中華書局、江蘇省作協、省社科院、省出版社、中國韻文學會、古籍出版社、省文聯等八單位爲季特師從教六十五周年暨八旬晋五壽辰舉行慶典。柬帖遲至，急驅車赴，時已下午，一叩師顔，譜《臨江仙》爲獻。

朱況旨歸同逸響，霜厓一脈真銓。爬梳捃摭善三全。等身盈巨制，大耋富新編。　　六五春秋光魯殿，步趨切憶童年。青燈黄嬭負薪傳。未忘横玉尺，常願奉金仙。

注：唐師對晚清名詞家彊村、況蕙風先生所持之論極爲推崇。吴霜厓太夫子《宋詞三百首箋序》謂其善者三。

五

議對詞兄：

大示拜悉。夏老溘逝，文壇頓殞巨星。雖未列門墻，悉喪同抱。挽詞一闋，乞正。五月卅一日《團結報》獲讀尊作三首，西州腹痛，字裏行間，可與瞿禪翁並傳世矣。暇則希常惠教。

復頌

撰安

弟陳葆經拜啓

一九八六年六月七日

附录：浣溪沙　挽夏承燾教授

負笈曾經入具區。追尋杖履繫歸思。春風空憶我來遲。　　未信雲霓終蔽日，但開風氣不爲師。高標亮節自成詞。

六

議對老弟：

前書諒達。

讀大著深佩卓見，尤多啓發。

對《金縷曲》之持論，頗精微。我今年譜過數闋，乃宗《白香詞譜》譜式，其上下片第六句均爲「仄仄仄、平平平仄」，至於「承上啓下」則有未及之處。上下兩結的兩個三字，《乾陵無字碑》一首下片結尾則未能，雖辛詞句式有異格者，總覺不妥帖，誠如　尊作所云，「是詞中音律吃緊處」。附件以紅筆標出，尚乞賜以教我，以開蹇瞽。

專此　並頌

吟祺

小兄陳葆經拜啓

一九八六年七月廿四日

七

議對老弟：

上月三十日郵奉拙詞「猗猗緑竹」寫成「緑竹猗猗」則不合格律矣。請更正。

茲有懇者，歲值七旬初度，爲念先慈誕辰一百二十周年，友人爲繪《萱帷督課圖》一幅，擬請賜題（詩詞不拘）以便集諸公之雅什裝裱成册頁，子孫永珍，諒不見棄也。

耑此 並頌

撰祺

小兄 陳蓀縉 拜啓

一九八六年九月十一日

八

議對詞友：

惠書並鴻題均拜領，謝謝。以赴連雲港講課，探亲，遲復，爲歉。

《當代詞綜》已交印否？闻中华詩詞學會端陽成立，閣下是否與會？如有新著，盼能一讀。對《金縷曲》卓論，良多心得，贈全國书協常務理事林岫同志一詞本此旨而爲之，請正。

復頌

撰祺

陳蓀縉 拜啓

一九八七年三月十五日

附録一：

金縷曲

林岫同志爲《萱幃督課圖》寵惠簽題，複荷嘉許拙詞，感悉之餘，賦此答謝櫪伏徒增齒。最難忘、丸熊斷織，卜鄰三徙。一幅畫圖重省識，多謝鴻題次第。對舊雨、情何能已。又倩新知抒腕力，運龍蛇、字字千金抵。春有脚，報無李。　知曾塞北煙塵裡。惜芳華、雄心不擲，薄冰斯履。瞬息東風蘇萬類，望眼雲霞旖旎。數巾幗、真無餘子。學殖吾慚荒落甚，枉勞君、尺素投諸鯉。磨硯鐵，礪期砥。

一九八七年三月十一日

附録二：戊辰春節懷人詩三十首選録

陳葆經

驚人無語□師尊，但覺天成有鈍根。面命耳提都負負，虛聲且愧出吴門。

唐師季特之一

幾篇論著幾奇葩，《當代詞綜》選万家。他日重逢須刮目，多君選舉又雲拏。

施議對博士之三

名岳名川仔細描，詩才爭信美而驕。頻年頓首揚書藝，又舉聲華國際標。

吴丈蜀先生之四

聞道東瀛賦凱旋，丰藏廣見富吟箋。緣何北雁南歸後，繫足無書望目穿。

林岫同志之十二

九

議對弟：

賜函悉。前日《團結報》五片，此次四片，亦收到，謝謝。

一、已轉告汪岳尊先生。

二、我的列印件贈詞下片首二字爲「白門」，是因「□□○前路」一首的下片首二字也是「金陵」，故改爲「白門」，因白字是仄聲，不合格律，故應仍作「金陵」。當時應改爲「秦淮」的。

三、《賀新郎》抄整一下奉上，另作《憶王孫》，如二者不可均用，仍以《賀新郎》爲主，請卓奪。

四、拙「詞選」六頁《搗練子》第三句應爲「仄仄平平仄仄平」（斷續寒砧斷續風），我在無□的情況下，作了「平平仄仄仄平平」，是不應該的。如今後有機會正式入集要改，否則刪去。

五、中華詩詞學會三十一日開會於北京，安徽去了劉夜烽、宋亦英、徐味、李明杠。（省詩詞學會的）馬依群（太白詩社）、張□（珠璣詩社）、冒效魯教授。由原省委副書記張凱帆領隊。不知您參加此會否？

六、近日氣候轉熱，氣壓低，甚不適。

即頌

吟祺

葆經

一九八七年六月一日

附言：寄去三頁宣箋，不知您處影印方便否？如能影印一份給我留念，爲感。

附録一：

賀新郎

施議對同志榮獲博士學位　　陳蓀經

議對同志早年以研究生從夏承燾先生習宋詞，嗣後入中國社會科學院從吴世昌先生續攻唐宋詩詞，獲碩士學位。曾著《李清照的詞論研究》、《論陳亮及其龍川詞》、《詞與音樂關係研究》上中下三卷十四章。頃聞其榮膺博士學位，倚聲以奉，爲祝鵬程。

士也堪稱博。領春風、猗猗緑竹，根生新籜。漱玉龍川開卓論，一木三分入鑿。更老手、輪囷又門。合樂歌詞傳妙諦，十四章三卷三丘壑。香在暗，幾番嚼。　金陵小聚猶如昨。憶經年、君吟北闕，我懈南郭。書遠長安時見惠，許借他山攻錯。且足慰、山居索寞。念念夢桐支老病，甚愴情，淚寄天風閣。言爾志，盍其各。

附録二：

憶王孫

議對同志《詞與音樂關係研究》再版奉題　　陳蓀經

從知價更重西京。洛陽，晋、後周皆爲西京。三卷文章兩殺青。立雪人曾入大庭。自蒸蒸。符實詞壇博士名。

一〇

議對老弟：

十三日收到函、影印片，二十七日收到匯款，二十九日收到信、影印片、書。

一、大著一册，立即交汪岳尊先生，汪説「閲後當有新題贈」。

二、遵囑去函徐曙老，已接覆函，謙恭過甚。

三、周采泉先生來信和我《鴻溝》；並説和「士也堪稱博」寄尊處矣，願一讀。

四、《光明日報》載臧克家先生詩一首，尊和三首，不知中華詩詞學會您出席成立大會否？

五、既承将論《金縷曲》一段亦列入，修訂一下另紙奉正。

六、稿酬謹領，深謝惠寄之勞。

又：《當代詞綜》已交印否？

專覆，即頌

著祺

葆經拜啓

一九八七年七月二日

一一

議對老弟：

十一月卅日函及尊作論文三册，九日同時收到。近日審核縣交通志文字，今日（星期日）正開始拜讀論辛詞文。稼軒編年詞，我曾反復讀過，信尊作可爲我加深領會也。

劉鳳梧老先生抗戰前曾任溆縣縣督學，後升遷省廳。夢芙是師專一位助教介紹，要我改詩的，去年鄭州一晤（與林從龍同時相識）。春間他來信，要我介紹他參加北京之會，只因我省人員已決定爲幾個詩社的主要負責人去，我愛莫能助。結果找了林從龍，得您推薦，也讓他開了眼界。夢芙詩比詞好些，多辭藻堆砌，我向他講過，他已從這方面注意。方在盛年，似應多從事一些研究工作才好。

餘再敍。復頌

春祺

葆經拜啓

一九八七年十二月十三日

一二

議對老弟惠鑒：

新歲伊始，知多新獻。

徐曙岑翁郵賜線裝詞集、詩集計八帙，爲此厚我，老弟之言介也，爲謝。

茲有託者：我是縣委宣傳部領導創立一個以文爲友的文學團體——安徽省全椒縣文學協會會員和領導成員，都是中青年，但一定要我掛一個「副理事長」的名義，情不可却，勉力爲之。部長同志想請周老（谷城）或臧老（克家）寫一會牌（或其他名作家亦可）。此二公均为全椒吴敬梓纪念馆赠过诗联。

式樣：

安徽省全椒縣文學協會

〇〇〇題□

寫小一點也可，用時放大。（請即覆告）。

《東坡赤壁》有題贈老弟詩詞幾首，拙作諒亦是老弟寄去的。

請即復。並頌

著祺

小兄葆經拜启

一九八八年一月二十四日

一三

議對老弟：

題簽並　大函先後奉到，請代向臧老轉致誠意，已着手放大交製。

曹大鐵先生，我尚不識，只知是我省詩詞學會顧問，開會時未到場。他的通訊位址有二：①合肥市房管局；②江蘇常熟市菱塘南村二十四號。簡歷已知否？若不知，要問徐味同志。

《當代詞綜》在何處印刷？爲能再補入一二人，我介紹已故詞人陳家慶（二首）及其女徐永端（一首），補不進去就算了。（補不補均盼函告）

九五老人徐公曙曾惠我八帙詩詞，盛情可感，日前，填了兩首詞奉謝，抄請老弟指正：

鷓鴣天

謝九五翁竹間丈惠賜大著八帙

不囿蘇辛不役姜，小聲鏗逸大聲鏜。千醞萬釀花成蜜，二宋三唐勁轉蒼。薰後學，煥新章。耄年音律匯柔剛。容憐禿友頹鋒管，奮我精神饋食糧。

一老錢塘郁古香，韋編相餉重琳琅。汲從字裡行間唾，潤得枯餘澀後腸。鰥既抱，贅何妨。生離死別黯神傷。不才亦歷中年厄，淒絶元稹賦悼亡。

注：末帙爲「竹間詞贅」悼亡後作。

《中華詩詞》何日出版？

縣文學協會以新文學爲主。要我掛個名，情不可却，但也爲之做些實際事。（如春節搞了一次詩歌大賽，「三八」節搞個婦女詩歌會等）

復謝，並頌

吟安

小兄　葆經　拜啓

一九八八年三月八日

一四

議對老弟詞壇：

二十日發出的十八日大函，二十四日拜讀。

周宗琦先生《西江月》誠如老弟所言「即便題材平淡，仍是動人」。此公作品初見，有恨晚之感！老弟《浣溪沙》得瞿髯翁之真傳，吐詞屬句均佳。

查閲舊櫝，知已選拙詞《全縷曲》（「一枕驚回首」）、《臨江仙》（「鎮日」）、《賀新凉》（「又到鼋頭渚」）、《臨江仙》(「朱況旨歸同逸響」)四闋,茲承告將有增補,甚見雅愛。鄙意《賀新郎》(「士也堪稱博」)、《憶王孫》(「從知價更重西京」),忝獲衆評,必與老弟之缔交有所存念,似可列入。此外,《點絳脣》(「江河東流」),近作《鷓鴣天》(「謝徐丈曙岑以《竹間吟榭續集》、《延佇詞續贅》八卷見遺」),可任卓裁。(選定後並希見告)前選《臨江仙》「鎮日……」,後曾有新修改記得已奉告,茲再抄附另紙,請核對一下爲感。

徐永端來信,謂已收到征函,即將整理数首寄奉。

臧老題字,已製成會牌,古色古香,在敝邑實爲僅有者。

專覆並頌

著祺

小兄蓀經拜啓

一九八八年四月二十六日

附録:臨江仙

寄劉實和首都醫院

鎮日椒陵浸病裏,聞君病滯燕京。秋風鐵馬夢同縈。相憐人瘦影,珍重晚來晴。　暫惜新聲消永夜,多劳一雁傳情。天涯又許識豪英。詩魔降未得,倚樹和鳴嚶。

一五

議對老弟:

卅一日兩信箋均及目,郵遞九日之久,可謂太慢。

「能不爾思矣」(《賀新郎》)拜讀,《博士之家》(臧克家文)一文,日後盼能一覽。周丈(周谷城)處日内當奉柬請教。

遵囑補入四闋拙稿,另紙請正。

《中華詩詞》弟前云可代選一首,如未辦,另抄二闋,希卓裁,代轉可也。

曹大鐵、徐永端聯繫如何?

復頌

編安

葆經

一九八八年五月十日

一六

議對老弟惠鑒:

五日、十日覆奉一書,附補選拙詞抄件,諒達左右。

近以友人擬爲我聯繫詩詞出版事,當非可以速成者,而秋間一旅蕪同鄉將返里爲其先人遺稿作油印綫裝本,此間有善謄寫正楷者,我想就此機會,請其代印少量(最多五十本)作第一步準備。正在自選詩百首以内,詞百闋以外。卷首列自序一,友序一; 另選三、四家題詩(詞)。除已函呈徐曙岑丈、周采泉兄賜序題詞外(原題詠全是詩,無一首詞),特函請老弟爲我寫序一篇。要求實事求是地講幾句話。一記相交、相識之始末,二記對於編中作品的領會,三對拙作作一、二句恰如其分的評語。文長五百字左右。八月底前賜我,諒不見棄也。(如鉛印聯繫好,油印綫裝本不印)。

前云「懷大學學友」，有文示我，希能一讀。

即頌

撰祺

蓀經拜啓

一九八八年六月二十八日

（拙集）全署爲《三餘軒詩詞選》，内分詩選、詞選兩部分，如能請一位詩家爲之題簽，則請代辦，否則將請千帆先生賜題。又及。

附録：陳蓀經《三餘軒詩詞》序（施議對）

昌黎子曰：「歡愉之辭難工，窮苦之言易好。」此古今詩人難以逾越之大法則也。歌詞創作亦然。近百年來之作者，數歷滄桑，飽嘗世味，每多動人篇什。解放以後，舊瓶裝新酒，曾出現過另一矛盾現象，抒寫新内容、新思想者難好，表達舊思想，舊内容者易工。凡可登大雅而適時之作，往往透徹玲瓏，可見性靈，但却多隔世之感。改革開放期間，詩社、學會遍地開花；風流文雅，盛況空前，然則各種公開發行或内部交流之詩詞刊物，連篇累頁，少見佳作。

全椒陳蓀經麗子先生之《三餘軒詩詞》，展示新時代生活畫卷，將古典與新辭彙融於一爐，無論歡愉之辭或窮苦之言，均極工巧，令人一新耳目。尤以若干酬答友朋之作，滿腔熱忱，更見其亦忱之心。「三餘」之集，打破了古今有關難工與易好之法則，並且説明瓶無新舊，只要有上等原料，上等釀造技術，自能釀出好酒。

余因主編《當代詞綜》，結識先生。乙丑仲冬，赴南京祝賀唐圭璋先生八五大壽，席間幸得歡晤。讀其書，見其人，甚感平易近人，所謂「書生幸未失真」(《塵沙集·自序》)此一真字，當是其人詩詞所以感人可與親近之原因所在。但願「三餘」之集，能爲當代吟壇舊瓶裝新酒，開一代新聲，提供有益借鑒。

戊辰秋後學錢江詞客施議對敬識於京門之能遲軒

一七

議對弟：

六月廿八日郵致一書，請爲拙作作序文，久未見覆，不知是否已誤于洪喬？近接合肥詩友信，謂各省加入中華詩詞學會者，會員證均辦好，須繳會費拾元方可領取。憶前應尊囑填表，是否應寄十元去。因不知該會會址，是否寄款請弟代辦？非爲索此一證，第恐失信於弟也。盧爲峰同志亦久無信至，讀其作品，欣詩詞之有後繼。

專此。即頌

撰祺

小兄　葆經

一九八八年八月二十六日

一八

議對老弟：

暑氣全驅，快讀鴻文，老弟揮汗勞形，三萬餘言，爲百年詞括其概，多獨見處，「符實詞壇博士名」，益信矣。

聞書已交稿，爰以二日閑通讀始終，僅就管見所及，盡陳一一，未盡當，供參考。

一、第二頁九行「提供某些有益的借鑒」。第八十一頁末行「提供有益的借鑒」。一爲弁言的結尾，一爲緒論的結尾，應避重複宜更改一處。

二、第十二頁七行「誓詩」，爲你原作詩題中字，宜作《沁園春・誓詩》。

三、第十三頁倒三行，《湖海開徵引》，按原集爲《湖海詩社開徵引》。

四、第三十三頁，倒四行末。建議加（按性類區爲三型），因十个人名，在正文是依生年排列，而下面三類是以性類區分的。不加一句説明，讀者會有綜错感。又「琦君」是否漏「姓」？

五、第四十三頁，丁寧應爲（一九〇七—一九八〇・九月），列一九〇二，是否誤，再查一下。

六、第四十五頁，丁寧詞集《還軒詞》，已於一九八六年在安徽正式出版，是否在文末加一句。又同頁八行，「漱玉古人矣」五字應劃去，斷句於「豈能不悲其遇」。

我讀得很快，也發現有個别錯字，正本請詳校之。時間水準兩限，只能奉達如上。

大序拜領，增輝拙集。

徐曙丈題詠秋凉爲之，現尚未至；接洽印刷，亦未落實，稍俟，即籌划自刊一線裝册，作爲定稿。

二事相詢：

一、我想先列詞，後列詩，妥否？

二、對題詠諸公，篇末附簡介。爲吾弟列「施議對（一九四〇— ）福建泉州人。中國社会科學院文學研究所博士。著有《……》、《……》、《……》等詞論並輯近百年詞成《當代詞綜》行世」。妥否？

先後題詠十六家，（包括徐丈），録二供先睹：

宋亦英《南歌子》：
何必嗟漂泊，生平厭步趨。秋風秋雨閉門居。甘對儿啼灶冷志難渝。　曾歷塵沙日，歸從湖海初。一生心血托三餘。佇看珠璣行壯懷抒。

一九八三年七月二十二日

霍松林：
氣求声應久相闻，讀罷新詩似見君。萬里河清人自壽，更揮健筆著宏文。

一九八三年九月五日

日前曾致一書，諒達吟几。以宋亦英言及中華詩詞學會會員證事，是否可寄款到尊處？
專複並頌
編祺

小兄葆經拜啓
一九八八年八月三十一日

一九

議對老弟：
前書入目否？頃杭州友人來函，謂竹間丈遽歸道山。挽詞直寄原址，不知沉浮。另鈔一份請正。
匆頌
撰祺

葆經拜啓
一九八八年九月九日

附录：浣溪沙

竹間詞丈挽詞

徐丈諱行恭，字顒若，號曙岑，晚號竹間居士。致仕北京後，乃歸故里錢塘江畔，築竹間吟榭，專致著述，廣結海内外文士。余以議對博士之介，得受知焉。今年七月五日，丈以暑熱失健相告，知拙集將梓，且允秋凉爲之題辭。八月三十日，周君明道函，謂丈作古已一月矣。風雨淒其，情何能已。丈享年九十六，解放後爲浙江省文史館特約館員。著有《竹間吟榭集》七卷、續集十二卷，《延佇詞》並續集、贅集各一帙。

去去西山薄宦遊。且熔常浙且雕鎪。幾生修得一杭州。　人日有聲歸大筆，天公無語畀新璆。更誰鎚授刮吾瞀。

注：今年人日作《學詩與詞之緣起及詞中一得》。

戊辰中秋全椒後學陳葆經載拜

二〇

議對老弟：

日前寄上竹間丈挽詞，今更易如下：

浣溪沙

竹間丈挽辭

薄宦西山汗漫遊。且熔常浙且雕鎪。幾生修得一杭州。　荒墅天中憐舊燕，故園人日琢新璆。揮椽空許俟諸秋。

注：乙酉一九四五年天中節有詩傷北墅故居爲强人占；论詞一文署戊辰人日；求題拙集承允，俟諸秋涼，不数日，報訃。

再請指正

葆經拜啓
一九八八年九月十四日

又，致廬爲峰君函，不見覆。老弟近與之通信否？

二一

議對老弟：

三月二十三信及《中華詩詞》一册，四月五日收到，一直考慮到尊處新址不通郵，舊址可否寄？大風先生又去杭州，最後還是按您上信所言，寄到舊址碰碰看耳。

隨函寄去拙作《當代十一女詞人》一文，請正並請介紹刊出，要求能一次刊完。

老弟赴美，不知何日可返？

遲複。即頌

夏祺

小兄　葆經手啓
一九九〇年五月六日

二二

議對老弟台鑒：

去（港）後每切懷想，以頸椎骨質增生疏於文牘，曾託大風（毛大風）爲峰（盧爲峰）爲之致意。今乃有華翰之臨，且囑評李祁詞，得勉爲之，請正。丟失之三百餘家不知已補齊否？陳翠娜、葉可羲、詹安泰、龍榆生，均一九〇二，陳家慶、鍾敬文等均一九〇三，亦當在丟失中矣。拙作已見《中華詩詞》一輯，爲謝。《百年詞通論》似又有修改，出版發行當在明春。宋亦英《詩詞選續集》由黄山書社排版中，容梓成當寄奉。

李祁稿第一頁《朝霧》下片首句有無錯字？第一頁《浣溪沙》四首標題首行「時，行涼，可衣夾裡。」標點存誤，「裡」應爲「裏」。詞的第一首上片末句，「朝見」疑誤，請詳校。又「本子」開始敘述應加「編者曰」。

舍間門牌由二十號改二十二號，並告。有閑希常賜教。

聞汪老覆函已寄上。

即頌

編祺

小兄 葆經 書

一九九二年十月五日

二三

議對老弟惠鑒：

十一月二十六日 大札并陳家慶、鍾敬文詞頁，讀悉一一。且知前者李祁詞已達左右。

秋初永端函索拙作《當代十一女詞人》，比將《中華詩詞》第二輯寄蘇州，未獲覆。以其並囑查詢《碧湘閣集》，經尋得安徽、南京兩圖書館均有存本，比即函告，又未見覆；又連發兩信詢之，亦無消息。不久，其弟永江由美歸國，在蘇州見到我的諸信，乃代答之，方知永端已赴美矣。

又珍懷學姐由美來信，索　老弟通訊處，因有人要編中國詩詞，將與老弟接洽也。珍懷地址爲：

Sheng G. Yin 轉張珍懷女士（前名爲其婿尹聖光）

（略）

拙著前承作序，但一以自費無力，二以印出后如何處理，益以揀選至今，可得詞百首以內，詩四十首左右，且承徐稼研、周退密、張珍懷、宋亦英，周采泉諸大家題詞，如有機緣，想刊成一個薄薄的小册子，奉贈友朋指正，二百本以內足矣。尚不知何日可行世。

田俊江通訊處、郵編，希告。

評陳、鐘詞，奉正。

宋亦英詩詞續集明春出版，並告。

復頌

撰祺

小兄　葆經　書

一九九二年十二月八日

二四

議對賢弟惠鑒：

琅函並諸附件均拜領一一。

詩説二文，頗多高見。《東君》今譯，尤見心裁。

徐永端不知何時歸來，她説整理碧湘詞與其父徐澄宇先生詩集合印一册，未悉已否進行？

珍懷學姐回申尚未有聞，稍俟當與之聯繫，其白内障要開刀也。

拙作擬選出詞一百首左右，詩四十首左右，連同　尊序及諸家題詞（約十首左右）印一小集子（統計五十頁），分贈友好。印數多，當然便宜些，但送人送不完，出售售不掉（《中華詩詞》五册，我都送人了，無人願買），堆在家中佔地方。不知印二、三百本要多少錢？國際書號在國内印刷似乎還要有統一書號和新登號，所以我整理了一部分，便又停下來，没有信心爲之矣。吾　弟是否能爲我全面計劃一下，以後告知，再鼓勇氣，進行整理。

《當代詞綜》在閩印刷，是否有妥人校對？目前許多書刊錯字太多，詞錯一句中之一字，就大煞風景。廣州《當代詩詞》總廿五期有　尊作詞三首。又有陳瓊芳《閱盡人間十二峰——讀施議對的一首題刺詞》一文，當已收閲。

近以忙於點注我縣一部明志，一部清志，吟詠不多，有亦多應徵之作，不足道也。録自稱意者一、二呈正。

新歲伊始，爲祝

著祺

小兄葆經再拜

一九九三年一月二十六日

附録一：

集龔自珍句

文章合有老波瀾，任作淋漓淡墨看。頗覺少陵詩吻薄，手捫千竹古琅玕。

附録二：

鷓鴣天

步稼研七十七歲生日韻即介儷壽

自是金剛不壞身。何曾便已入黄昏。千秋詞業尊名士，一代祠官老壽氏。南曲緩，北宗皴。西園東壁重三墳。耆年修到鴻妻佛，鄴架紛陳與共論。

粗製新詞墨尚新。四年初度扙鳩辰。休論著作歸蟫腹，許有文章托鯉鱗。陳弟概，報兄尊。藥爐佔畢漫哦呻。枉藏拓本焦山石，眼底貽禽憶問津。

曾以代鶴之詞求教。

二五

議對老弟：

信及書均讀悉，慰我懷想。一九九四年甲戌春，經自選《三餘軒詩詞選》新舊作百九十一首，其中詩八十九、詞一〇二，另有蘇局仙、李独清、周采泉、孔凡章、周退密、徐定戡、張珍懷、宋亦英、盧爲峰九家題詠（蘇翁時百零七歲，爲峰時二十四歲）。序二（一爲老弟所作，一爲張業盧教授）。封面題簽周谷城老師，扉頁林岫女士。原聯繫省出版單位，因財力不足，乃改作非出版物印刷交流。印成後即寄奉（寄到老弟港址）。未幾，遭退回。嗣又寄一次，又遭退回，謂址不詳。乃無可再寄。今接來書，知老弟已轉徙澳門大學任教，餘事著述，學以致用，可爲詞業發揚光大。《博士之家》一書内容豐富，裝幀大方。是文、是詩、是史。有幾處錯奪字，望再版更正（未讀完，只粗讀一通，容後再告）。

九十八頁　「俶稿」，「俶」行書，正楷爲「俶」字，「俶」同「倜」，始也，作也，書中印成「供稿」，請更正。

一〇六頁　「裡」無此字，應爲「裹」。　一六〇頁　三行，「賞」應爲「嘗」。　一二四頁「待疾」應爲「侍疾」。

又一七二頁　陳葆經名下括弧内，再版時請改書（安徽省文史館員、副編審）。近十年間，與徐定戡、周退密及老同學張珍懷吟箋往還，頗稱益友，現徐翁已於年前將書籍全部售於古籍店而就養澳大利亞兒子處。張大姐魚雁久滯。老弟又遠行，通一信多輾轉，故偶得片紙隻字，亦倍感親切也。老弟此信郵戳爲廣東珠海，不知大陸有無可以轉信處，老弟暑期住在香港還是澳門？暇有閑告知一一。

周宗琦老先生曾承介紹，僅通數函，乃聞遽歸道山。《博士之家》中此老論述見精微，獨到獨見之處頗多，惜相識之晚也。

夫人及令郎是否均隨老弟同行，爲念。

復承嘉年並賀

年祺

陳葆經拜啓

一九九七年元旦

二六

議對博士老弟文席：

大著並鴻論一一拜領，讀後良佩，倍增士别三日之感。心得兩則，草稿多不通達處，行距太窄，欲改而無隙可以下筆，請老弟電腦處理後，務希代爲訂正，冗詞可以删去。名人字典，大比大賽，經從不應徵。詩詞利物非論稿者概不自投。印三兩個小本本，是作爲知己交流之用。結集成書，未敢妄爲。

徐稼研詞兄前歲將存書全部交滬上古籍書店而就養南澳，行前有詩示我，但通訊處一時却不知置於何所矣。如有聯繫，盼能告知。

珍懷學姐，歸國又將出海，現當仍在申江也。與退密兄亦多時疏□矣。人生漸懶，況吾之白内障不耐多寫讀焉。有閑望常通消息。此覆並承

嘉勝

小兄陳葆經頓首啓

一九九七年十二月一日

又及，通信處不變。爲峰編書海峽出版社曾以蕙諳集、荷堂詩話寄我。

附録一：

讀《敏求居説詩》寄語

陳葆經

乙亥迎春偶成四律，其三曰：「詩人詞客浩茫茫，級數幾何邁宋唐。饋歲頻呼財與喜，賀婚總是鳳求凰。在台不解平和仄，下位渾忙犬對羊。官古超閒人四種，圖形繪影有文章。」官古超閑四種人

本不能詩,不懂詩,更不是詩人,丁茫、湯明珠有文述之。

丁丑秋吾友施議對博士以《敏求居説詩》諸則見示其中所云,有與鄙見略似者,如《腐儒與村叟》、《蛇王與蛇手》、《打水與打油》、《詩官與官詩》是也。

又丙子春,余作《浣溪沙》曰:「字號分明信可征,自删自改自添增。推銷比似化緣僧。災棗災梨渾不管,蒔花蒔草更無憑。丐名貿利樂蠅營。」及讀施氏《詩商與商詩》,何不約而同乃爾。施氏以「大比大賽」列此範疇猗與。詩是性情中之産物,那是可以賽出來的呢?施氏論《坐井與見天》極見微觀。

古代,特别是明清,士子應考,皆有詩課,所以士子皆能詩,而詩集之刊行則寥寥,當時無油印,只有抄示友朋或抄傳後世。富壽蓀油印示人,比之無書號之詩集也,也可以鉛印,也可以激光照排。但無書號者未必差於有書號者,敏求居説詩,已概言矣。

香港回歸,萬民歡慶,産生了大量詩詞作品,類似施氏所舉《念奴嬌》之堆砌詞彙,不合格律者,爲數甚夥。推其原因,乃作詩填詞者,他們不懂詩詞,也不肯在詩詞上下功夫。余鑒乎此,乃就史實,化成語爲詞語,有《浣溪沙》二闋曰:「國弱何曾有外交。石頭城下屈盟要。虎門士氣未全消。不是一聲雞唱曉,安能重引鳳還巢。端憑人定豈天教。(其一)一自縋城豎白旗。望中破碎到支離。戌臣兩兩會心期。今日關河重屬我,百年風月意憑伊。折衝尊俎鳳鳴岐。(其二)」

讀施氏之《唱好與唱衰》,吾覺在詞的生存能力及競爭能力中尚大有餘地焉。施氏以《坐井與見天》談到「詩詞的出路與前景問題」,三點意見,特别是愛惜資源、支持環保,扭轉「詩多好少」局面,是當前急切的問題。清代學人吴鼒提出「文不可入木,字不可入石」,謬種流傳,又何益世。

三讀議對文書以報之。

時一九九七年丁丑十一月

附録二：

《百年詞通論》書後　　陳蓧經

吾友施議對博士《百年詞通論》自一九八八年脱稿，幾經整飭打印，迄今吾已數讀。置之其主編之《當代詞綜》卷首，足稱前言；獨立成篇，則一精闢之詞學論文也。

全文分百年詞發展概述和詞壇現狀及發展前景兩大部份。

詩與詞，是兩個不同的韻文體式，但歷來詞人多爲詩人，視其詞善耳。當前，不少文章爲舊詩詞正名，一聽到舊字就不高興，總要冠以「傳統詩詞」、「格律詩詞」、「古典詩詞」，才覺有聲價。施氏以爲「舊瓶裝新酒」是詩詞發展之路，用「舊體詩詞」和「新體詩詞」作概念，是言其産生之先後，是科學的提法。

施氏叙詞業發展史，不是記流水帳，而能透視其興衰轉折之因果。例如肯定了「抗戰詞」的興起，特别是陳毅創建湖海藝文社對當時、對今後幾十年詞業活動，都起着深遠影響，以及「牛棚詩詞」、「四五詩詞」，對詞體和詞作産生了兩個轉變，得出百年詞本身復舊與革新永遠存在著難以調和的矛盾，宏觀所及，極見心裁。

百年詞業活動中的人物，施氏概分爲三代（包括第四代），二代以下頗多我的師友，余生也晚，即第一代的劉弘度先生，於武昌亦曾請教焉。施氏行文時，謂有「三人仍及在」，而近十年間，徐丈玄叟與唐師季特，先後作古，不勝泫然。另建議第三代中宜增闞家蓂，其詞多性靈也。

施氏關於詞業發展中的若干值得探討問題一節中，首先談到内外因相互聯繫相互影響，爲百年詞業的生存，發展創造有利條件，力闢有些人或忽視内因，或忽視外因之偏見在。

「舊瓶裝新酒」問題，施氏言之詳，且概之爲「形式」、「内容」、「表現方法」的三合一。「舊瓶」俯拾即得，「新酒」却要作者去「釀」，而「裝」的問題更是一大技巧。「釀」之不佳，如何談得上「裝」？須知，「新詞彙」非「新酒」也，要把「新詞彙」再加工，才能出「新酒」。如有些作品中，把「割地賠款」易爲「割地賠銀」，……認爲合乎音律（平仄），就是功夫到了位，殊不知此非堆砌詞彙成語，又是什麽？用古代的話説，這就是「掉書袋」。

「釀」的技能，「裝」的技巧，高者自高矣。一代詞宗夏丈瞿禪有《減蘭》（乙卯秋日，北京諸詞友邀遊西山）曰：「西山爽氣。今日京華圖畫裏。喚起辛陳。倘識尊前我輩人。酒痕休浣。夢路江南天樣遠。如此溪山。容易重來別却難。」這是一闋痛斥「四人幫」的詞，詞的布局是用景而及人，以今而比昨，由正而言反的手法，非大家其莫能也。「舊瓶裝新酒」，應以此爲圭臬，高檔次的酒，不難源源而出。議對博士序吾詩詞，曾以此爲勗，吾之於此，頗致意焉。

總之《百年詞通論》科學地總結了百年詞的歷程，精闢地分析了當代詞的現狀，樂觀地展望今後詞的遠景，議對之「誠」可見矣，議對之「論」可傳矣。

時一九九七年十二月一日於安徽省文史館

二七

議對博士：

承　惠大著數種，一一拜領。胡詞屬初讀，采泉先生聞已作古，愴然撫其遺篇。今年爲宋亦英八十壽，讀　宏文、廣其意，譜金縷祝之。見《安徽老年報》。録奉正律。病腦、病心，久無長調之製。

復頌

文祉

小兄陳葆經頓首

一九九九年五月十日三餘軒

附録：

金縷曲

壽亦英八十兼俟人煜

闊别詞人久。念文旌、崇樓居穩，以書相守。地不臨偏心自遠，高卧無分夜晝。有麗藻，頻傳諸友。天與閒情猶潑墨，短長箋、佳什書新舊。情所適，不拘宥。　姜齋並轡稱雙秀。是港聲、清詞評價，盧前王後。我愧流光梳一擲，誤盡窮經皓首。又目視，衰年蒙瞀。更減腰圍艱步履，致心儀、跋涉難能够。持此闋，祝長壽。

注：下片四句，指香港《鏡報》施議對博士《中國當代詞壇胡適之體的修正與蜕變》一文所舉宋亦英與鄒人煜均擅以白話入詞，詞味濃郁。且宋以莊見長，鄒以莊諧並具。

（輯録者單位：廣西師範大學文學院）

施蟄存編撰《王修微集》事迹鉤沉

趙厚均 施岩

王微，字修微，自號草衣道人。又名觀微，字纖若，别稱纖郎。揚州人，舊秦淮妓，後扁舟往來西湖，與汪然明、潘之恒等過從甚密，聲名鵲起。復漫遊江楚，遍觀名勝。初歸茅元儀，後歸許譽卿，居松江，明亡出爲女冠。能詩詞，著有《遠遊篇》、《宛在篇》、《閑草》、《期山草》、《未焚稿》等集，惜皆未傳，散見于多種總集和筆記中；另編有《名山記選》二十卷，今存。

施蟄存先生祖上長期居杭州，其父旅食松江，遂以松江爲桑梓地。嘗醉心於輯録鄉邦文獻，因王微曾居松江，且負才名，故施先生亦曾用力焉。目前能見到施先生有關王微的最早文字，在其一九六五年的日記中。現抄録有關條目如下：

十月十六日　抄所輯王修微詩。

十八日　王修微集二卷抄訖，凡詩九十首，詞五十闋。

十九日　編王修微集附卷，分小傳、投贈、佚事、遺韻四録。

二十日　至上海圖書館看《明詩歸》，又補得王修微詩九首。

二十一日　録王修微集附卷。

二十三日　抄王修微集附卷。

二十四日　至上海圖書館閱書，從《名媛詩歸》中又得王修微詩數首，已逾百篇矣。

二十八日　至上海圖書館閱書，王修微詩得一百卅五首矣。

十一月三日　下午至圖書館閱書，尋王修微事。

五日　重抄王修微集稿，得詩一百三十篇矣。

六日　重編王修微集附録。

七日　抄王修微集附録。[一]

施蟄存着手輯録《王修微集》應在此前，但在這二十多天中專力于該書，已略具規模。翌年，「文革」爆發，施先生藏書多被抄没，《王修微集》亦在其中。鄭逸梅《藝林散葉續編》云：「施蟄存網羅前人遺著，爲鉤沉工作，厥功甚偉。曾費二十年之精力，裒成《王修微集》四卷。王微，字修微，爲明末松江名校書，擅詩詞，與柳如是齊名。詩四散，蟄存惜之，乃輾轉收録其殘楮零編，得詩詞各一百數十首，又遺聞軼事數十則，『文革』運動起，被抄未還。」[二]即記其事。施先生作于一九七九年十二月二十五日的《自傳》也提到未刊行的作品有《王修微集》。[三]給陸維釗的信中亦云：「一九五七年後作碑跋二百餘篇，碑録四卷，又輯《王修微集》三卷，今皆不存一字。」[四]想必其時對該集已不抱希望。没想到峰迴路轉，數年後《王修微集》竟失而復得。一九八五年八月二十日，施蟄存在給周退密的信中云：「輯本《王修微集》，亦在師大文史樓厠所旁小間中找到發還，尚待整理。」[五]據施先生自述：「今年春初，新任總支書記楊達平同志來訪問，他問起我有没有尚未落實政策的事情。我就提起了我的許多著譯稿尚未發還。過了一二個月，他給我送回了兩批文稿。……這是他從文史樓的厠所旁邊一間堆置清潔衛生工具的小房間中找到的。」[六]這段文字寫于一九八六年六月十日，比給周退密寫信的時間晚了數月，但從文稿發現于同一地點來看，《王修微集》或即在其中。

嗣後，施蟄存忙於《唐詩百話》、《域外詩抄》、《北山集古録》、《唐碑百選》等著述，以及《中國近代文學大系》、《詞學》等的編撰工作,《王修微集》暫時躺在箱底,無暇顧及。但在一九八八年撰寫的《施蟄存著述未出版者》〔七〕,該集亦赫然在目,説明施先生並没有忘記該書。果然,在一九八九年十二月十日致宋路霞的信中,又再度言及:

姚旅的《露書》已收入善本書庫,很好,應該的。此書爲晚明筆記中的佳作,有文史資料甚多,清代没有重刻過,知之者亦少。我在五十年代曾借出看過,抄得許多王微的詩詞。

王微,字修微,與柳如是都是松江妓女。二人都有文才,柳如是嫁錢謙益,王微嫁松江許譽卿。許爲明末御史,入清後不仕,政治品格較錢謙益爲高。

柳如是詩詞集名《湖上草》,王微也刻過詩詞集,名《期山草》。柳集今已發現,有浙江圖書館影印本,王集竟未訪得。我從一九四〇年起收輯王微作品,今已編成《王修微集》,有詩詞各一百多首,較柳如是多而且好。

你如翻閲全國各大圖書館及各大學圖書館書目,請注意有没有王微的《期山草》(或其他書名)。〔八〕

此信透露了一條重要信息,即施先生從「從一九四〇年起收輯王微作品」,故才有在一九六五年日記中記録集中整理《王修微集》之事。信中還説從姚旅《露書》中「抄得許多王微的詩詞」,今檢《露書》,僅收録王微詩十五首,詞三闋,數量並不是太多。宋路霞其時在華東師範大學圖書館工作,與國内圖書館聯繫較多,故施先生委託她幫忙查找王微的《期山草》,可惜未能如願。

一九八四年春,因得悉耶魯大學的孫康宜教授在普林斯頓大學出版了詞學專著《晚唐迄北宋詞體演進與詞人風格》,此際正熱衷于詞學的施蟄存主動去信聯繫,開啓了兩人十多年的書信往來。在得知孫康宜準備研究明清女詩人時,施蟄存即爲其搜尋《柳如是詩集》、《名媛詩歸》、《衆香詞》、《名媛詩緯》等資料,顯示了他對明清女詩人的高度關注。在一九九〇年六月五日至十日美國緬因州國際詞學會議上，孫康宜宣讀了《柳是對晚明詞學中興的貢獻》一文，並將摘要寄呈施蟄存〔九〕，施先生讀後復信云：「我覺得你對柳如是評價太高了。她的詩詞，高下不均，我懷疑有陳子龍改潤或捉刀之作。當時吾們松江還有一位草衣道人王微（修微），文才在柳之上，其集已佚，名《期山草》，我已輯得其詩詞各一卷，皆有百篇，附二卷爲各種記録資料，書名《王修微集》，希望明年可印出。」〔一〇〕時在一九九〇年七月二十八日。隨後數年，兩人往來書信中多次提到《王修微集》。現抄録如下：

一九九〇年八月六日孫康宜信：經您一點出，我也覺得自己的確對柳如是評價太高了，尤其是有關王微「文才在柳之上」一點，很受您之啓發。……知道您將要出版《王修微集》，使我十分興奮！！屆時是否能麻煩您以航空郵寄一套給我（我會寄上郵費給您）。因爲我正在研究明清女詩（詞）人，準備將來寫成一書，而尤需第一手的資料。……據一資料説，王微是「揚州妓」，對嗎？若不對，請指示。（《從北山樓到潛學齋》，第五二—五四頁）

一九九〇年八月十六日施蟄存信：王微是揚州人，從南京秦淮河妓寮流轉到松江，最後嫁松江名人許譽卿，入清以後才下世，但年月不詳。我的輯本尚未抄成清本，還談不到找出版社謀求出版，打算年内抄出清樣，或者先複印一本送你。你如果有電腦打字，我也可以把全部草稿寄你，你找令高足打一份，然後複印一份給我，可以快得多。（《從北山樓到潛學齋》，第五五頁）

一九九〇年八月二十五日孫康宜信：將來您整好王微的輯本時，是否能影印一份給我？（我會寄郵費及影印費用給您）。可惜我這兒没有中文電腦，學生之中亦無人熟悉中文電腦者，否則可以幫您打出書稿，並能替您省時。其實若您不介意，我倒希望看見您的全部草稿，真不必等到輯本整抄完畢（因爲我也急欲看到王微的詩詞，尤其是詞）。或是只寄來詞的部份亦可——我現在先研究詞的部

份哩!(《從北山樓到潛學齋》,第五八頁)

一九九〇年九月十日施蟄存信: 王微詞容當抄寄。(《從北山樓到潛學齋》,第六〇頁)

一九九〇年十月十四日孫康宜信: 現在《衆香詞》及《名媛詩歸》既然「不准出口」,是否可由我出錢請上海的人把它們影印(影印工錢按鐘點算),再請您寄影印本給我?若是您需要請人抄寫《王修微集》,也可用此法,按鐘點請人抄。(《從北山樓到潛學齋》,第六六頁)

一九九一年六月二十八日施蟄存信: 王微的詩詞我已抄出,編入《王修微集》,今年可編定,明年可印出。(《從北山樓到潛學齋》,第七九頁)

一九九一年十月二十三日施蟄存信: 你得到了《吟紅集》,真有辦法!……請你查一查,有没有王微(修微,草衣道人)的資料,我想,可能有往還詩詞。我輯王微集,已得詩詞各一百多首,明年寫成清稿,想印一本《王修微集》,比柳如是的資料多出不少。(《從北山樓到潛學齋》,第八五頁)

一九九一年十一月二十七日孫康宜信: 同封附上《吟紅集》詞的部分,數目不多,希望有用。我曾檢視《吟紅集》全書,其中並無王微的資料。(《從北山樓到潛學齋》,第八八頁)

一九九一年十二月十二日施蟄存信: 映然子詞不甚佳,視柳如是、王修微,瞠乎遠矣。(《從北山樓到潛學齋》,第八九頁)

一九九二年七月十六日孫康宜信:(明)王觀微是誰?我想她不是王微吧?因王端淑的《名媛詩緯》卷二四有王觀微詩,而卷二九有王微詩,故二者必非同一人,對不對?(《從北山樓到潛學齋》,第一〇一頁)

一九九三年三月二十六日施蟄存信: 《吟紅集》中如有涉及王微(修微)的資料,請抄給我,我輯録的一本《王修微集》已編成。(《從北山樓到潛學齋》,第一一六頁)

一九九三年四月三日孫康宜信：恭喜《王修微集》編成！！我正在準備寫王微一章。如何能盡快讀您的《王修微集》？請示知最快途徑。（《從北山樓到潛學齋》，第一一八頁）

一九九三年四月二十一日施蟄存信：《王修微集》此刻還無法給你，只有一個未定本，留着還要用。（《從北山樓到潛學齋》，第一二〇頁）

在這近三年的通信中，兩人不斷地就《王修微集》進行交流，施先生向孫康宜介紹王微，並委託她搜尋資料，孫康宜多次希望得到該集或其中收録的詞，但在此後兩人的書信往來中就再未言及。一九九六年六月，孫康宜飛赴上海，與施蟄存有兩次會面。六月六日初見時即聊了三個多小時，所談的內容未見記載，施先生似乎並未將基本編成的《王修微集》給她，孫康宜欲比較柳如是與王微二人之詞的計劃終未能實現。最近收到孫康宜教授的郵件，證實了筆者的猜測，她確實没有見到《王修微集》。

在和孫康宜熱烈討論《王修微集》的同時，施蟄存先生也多次托人代訪資料，與其他人通信，或告知其編撰的進展。施先生曾于一九九二年九月十五日給在松江史志辦工作的王永順信中云：

松江北門外某尼庵有一塊石刻，乃名妓王修微畫像，有董其昌題詞。此石我訪之多年，不得消息，可否請兄再訪求之。王微，號修微，詩詞比柳如是做得好，我已搜輯到她的一百多首詩詞。如果還能找到這塊石刻，大爲好事。〔一一〕

約兩年後的一九九四年八月十五日，施先生再致信王永順：

松江北門外，有一個修生庵（尼庵），是明末清初許譽卿的家庵。許有一妾名王微，號修微，原是白龍潭的妓女，與柳如是齊名，後來嫁給許譽卿。許故世後，王就住在這個尼庵中。庵中有一塊石刻，刻王微小像，有董其昌題詞。

這塊石刻，聽説解放前還在庵中。現在不知還在否，那個修生庵有没有拆掉？我想托你去打聽一下，如果這塊石刻還在，應該作爲松江文物保存起來。

我費了三十年時間，搜録到王微的詩詞各一百多首，外加關於她的許多記載，已編好一册《王修微集》，很希望能得到這個石刻拓本畫像一起印入。

這件事，請你訪問一下，盼望有好消息。〔一二〕

前信只稱「尼庵」，第二封信則明確指出尼庵爲「修生庵」，相關内容更爲詳細，時間差不多隔了兩年，足見其對此念念不忘。但施先生其實弄錯了，修生庵應爲修微庵。清嘉道時詞人蔣敦復避禍爲僧，遁迹華亭時，嘗居此。其《芬陀利室詞話》卷三云：「松江郡城北郭外一蘭若，往時余以僧服結社於此，壁間得董香光與草衣道人石刻殘字，文曰『著手心頭便判』。案：道人姓王氏，名微，字修微。華亭人。工詩詞，墮落風塵，中年入道。往來吴越，與名士輩游，嘗築生壙於西湖，蓋奇女子也。余爲言於雷約軒，因名是庵曰『修微』。約軒作志，筱峰填《揚州慢》一解，余和之。秀水于惺伯亦和是韻。」〔一三〕修微庵得名於蔣敦復，蔣只提到董其昌與王微石刻的殘字，並未説有王微畫像。許仲元《三異筆談》云：「公（指許譽卿）葬横港，去墓二十步即草衣道人從葬墳，子孫歲歲奉瓣香焉。遺像尚存仲處，便服，面微黄，憔悴有病容，知爲入道後所寫。聞前有董思翁題語，今已亡失。」〔一四〕董思翁即董其昌。據此可知，確實曾有董其昌題識的王微畫像存在，是否刻石，則不清楚。王永順應該没有找到這個石刻，自然也未能遵囑將其申請爲文物保護單位。此庵現已蕩然無存，故址上修建了社區，《上海市松江城區部分明清名宅遺蹟現址分布》云：「滬松公路十一弄樂都公寓（西側）十四—十五號：原在府城北門外東北，有清初修微庵，康乾年間詩人姜思誠香穗園。修微庵，晚明名妓王修微於亡國後修行處。」〔一五〕施先生晚年眷念的修微庵和《王修微集》都消散於天壤間，不覺令人唏嘘！

馬祖熙是施蟄存在厦門大學任教時教過的學生，長期在安徽當中學教師，退休後居上海，得以再向施先生請益，學術上有所建樹，嘗協助施先生整理《陳子龍詩集》，並編有《陳維崧年譜》等。施先生亦曾與其商量《王修微集》的出版事宜。一九九三年一月十八日致馬祖熙信云：「《王修微集》你爲我編好，我加一個序，即可送出。」〔一六〕信中所言之序，不知施先生是否寫出，今未見。馬祖熙撰有《女詞人王微及其〈期山草詞〉》，刊發於二〇〇三年出版的《詞學（第十四輯）》，文後署「歲癸酉九月馬祖熙寫於滬寓之燕晴軒」，即一九九三年九月該文已撰成，或是受命撰寫，作爲《王修微集》序言的一部分。次年五月八日，施蟄存再致信馬祖熙云：「《王修微集》尚未發，字數少，出書太單薄。尚在考慮，又想與楊宛詩詞合爲一集，好不好？」〔一七〕因自覺「字數少，出書太單薄」，施先生自己猶豫了，「又想與楊宛詩詞合爲一集」。因爲楊宛亦爲晚明名妓，曾與王微同侍茅元儀，兩人還有不少贈答作品。故施蟄存有此想法。但其時恐怕他已無精力另起爐灶，再搜求楊宛的作品與資料了。在一九九三年十一月二十一日致林玫儀函中云：「上星期編好了一本《王修微集》。……我搜集到她的詩及詞各一百多首，加以身世資料，得五萬字，可以印一小册，明年由華東師大出版社印出。」〔一八〕作品加上身世資料，僅五萬字，作爲一本書的確太單薄，故施蟄存會産生猶豫，也因此激發了他再度搜求王微作品的渴望。

一九九四年十月十二日，施先生復范笑我函：「嘉興圖書館一定有好東西，碑拓不知有否張叔未清儀閣遺物？朱竹垞的？我要找李宜之〔一九〕（字緇仲，嘉定李流芳之侄）的《猗園集》、《寓園文集》。《猗園集》中有王修微詩百首，《寓園文集》中有王修微小傳。我想看看。我搜輯王修微詩文，已五十年，所得不少，正在編録，即可完成，但只缺上列資料。」〔二〇〕據《（光緒）嘉定縣志》卷二十七，李宜之著有《猗園詩集》四卷、《寓園文集》三十卷，乃吴偉業募刻。李宜之居猗園，即今南翔古猗園。晚遭鄉變，諸子皆被殺，李其時寓居金陵，僅以身免。歸鄉後假城東侯氏廢園居住，抑鬱而終。《猗園》、《寓園》二集經亂後流傳較少，今遍檢公私書目，並未見到二集的收藏信息。筆者曾托嘉興的趙青女史詢問范笑我先生，他回復説也從未見過，自然無法向施先生報命。另外，李宜之其實與王微曾有一段戀情，李延昰《南吳舊話録》卷十八云：「嘉定李宜之，字緇仲，長衡先生之侄也。《哭修微絶句百首》序云：與修微離合因緣，見之古律詞曲，皆有題署，獨七言絶句多褻猥事。既嫁之，後遂雜入無題，不欲斥言其人，以避嫌也。《傷逝得句》云：偶侍錢牧翁，問及王修微。云子未知耶，帝已召宓妃。老淚落樽前，續續不可揮，淚盡情無窮，累月猶歎欷。擬爲之立傳，先欲爲作誄。……修微每見余詩，有時解頤，有時酸鼻，俟内傳成，當録一通相質地下，九原有知，不知其喜怒哀樂又當何如！」[二一]讀此文，可見李宜之對王微的深情。施蟄存信中稱「《猗園集》中有王修微詩百首，《寓園文集》中有王修微小傳」，則有小誤。從上文看，李宜之應爲王微作過傳，故施先生努力搜求，惜未見；而「《猗園集》中有王修微詩百首」則係誤將李宜之《哭修微絶句百首》當作王微的作品了。《哭修微絶句百首》竟亦不傳，否則我們能得到李、王二人交往的更多細節。施先生或許讀到過《南吳舊話録》，故托范笑我查找《猗園》、《寓園》二集，可惜未能如願。此後，公開出版的施蟄存的文字中，再未提到《王修微集》。

行文至此，再回顧兩個問題，一是編撰《王修微集》的初始時間。在其《投閑日記》中稱一九六五年十月十六日抄所輯《王修微集》，此時大體已備，顯然不是才開始編撰。與宋路霞的信中稱「從一九四〇年起收輯王微作品」，一九九四年與范笑我的信中亦云「我搜輯王修微詩文，已五十年」，這兩信所云的時間大體相近。但同年給王永順的信中又稱「我費了三十年時間，搜録到王微的詩詞各一百多首」，仿佛又從一九六五年抄成《王修微集》算起，在時間上存在一定的矛盾。在給古劍的信中，施蟄存説：「一九五八年到一九七八年我閉門著書，寫了不少東西，現在還可以編四五個單行本，够我再忙一年。」[二二]前引給陸維釗的信中亦云：「一九五七年後作碑跋二百餘篇，碑録四卷，又輯《王修微集》三卷，今皆不存一字。」或許施先生在二十世紀四十年代即有編撰《王修微集》之念，真正展開工作則在一九五七年「靠邊站」以後，至一九六五年十一月初具規模，旋遭抄没，一九八五年幸得發還，一九九〇年後又繼續用力搜求，至一九九四年告竣，謀求出版。無論歷時是「五十年」，還是「三十年」，皆耗費了施蟄存極大的心力。雖然施蟄存還揄揚過趙我佩、錢斐仲、莊盤珠等清代閨秀，王微無疑才是他心目中的最佳。二是王微詞的數量。這裏再排比一下前文徵引過的材料：

一九六五年日記：十月十八日　王修微集二卷抄訖，凡詩九十首，詞五十闋；

一九八九年致宋路霞信：今已編成《王修微集》，有詩詞各一百多首；

一九九〇年致孫康宜信：我已輯得其詩詞各一卷，皆有百篇；

一九九一年致孫康宜信：我輯王微集，已得詩詞各一百多首；

一九九二年致王永順信：我已搜輯到她的一百多首詩詞；

一九九三年致林玫儀信：我搜集到她的詩及詞各一百多首；

一九九四年致王永順信：我費了三十年時間，搜録到王微的詩詞各一百多首。

除一九六五年日記稱「詞五十闋」和一九九二年給王永順的信混言詩詞「一百多首」，其他文字皆説輯録的詞有「一百多首」，言之鑿鑿，似乎有據。但前引馬祖熙文稱「現時施蟄存教授所輯之本，得詞五十一首」；林玫儀編《北山樓詞話》所存《期山草》，亦僅五十一闋；筆者正重輯《王微集》，充分利用已影印文獻和大型電子資料庫，獲取資料遠比施先生便利，目前雖未蔵事，但所輯詞亦僅六十餘闋，遠未到一百之數。故施先生輯録王微詞一百多首的説法實不可信。

最後再談一下《王修微集》的去向。在前引一九九三年十一月給林玫儀的信中，施蟄存稱「我搜集到她的詩及詞各一百多首，加以身世資料，得五萬字，可以印一小册，明年由華東師大出版社印出」，但在一九九四年五月給王永順的信中，又云：「《王修微集》尚未發，字數少，出書太單薄。」今檢由華東師範大學出版社出版的《施蟄存全集》，收録王微作品僅《期山草》，存詞五十一闋。可見《王修微集》交由華東師範大學出版社印行的方案，未能真正實施。前引馬祖熙文則稱：「王微《期山草詞》，已得華東師範大學施蟄存教授，積五十年之旁蒐筆録，於所見之明末清初别集、總集及有關筆記札記中，輯有王修微詩集及期山草詞集，將由上海古籍出版社刊行。」該文作於一九九三年，刊發時已是二〇〇三年，但上海古籍出版社一直未印行過《王修微集》。二〇〇三年十一月十九日，施蟄存先生與世長辭，他耗費數十年心血輯録的《王修微集》亦不知所蹤。筆者曾分别托上海古籍出版社和華東師範大學出版社的朋友查尋該集的情況，可惜杳無蹤迹；也曾托周聖偉教授詢問過施先生的長孫，微信詢問過黄坤堯教授及《施蟄存全集》的編者之一劉效禮女士，電郵詢問孫康宜教授、林玫儀教授，皆無功而返，此集恐怕已泯滅於天地間。有感於《王修微集》歷劫幸存，又隱入塵煙，施蟄存先生前後近五十年的心血，終究是付諸東流，故撰此文，一則鉤沉往事，彰顯施先生之潛德；二則也抱着一絲希望，《王修微集》是否還藏在某位施先生文稿的收藏者手中呢？如能將其公諸於世，則善莫大焉！

補記：拙文臨付印前，經沈建中先生提示，謝國楨致施先生函中曾言及抄録王微作品事，今檢《施蟄存先生編年事録》，一九七六年十一月十八日，謝國楨致函云：「頃接惠書，藉悉一一。前寄碑刻，聊備省覽，嗣再撿出，陸續奉貽。王微詞亦當抄輯寄陳。」（《施蟄存先生編年事録》下册，第八七三頁）其時，施先生的輯本已被抄没，但仍在充分利用朋友資源輯録王微的作品。

〔一〕《施蟄存日記》，文匯出版社二〇〇二年版，第一八七—一九〇頁。《北山散文集》第四輯亦收録，名《投閑日記》，所收爲一九六二年十月一日—一九六五年十二月三十一日間日記，乃劃爲右派後所作，多記閲書抄書事。

〔二〕鄭逸梅《藝林散葉續編》，中華書局二〇〇五年版，第二三六—二三七頁。

〔三〕劉凌、劉效禮編《施蟄存全集》第五卷《北山散文集（第一輯）》，華東師範大學出版社二〇一一年版，第二六六頁。

〔四〕轉引自陸昭徽編《君子之交：父親陸維釗與其師友》，上海書畫出版社二〇二〇年版，第一四四頁。

〔五〕〔八〕〔一一〕〔一二〕〔一六〕〔一七〕〔二二〕《北山散文集（第四輯）》第一八九八頁，第二二一六頁，第二二九七頁，第二二九八頁，第二二二一頁，第二二二二頁，第二〇六九頁。

〔六〕《法國詩抄》後記，見施蟄存《域外詩抄》，北方文藝出版社二〇一六年版，第三五一頁。

〔七〕〔一八〕沈建中《施蟄存先生編年事録》，上海古籍出版社二〇一三年版，第一二六八頁，第一四八一頁。按，《北山散文集》收與林玫儀信十七通，此信不在其中。據《編年事録》，此信施先生標號 No. 23，則與林的信尚有不少未刊布。

〔九〕〔一〇〕施蟄存、孫康宜著，沈建中編《從北山樓到潛學齋》，上海書店出版社二〇一四年版，第一五一頁，第五一頁。

〔一三〕蔣敦復《芬陀利室詞話》卷三，清光緒十一年（一九〇五）刻本。又，《芬陀利室詞集》卷五《揚州慢》序亦記此而稍略。

〔一四〕許仲元《三異筆談》，清道光刻本。

〔一五〕梅亞民、陳玉文主編《中國古陶瓷鑒定標本參考圖典・青花瓷卷》，上海社會科學院出版社二〇一〇年版，第一八九頁。按，在百度地圖查滬松公路十一號，顯示爲「榮都公寓」，在松江環城路北。

〔一九〕李宜之，原作李宜雲，誤。

〔二〇〕范笑我《笑我販書》，江蘇文藝出版社二〇〇二年版，第一三頁。

〔二一〕李延昰《南吴舊話録》，民國四年（一九一五）鉛印本。

（作者單位：趙厚均，華東師範大學中文系；施岩，上海理工大學滬江學院）

詞　苑

菩薩蠻　一九六七年，哈佛作

葉嘉瑩

西風何處添蕭瑟。層樓影共孤雲白。樓外碧天高。秋深客夢遥。　天涯人欲老。暝色新來早。獨踏夕陽歸。滿街黄葉飛。

踏莎行

前　人

一九八〇年春，偶于席上遇一女士云能以姓名爲人相命，謂我於五行得水爲最多，既可如盃水之含斂静止，亦可如江海之洶涌澎湃，戲爲此詞，聊以自嘲。

一世多艱，寸心如水。也曾局囿深盃裏。炎天流火劫燒餘，藐姑初識真仙子。　谷内青松，蒼然若此，歷盡冰霜偏未死。一朝鯤化欲鵬飛，天風吹動狂波起。

鷓鴣天

前人

偶閱黛安・艾克曼(Diane Ackerman)女士所寫《鯨背月色》(*The Moon by Whale Light*)一書，謂遠古之世海洋未被污染以前藍鯨可以隔洋傳語，因思詩中感發之力，其可以穿越時空之作用蓋亦有類乎是，昔杜甫曾有「搖落深知宋玉悲」之言，清人亦有以「滄海遺音」題寫詞集者，因賦此闋。

廣樂鈞天世莫知。伶倫吹竹自成癡。郢中白雪無人和，域外藍鯨有夢思。　明月下，夜潮遲。微波迢遞送微辭。遺音滄海如能會，便是千秋共此時。

憶王孫　緬懷李澤厚

錢鴻瑛

李澤厚生前嘗寄示《蝶戀花》、《菩薩蠻》詞二首。

未名湖畔未相知。「美學」頻頻魚雁馳。夜雨巴山出國時。歎孤遺。看盡相留兩首詞。

前調　痛悼愛子丹君

前人

天崩地裂我心哀。愛子丹君遭命災。秉性純良悟性佳。攝衷懷。丹君從小酷愛攝影，長期擔任上海攝影家協會理事，《雛燕初飛》等作品屢次獲獎。千古文章未盡才。丹君中學時擅長作文，可惜畢業時因時代原因未能升入大學深造，被分配至上海江灣化工機修廠做鉗工。

貂裘換酒　步友人韻自題「論詞四種」

施議對

何以總其體。正愁人、風飄萬點，細推物理。錦嶂玉門千重綫，池館雖春秋似。遠汀接，挼藍猶是。木葉初紅好山看，碧雲長、一笛斜陽外。誰會得，此中意。　楊花榆莢無才思。緑陰凉、自家磨墨，可關人己。布景説情存規制，六藝三碑標記。詞學學，明河影裏。嗟嘆永歌知未足，獨蒼茫、十二闌干倚。遵大道，忘時勢。

水調歌頭　悼周祖譔燕孫教授

黄坤堯

春風南海路，日月透空明。香江兩度高講，漢魏韻和聲。縹緲雲箋楮墨，幻化六朝煙水，蒼徑幾隨行。惝恍十年事，有淚到幽冥。　北來雁，傳凶問，響雷鳴。中關園裏，細拂楊柳絮絲輕。望遠天涯芳草，多少江波潮浪，心意總難平。學術推前輩，大雅久心傾。

水調歌頭　新加坡贈王潤華兄伉儷

前　人

南國宅獅島，碧海蔚藍天。暑風柔拂輕撫，遺世暫忘年。攜手凌波來去。渺渺神仙苑宇。人境漸高寒。蒼翠繞城路，春意滿花間。　午陰静，蟬噪寂，夏蟲眠。玉榴香烈，丹嬪山竹味清圓。佳果緣時投合。秀色冰姿無缺。三美樂俱全。雨樹摇窗緑，紅竹翠娟娟。

浪淘沙　瑶湖

段曉華

抱膝坐亭前。湖水湖煙。野蘭沙岸最痴妍。浸石粼粼傳笑語，拾梦無邊。　曾放響笙鳶。直上春天。輕風鼓袂共追旋。三五垂髫閒裏認，誰是當年。

沙塞子　題梃年兄臨李龍眠五馬圖長卷

前人

嘶風千里怒潮平。任舒卷，數尺紈冰。屠龍手，長城飲罷，窟水澄瑩。　少年最稱袷衣輕。剪流影，春夜春燈。依舊是、霜蹄蹴踏，一派銅聲。

注：摹本爲梃年早歲之作。今以舊料精裝，引首倣内府細筆回蓮紋箋。

長相思　錢塘雅集聽翼奇啓宇二兄高吟不勝感憶即席拈此

前人

掃花遊，打槳遊。同上春風舴艋舟。浪花追白鷗。　水悠悠，歌悠悠。拍岸涛聲爲我留。再登樓外樓。

滿江紅　静安雕塑公園觀早梅，次稼軒和范先之雪

龐堅

灼水香痕，留異界、清妍影薄。疑山鬼、絳河穿越，化形飛落。蟲洞恰如仙子窟，星塵更綴瓊華閣。擅風姿、入世媚還莊，輝城郭。　尋赤豹，迎青鵲。神和韻，今如昨。便靈枝有思，也堪酬酢。騷客一聯情婞

雅，玉琴三弄天寥廓。問高朋、來會復邀誰，惟群鶴。

滿庭芳　花朝　前人

蓬島霞凝，瑶池波映，萬芳都攝嬌魂。仲陽時節，鶯囀唤嬉春。誰肯虚尊青帝，花神祀、瞻拜紛紛。風迤逗，絳跗朱蕚，欲挽踏青人。　香勻。縈九畹，管弦分付，只説逢辰。待月嬋今夕，弄影堪親。一盞柔波相屬，還重問、縞袂綦巾。凝情處，新枝舊葉，千朵接星雲。

前調　辛未春余初訪燕京諸景，今已三十三年，感而賦此　前人

八達城臺，九重宫闕，只今能記初遊。鶻深鶯淺，天際與枝頭。惟有當時意氣，憑高嘯、如遏雲浮。春風裏，蓬萊鶴幻，也念仲宣樓。　時流。應會得，東坡一歎，歌酒秦周。但迢遞難言，太液波愁。古寺名園夢我，都莫笑、松醉櫻羞。魂長繫，還拈舊照，顒望一凝眸。

齊天樂　蟬蜕。唤夢詞社第五十八課　魏新河

脱身長抱多情樹，更生苦心低唱。薄不禁寒，枯原易碎，傴僂空虚模樣。溥溥尚饗。但古木荒叢，片時依傍。化作蜩螗，爲誰吟板復吟蕩。　深宫猶記舊事，向來多少恨，終古難葬。瘦甲鳴風，遺形弔影，休替殘陽惆悵。空餘絶響。送不盡興亡，暮來朝往。聽到無聲，一枝還自賞。

水龍吟 展重陽前二日訪宋六陵

前人

山陰道上清秋，趙家陵闕沉荒壟。寒蟲聲裏，淡煙平楚，雲天澒洞。古木低垂，行人不見，破碑苔重。望周遭形勝，微茫無物，禹陵外，稽山拱。　憑教補題重賦，奈人間、許多龍鳳。朝興暮替，昨非今是，漫勞南董。天地悠悠，江山寂寂，波瀾不動。看茶田萬頃，蒼然一片，是冬青塚。

百字令 桐江月泛和樊榭月夜過七里瀨

前人

夕波初引，蕩吟情一舸，新聲敲玉。七里寒光清不盡，在水群星都綠。虛碧無痕，空明淨影，萬象如初沐。諸天皆白，四圍浮翠千斛。　須信如此江山，更無人會，喚老仙吹竹。謝客臺空，都付與、千載等閒塵躅。休去登臨，卧遊身已入，一峰橫幅。船窗支罷，任他風露相續。

鷓鴣天 甲辰穀雨再宿灌頂院

鍾錦

聖雨靈風感不禁。幾人聽徹海潮音。身從花著何須懺，酒到傷多莫厭斟。　三日宿，一生心。春風重轉是相尋。再來也只人間住，辜負華嚴十地沈。

搗練子　普陀講寺後山小湖　前人

三界外，十年中。只有波瀾未是空。木亂草蕪春寂歷，不妨長瀉入無窮。

滿江紅　楚歌嶺山行見月出，用稼軒韻　潘樂樂

百轉蒼崖，倏吐出、清輝大月。曾照過、戟戈雲潰，聲崩石裂。又照孤車衝夜氣，那堪萬木凋寒節。俯長湖、犖确向風前，吹霜髮。　行踽踽，山徑滑。縈渺渺，哀簫咽。算古今來去，孰能無缺。大纛擎時騅不逝，斷紅夢裏人輕別。總一例、歌哭付濤迴，晨昏說。

前調　雪夜湖上，用稼軒韻　前人

終夕霏霏，便換盡、湖山寒色。煙濕處、依稀此境，故人初別。凝白欄封香黯澹，暈黃燈颭歌淒切。向長磯、又撫舊弦聲，爲誰發。　古渡外，藤花側。風過緩，心同結。賸荒亭都付，酒邊殘闋。夢裏不驚遊蝶散，天涯只被叢蘆隔。約雪後、攜手訪梅來，何年月。

鵲橋仙　癸卯五月十五日得絨花紫牽牛盆景　石任之

牽絲縛骨，凝煙點魄，小寐金風醒否。何須西子浣溪頭，者豔色、天孫織就。　千秋萬歲，螢勞鵲倦，却

道參商非偶。我於銀漢亦蜉蝣，且縱汝、今宵不朽。

尾犯　嫻女史囑賦宋梅花潮塘宮粉　前　人

荒蘚迹查牙，幽麝噀來，瀛嶼相識。薄赧輕霜，意非朱非白。湔野水、通仙舊籍，折苔枝、上方再謫。何郎衰矣，喚出春風，泛入姜郎笛。才鳴鶯又咽，聽唱到、寄江北。自墮人間，總雲緘煙默。看時候、橫斜昏暮，算同儕、差池羽翼。故人將息，則我微紅終成碧。

浪淘沙　用周晉仙明日新年詞韵，聊复陶寫一歲心緒　趙鬱飛

未足買山錢。先學清眠。生涯等是露中蟬。轉燭歲華都謝盡，去屐來船。風信到花邊。一刻閒緣。半含雪意也温然。擲了牢愁斸了夢，明日新年。

卜算子　紀夢　前　人

我見茬苒生，我見循環死。并沃娑羅萬萬花，界我天天外。下者蝕其聲，上者移其晷。一捻形骸薄灰殘，拓个銅身契。

滿江紅　解圍倏忽期年，落花點衣，殷勤如詢

前　人

問所從來，客答是、無何之域。別汝正、鉛霜半覆，單衣眠蟄。好景一年誰記取，蕪城四壁春暌隔。到而今、目逆若光燃，朱成碧。還對著，虚空覓；還据著，玄冥憶。吾受陽先汝，骨脈全易。在世死生閑折角，仙家嘘翕旋翻曆。且算汝、自雨雨風風，新相識。

福壽千春　春暉無量

林　楨

率爾爲人，徒虧粥飯。半世奔波情倦。慣道逐蠅登鵲壘，個個真求内卷。寄意窟中方丈，任素煞差遣。陟高山，語巴人，夢醒夢來夢幻。愧惶日日慵散。却春暉苦勞，默契無怨。記憶當年，教延月拈星，雖然侈願。何事狀哀戚，便煙深橋短。慨當慷，祝遐壽，與天同算。

師師令　贈同門

前　人

情長日短。覺時如堆棧。昨朝昆仲與相交，聽又在、天涯孤館。謾説重逢能再見。信各知調侃。從之瑶閣遊秦漢。問陶銅蒸爨。更攜花雨醮江南，廊道永、細參文翰。四海同門緣積善。悵涕留餘潸。

高陽臺 夏日晚興

前　人

對眼蒙迷，雙陽曠照，山涵水煉朱丹。爐滾千年，老君應恨難乾。南風無力揚垂柳，盡死聲、十里河灘。怕蕭寥，伐鼓魚龍，驟起波瀾。　驚奇過往匆匆客，算蒼穹闊道，獨我憑欄。日月星辰，總教幽思援攀。六分塵外貪纏緬，剩須留、旦暮三餐。更愁分，夜裏雞棲，燈向闌珊。

憶舊遊 題大酉山

劉孟奇

自虞封上古，秦火遺編，蒼碧嶙峋。九嶺分烟壑，問仙源何處，咫尺迷津。徘徊洞扉桃萼，開落自紛紛。謾石室書空，丹池苔瘞，啼鳥深春。　癡云。故園是，念甚日歸來，重閉蓬門。學隱追高蹈，有幽芳可佩，白鹿能馴。偶然洗砂谿畔，野語值樵人。到月出空山，松風吹作衣上雲。

高陽臺 甲辰雨水自滬返杭，孤山梅已大放

前　人

風訊顛餘，霜魂警盡，山亭鶴夢初歸。芳國無邊，縞裙素袂參差。香南雪北塵蹤遍，問斯心、能幾人知。莽天涯、驛使難憑，漫折清枝。　三生慧業重修到，只逋仙冢畔，長護殘碑。序已稱春，雲寒肯透春暉。玉龍似妒蒼虬俏，吐幽聲、片腦方飛。背昏陰、萬古枯榮，不放花窺。

高陽臺　枯苔

陳麥歧

疊似錢圓，行如霜滑，可憐秋色飄零。傍石沿溪，遷延十里山程。愁魚浪卷曾吹沫，任番風、猶帶殘腥。記前遊，屐印同留，檐雨同聽。　雙鴛去去知何處，但碑陰斑駁，牆角縱横。老地荒天，惟餘松柏長青。倚楹拂拭相思字，怕春來、新緑重凝。倩愁痕，莫上幽階，莫上空亭。

減字木蘭花　梳頭

黄佳娜

香雲一握，對影秋山驅索寞。篦齒輕梳，綿邈流光梳得無。　風前休問，飄落青絲添幾寸。不管悲歡，雙辮編成只自看。

鬲溪梅令　印月廬遺玉環文旦爲賦

前　人

島瀛甚處結雲漿。帶微霜。贈我經秋顔色燦文章。尺書深沁香。　擘來冰玉沃心腸。若春陽。一瓣人間消却小滄桑。影兒猶似釭。

菩薩蠻　庚子春事

前　人

風波次第傳江渚，寒深未許春陽駐。百口忘言中，哀音聽斷鴻。　迢遥煙嶺翠，一夕飄紅淚。煉石問何能，冤禽逝有聲。

宋毛幵《樵隱詞》王木叔題辭辨僞

李鶴麗

《樵隱詞》是南宋毛幵的詞集。毛幵，字平仲，太末（今浙江衢州龍游縣）人[一]，生卒年不詳。父友（原名友龍[二]），官至禮部尚書。毛幵一支爲毛澤東遠祖[三]。毛幵作品小詞最工[四]，原有《樵隱集》十五卷，《直齋書録解題》有著録[五]，早佚。今有《樵隱詞》一卷傳世，爲明崇禎間毛氏汲古閣刻本，國家圖書館、南京圖書館等均有藏。該本卷首有宋代王木叔《題樵隱詞》一篇[六]。王木叔，即王枏（一一四三—一二一七），南宋永嘉亭山（今永嘉市甌海區三溪）人，乾道二年（一一六六）進士。淳熙二年（一一七五），與尤袤共仕台州，官至秘書少監[七]。其題辭云：

《樵隱詩餘》一卷，信安毛平仲所作也。平仲爲人傲世自高，與時多忤，獨與錫山尤遂初厚善。臨終以書别之，囑以志墓。遂初既爲墓志銘，又序其集。或病其詩文，視樂府頗不逮。其然，豈其然乎？乾道柔兆閹茂陽月，永嘉王木叔題。[八]

該題辭述毛幵生平事迹，並評判其詞作水平。《四庫提要》引王氏題跋云：「卷首王木叔題詞，有『或病其詩文，視樂府頗不逮』之語，蓋當時已有定論矣。」[九]認爲毛幵詞勝於其詩文，是宋人的定評。王重民《中國善本書提要》對該題辭亦有迻録[一〇]，《全宋文》[一一]及《宋代序跋全編》[一二]並採之，可知古今學者皆以此文爲真。但筆者考察毛幵行實，發現毛幵卒年與此序的寫作時間存在很大的矛盾。

毛幵卒年史籍不載，然考《宋會要輯稿》、毛氏詞作、毛氏友人詩文記載等，可知其淳熙元年（一一七四)尚在世爲官,卒年當在淳熙六年(一一七九)以後。首先,《宋會要輯稿》所載可證,且文獻記載可信度高。《宋會要輯稿·職官》云:「淳熙元年十一月七日,詔:『寧國府通判以二員爲額,改差明州通判毛幵、徐行簡填闕,各通理前任月日。』已差下人依舊承替。」〔一三〕此載淳熙元年十一月,寧國府通判由先前的一個名額增加爲兩個,在前任離職後,朝廷派遣明州通判毛幵和徐行簡兩人補闕。《宋會要》爲官方較爲原始的記載,加之編年紀事,不會有年號上的傳寫訛誤,因此毛幵淳熙元年先後擔任明州與寧國府通判自然就十分可信了。

其次,我們從毛幵自己的詞作中也可以得到印證。

滿庭芳(自宛陵易倅東陽,留别諸同寮)

世事難窮,人生無定,偶然蓬轉萍浮。爲誰教我,從宦到東州。還似翩翩海燕,乘春至、歸及凉秋。回頭笑,渾家數口,又泛五湖舟。　悠悠。當此去,黄童白叟,莫漫相留。但谿山好處,深負重游。珍重諸公送我,臨岐淚、欲語先流。應須記,從今風月,相憶在南樓。〔一四〕

此處之宛陵,爲宣州之古稱,即上引《宋會要》中所提及的「寧國府」;東陽,則爲宋代婺州之古稱,即浙江金華。從詞序可以看出,該詞爲毛幵從寧國府離任,去到婺州作副職時所作。毛幵淳熙元年冬受命補闕寧國府,冬去春來,至次年春到任(乘春至),同年秋(歸及凉秋)又轉爲婺州通判(倅東陽)。之所以稱「歸」,是因爲毛幵家鄉在浙江衢州,他從寧國府到婺州,離他的家鄉衢州很近了(衢州即唐初武德四年從婺州分置),因此稱「歸」。之所以判斷是「同年秋」,是因爲詞中云「還似翩翩海燕」,海燕是候鳥,每年都會遷徙,因此可以推斷是同年秋天。從毛氏該詞可知《宋會要》之毛幵與《樵隱詞》之毛幵爲同一人,亦可知其淳熙二年的爲官軌迹。

第三,從毛幵好友陸游詩歌繫年可知毛幵淳熙六年尚在人世,隱居於爛柯山。陸游《劍南詩稿》前集係陸游生前手定，按年編次，於淳熙十四年（一一八七）刻於嚴州郡齋〔一五〕，因此在編年上可信度非常高。該集卷一一載《訪毛平仲問疾與其子适同遊柯山觀王質爛柯遺迹》〔一六〕一詩，當繫於淳熙六年，因爲《劍南詩稿》中此詩前後詩均可證作於是年。前有《婺州州宅極目亭》一詩，爲陸游淳熙六年途經婺州看望韓元吉所作。韓氏淳熙五年至六年第二次出守婺州，於六年重建極目亭，邀巨公長者唱和，陸游因此作詩，韓氏亦有贈詩《陸務觀赴闕經從留飲》。詩歌結集成册，韓氏作《極目亭詩集序》，落款爲「淳熙六年十二月」可證。〔一七〕其後有《雪後苦寒行饒撫道中有感》，是淳熙六年冬陸游自上饒前去撫州道所作。〔一八〕因此通過《劍南詩稿》中詩歌編次順序可以判定，陸游去看望病中友人毛幵是淳熙六年，此時毛幵尚在世。

據上可知，毛幵卒年不會早於淳熙六年。但是王木叔序文所載毛氏卒年則遠早於該年。王氏題辭中提及毛幵去世前請尤袤作墓志銘，尤袤如約作志並爲其集作序事，説明毛幵去世當在題辭作年以前。而據王序落款可知此文作於「乾道柔兆閹茂陽月」，「柔兆」、「閹茂」在紀年中分别是天干「丙」與地支「戌」的别稱，而「陽月」則是十月的别稱，故該文寫作時間爲乾道二年十月無疑（題辭落款所用爲天干地支的别稱，排除了傳寫疏誤的可能性）。但實際上，毛幵卒年遠晚於乾道二年（至少晚十三年）。序文内容與歷史事實完全不符，只能解釋爲王序作僞。

一般作僞之文，缺乏原創，常常是抄撮前代文獻而來。筆者考察王序来源，發現其文字幾乎完全採自《直齋書録解題》。詳見下表比較：

《直齋書録解題》	王木叔《題樵隱詞》
《樵隱集》十五卷，信安毛幵平仲撰。禮部尚書友之子。負才傲世，仕止州倅。與尤遂初厚善，臨終以書别之，囑以志墓。延之既爲銘，又序其集。（卷一八）[一九]	信安毛平仲所作也。平仲爲人傲世自高，與時多忤，獨與錫山尤遂初厚善。臨終以書别之，囑以志墓。遂初既爲墓志銘，又序其集。[二二]
《東堂集》六卷、《詩》四卷、《書簡》二卷、《樂府》二卷，祠部郎江山毛滂澤民撰。滂爲杭州法曹，以樂府詞有佳句，受知於東坡，遂有名。嘗知武康縣，縣有東堂，集所以名也。又嘗知秀州，修月波樓，爲之記。其詩文視樂府頗不逮。（卷一七）[二〇]	或病其詩文，視樂府頗不逮。[二三]
《連寶學奏議》二卷，寶文閣學士安陸連南夫鵬舉撰。紹興初知饒州，扞禦有功。及和議成，南夫知泉州，上表畧曰「不信亦信，其然豈然」……（卷二二）[二一]	其然，豈其然乎？[二四]

上表將王木叔序文分爲三部分，每一部分的文字都可以在《直齋書録解題》中找到幾乎完全一樣的表述。第一部分是王氏對毛幵生平的介紹，完全包含在《解題》對《樵隱集》的解題範圍内。王序省略了《解題》對毛父及毛幵仕履的介紹，將《解題》中「負才傲世」一句擴充爲「傲世自高，與時多忤」，而對毛幵、尤袤二人關係，以及毛幵託付尤袤作墓志銘的記載，二者幾乎一模一樣。第二部分是王木叔引時人對毛幵詞的評價。但這句話來自於《解題》中陳振孫對毛滂詞的評價，認爲其詞藝術造詣高，遠超其詩文。因《解題》成書於理宗淳祐初年，而王木叔卒於寧宗嘉定十年（一二一七），不可能採用《解題》的文字，其一模一

樣的表述説明作僞之人是淳祐以後人。第三部分是王木叔用一句反問表達自己與時人不同的看法：「其然豈其然乎？」此句典出《論語》：「公明賈對曰：『以告者過也。夫子時然後言，人不厭其言；樂然後笑，人不厭其笑；義然後取，人不厭其取。』子曰：『其然？豈其然乎？』」[二五]孔子之語表達了一種疑惑不定的意思，後世常用作將信將疑之辭。《解題》中也有相應的文字，可能是作僞者在《解題》中尋找詞句的時候受到了啓發。

由上表對比可知，《題樵隱詞》乃逐録刪潤成書年代在後的《直齋書録解題》中《樵隱集》提要對毛幵生平的叙述文字，同時糅合《解題》對毛滂詞作的評語，並加上一句《論語》中的習語而成。幸讀者明鑒之。

〔一〕尤袤《遂初堂書目》，《説郛》明弘治十三年（一五〇〇）刻本，中國國家圖書館藏，善本書號：〇三〇九七。

〔二〕洪邁撰，孔凡禮點校《容齋隨筆·續筆四·禁天高之稱》，中華書局二〇〇五年版，第二六九頁。

〔三〕毛炳漢《論南宋毛幵家世及其詞作》，《求索》二〇〇五年第三期，第一四九—一五〇頁。

〔四〕〔九〕《四庫全書總目》卷一九八《〈樵隱詞〉提要》，中華書局一九六五年版，第一八一七頁。

〔五〕〔一九〕〔二〇〕〔二一〕陳振孫撰，徐小蠻、顧美華點校《直齋書録解題》，上海古籍出版社二〇一五年版，第五四三頁，第五四三頁，第五一四—五一五頁，第六三八頁。

〔六〕毛幵《樵隱詞》，明崇禎刻《宋名家詞》本。

〔七〕葉適《水心先生文集》卷二三《朝議大夫秘書少監王公墓志銘》，《四部叢刊》初編本。

〔八〕〔一二〕〔一三〕〔一四〕陸心源撰，許静波點校《皕宋樓藏書志》卷一一九《樵隱詞》，浙江古籍出版社二〇一六年版，第一一一三頁。

〔一〇〕王重民《中國善本書提要》，上海古籍出版社一九八三年版，第六八三頁。

〔一一〕曾棗莊、劉琳編《全宋文》卷六三五〇《王枏·題樵隱詞》，上海辭書出版社、安徽教育出版社二〇〇六年版，第二八〇册，第二〇一—二〇二頁。

〔一二〕曾棗莊等編《宋代序跋全編》卷一六三《題跋》六七《題〈樵隱詞〉》，齊魯書社二〇一五年版，第四六五八頁。

〔一三〕徐松撰，劉琳、刁忠民、舒大剛等校點《宋會要輯稿·職官四七》，上海古籍出版社二〇一四年版，第七册，第四三〇四頁。

〔一四〕唐圭璋編《全宋詞·毛幵·滿庭芳》，中華書局一九六五年版，第一三六一頁。

〔一五〕〔一六〕〔一八〕陸游《劍南詩稿》，錢仲聯、馬亚中等編《陸游全集校注》，浙江教育出版社二〇一一年版，第一册卷首，第二册第二九九頁，第二册第三〇一—三〇二頁。

〔一七〕于北山《陸游年譜》，上海古籍出版社二〇一七年版，第二五二頁。

〔二五〕何晏集解，邢昺疏《論語注疏》卷一四「憲問第十四」，阮元校刻《十三經注疏》本，中華書局二〇〇九年版，第五四五五頁。

（作者單位：南京大學文學院）

周密《絶妙好詞》所録詞繫年補證

孫　虹

筆者於《詞學（第五十輯）》發表《〈絶妙好詞〉所録詞之題序與繫年問題》後，又發現若干首詞可以利用較新研究成果對前人成説加以補充、修正與推新。今按卷次舉其要者列之如下：

一　劉仙倫《霜天曉角・蛾眉亭》

《霜天曉角・蛾眉亭》，《絶妙好詞》作者为劉仙倫，實爲韓元吉。《南澗甲乙稿》、《陽春白雪》、《詞綜》、《歷代詩餘》皆作韓元吉。《草堂別集》作者名下注「一刻韓」。應據《南澗甲乙稿》等，歸作者爲韓元吉。原因如下：

其一，二人行誼、仕歷有合有不合。黄昇《花庵詞選》詞人小傳：「劉叔擬，名仙倫。廬陵人，自號招山，有詩集行於世，樂章尤爲人所膾炙。吉州刊本多遺落，今以家藏善本選集。」[一]「韓無咎，名元吉，號南澗。名家。文獻、政事、文學，爲一代冠冕。」[二]查爲仁、厲鶚箋詞題：「《方輿勝覽》云：天門山，在當塗縣西南三十里，又名蛾眉山。夾大江，東曰『博望』，西曰『梁山』。蛾眉亭，在采石山上，望見天門山。壁間有詩曰：『中分黛色三千尺，不著人間一點愁。』」[三]劉仙倫今存詞作没有當塗縣行迹。

童向飛《韓元吉仕歷繫年考辨——兼補〈宋史翼・韓元吉列傳〉》：「紹興三十一年辛巳（一一五九），

本文爲國家社會科學基金後期資助項目《〈絶妙好詞〉校箋疏證》階段性成果（項目號：21FZWB103）。

爲司農寺主簿。十二月爲江南東路安撫使司幹辦公事。……隆興二年甲申（一一六四），除度支員外郎，任淮西宣渝使司參議官，六月放罷。八月，得旨令回行在供職，旋除知饒州。」〔四〕韓元吉就職於江南東路安撫使司數年間曾多次行經蛾眉亭所在地當塗。當塗宋屬太平州，也稱姑熟、姑孰等，還有落帽龍山等名勝。《方輿勝覽》（卷十五）：「龍山，在當塗縣南十里。舊經載孟嘉落帽事。」〔五〕《南澗甲乙稿》（卷二十二）有《左奉議郎知太平州蕪湖縣丞趙君墓表》，寫在隆興元年。韓氏《重九日中甫子雲二兄會別龍山》寫在當塗：「秋風作霜楓葉丹，扁舟未發龍山灣。山頭窣堵半天出，十年笑我幾往還。今年結束值重九，愛此山水照高寒。親朋話別情總厚，兄弟白首仍蒼顏。相留一笑不易得，爭挈美酒羅盤餐。登高正爾在高許，下視擾擾直塵寰。追思姑孰有故事，雅宴亦復同此山。」

其二，版本可信度不同。饒宗頤《詞集考》（卷四）：「案《花庵》所選十七首，其《霜天曉角》（倚空絶壁）一首，魏菊莊《詩人玉屑》、周草窗《絶妙好詞》並同作招山詞，殆所謂吉本遺落以善本選集者。然《花庵》所謂善本，不無可疑。檢《大典》輯本韓元吉《南澗甲乙稿》收有此詞，《大典》采自南澗《焦尾集》，自較坊刻爲可據。（王奕詞亦題『和韓南澗』）。」〔六〕

其三，二人思想境界不同。劉仙倫爲江湖一介布衣，韓元吉「政事、文學，爲一代冠冕」。劉仙倫今存詞作無涉及政治者，韓元吉入選詞作還有出使金國的愛國篇章《好事近・汴京賜宴聞教坊樂有感》，唐圭璋先生謂其「用筆空靈，意亦沉痛」〔七〕。本詞中「暮潮風正急。酒醒聞塞笛」，涉及虞允文紹興三十一年（一一六二）九月至十一月的采石磯大戰。《宋史》本傳詳載了采石磯大戰從九月到十一月的大戰始末。此戰取得「僵屍凡四千餘，殺萬户二人，俘千户五人及生女真五百餘人」〔八〕的驕人戰績。但這場戰役並未改變宋金以長江天塹爲界的軍事格局，故在長江采石磯仍然「聞塞笛」，深蘊政治家以政事爲先務的恢復之志。

由此可知，此詞作者應爲韓元吉，並且可以較爲準確地編年。韓元吉雖然紹興三十一年（一一五九）

至隆興二年（一一六四），任職江南東路安撫司，但采石磯大戰紹興三十一年發生在九月至十一月，本詞寫於秋天，韓元吉隆興二年六月前已改任淮西宣渝使司參議官，故本詞僅能寫於紹興三十二年（一一六二）、隆興元年（一一六三）兩年間。

二　史達祖《蝶戀花》

二月東風吹客袂。蘇小門前，楊柳如腰細。蝴蝶識人遊冶地。舊曾來處花開未。　　幾夜湖山生夢寐。評泊尋芳，只怕春寒裏。今歲清明逢上巳。相思先到湔裙水。

吴熊和《唐宋詞匯評·史達祖》（簡稱吴傳）：「史達祖（一一六三?—一二二〇?），字邦卿，號梅溪，祖籍汴（今河南開封）人。屢試進士不第。中年時嘗任幕職於揚州及荊江漢水一帶。寧宗嘉泰年間入中書省爲堂吏，開禧元年（一二〇五）曾隨賀金生辰使李壁使金；深受韓侂胄重用，擬帖撰旨，俱出其手。開禧三年，韓侂胄以『開禧北伐』失敗被殺，亦受株連下大理寺，黥面流放，遂貶死。」〔九〕

王步高先生考證：「詞首句云：『二月東風吹客袂』，『客』顯然是詞人自指，梅溪一生大多時間在臨安度過，不應以客自居，故此詞大概作於被貶遇赦重回臨安時，當時他已無家可歸。這與『草脚青回細膩，柳梢緑轉條苗』隱含的意思相吻合，但稱臨安爲『舊遊』之地，似乎不盡恰當，因爲梅溪雖祖籍汴京，却生長於臨安，他已可算是臨安人，不獨遊客而已。這年清明節與上巳節爲同一天，但重訪故地，却物是人非，對故人（很可能是一妓女）深深追憶的相思之情横亙胸中，結句孤單寂寞之情已溢於言表。」〔一〇〕

按：九卷本校「今歲」句：「一作『今歲清明連上巳』。」查張培瑜《三千五百年曆日天象》，與史達祖生活年代相合者有：慶元五年（一一九九），三月初三清明，即「清明逢上巳」；開禧三年（一二〇七），三月初二清明，即「清明連上巳」。開禧三年韓侂胄北伐，史達祖作爲掌權堂吏，時在臨安，此詞回憶西湖豔遊，故應寫於慶元五年，應是中年時在揚州及荊江漢水一帶任幕職「重到」臨安時。此詞可與王先生所引史氏悼亡組詞《臨江仙》二首對參，知寫於同時，悼念對象與《蝶戀花》所憶爲同一人：「草脚青回細膩，柳梢緑轉條苗。舊遊重到合魂銷。棹横春水渡，人憑赤闌橋。　歸夢有時曾見，新愁未肯相饒。酒香紅被夜迢迢。莫交無用月，來照可憐宵。」「倦客如今老矣，舊時可奈春何。幾曾湖上不經過。看花南陌醉，駐馬翠樓歌。　遠眼愁隨芳草，湘裙憶著春羅。枉教裝得舊時多。向來簫鼓地，猶見柳婆娑。」

三　陳策《摸魚兒·仲宣樓賦》

陳策，字次賈，號南墅。查爲仁、厲鶚箋此詞：「李曾伯《可齋雜稿·仲宣樓記略》云：按《江陵志》，樓名昉於祥符，復於紹興。淳祐十年，賈公似道爲制置使，重新是樓。夏六月，易鎮全淮，覃懷李某繼之如前畫，越半期，告成，臘月二十有五日，爰集賓校置酒而落之。」〔二二〕吴傳：「淳祐十年（一二五〇），在江陵與李曾伯同作。李詞題作『和陳次賈仲宣樓韻』。」〔二三〕

按：陳詞中有「輕寒才轉花訊」之句，與李詞「和風吹老芳訊」，都寫及立春花信風。陳元靚《歲時廣記》卷一引《東皋雜録》：「江南自初春至初夏，五日一番風候，謂之花信風。梅花風最先，楝花風最後。凡二十四番，以爲寒絶也。」〔二三〕查爲仁、厲鶚、吴熊和皆謂原唱與和詞都是爲仲宣樓落成志喜，時在淳祐十年臘月二十五。查張培瑜《三千五百年曆日天象》，淳祐九年己酉（一二四九）臘月二十五立春，淳祐十年庚戌臘月没有立春日，因而語不能及梅花風信。比照對參，知詞寫於淳祐九年。

四　李玨《擊梧桐·别西湖社友》《木蘭花慢·寄豫章故人》

查爲仁、厲鶚《絶妙好詞箋》詞人小傳：「李玨，字元暉，號鶴田，吉水人。年十二，通書經，召試館職，除秘書正字，批差充幹辦，御前翰林司，主管御覽書籍，除閤門宣贊舍人。初領應奉賜紫袍紅靴小金帶。一朝士寄之詩云：『上直朝朝紫禁深，歸來無事只清吟。不須更借頭銜看，便是當年李翰林。』有《雜著四集》《錢唐百詠》行於世。年八十九而終。見成化《吉安府志》。」〔一四〕

《擊梧桐・別西湖社友》，吴傳繫於至元二十六年：「約元世祖至元二十六年（一二八九）作。孔凡禮《汪元量事迹紀年》（《增訂湖山類稿》附録二）：至元二十六年己丑，『結詩社。元量南歸後，即有「偶攜降幟立詩壇，剪燭西窗共笑歡」之句，見於《答林石田見訪有詩相勞》詩中。元量《暗香》序中有「西湖社友有千葉紅梅」云云，《疏影》序云「西湖社友賦紅梅，分韻得落字」。元量《唐律寄呈父鳳山提舉》其九有「遥憶武林社中友」之句。詩社之結，詩壇之立，當爲本年事。』」〔一五〕今考李鶴田二詞各寫於至元二十一年（一二八四）、至元二十三年（一二八六），詞中的「西湖社友」與汪元量所結詩社不相關涉。

李成晴《李鶴田臨安之行與相關詩作考察》一文，據劉辰翁《送李鶴田遊古杭》「八年流落無死所，合眼當年遽如許」，證成「諸人送別李鶴田並贈詩的時間爲元軍攻破臨安（一二七六）八年後，即一二八三年」〔一六〕。李鶴田至元二十年（一二八三）再遊臨安，《木蘭花慢・寄豫章故人》寫在明年秋天離開杭州之事次年，即至元二十一年（一二八四）深秋作。《（光緒）吉水縣志》載有劉辰翁、閻宏等豫章故友送李鶴田之作，李詞中「故人知健否，又過了、一番秋。記十載心期，蒼苔茅屋，杜若芳洲」，前三句化用杜甫《九日藍田崔氏莊》，表明時在重九，離開吉安已經一年；又申明宋亡後歸隱至今已近十年。「吴鉤。光透黑貂裘。客思晚悠悠。更何處相逢。殘更聽雁，落日呼鷗。滄江白雲無數，約他年、攜手上扁舟」，則寫「豫章故人」尚在書劍飄零，不得其志，後三句預寫歸鄉後的招隱心意。《擊梧桐・別西湖社友》則寫在再遊臨安兩年後，時節也在秋天。《（光緒）吉水縣志》（卷之六十一）載録周密、汪元量、張蘊、林昉、趙希樒、張廣微、魏初、姚燧等詩友贈李鶴田的詩作，都涉及此次遊杭，即題中「西湖社友」之義。李詞「楓葉濃於染，秋正老、江上征衫寒淺」,「年來歲去,朝生暮落,人似吴潮輾轉」,與連文鳳《丙戌送李元暉歸》句意相合:「吴江霜早愁聞雁,楚澤天寬老釣魚。」「西湖莫忘閑鷗鷺,强健不妨頻寄書。」表明寫詞時已由杭州運河進入蘇州吴江水程,踏上了歸鄉之途。可以確定詞寫在丙戌,是至元二十三年(一二八六)的留别詞。

〔一〕〔二〕黄昇《花庵詞選》,中華書局一九五八年版,第二六二頁,第二一六頁。

〔三〕〔一一〕〔一四〕周密選,查爲仁、厲鶚箋注,房日晰校點《絶妙好詞箋》,陝西人民出版社一九九二年版,第五九頁,第一一七—一一八頁,第一七九—一八〇頁。

〔四〕童向飛《韓元吉仕歷繫年考辨——兼補〈宋史翼·韓元吉列傳〉》,《南京化工大學學報(哲學社會科學版)》二〇〇〇年第二期,第七八頁。

〔五〕祝穆撰,祝洙增訂,施和金點校《方輿勝覽》上册,中華書局二〇〇三年版,第二六四頁。

〔六〕饒宗頤《詞集考(唐五代宋金元編)》,中華書局一九九二年版,第一七〇頁。

〔七〕唐圭璋《唐宋詞簡釋》,上海古籍出版社一九八一年版,第一六四頁。

〔八〕脱脱等《宋史》第三四册,中華書局一九八五年版,第一一七九三頁。

〔九〕〔一二〕〔一五〕吴熊和主編《唐宋詞匯評(兩宋卷)》(第四册、第五册),浙江教育出版社二〇〇四年版,第二九一五頁,第三二九九頁,第三六六五頁。

〔一〇〕史達祖著,王步高校注《梅溪詞校注》,天津人民出版社一九九四年版,第一八七頁。

〔一三〕陳元靚《歲時廣記》,中華書局一九八五年版,第四頁。

〔一六〕李成晴《李鶴田臨安之行與相關詩作考察》,《北京社會科學》二〇一五年第六期,第七九頁。

(作者單位:江南大學人文學院)

《絶妙好辭今輯》編者芻議

任軻

《絶妙好詞》是南宋詞人周密編選的一部經典詞選，然該書於元明之際隱而不顯，直到清初由柯崇樸、柯煜父子刊刻問世才廣爲人知。據康熙二十四年（一六八五）刊《絶妙好詞》的卷首目録可知，柯氏父子在刊刻該書之時，有借此書編成「絶妙好辭系列」的打算（包括《絶妙好辭》前輯、原輯、後輯、續輯、今輯五種）。遺憾的是，該系列未能成型，唯《絶妙好辭今輯》今存抄本二卷，藏於中國國家圖書館，未題编者，卷首鈐「淡宜藏本」印，以人编次，选词人一百二十七家，词作三百一十四闋。從其選人均为清初词人且多嘉兴词人的选型可以推测，該本就是《絶妙好詞》總目中《絶妙好辭今輯》（下文簡稱「《今輯》」）的雛形。據此，有學者推測「今北京圖書館藏有舊抄本《絶妙好辭今輯》二卷，或是柯氏續輯之本」[一]，則似乎順理成章。同時，吴熊和、閔豐等人根據《梅里志》中保存的署名爲周篔、沈進、柯煜的《征刻〈絶妙好辭今輯〉啓》一文進而斷定此三人爲《今輯》的編者，就更顯得言之鑿鑿[二]。

但是今見汪沆《小眠齋讀書日札》曾著録此書：「《絶妙好詞今輯》。未分卷帙，竹垞先生匯選國朝諸公長短句也，始自梅村，計二百餘人。此本借鈔於曝書亭。」[三] 却明言該書出自朱彝尊之手。汪沆（一七〇四—一七八四），字師李，號槐堂，浙江仁和（今杭州）人。少從厲鶚學詩，詩與杭世駿齊名。乾隆十二年（一七四七）試博學鴻詞，曾客居天津查氏水西莊，著有《槐堂詩文稿》等。從《小眠齋讀書日札》以及《槐亭詩文稿》可以看出，汪沆交遊廣泛，讀書頗豐，不僅遍讀查氏水西莊藏書，還借閱徐氏傳是樓、馬氏玲瓏山館藏書。再反觀今本《今輯》的「淡宜藏本」印以及同樣「始自梅村」的體例，基本上可以斷定今本和汪沆過眼之本都是查爲仁（號澹宜居士）水西莊中澹宜書屋之物，查氏與朱氏同爲嘉興望族，且互有姻親，則澹宜書屋藏《今輯》傳抄有自。惟今本在卷帙和人數上与《小眠齋讀書日札》著录本略有出入，或是同一書的不同副本。而結合相關文本和歷史信息，遽定周篔等人爲《今輯》編者存在可疑之處，且有更多的輔證顯示《今輯》確實出自汪沆所説的朱彝尊之手。

首先，認定《今輯》的編者爲周篔等人的唯一證據——《梅里志》著録「周篔、沈進《絶妙好辭今輯》」並録《征刻〈絶妙好辭今輯〉啓》——的可靠性值得懷疑。翻閲楊謙編《梅里志》中《著述》部分，會發現一個有意思的現象，該部分所著録書籍之下多半録有王庭、周篔的序跋。想必這並不是因爲清初嘉興一地的著述序跋多出自二人之手，而很可能是因爲《著述》部分的一些書目是編纂者藉助王庭、周篔的文集所收序跋輯補得來的。最明顯的證據便是，《著述》部分著録王庭、周篔二人著作和卷數等信息甚詳，基本可以斷定編纂者楊謙確實經眼過王、周二人的著作。相對而言，存有王庭、周篔序跋的書籍信息則十分簡略，多只存書名而無卷數，如李明嶅《歸村草》《樂志堂集》、《梅里社稿》、涂允陵《長簡詩集》、陳思光《竹素堂集》等。那麽，這些所謂的「著述」很可能並非楊謙的「經眼録」，而是楊謙藉助王庭和周篔集中的序跋反推出來的書目，這種編纂方法在藝文志編纂和補輯的過程中比較常見，想來楊謙也是便宜行事。確定了《梅里志》著述部分大多並非編者經眼之後，其著録的「周篔、沈進《絶妙好辭今輯》」就頗啓人疑竇。因爲正是該目下保存的署名有周篔等人的《征刻〈絶妙好辭今輯〉啓》使得吴熊和、閔豐等人斷定《今輯》出自周篔、沈進、柯煜之手。而恰巧《今輯》的著録又比較簡單，連卷數都没有，很有可能楊謙在編纂《梅里志》的時候未見《今輯》原書，而《今輯》的編者是其據周篔文集載録的啓文反推的。

其次，即使《梅里志》中保存的《征刻〈絶妙好辭今輯〉啓》真實可信，也只能説明征求詞作的啓文是由周筫等三人所作，不宜由此遽斷三人就是《今輯》的編選者。衆所周知，「征刻」相當於成集之前爲搜羅文獻的「廣告詞」，多用於開放性的當代總集的編纂。這種征求稿件的啓文可以由編者、協編者撰寫，也有可能出自刊刻者之手。總之，啓文的作者與編者並不能劃等號。從清初浙西詞人編選詞選的實際來看，柯氏詞人、周筫等人正是朱彝尊的詞學密友和「詞學搭檔」，完全有可能以協編者、刊刻者身份來書寫該啓文。如朱彝尊《詞綜發凡》有言「是集考之正史，參以地志、傳紀、小説，以集歸人，以字歸名，得十之八九。論世之功，柯子寓匏有焉。周布衣青士，隱於廛市，於書無所不窺，辨證古今字句音韻之訛，輒極精當。是集藉其校讎。」（《詞綜》卷首）可見《詞綜》雖署名朱彝尊、汪森，但是柯崇樸、周筫都曾參與編纂。與之相似的，《絶妙好辭》的重見天日也是江南詞學圈的大事，柯氏叔侄極力推動刊刻，朱彝尊亦作文予以鼓吹。另外朱彝尊的詞集《蕃錦集》也是由柯崇樸之弟柯維楨編輯刊刻。由此能看出，柯氏一門雅好刻書，是彼時嘉興地區詞學文獻刊刻出版的重要推動力量，那麽當柯氏叔侄準備推出「絶妙好辭系列」的時候，藉助朱彝尊之力或是順理成章之事甚至是必然的選擇。因爲不僅彼此之間曾有過合作編詞選的經驗，而且朱彝尊的詞名必然會爲《今輯》增色不少。另據文獻記載，周筫嘗輯《今詞綜》十卷，此書與《絶妙好辭今輯》性質十分接近，這又反證《今輯》的編者不太可能是周筫，因爲很難想象同一個人會編纂兩種性質如此接近的書籍。再結合朱彝尊爲周筫和沈進所作墓表均未言及《今輯》之事，也基本可以斷定以上三人並非《今輯》的真正編者。

復次，《今輯》的文本也能提供一些内證。閔豐已經注意到，「全集中凡《全清詞·順康卷》失收之人共二十八家，下卷占二十四家，失收之詞共七十九首，下卷占五十七首。」[四]也就是説，相對於上卷，下卷的詞人多名不見經傳或不以詞學名家。而縱觀下卷所收詞作，至少有周在浚《紅娘子·绛桃和朱竹垞》、李鏡《桂枝香·蟹》、王庭《天香·龍涎香》《蝶戀花·和朱錫鬯重遊晉祠原韻》、沈岸登《小闌干·同竹垞畊客兼六蘅圃西畯飲玉蘭花下分賦》、龔翔麟《八歸・送竹垞次史梅溪韻》等詞作與朱彝尊有直接關聯。而上卷中與朱氏直接關聯的詞作只有陳維崧的《齊天樂》一闋。相對來説，下卷中的詞作呈現了與朱彝尊較高的聚合度。進一步推測，上卷所收詞人多爲當時的大家名家，其詞作在當時社會流傳度應該較高，近乎一種「公共文本」，所以上卷的編選也就相對合理、完整。而下卷所收詞人多爲名不見經傳的詞人，那麽其詞作被刊刻的可能性就較小，《今輯》的材源多來自未曾廣泛流傳的「私密文本」（這可能也正是《征刻〈絶妙好辭今輯〉啓》出現的原因）。而多闋詞作呈現的與朱氏的親密關係顯示只有朱彝尊才具備編纂這一部分的條件。如下卷收録了陸棻《燕山亭・己未七月之望集謖園寓軒看竹》、高層雲《燕山亭・酬雅坪諸子看竹寓軒》兩首同題之作，詞作於康熙十八年（一六七九）七月十五日夜的高層雲寓軒。再據沈岸登《黑蝶齋詞》（《浙西六家詞》本）中《燕山亭》詞題「七月十五夜同竹垞秋錦雨坪家柘西飲謖園齋」可以知道，朱彝尊也是座中之客。想必正是朱彝尊參與此會，才保留陸高二氏的詞作，進而將其一同選入《今輯》，且二詞在《今輯》中正處在前後相續的位置。很顯然，周篔等人均不具備這種編纂層面的文獻優勢。同時，閔豐還注意到「讀集中之詞，亦多有與朱彝尊倡和往來之作，其獨獨不選朱氏，頗爲令人不解」[五]，這可能正從另一個角度反證了《今輯》的編者就是朱彝尊：正是因爲朱氏主操選政，不收自作以示自謙。或者如選本的慣例將編者的自作殿後，而《絶妙好辭今輯》是一個尚未完成的初稿，自附詞作未及選録，我們今天在這個「未完之稿本」中當然看不到朱彝尊的詞作了。

總之，《梅里志》所載《征刻〈絶妙好辭今輯〉啓》並不能作爲確定編者的證據。由汪沆的《小眠齋讀書日札》提供的新材料，並結合相關輔證，基本可以判定朱彝尊是真正的主操選政者。朱彝尊編選的《詞綜》，作爲一部通代詞選，收詞至元季。如果説竹垞「當遍搜文集，發其幽光，編爲二集」（《詞綜》卷首）以續選明詞的心願因囿于文獻而一時難以著手的話，編集其身處的已成中興之勢的清初詞壇的選本則相對容易很多。借鑒《詞綜》編纂的經驗，與詞友周篔、柯煜等人通力合作，各司其職，假重見人間的《絶妙好詞》之名續選《今輯》，一方面可以爲《絶妙好詞》的刊行打廣告，一方面與《詞綜》相輔翼，這或是《今輯》編纂的真相。但是從現存抄本和零星記載來看，編輯「絶妙好辭系列」的計劃可能胎死腹中，連朱彝尊本人和其詞學朋友圈都未曾提及，這一段歷史便長期不爲人所知甚至被張冠李戴了。

（作者單位：復旦大學古籍整理研究所）

〔一〕周密輯，張麗娟校點《絶妙好詞·本書説明》，遼寧教育出版社二〇〇一年版。

〔二〕參見吴熊和《〈梅里詞緝〉與浙西詞派的形成過程——明清之際詞派研究之三》，《吴熊和詞學論文集》，杭州大學出版社一九九九年版，第四二三—四四〇頁；閔豐《清初清詞選本考論》，上海古籍出版社二〇〇八年版，第四六—五四頁。

〔三〕國家圖書館編《國家圖書館藏古籍題跋叢刊》，北京圖書館出版社二〇〇二年版，第四册，第一六七頁。

〔四〕閔豐《清初清詞選本考論》，上海古籍出版社二〇〇八年版，第五〇頁。

〔五〕閔豐《清初詞選與浙派消長》，周勳初、楊義主編《文學評論叢刊（第九卷第二期）》，南京大學出版社二〇〇七年版，第三〇七頁。

新見南圖稿本《詞律要宗》

劉　暢

傅宇斌先生《現代詞學的建立》一書中對王兆鵬、鮑恒、江合友三家未收録的詞律文獻進行概述，其中有南京圖書館藏王祖畬手選《詞律要宗》一書。作爲晚清著名的太倉學者，王祖畬在學術上以史學、理學見長，但其人亦涉獵詞學研究，手選《詞律要宗》[一]是其唯一一部詞學論著。整理並研究此作，是對詞體聲律文獻的重要補充。

王祖畬（一八四二—一九一八），字歲三，一字紫翔，號漱山、溪山老農、溪山餓叟等，私謚文貞，鎮洋（今江蘇太倉）人。癸酉年（一八七三）中舉人，癸未年（一八八三）中進士，選翰林院庶吉士。先後主講宿遷、海門、崇明等書院。館散後選授山西崞縣知縣、河南湯陰知縣，有政聲。光緒二十年（一八九四）充河南鄉試同考官。次年調署中牟知縣，丁父憂歸而未任。王祖畬家學淵源，藏書豐富。自幼聰慧好學，「六歲辨四聲，十一通四子五經……喜古詩」[二]。壯歲博覽群書，學貫漢宋，尤精程朱理學。王祖畬一生治學不輟，著述甚豐。《溪山老農年譜》中録其著述有：《春秋經傳考釋三十卷》、《讀左質疑五卷》、《讀孟隨筆》、《四書章句集注校語一卷》、《禮記經注校證二卷》、《儀禮經注校證四卷》、《史記校證十二卷》、《漢書校證八卷》、《通鑒校勘記》、《讀書雜記》、《知困隨筆二卷》、《州志餘論一卷》、《溪山老農文集》、《溪山老農别集》、《溪山詩存二卷》、《溪山制議偶存一卷》、《溪山老農自訂年譜二卷》。纂輯有《經籍舉要三卷》、《太倉州志稿十七卷》、《鎮洋縣志稿四卷》、《太原王氏廬州公支譜一卷》。選録有《漢書選録八卷》、《歷朝賦選二卷》、《唐人七古詩選二卷》、《國朝文録十二卷》、《皇朝經世文續編選》、《王文肅公選》、《制義正宗四十卷》。唐文治《王文貞先生學案》〔三〕一文，記述了王祖畬的生平與治學思想，並概略其著述。然年譜與唐文均忽略《詞律要宗》的記述。

《詞律要宗》，綫裝手抄本，分上下兩册藏於南京圖書館。兩册封面均書之「詞律要宗上（下）册」。上册封面後有七則《凡例》。《凡例》之後爲《目次》，《凡例》與《目次》下均有「婁東王祖畬芝祥氏手選」字樣。上册選詞三百三十八調四百五十五體，下册選詞二百八十二調三百零七體，共六百二十調七百六十三體。每册目次排列，除《滿園花》、《江月晃重山》等少數詞調，其餘與《詞律》一致。詞調按字數由少至多排列，同調異體者則詞前書「又一體」以區别之。《詞律要宗》所録詞體，詞前題下多交代字數、别稱、同調異體間的區别等信息。如《憶江南・蘭燼落》詞題下稱「二十七字，一名《夢江南》、《謝秋娘》、《夢江口》、《望江南》、《望江梅》、《春去也》。」又如《搗練子・林下路》詞題下稱「以下雙調，三十八字，與前調大異，前後同，只『堪』字用平異。」詞後所附評語，多爲解釋詞體的聲律特徵。如晏殊《胡倒練・小桃花與早梅花》詞後所評：「前後同，此與前調異。《桃源憶故人》或云『即《胡倒練》』，但彼前後起句即用仄起韻，與此不同，故仍各收之。」《詞律要宗》選詞之評論，多節録自《詞律》一書。但是《詞律要宗》並非是對《詞律》一書的簡單節略，書中凡例、評語、書信，最能體現王祖畬的詞學觀念，今録之如下：

七則《凡例》：

《詞律》系陽羨萬氏所定，其可平可仄悉查各名家詞注，定不若鄙譜之濫。其評論處猶爲精當，今節其要者録之。間有附以鄙意者，則書之「芝祥識」以别之。

《詞律》一部，凡千有三百餘體，今特收七百六十三體。其有誤處及大同小異處不録，取其簡也。

詞中有於第幾字作「讀」者，則右旁加一『△』以代之。七言句於四字讀如詩句者，不注。其第三字讀者，加一△。五言句有以一字領句者，不便加『△』，填時須體認仔細，萬萬不可填。若詩句字中平仄通用者，則左旁加一『○』以代之。其以入作平、以上作平者，則左旁加一『◎』以代之。此處總以填平聲爲佳，入、上或可通用，切不可填以去聲。蓋詞曲中四聲以一平對上、去、入之三仄，固已。然三仄可通用，亦有不可通用之處。蓋四聲之中，獨去聲另爲一種沉著遠重之音，所以入聲可以代平，次則上聲，去則萬萬不可。人但於口中調之，其理自明。至當用去聲處，非惟不能用平，即上、去、入亦不能假借。如詞中一字領句轉關處，無有不用去聲。此一定不移之處，蓋非去聲，則調不響也。

詞中疊句注明疊者，亦須依之。其不注明者，則系遊戲爲之，不必學也。

填詞必先擇調。調之抑揚宛轉者，必須仿其聲響。平上去入，一字不移最妙。

詞中平仄間葉者，如《西江月》系一覽便曉者。其有通體平韻間一仄韻，通體仄韻間一平韻，或平仄互相爲葉者，填時切不可粗心，誤失韻脚。

詞中句子有甚拗者，正古調合拍處。鄙譜悉改爲順，不知今之所謂順乃古之所謂拗也，切不可從。

四則論詞之語：

《更漏子·庭遠途程》題下稱：「『客館』句疑是上六下五，『多少』句當於第五字斷，下四字一句，後段同。因原刻未詳明，故存其舊。」芝祥識

《越溪春·三月十三寒食日》題下稱：「『有時』句當作七言，下句於『門』字略□□。『銀劍』下三句與『春色』下三句同也。『兩點』二字俱以上作平，不可□用去聲，不敢必然，故仍其舊。」芝祥識

《離别難·花謝水流倏忽》題下稱：「『想嬌魂』句，系『想』字領句，不應於『魂』字作豆，今姑照譜録之，學者填時，斟酌可也。」芝祥識

《折紅梅·春青漸初綻》題下稱：「按「聞」字當「問」之誤，此處□□聲不起調，「折」字當是作平。」

芝祥識

書末所附書信：

慧言孟侄如見。前接手書，知今年不在錫，而究在何處，未明言。不知能在家讀書否，宅上都安好否。屺伯移家到崇獅，侄在何處，希詳言之。《詞律》於前日到海門，赴同學耆年會取到，可見老輩用心之精。詞雖小品，爲律甚嚴。昔雲門公及香雪、香濤均善此，皆有著作，未知侄處有否。癖於此者，可以奪志，故先師當日絶不談此，蓋恐後生之溺於此也。吾侄尚其志於大者，勿務爲此以自小也。茲以寄上，乘小女回太之便，恐其遺失也。茲有要者，愚近日築屋於牧圻之南，正隅七間、廂屋六間，作鄉間之屋。耕田二十畝，作子孫之計。大約此生常爲農夫，以殁世且常作通人矣。而譜録無有前先師處譜録及世系，康曾佐修，迄今又十餘年，生齒又添，當更增修。康意欲借抄一本，且續注生死年月及墓地，務乞借與。乘小女在家，囑其帶出（汪家在高橋西宅，如不在家，或南牌坊俞任民亦可托）。先師著作刊本，沈氏尚求一套，有便乞寄往（沈幼瑜住海門師山别墅）。此間尚安，適大兒於七月中由通遷牧，二兒仍處墾牧高小，三兒在清江浦水利局，孔妹汪婿均在此間。去年之驚，擾絶未及，可謂世外桃源。三月初，煦兒送詠紅回四中學，適逢唐淑老之葬，曾一吊蔚老於瀏河。餘不瑣及。一切思念之至，望詳告我以近狀，手此即問

近祉。

愚叔康壽啓　四月二十二日

闔宅問好

据考证，此乃王祖畲从弟王康寿写给王祖畲儿子王慧言的信，其中所言「詞雖小品，爲律甚嚴。昔雲

王門公及香雪、香濤均善此，皆有著作，未知侄處有否。」可知王氏兄弟作詞以「爲律甚嚴」为宗旨，这也是王祖畬花費筆墨對《詞律》進行精簡、訂正的原因之一。

《詞律要宗》是對《詞律》「節其要者而録之」之作。《詞律要宗》所選詞調與《詞律》基本一致，選録更具有代表性的同調異體之作，收詞數量減少；對所選詞體的論述偏重於聲律平仄方面；并且部分選詞中有對《詞律》進行勘誤和補充。

《詞律要宗》所收詞調較「全」，所收詞作較「精」。其书较《词律》而言，选词数量减少，對同調異體之作進行擇汰。據筆者統計，《詞律要宗》對《詞律》中所舉同調異體之作的精簡涵蓋了一百六十七個詞調。如《詞律》所收《訴衷情》詞調共七體，而《詞律要宗》僅收有四體，涵蓋了本調三十三字、三十七字、四十一字和四十四字等異體之作。對於字數差別甚小和聲律變化不大的詞體，則選具有代表性的一體，以減少收録詞體之量。《詞律要宗》雖然選詞數量減少，但更加注重詞體書寫正確性和代表性。如所録《茶罐兒》（去年相逢深院宇）爲李元膺詞，而《詞律》所收該調爲石孝友詞（相對盈盈一水）。因石孝友詞上片結句少一「辜」字，又下片「成何況味」上缺三字，故不被《詞律要宗》收録。又如詞調《水龍吟》，《詞律要宗》録辛棄疾詞（楚天千裏清秋），不僅因此詞「一結風流悲壯」（陳廷焯語）的藝術成就，更是因爲辛詞（一百零二字）在二十五體《水龍吟》中以正格被後人接受。作品中「『把吴鉤』五字句、『欄杆』四字句、『無人會』三字句、『登臨意』三字句此一定鐵板也」〔五〕，成爲後世填此調在句式和聲律上的典範之作。故《詞律要宗》選詞，在與《詞律》所選詞調基本一致的情況下，儘量做到所選之詞少而精。

《詞律要宗》對所選詞體的評論，多集中論述聲律問題。如周密《杏花天》（漢宫乍出慵梳掠）一詞，較之萬樹對詞調、詞體較爲廣泛的分析，王祖畬偏重探討該詞聲律所用之妙：「『命』字去而上用『空』字平，『花』字平而上用『殘』字仄，極妙，此抑揚起調處也。『哀』『當』二字亦宜平，旁注雖寬，識者能深求其奥，則更爲微妙耳。」〔四〕王祖畬略去對詞體的考證，集中探討聲律所用之妙，顯示其論詞偏重聲律的特點。《詞律要宗》選詞以「深明詞理，方可制腔」爲任，重視所選之詞在平仄聲律方面的準確性。《凡例》曰「填詞必先擇調：之抑揚宛轉者必須仿其聲響，平上去入一字不移最妙。」選詞過程中注意甄别、裁汰一些聲律有瑕疵之作。以《撼庭竹》詞調爲例，《詞律》録黃庭堅（嗚咽南樓吹落梅）與王詵（綽略青梅弄青色）二體，但黃詞因押平聲韻而被《詞譜》强爲參校，其「可平」「可仄」之處也失去了參考價值。而王詵詞除起句不葉、「空暮雲凝碧」中「雲」字宜用仄聲外，其餘「平仄較前詞整妥可從」，故《詞律要宗》録之。《詞律要宗》也十分注重所選之詞體的平仄聲律代表性。以《江城子》詞調爲例，《要宗》評黃庭堅詞曰：「此首韻脚全用入聲作平，予謂詞中多以入作平，人或未信，此詞是證予言之不謬。」〔五〕「以入作平」是詞體聲律學中重要的概念，王祖畬選此詞不僅自證觀點，更是將此詞作爲「以入作平」的代表作，供學者參考。

《詞律要宗》也體現了王祖畬對《詞律》一書的訂正，並體現其個人對詞體聲律的見解。王祖畬在選編《詞律要宗》時，「間有附以鄙意者，則書『芝祥識』以別之。」所謂「鄙意」者，則是王氏對詞體和聲律兩方面的個人見解。如《更漏子》（庭遠途程）一體中，上片「客館悄悄閑庭堪惹舊恨深。有多少馳驅驀嶺涉水枉費身心。」和下片「長是宦遊羈思別離淚滿襟。望江鄉蹤迹舊遊題書尚自分明。」中間無句讀，《詞律》「因恐有誤字」故不敢旁注。而王祖畬選録此體即注曰：「『客館』句疑是上六下五，『多少』句當於第五字斷，下四字一句，後段同。因原刻未詳明，故存其舊。」〔六〕王祖畬解決了本詞的句讀問題，是對《詞律》不足之處的補充。又如《越溪春》（三月十三寒食日）一體，《詞律》載「有時三點兩點雨霽」八字句，而王祖畬則認爲「『有時』句當作七言，下句於『門』字略□□」〔七〕。但「雨霽」是一個詞語，若分屬兩句似乎不妥，故此處可存疑。對於「入派三聲」的問題，王祖畬認爲：「詞曲中四聲以一平對上、去、入之三仄，固已。然三仄可通用亦有不可通用之處。蓋四聲之中，獨去聲另爲一種沉着遠重之音，所以入聲可代平，次則上聲，去則萬萬不可。」[八] 即上聲和入聲可以代平聲使用，而去聲則不可。且「詞中一字領句轉關處，無有不用去聲」。以此，王祖畬在聲律方面對《詞律》進行了一定的訂正，如《折紅梅》（喜輕澌初綻）中「聞有花堪折」句，王祖畬認爲『聞』字當『問』之誤，原因在於「此處非仄聲不起調，『折』字當是作平」[九]。王祖畬以平仄角度入手，解釋了《詞律》中「『有花』句平仄亦異」的疑問。

王祖畬所选编《词律要宗》一书，有着重要的詞體聲律學文獻價值。《詞律》成書後，相關的補正、校勘之作相繼而出，如徐立本《詞律拾遺》、杜文瀾《詞律補遺》《詞律校勘記》、徐棨《詞律箋榷》以及近人夏敬觀的《詞律拾遺補正》（稿本，藏南京師範大學圖書館）、《詞律拾遺補》《詞律拾遺補（續）》《詞律拾遺再補》《詞律拾遺再補（續）》（以上四種均發表於《同聲月刊》）等作。但是與他人著作注重補正、校勘不同，《詞律要宗》是首部系統地對《詞律》進行精簡的著作。整理、研究此稿本，是對晚清时期詞體聲律文獻的重要補充，也有助於填補对王祖畬學術研究的空白。

（作者單位：南京師範大學文學院）

〔一〕《詞律要宗》以手抄本存世，其中字迹塗畫不清者，引用時以「□□」代替。

〔二〕蔡冠洛《清代七百名人傳下》，中國書店一九三七年版，第一八二二頁。

〔三〕唐文治《茹經堂文集》三编卷一，上海書店一九六六年版。

〔五〕萬樹《詞律》，上海古籍出版社一九八四年版，第三七三頁。

〔四〕〔五〕〔六〕〔七〕〔九〕王祖畬《詞律要宗・上册》，南京圖書館藏清抄本，第九六頁，第二七頁，第四九頁，第五頁，第九五頁。

〔八〕王祖畬《詞律要宗・凡例》，南京圖書館藏清抄本。

編輯後記

隨着越來越多女性詞相關文獻逐漸被發現、系統性整理或影印出版，新世紀以來，女性詞研究逐漸成爲新的學術增長點，也出現了一批優秀的學術成果。本輯特推出張兵、王維《清代女性題畫詞的演進歷程與創作特徵》和莫崇毅《論吕鳳詞作的「感事」書寫》兩篇文章，以期引起關注。

秦觀以及淮海詞一直是宋詞研究的熱點之一，本輯特刊發孫沁《明正德黄瓚刊鈔補長短句本〈淮海集〉考證——兼及淮海詞版本系統訂補》一文。該文作者於中國臺灣地區圖書館新發現淮海詞又一版本，即「明正德間山東巡撫黄瓚刊鈔補長短句本」，糾正了此前學界普遍認爲的黄瓚本無長短句或下落不明之説，並對淮海詞版本系統進行了修正。相信該文對推進淮海詞版本研究將有重要的參考價值。本刊竭誠歡迎海内外專家學者惠賜此類新文獻、新材料發掘的相關論文。

本刊「海外詞壇」欄目持續徵稿中，敬請方家不吝賜稿。

編者　二〇二四年三月

稿約

本刊各欄歡迎惠稿，并請參照如下體例排版：

一、來稿要求格式規範，專案齊全。按順序包括：文題、作者姓名、工作單位、内容摘要、關鍵詞、社科基金號（如有）、正文、附注。

二、作者姓名：署真名，多位作者之間用空格分隔。在篇尾處加作者簡介，按順序包括：姓名（出生年月），性别，籍貫，工作單位，職稱，學位。

三、内容摘要、關鍵詞：用五號仿宋體；關鍵詞之間用空格分隔。

四、正文繁體横排（正式刊印時由出版社統一改爲直排），用五號宋體。文中小標題用四號黑體。如在正文中引用其他文獻的段落或句群，且需另起一段列出者，該段用五號仿宋字體，並首尾各收縮兩格。

五、標點：詞調名、書名、篇名用書名號。全文録詞只用三種標點：無韻句用「，」點斷；韻句用「。」點斷；逗處用「、」點斷。

六、附注：本刊注釋一律采用尾注形式，以中文數位順序編碼，用方括號標引。譯著須標明原著者國别，並在國别外加方括號。書籍要求按順序準確標明：作者，書名，出版社，出版時間及頁碼，如是刻本須標出版本與卷數。期刊則爲：作者，篇名，刊名，年期及頁碼。

中文注釋格式示例如下：

［一］王昶編《明詞綜》卷四，遼寧教育出版社一九九七年版，第五六頁。

［二］鄒祗謨、王士禛合選《倚聲初集》二十卷前編四卷，清初大冶堂刻本。

［三］［日］村上哲見《〈楊柳枝〉詞考》，王水照、保苅佳昭編選《日本學者中國詞學論集》，上海古籍出版

社一九九一年版。

［四］謝桃坊《張炎詞論略》，《文學遺産》一九八三年第四期，第八三頁。

［五］楊義《詩魂的祭奠》，《中華讀書報》二〇〇一年十一月二十八日第三版。

如有不同注釋引自同一出處，請如下示例標注：

［六］［一一］［三五］胡适《〈詞選〉自序》，《胡适古典文學研究集》，上海古籍出版社一九八八年版，第一〇頁，第一三頁，第一九—二〇頁。

來稿請務必附上作者聯繫地址及郵政編碼、作者電話號碼、手機號碼和電子信箱，以方便聯繫。

本刊審稿期限爲三個月，收到投稿後，我們會安排初審、復審、終審，最終形成「同意發表」、「修改後發表」、「不發表」三種意見。若爲「同意發表」或「修改後發表」，則會有編輯與您進一步溝通；若爲「不發表」，則回復《退稿通知》。本刊不允許一稿多投，故在接到本刊《退稿通知》前，請不要另投他刊。

本刊不收取版面費。來稿如被録用，發表後敬致薄酬，聊表謝意。

來稿請寄：上海市閔行區東川路 500 號華東師範大學中文系《詞學》編輯部，郵編 200241；同時將電子稿發至：cixue1981@126.com